C000039924

La Légitimité
démocratique

Pierre Rosanvallon

La Légitimité démocratique

Impartialité, réflexivité, proximité

Éditions du Seuil

ISBN 978-2-7578-1788-9
(ISBN 978-2-02-097462-2, 1ʳᵉ publication)

© Éditions du Seuil, 2008,
à l'exception de la langue anglaise

LE DÉCENTREMENT
DES DÉMOCRATIES

(INTRODUCTION)

L'onction populaire des gouvernants est pour nous la principale caractéristique d'un régime démocratique. L'idée que le peuple est la seule source légitime du pouvoir s'est imposée avec la force de l'évidence. Nul ne songerait à la contester, ni même à la réfléchir. «La souveraineté ne saurait se partager, résumait au XIXᵉ siècle un grand républicain français. Il faut choisir entre le principe électif et le principe héréditaire. Il faut que l'autorité se légitime ou par la volonté librement exprimée de tous, ou par la volonté supposée de Dieu. Le peuple ou le pape! Choisissez[1].» Répondre à une telle question dispensait de toute argumentation. Nous en sommes toujours restés là. Cet énoncé recouvre pourtant une approximation d'importance: l'assimilation pratique de la volonté générale à l'expression majoritaire. Mais elle n'a guère été discutée. Le fait que le vote de la majorité établisse la légitimité d'un pouvoir a en effet aussi été universellement admis comme une procédure identifiée à l'essence même du fait démocratique. Une légitimité définie en ces termes s'est d'abord naturellement imposée comme rupture avec un ancien monde où des minorités dictaient leur loi. L'évocation de «la grande majorité», ou de «l'immense majorité» suffisait alors à donner corps à l'affirmation des droits du nombre face à la volonté clairement parti-

1. Louis BLANC, «Réforme électorale», *Revue du Progrès*, t. II, 15 octobre 1839, p. 308.

culière de régimes despotiques ou aristocratiques. L'enjeu décisif était de marquer une différence quant à l'origine du pouvoir et aux fondements de l'obligation politique. Partant de là, le principe de majorité s'est ensuite fait reconnaître dans son sens plus étroitement procédural. « La loi de majorité, a-t-on classiquement souligné, est une de ces idées simples qui se font accepter d'emblée ; elle présente ce caractère que d'avance elle ne favorise personne et met tous les votants sur le même rang[1]. »

Les fictions fondatrices

Le passage de la célébration du Peuple ou de la Nation, toujours au singulier, à la règle majoritaire ne va pourtant pas de soi, tant les deux éléments se situent à des niveaux différents. Il y a d'un côté l'affirmation générale, philosophique si l'on veut, d'un sujet politique, et de l'autre l'adoption d'une procédure pratique de choix. Se sont ainsi mêlés dans l'élection démocratique un *principe de justification* et une *technique de décision*. Leur assimilation routinière a fini par masquer la contradiction latente qui les sous-tendait. Les deux éléments ne sont en effet pas de même nature. En tant que procédure, la notion de majorité peut s'imposer aisément à l'esprit, mais il n'en va pas de même si elle est comprise sociologiquement. Elle acquiert dans ce dernier cas une dimension inévitablement arithmétique : elle désigne ce qui reste une fraction, même si elle est dominante, du peuple. Or la justification du pouvoir par les urnes a toujours implicitement renvoyé à l'idée d'une volonté *générale*, et donc d'un peuple figure de l'ensemble de la société. Cette perspective sociologique n'a cessé d'être renforcée par le réquisit moral d'égalité et l'impératif juridique de respect des droits, appelant à considérer la valeur propre de chaque membre de la collectivité. C'est ainsi l'horizon de l'unani-

---

1. Adhémar Esmein, *Éléments de droit constitutionnel français et comparé*, 8ᵉ éd., Paris, 1927, t. I, p. 330.

mité qui a depuis l'origine sous-tendu l'idée démocratique : est démocratique, au sens le plus large du terme, ce qui exprime la généralité sociale. On a seulement fait *comme si* le plus grand nombre valait pour la totalité, *comme si* c'était une façon acceptable d'approcher une exigence plus forte. Première assimilation doublée d'une seconde : l'identification de la nature d'un régime à ses conditions d'établissement. La partie valant pour le tout, et le moment électoral valant pour la durée du mandat : tels ont été les deux présupposés sur lesquels a été assise la légitimité d'un régime démocratique.

Le problème est que cette double fiction fondatrice est progressivement apparue comme l'expression d'une insupportable contre-vérité. Dès la fin du XIXᵉ siècle, alors que le suffrage universel (masculin) commençait tout juste à se généraliser en Europe, les signes d'un précoce désenchantement se sont pour cela multipliés de toutes parts. Au spectre du règne des masses, d'abord tant redouté par les libéraux, se trouva bientôt substitué le constat de l'avènement de régimes engoncés dans l'étroitesse de leurs préoccupations. Les mots de « peuple » et de « nation » qui n'avaient cessé de nourrir les attentes et les imaginations se sont alors trouvés comme rapetissés en étant noyés dans les méandres de l'agitation partisane et des clientèles. Le système des partis, dont aucun des premiers théoriciens de la démocratie n'avait envisagé l'existence et le rôle, s'est imposé à partir de cette période comme le cœur effectif de la vie politique, entraînant le règne des rivalités personnelles et des coteries. Le Parlement, qui avait été de son côté considéré depuis l'origine comme l'institution qui résumait l'esprit et la forme du gouvernement représentatif, perdait à l'inverse sa centralité et voyait son fonctionnement changer de nature. L'idée première d'une enceinte de la raison publique où serait débattue à haute voix la définition de l'intérêt général s'est de fait dégradée en un système de marchandages asservis à des intérêts particuliers. Le moment électoral a continué de son côté à mobiliser les énergies et à exprimer de véritables enjeux. Mais il n'a plus été cette fête chaleureuse de la citoyenneté qui avait dessiné le premier horizon du suffrage universel. Pendant toute cette période des années 1890-1920 au cours de laquelle s'amoncellent les ouvrages qui auscultent la «crise de la démocratie», l'idée que le fonctionnement du système électoral majoritaire conduit à exprimer l'intérêt social a ainsi perdu toute crédibilité. Le monde électoral-parlementaire est apparu gouverné davantage par des logiques de particularité que par une exigence de généralité. Le principe de l'élection des gouvernants a certes toujours dessiné un horizon procédural indépassable, mais on a cessé de croire à l'automaticité de ses vertus.

La double légitimité : formation et déclin d'un système

Face à ce qui a été ressenti comme un profond ébranlement, ces années 1890-1920, encadrant la Grande Guerre, vont s'efforcer de déterminer les moyens permettant à l'idéal démocratique de retrouver sa dimension substantielle primitive. Les voies les plus extrêmes, on le sait, seront explorées, allant même jusqu'à ériger un moment le projet totalitaire en figure désirable du bien public. Mais du sein de ce bouillonnement va aussi émerger de façon plus discrète ce qui modifiera en profondeur les régimes démocratiques : la formation d'un véritable pouvoir administratif. C'est en effet pendant cette période que s'édifie partout un État plus fort et mieux organisé. Le fait important est que son développement a été indissociable d'une entreprise de refondation de ses principes. On a voulu que la «machine bureaucratique» puisse constituer *en elle-même* une force identifiée à la réalisation de l'intérêt général. Les modèles du service public en France et de l'administration rationnelle aux États-Unis ont alors illustré les deux grandes façons de penser la poursuite de cet objectif. D'un côté, la vision d'une sorte de corporatisme de l'universel, appelant structurellement les fonctionnaires à s'identifier à leur mission, à devenir «intéressés au désintéressement». De l'autre, la recherche d'un accès à la généralité par les vertus d'une gestion scientifique. Se trouvaient de la sorte réactualisés et réinsérés dans l'univers démocratique les anciens idéaux du gouvernement rationnel et de la politique positive, qui, des Lumières à Auguste Comte, avaient invité à réaliser le bien public à l'écart des passions partisanes.

Le but a été de corriger le projet problématique d'une expression unifiée des volontés par une forme de mise en œuvre plus réaliste et plus objective de la généralité sociale. Cette entreprise a alors effectivement commencé à prendre corps, au moins partiellement. Sans que les choses n'aient jamais été pleinement conceptualisées, les régimes démocratiques ont ainsi progressivement reposé sur deux pieds : le suffrage universel et l'administration publique. Celle-ci a cessé d'être la simple courroie de transmission du pouvoir politique pour acquérir une marge d'autonomie fondée sur la compétence. À l'égalité d'expression reconnue par le vote a correspondu en conséquence le principe d'une égalité d'admission aux fonctions publiques. Deux types d'épreuves parallèles ont simultanément été consacrés pour désigner ceux que l'on pourrait appeler les représentants, ou les interprètes, de la généralité sociale : l'élection et le concours (ou l'examen). L'élection comme choix «subjectif», guidé par le système des intérêts et des opinions, le concours comme sélection «objective» des plus compétents. Dans le cas français, ces deux dimensions de «l'arche sainte» du suffrage universel et du service public ont explicitement superposé leurs valeurs respectives dans l'idéologie républicaine. Les «jacobins d'excellence» de la haute administration l'ont incarnée au même titre que les élus du peuple. À côté de la légitimité d'établissement – celle de la consécration par les urnes –, une deuxième appréhension de la légitimité démocratique a ainsi vu le jour : celle d'une *identification à la généralité sociale*. Elle a, dans les faits, joué un rôle décisif en tant qu'élément compensateur de l'affaiblissement de la légitimité électorale. Se liaient de la sorte les deux grandes façons de concevoir la légitimité : la légitimité dérivée de la reconnaissance sociale d'un pouvoir, et la légitimité comme adéquation à une norme ou à des valeurs. Ces deux formes croisées de légitimité – procédurale et substantielle – avaient donné à partir du début du XXᵉ siècle une certaine assise aux régimes démocratiques. Cette page a commencé à se tourner dans les années 1980.

La légitimation par les urnes a d'abord reculé, du fait de la relativisation et de la désacralisation de la fonction de l'élection. À l'âge «classique» du système représentatif, celle-ci valait mandat indiscutable pour gouverner ensuite «librement». On présupposait que les politiques à venir étaient incluses dans les termes du choix électoral, du seul fait de l'inscription de ce dernier dans un univers prévisible, structuré par des organisations disciplinées, aux programmes bien définis et aux clivages clairement dessinés. Ce n'est plus le cas. L'élection a dorénavant une fonction plus réduite: elle ne fait que valider un mode de désignation des gouvernants. Elle n'implique plus une légitimation *a priori* des politiques qui seront ensuite menées. La notion de majorité, d'un autre côté, a changé de sens. Si elle reste parfaitement définie en termes juridiques, politiques et parlementaires, elle l'est beaucoup moins en termes sociologiques. L'intérêt du plus grand nombre, en effet, ne peut plus être aussi facilement assimilé que dans le passé à celui d'une majorité. Le «peuple» ne s'appréhende plus comme une masse homogène, il s'éprouve plutôt comme une succession d'histoires singulières, une addition de situations spécifiques. C'est pourquoi les sociétés contemporaines se comprennent de plus en plus à partir de la notion de minorité. La minorité n'est plus la «petite part» (devant s'incliner devant une «grande part»): elle est devenue une des multiples expressions diffractées de la totalité sociale. La société se manifeste désormais sous les espèces d'une vaste déclinaison des conditions minoritaires. «Peuple» est désormais aussi le pluriel de «minorité».

De son côté, le pouvoir administratif a été fortement délégitimé. La rhétorique néo-libérale a joué son rôle, en affaiblissant la respectabilité de l'État et en invitant à ériger le marché en nouvel instituteur du bien-être collectif. Plus concrètement, les nouvelles techniques d'organisation des services publics (le *New Public Management*) ont surtout introduit des méthodes qui ont conduit à dévaloriser la figure classique du fonctionnaire comme agent patenté de l'intérêt général. La haute fonction publique s'est trouvée la plus atteinte par cette évolution, ne semblant plus capable d'incarner une force d'avenir dans un monde plus ouvert et moins prévisible (et également touchée, il est vrai, par un phénomène massif de désertion du service de l'administration par les élites, en raison d'une disparité croissante des niveaux de rémunération avec le secteur privé). La reconnaissance d'une technocratie parée des vertus de la rationalité et du désintéressement a aussi perdu son évidence dans une société plus lucide et plus éduquée. L'ancien style d'une action publique « bienveillante », surplombant une société considérée comme mineure, est devenu du même coup économiquement inopérant et sociologiquement inacceptable. Le pouvoir administratif a donc été dépossédé des éléments moraux et professionnels qui lui avaient autrefois permis de s'imposer. L'affaiblissement de sa légitimité s'est ainsi ajouté à celui de la sphère électorale-représentative.

Le nouvel âge de la légitimité

L'affaissement de l'ancien système de double légitimité et les divers changements qui l'ont à la fois provoqué et accompagné à partir des années 1980 n'ont pas seulement entraîné un vide. Si le sentiment d'une perte, voire d'une décomposition, s'est fortement fait ressentir, une sorte de recomposition silencieuse s'est aussi engagée. De nouvelles attentes citoyennes sont d'abord apparues. L'aspiration à voir s'instaurer un régime serviteur de l'intérêt général s'est exprimée dans un langage et avec des références inédits. Les valeurs d'impartialité, de pluralité, de compassion ou de proximité se sont par exemple affirmées de façon sensible, correspondant à une appréhension renouvelée de la généralité démocratique, et, partant, des ressorts et des formes de la légitimité. Des institutions comme les autorités indépendantes ou les cours constitutionnelles ont parallèlement vu leur nombre et leur rôle s'accroître considérablement. Une autre façon de gouverner semble enfin s'être esquissée avec la place croissante prise par l'attention à l'image et à la communication. Tout ceci dessine un paysage fort contrasté dont il faut appréhender la consistance et le devenir. Il convient donc de le décrire. Mais en même temps de ne pas en rester à ce stade. L'essentiel est en effet de tenter de dégager les concepts qui peuvent rendre intelligible ce monde émergent, et plus encore de discerner les nouvelles formes démocratiques vers lesquelles il pourrait positivement évoluer. Tout en gardant le souci d'une description des discours et des expériences, en restant attentif à leurs inachèvements, à leurs équivoques, voire à leurs dangers, il convient donc de forger les idéaux-types qui permettraient de penser la maîtrise de cet univers en gestation. Rien ne semble en effet joué. Se mêlent encore de façon confuse l'esquisse de nouveaux possibles et l'amorce de pathologies menaçantes.

Le trait majeur qui caractérise le tournant des années 1980 consiste en une reformulation latente des termes dans lesquels l'impératif démocratique d'expression de la généralité sociale est appréhendé. Pour bien prendre la mesure de cette évolution, il faut repartir des visions précédemment dominantes de cette généralité. Le suffrage universel repose sur une définition agrégative de cette dernière : c'est la masse des citoyens-électeurs dont l'expression dessine la figure de la volonté générale. Le service public renvoie quant à lui à l'idée d'une généralité objective : le fait que la raison publique ou l'intérêt général soient en quelque sorte identifiés aux structures mêmes de l'État républicain. La généralité est dans les deux cas considérée comme susceptible d'être adéquatement et positivement incarnée. Devant l'affaissement ressenti de ces deux façons d'aborder les choses, on peut déceler l'émergence de trois autres manières, plus indirectes, d'approcher l'objectif de constitution d'un pouvoir de la généralité sociale :

– La réalisation de la généralité par le détachement des particularités, par la distance raisonnée et organisée vis-à-vis des différentes parties impliquées dans une question. Elle définit un pouvoir appréhendé comme un lieu vide. La qualité de généralité d'une institution est constituée dans ce cas par le fait que personne ne peut se l'approprier. C'est une *généralité négative*. Elle renvoie à la fois à une variable de structure qui en est le support (le fait d'être indépendant), et à une variable de comportement (le maintien de la distance ou de l'équilibre). C'est elle qui définit la position d'institutions comme les autorités de surveillance ou de régulation et les distingue au premier chef d'un pouvoir élu.

– La réalisation de la généralité par le biais d'un travail de pluralisation des expressions de la souveraineté sociale. Le but est là de compliquer les sujets et les formes de la démocratie pour en réaliser les objectifs. Il s'agit notamment de corriger les inaccomplissements résultant de l'assimilation d'une majorité électorale à la volonté du corps social appréhendé dans sa globalité. C'est une *généralité de démultiplication*. On peut considérer qu'une cour constitutionnelle participe d'une telle entreprise lorsqu'elle veille à passer au tamis de la règle constitutionnelle – exprimant ce qu'on pourrait appeler le « peuple-principe » – les décisions du parti majoritaire.

– La réalisation de la généralité par la prise en considération de la multiplicité des situations, par la reconnaissance de toutes les singularités sociales. Elle procède d'une immersion radicale dans le monde de la particularité, marquée par le souci des individus concrets. Ce type de généralité est associé à une qualité de comportement, il résulte de l'action d'un pouvoir qui n'oublie personne, qui s'intéresse aux problèmes de tous. Il est lié à un art de gouvernement qui est aux antipodes de la vision nomocratique. À rebours de l'approche de la constitution du social par un principe d'égalité juridique, mettant à distance toutes les particularités, la généralité est définie dans ce cas par un projet de prise en compte de la totalité des situations existantes, par l'étendue d'un champ d'attention. On pourrait parler pour cela d'une pratique de «descente en généralité[1]». C'est une *généralité d'attention à la particularité*.

Ces différentes façons d'envisager la réalisation de la généralité ont en commun de reposer sur une approche de la totalité sociale qui n'est comprise ni sur le mode d'une agrégation arithmétique (avec l'idéal sous-jacent d'unanimité), ni dans une perspective moniste (avec la référence à un intérêt social conçu comme la propriété stable d'un corps collectif ou d'une structure). Elles renvoient à la valorisation d'une vision beaucoup plus «dynamique» d'*opérations de généralisation*. Elles correspondent en quelque sorte aux trois stratégies possibles pour explorer un univers dans sa totalité: le considérer au télescope, multiplier les coupes au microscope, le parcourir par des itinéraires différents. La généralité constitue dans cette perspective un horizon régulateur; elle n'est plus d'ordre substantiel, comme ce que suggéraient les notions de volonté générale et d'intérêt général.

Trois nouvelles figures de la légitimité ont en conséquence commencé à se dessiner, chacune associée à la mise en œuvre de l'une des approches de la généralité sociale que nous venons de décrire: *la légitimité d'impartialité* (liée à la mise en œuvre de la généralité négative); *la légitimité de réflexivité* (associée à la généralité de démultiplication); *la légitimité de proximité* (suivant la généralité d'attention à la particularité). Cette véritable révolution de la légitimité participe d'un mouvement global de *décentrement* des démocraties. Se prolonge en effet sur ce terrain la perte de centralité de l'expression électorale déjà observée dans l'ordre de l'activité citoyenne. Dans *La Contre-démocratie*,

---

1. Par opposition à la notion sociologique usuelle de «montée en généralité», qui signifie prise de distance avec les cas d'espèce pour accéder à une conceptualisation.

j'ai ainsi décrit comment de nouvelles formes d'investissement politique avaient émergé, les figures du peuple-surveillant, du peuple-veto et du peuple-juge dessinant leur nouvelle vitalité en contrepoint de celle d'un peuple-électeur effectivement plus morose. La vie des démocraties s'élargit donc de plus en plus au-delà de la sphère électorale-représentative. Il y a dorénavant bien d'autres façons, à la fois concurrentes et complémentaires de la consécration par les urnes, d'être reconnu comme démocratiquement légitime.

Contrairement aux légitimités d'établissement et d'identification qui étaient indissociables de propriétés considérées comme appartenant intrinsèquement à certains pouvoirs (l'élection ou le concours donnant un *statut* à ceux qui avaient triomphé de l'épreuve impliquée), ces formes émergentes sont constituées par des *qualités*. La légitimité n'est donc jamais acquise dans leur cas. Elle reste toujours précaire, continuellement remise en jeu, dépendante de la perception sociale de l'action et du comportement des institutions. Ce point est essentiel : il traduit le fait que ces nouvelles figures sortent du cadre de la typologie usuelle distinguant la légitimité comme produit d'une reconnaissance sociale et la légitimité comme adéquation à une norme. Les légitimités d'impartialité, de réflexivité et de proximité superposent en effet les deux dimensions ; elles ont un caractère hybride. Elles dérivent des caractéristiques des institutions, de leur capacité à incarner des valeurs et des principes, mais elles restent simultanément dépendantes du fait qu'elles doivent être socialement perçues comme telles. On peut de la sorte concevoir que leur déploiement puisse faire entrer les démocraties dans un nouvel âge. Le régime de légitimité qui émerge conduit à dépasser les termes de l'opposition traditionnelle entre les gardiens de la « généralité républicaine », surtout préoccupés par la substance des choses, et les champions d'une « démocratie forte », d'abord attentifs à l'intensité de la mobilisation sociale.

Elles élargissent encore de cette façon les typologies classiques fondées sur la seule opposition de la légitimité par les fondements (*input legitimacy*) et de la légitimité par les résultats (*output legitimacy*)[1]. Cette distinction a certes son utilité : elle rappelle que la façon dont sont appréciées les actions des gouvernants entre en ligne de compte dans le jugement que portent sur eux les citoyens (et elle suggère que des instances non élues peuvent être reconnues comme légitimes pourvu qu'elles contribuent à la production de ce qui est reconnu comme socialement utile)[2]. Mais notre propos est plus large puisqu'il s'agit de considérer la légitimité propre des institutions. Cela conduit également à ne pas se satisfaire d'une perspective procéduraliste comme celle que développe Habermas. Ce dernier s'efforce lui aussi de dépasser les approches substantialistes de la démocratie, invitant à considérer la volonté générale dans les termes d'une dissémination discursive[3]. Mais il continue néanmoins à s'inscrire

1. C'est Fritz SCHARPF qui l'a appliquée le premier pour caractériser différentes approches de la légitimité (cf. *Governing in Europe : Effective and Democratic ?*, New York, Oxford University Press, 1999). L'opposition entre *output* et *input democracy* a été formulée par Robert E. GOODIN (*Reflective Democracy*, New York, Oxford University Press, 2003).

2. Il est intéressant de souligner que c'est pour répondre à l'interrogation sur le « déficit démocratique » des institutions européennes que la distinction a été formulée.

3. Cf. Jürgen HABERMAS, « La souveraineté populaire comme procédure. Un concept normatif d'espace public », *Lignes*, n° 7, septembre 1989. On pourrait dire la même chose de la démarche de Bernard MANIN quand celui-ci propose de substituer à un impossible réquisit d'unanimité électorale la perspective d'un impératif d'implication de tous dans la délibération pour redéfinir la légitimité démocratique (cf. son article séminal « Volonté générale ou délibération ? Esquisse d'une théorie de la délibération politique », *Le Débat*, n° 33, janvier 1985). Il déplace le point d'application de la contrainte d'unanimité, mais il reste au fond inscrit dans la perspective traditionnelle de la légitimité d'établissement, dont il ne fait que donner une formulation plus réaliste (même si l'idéal d'une « délibération libre et égale de tous » est lui-même matériellement très difficile à atteindre ; lui aussi ne peut être qu'approché, de telle sorte que l'on doit en fin de compte également faire « comme si » tous avaient délibéré).

dans une vision moniste de la souveraineté populaire. Il ne fait que transférer le siège de cette souveraineté d'un corps social ayant sa consistance intrinsèque à un espace communicationnel diffus. Dans notre perspective, la redéfinition de la légitimité procède d'une déconstruction et d'une redistribution de l'idée de généralité sociale, conduisant à en pluraliser radicalement les formes. Elle suggère qu'il y a plusieurs manières d'agir ou de parler « au nom de la société » et d'être représentatif. Les trois nouvelles légitimités font pour cela système, se complétant pour définir de façon plus exigeante l'idéal démocratique.

Cette mutation est d'autant plus décisive que la question de la légitimité a pris une importance accrue dans le monde contemporain. Alors que se sont repliées les idéologies et les utopies qui pouvaient donner par leur contenu consistance « extérieure » à l'ordre politique, ce dernier doit en effet désormais trouver davantage en lui-même les ressources de sa justification. La légitimité est, comme la confiance entre individus, une « institution invisible ». Elle permet à la relation des gouvernés et des gouvernants de s'établir solidement. Si la légitimité est au sens le plus général du terme un simple économiseur de coercition, sa variante démocratique a pour fonction plus exigeante de tisser des liens constructifs entre le pouvoir et la société. Elle contribue à donner corps à ce qui fait l'essence même de la démocratie : l'appropriation sociale des pouvoirs. La légitimité démocratique produit un mouvement d'adhésion des citoyens indissociable d'un sentiment de valorisation d'eux-mêmes. Elle conditionne l'efficacité de l'action publique et détermine en même temps la façon dont ils appréhendent la qualité démocratique du pays dans lequel ils vivent. Elle est à cet égard bien une « institution invisible » et un « indicateur sensible » des attentes politiques de la société et de la façon dont il y est répondu. Une définition plus large et plus exigeante de la légitimité participe pour cela structurellement d'un approfondissement des démocraties.

Une révolution encore indéterminée

Les premières figures de la légitimité que nous avons décrites font pour l'instant principalement système avec deux types d'institutions : les autorités indépendantes de surveillance et de régulation, d'une part, et les cours constitutionnelles, de l'autre. Les premières peuvent bénéficier d'une légitimité d'impartialité du fait de leur mode de formation et de leur composition. Elles ont été soit des créations du pouvoir législatif soucieux de limiter et d'encadrer un pouvoir exécutif jugé trop partisan, soit suscitées par le pouvoir exécutif lui-même, prêt à se dépouiller d'un certain nombre de ses attributions pour restaurer une crédibilité affaiblie ou se décharger de tâches pour la gestion desquelles il n'estime pas disposer des compétences nécessaires. Les cours constitutionnelles, de leur côté, ont pour fonction d'encadrer la production législative en la soumettant à une contrainte renforcée de généralité par rapport à l'expression majoritaire. Leur légitimité est liée au caractère réflexif de leur intervention. La montée en puissance de ces deux catégories d'institution entraîne une inflexion considérable des conditions de la production normative et de l'exercice du pouvoir exécutif tels qu'ils avaient été conçus par les grandes figures des révolutions américaine et française. Elles n'avaient aussi été que marginalement discutées par la théorie démocratique classique. Les autorités indépendantes et les cours constitutionnelles, qui ont partout accru leur empire, ont ainsi commencé à révolutionner le répertoire classique de formulation de la question démocratique. Il y a là un déplacement que l'on ne saurait trop souligner. Il est en effet frappant de constater que la conceptualisation des institutions démocratiques était restée étonnamment stable pendant deux siècles[1].

---

1. À l'exception de ce qui concerne le développement des partis politiques et les conditions de leur rapport à la vie démocratique, qui avait fait

De la fin du XVIIIᵉ siècle aux années 1980, les interrogations et les controverses s'étaient déroulées dans un champ conceptuel qui n'avait guère varié. C'est ce que peut constater tout historien des grandes révolutions modernes. Les questions du gouvernement représentatif, de la démocratie directe, de la séparation des pouvoirs, du rôle de l'opinion, de la garantie des droits de l'homme, avaient été posées pendant toute cette période dans des termes presque inchangés. Le vocabulaire politique n'avait lui-même guère évolué. Le mot d'«auto-gestion», forgé dans les années 1960, avait été l'un des rares néologismes de véritable importance à être introduit. Encore ne l'avait-il été que pour disparaître assez rapidement, indi-quant qu'il marquait à sa façon lui-même un tournant dont il a été la première victime. La nouvelle grammaire des institutions démocratiques dans laquelle s'inscrivent les autorités indé-pendantes aussi bien que les cours constitutionnelles marque une rupture avec ce précédent univers. Mais faute d'avoir été élaborée intellectuellement (elle n'a pas eu son Sieyès ou son Madison), son ampleur n'a pas été perçue à sa juste mesure. Le changement est né des circonstances, répondant à des attentes citoyennes latentes et à ce qui a été ressenti comme une somme d'exigences immédiates en termes de gestion publique.

Le fait important est que, faute d'avoir été pensées comme des formes politiques originales, ces institutions n'ont pas encore pleinement trouvé leur place dans l'ordre démocratique. Les conditions de leur développement n'obéissent du même coup à aucune logique d'ensemble. Elles peuvent encore aussi bien conduire à un approfondissement inédit des démocraties qu'au simple renforcement d'un libéralisme frileux. Le rôle des cours constitutionnelles est par exemple susceptible de s'inscrire dans

---

l'objet d'intenses débats et projets de réforme au tournant du XXᵉ siècle (cf. par exemple la question des primaires aux États-Unis). Nous revien-drons aussi plus précisément sur les éléments précurseurs de cette mutation contemporaine dont l'histoire présente des traits nationaux spécifiques.

la perspective traditionnelle d'un accroissement de la puissance du droit destiné à limiter et à encadrer l'expression de la souveraineté populaire. L'opposition sous-jacente entre *government by will* et *government by constitution*[1] ne fait alors que reproduire un vieux *topos* libéral. La question de la correction des limites du pouvoir majoritaire continue dans ce cas de s'inscrire implicitement dans l'ancienne perspective de la dénonciation des risques de «tyrannie de la majorité» à laquelle se livraient au XIXe siècle ceux qui redoutaient de se voir submergés par l'avènement du suffrage universel. Mais le développement de ces cours peut aussi être envisagé comme un instrument de réduction de la marge de manœuvre des gouvernants, et donc une forme d'accroissement du contrôle social sur les représentants. Une constitution, expliquait dans cet esprit un important publiciste du XIXe siècle, peut être comprise comme «la garantie prise par le peuple contre ceux qui font ses affaires, afin qu'ils n'abusent pas contre lui du mandat qui leur a été confié[2]». Les autorités indépendantes de surveillance et de régulation sont également susceptibles d'être appréhendées dans les deux perspectives opposées.

On sent bien que rien n'est encore stabilisé dans ces domaines. Il est donc essentiel de soigneusement éclairer les termes de l'enjeu. C'est à cette condition que le potentiel démocratique de ces institutions pourra être exploité et que celles-ci pourront être façonnées pour participer au renforcement de l'exigence de généralité dans la vie publique. Elles seront alors en mesure de produire, sur un mode indirect, des effets équivalents aux bénéfices que l'on attendait ordinairement des procédures de démocratie directe. Un nouveau continent, celui de la *démocratie indirecte*, sera susceptible de s'édifier sur cette base pour corriger et com-

---

1. La distinction a, semble-t-il, été formulée pour la première fois par Henry St. John BOLINGBROKE dans sa *Dissertation upon Parties* (1733), *in* H. BOLINGBROKE, *Political Writings*, David Armitage (ed), Cambridge, Cambridge University Press, 1997, p. 90.

2. Édouard LABOULAYE, *Questions constitutionnelles*, Paris, 1872, p. 373.

penser les déficiences de la démocratie électorale-représentative.

La troisième figure émergente que nous avons évoquée, la légitimité de proximité, n'est pas, quant à elle, liée à un type particulier d'institution. Elle renvoie plutôt à un ensemble d'attentes sociales concernant le comportement des gouvernants. Émerge de la sorte une deuxième dimension inédite de l'univers démocratique : celle de la formation d'un *art démocratique de gouvernement*. Historiquement, la réflexion sur la démocratie avait été limitée à la définition des règles et des institutions constitutives d'un *régime* de la souveraineté populaire (distribution des pouvoirs, modalités de la représentation, formes d'intervention des citoyens, etc.). La sphère politique n'était ainsi pensée qu'à travers les deux catégories du régime et de la décision (le registre des « politiques » menées). Les attentes et les exigences de la société ont conduit à élargir cette appréhension à la catégorie de l'art de gouvernement. De multiples enquêtes[1] ont souligné que les citoyens sont autant, sinon plus, sensibles aux conduites des gouvernants qu'à la nature précise des décisions qu'ils prennent. L'utilisation d'un vocabulaire inédit pour décrire les liens souhaités entre le pouvoir et la société a témoigné de cette évolution. Aux termes classiques pour appréhender le lien représentatif se sont ainsi ajoutées les références à l'attention, à l'écoute, à l'équité, à la compassion, à la reconnaissance, au respect, à la présence. L'emploi des mots « participation » et « proximité », plus spontanément utilisés parce que ayant aussi une attache dans le vocabulaire politique traditionnel, s'est également largement diffusé. Mais, là aussi, les choses sont marquées du sceau de l'ambiguïté. Derrière ces mêmes mots se cachent aussi bien des exigences citoyennes accrues, ouvrant un nouveau champ d'application à l'idéal démocratique, que l'écho à de simples habiletés rhétoriques des gouvernants et à des pratiques sophistiquées de manipulation de l'opinion.

1. Dont les données seront présentées dans le corps du livre.

Le but de cet ouvrage est de dessiner le cadre conceptuel permettant d'apprécier le potentiel démocratique de ces institutions et de ces pratiques encore embryonnaires et souvent ambivalentes. C'est seulement en construisant les idéaux-types auxquels correspondent les nouvelles figures de la généralité et de la légitimité que cette tâche peut aboutir. C'est en effet de cette façon que les conditions de leur retournement pervers deviendront intelligibles, et du même coup que leur contribution au renforcement de la vie démocratique pourra être mieux assurée.

Le nouveau dualisme démocratique

Décrivant l'avènement du monde démocratique dont il était témoin, Tocqueville notait : « La notion de gouvernement se simplifie : le nombre seul fait la loi et le droit. Toute la politique se réduit à une question d'arithmétique [1]. » Il faudrait dire exactement le contraire aujourd'hui. Le fait majeur est que la démocratie se complexifie. Ce mouvement se traduit par la constitution d'un double dualisme : entre les institutions électorales-représentatives et celles de la démocratie indirecte, d'une part (dualisme sous-tendant la démocratie comme régime) ; entre l'univers des procédures ou des conduites et celui des décisions, d'autre part (dualisme structurant la démocratie comme gouvernement). Ces deux ensembles se superposent à la tension entre démocratie électorale et contre-démocratie organisant de son côté la sphère de l'activité citoyenne. Conjugués, ils forment le nouvel ordre démocratique contemporain.

Les institutions de la démocratie électorale-représentative font d'abord système avec celles de la démocratie indirecte. Leur articulation permet de concilier fait majoritaire et idéal d'unanimité sur le mode d'une tension qui en respecte les

---

1. *Considérations sur la Révolution* (matériaux pour *L'Ancien Régime et la Révolution*), in TOCQUEVILLE, *Œuvres*, Paris, Gallimard, « Bibliothèque de la Pléiade », 2004, t. III, p. 492.

exigences respectives. Peuvent ainsi se nouer deux couples d'exigences contradictoires déclinant cette tension fondatrice de l'idée démocratique :

– *Contradiction entre la reconnaissance de la légitimité des conflits et l'aspiration au consensus.* La démocratie est un régime pluraliste qui implique l'acceptation de la divergence d'intérêts et d'opinions et organise la compétition électorale sur cette base. Elle institutionnalise le conflit et son règlement. Il n'existe pas pour cela de démocratie sans que soient effectués des choix tranchants pour résoudre les différends. Faire de la politique en démocratie implique de choisir son camp, de prendre parti. Dans des sociétés marquées par les divisions sociales et par les incertitudes sur l'avenir, c'est une dimension essentielle. Mais, en même temps, il n'y a plus de démocratie sans formation d'un monde commun, reconnaissance de valeurs partagées qui permettent aux conflits de ne pas monter aux extrêmes de la guerre civile[1]. D'où la nécessité, pour respecter chacune de ces dimensions, de distinguer les institutions du conflit et celles du consensus. D'un côté le monde partisan, subjectif, de la sphère électorale-représentative, de l'autre le monde objectif des institutions de la démocratie indirecte. La reconnaissance de la spécificité de ces dernières permet ainsi d'honorer pleinement les deux pôles de la tension démocratique. Cela conduit du même coup à surmonter ce qui s'est manifesté historiquement comme la tentation permanente de ne pas reconnaître la légi-

---

1. Nicole Loraux a souvent souligné à ce propos le trouble induit par le mot *kratos* à Athènes. Il renvoyait en effet à l'idée d'« avoir le dessus », à la notion de victoire d'un groupe sur un autre. L'art majoritaire de décider propre à la démocratie a donc été lié, en son origine, à l'image d'un conflit tranché au cours d'une épreuve de force. D'où, simultanément, la célébration compensatrice d'un *demos* uni et l'appel incantatoire au rassemblement des citoyens (cf. N. LORAUX, *La Citée divisée*, Paris, Payot, 1997, et « La majorité, le tout et la moitié. Sur l'arithmétique athénienne du vote », *Le Genre humain*, n° 22, 1990). L'échec de la démocratie grecque peut être compris dans cette perspective par l'incapacité d'articuler et d'équilibrer les deux dimensions.

timité des conflits et d'hypostasier l'idée d'unanimité (tentation qui n'a cessé d'alimenter les illusions et les perversions minant l'histoire du régime démocratique).

– *Contradiction entre un principe réaliste de décision (la majorité) et un principe nécessairement plus exigeant de justification (l'unanimité).* Il n'y a pas de démocratie possible s'il n'y a pas la possibilité de décider, d'agir avec promptitude, et si on ne reconnaît pas la nécessité de procéder à des arbitrages et à des choix. Mais il n'y a plus de démocratie sans institutions chargées de rappeler en permanence le sens de l'intérêt général et de contribuer, au moins partiellement, à sa réalisation de façon autonome. La vie démocratique implique donc d'organiser une forme de séparation et de tension entre des institutions appartenant au monde de la décision majoritaire et des institutions se rattachant à l'impératif unanimiste de justification.

L'organisation de cette dualité revient à pleinement reconnaître que la démocratie repose sur une fiction ressentie comme nécessaire, l'assimilation de la majorité à l'unanimité. Mais elle l'explicite et lui substitue une coexistence organisée des deux éléments qui la constituent. Le problème est en effet que cette fiction n'a jamais été reconnue comme telle. Ce qui n'est pas le cas ordinaire des fictions en droit. Leur nature et leur usage ne trompent personne dans ce domaine. Les techniques juridiques qui consistent à faire «comme si» n'ont pas pour fonction de cacher quoi que ce soit. Elles permettent seulement de mieux maîtriser les choses, d'en réduire la complexité ou les contradictions pour les rendre plus aisément gouvernables. Les fictions, a-t-on justement souligné, entraînent dans cette mesure «un pouvoir de commander au réel en rompant ostensiblement avec lui[1]». Elles sont clairement ramenées à leur fonctionnalité et ne prétendent pas changer la nature réelle des choses. La fiction

---

1. Yan Thomas, «*Fictio legis.* L'empire de la fiction romaine et ses limites médiévales», *Droits*, n° 21, 1995, p. 20. La fiction, poursuit-il, «apparaît comme une décision de contrer la réalité» (*ibid.*, p. 22).

démocratique fondatrice n'a pas été comprise dans ces termes. Elle n'a même jamais été clairement explicitée : on l'a dissimulée sans la reconnaître. C'était une condition nécessaire pour inscrire l'idée démocratique dans un horizon substantialiste, c'est-à-dire assimiler intellectuellement et politiquement la majorité à un ordre de l'unanimité hors duquel on ne pouvait alors penser. La reconnaissance du dualisme permet de sortir de cette impasse. Il organise de façon visible la séparation entre les deux pôles de l'idée démocratique et invite en permanence à dénouer les fictions implicites qui peuvent en parasiter le sens ou en dévoyer l'organisation. Le gouvernement de la majorité doit ainsi être prosaïquement compris comme une simple *convention empirique* dont le caractère reste toujours soumis à des contraintes supérieures de justification. Il repose sur ce qu'on pourrait appeler une *légitimité imparfaite*, nécessitant donc d'être confortée par d'autres modes de légitimation démocratique.

Parallèlement à ce dualisme des institutions a aussi émergé un dualisme structurant la démocratie comme gouvernement. En tant que pouvoir exécutif, la question du gouvernement est longtemps restée un objet marginal de la théorie politique. L'idée de gouvernement était perçue comme n'ayant pas de consistance propre : elle s'effaçait pratiquement derrière les décisions qui traduisaient son exercice. La centralité attribuée au pouvoir législatif dans la vision démocratique a longtemps justifié cette négligence. C'est le cas dès la période révolutionnaire en France, où l'on oppose fortement le pouvoir légitime de la généralité, auquel s'identifie la loi, au pouvoir suspect de la gestion des particularités, qui constitue l'essence de l'exécutif. La prise en compte de la relative autonomie de la sphère de l'action gouvernementale n'a été que très progressive, tant étaient forts les obstacles intellectuels à sa reconnaissance[1].

---

1. Cf. Joseph BARTHÉLEMY, *Le Rôle du pouvoir exécutif dans les républiques modernes*, Paris, 1907, et Michel VERPEAUX, *La Naissance du pouvoir réglementaire, 1789-1799*, Paris, PUF, 1991.

Mais c'est seulement du point de vue du contenu de l'action et de la décision que le pouvoir exécutif était alors envisagé. Le vaste secteur de l'analyse des politiques publiques témoigne de la permanence de cette approche dans le champ de la science politique contemporaine. C'est aujourd'hui une autre dimension du pouvoir exécutif qui émerge : celle de la *conduite* des gouvernants. Elle est devenue extrêmement sensible dans la conscience citoyenne sans avoir pourtant encore été théo-risée en tant que telle. D'où la tension qui s'établit dorénavant entre une *démocratie des décisions* (encastrée dans la dynamique proprement politique du suffrage universel) et une *démocratie des conduites* (renvoyant quant à elle à un impératif de considé-ration de tous les citoyens).

Les deux continents émergents de l'univers démocratique font de leur côté également système. Par des chemins diffé-rents, on attend en effet qu'ils contribuent à la production d'une *société* plus démocratique ; qu'ils donnent ainsi corps au fait que le projet démocratique est d'instituer une société d'individus égaux autant que de mettre en place un régime de la souve-raineté collective. Ils correspondent sur ce mode à la double demande contemporaine d'une individualisation accrue (avec un souci plus aigu de la particularité des individus) et d'un développement du sens de l'intérêt général (par réduction du poids des intérêts particuliers dans le fonctionnement des institutions).

I

LE SYSTÈME
DE LA DOUBLE LÉGITIMITÉ

1.

Les présupposés
de la légitimité d'établissement

S'il apparaît aujourd'hui évident d'exprimer dans une unité de mesure électorale le fait que «la voix du plus grand nombre oblige toujours tous les autres» (Rousseau), cet énoncé masque pourtant un présupposé décisif: l'idée d'une légitimité politique qui n'atteint sa plénitude et ne réalise son concept qu'à la condition d'un soutien unanime des citoyens, le pouvoir pouvant à ce prix seulement être considéré comme pleinement ancré dans la société. La démocratie impliquant de considérer chaque individu comme porteur de droits irréductibles, le consentement de tous est la seule garantie indiscutable du respect de chacun. Cette appréhension «individualiste» du réquisit d'unanimité fonde en son principe l'État de droit. Les institutions du suffrage universel et de l'État de droit, idéalement superposées, définissent en conséquence de façon conjointe le régime démocratique. Mais l'exigence d'unanimité qui a sous-tendu l'idéal démocratique ne s'est pas limitée à cet énoncé. Ce dernier s'est en effet aussi coulé dans un autre moule: celui d'une interprétation plus anthropologique d'une unanimité exprimant la forme même de la société comme un tout faisant corps. On ne peut comprendre le sens donné à la légitimation électorale des gouvernants sans repartir de cet encastrement de l'exigence juridique-individualiste d'unanimité dans une vision de type holiste ; vision érigeant quant à elle l'unanimité en valeur morale, sociale et politique intrinsèque. Les régimes démocratiques adopteront le principe de majorité comme une nécessité procédurale pratique, une *unanimité arithmétique* des suffrages étant pratiquement irréalisable. Mais ils resteront simultanément immergés dans l'ancien monde politique d'une *unanimité substantielle*. Or cette dernière ne peut en aucune façon être comprise comme la précédente dans les termes d'une équivalence réductrice. La notion de majorité a un sens arithmétique, mais elle ne correspond à rien dans l'ordre anthropologique. D'où l'existence d'une contradiction souterraine qui va miner l'appréhension de la légitimité électorale. Une brève plongée dans l'ancien monde de l'unanimité permet de prendre la mesure du problème.

L'horizon ancien de l'unanimité

Dans le monde antique, la réalisation d'une société unie et pacifiée définissait l'idéal politique. *Homonoia*, la déesse de la concorde, a été célébrée dans les cités grecques et des temples à *Concordia* ont été édifiés dans le monde latin[1]. Participer, dans ces différents univers, c'est d'abord s'affirmer membre d'une communauté ; c'est manifester une appartenance et exprimer l'adhésion à des institutions. C'est le sens, à Rome, de la fameuse formule SPQR, *Senatus populusque romanus*. Elle signifie que le

---

1. Cf. Gaëtan THÉRIAULT, *Le Culte d'Homonoia dans les cités grecques*, Québec, Les Éditions du Sphinx, 1996, ainsi que Frédéric HURLET, « Le consensus et la *concordia* en Occident (Iᵉʳ-IIIᵉ siècles apr. J.-C.) », *in* Hervé INGLEBERT (éd), *Idéologies et valeurs critiques dans le monde romain. Hommage à Claude Lepelley*, Paris, Picard, 2002.

peuple et le Sénat ne font qu'un et n'implique aucune référence à ce qui serait de l'ordre d'un mandat ou d'une délégation. Si « représentation » il y a, ce n'est que dans le sens de la présupposition d'une identification. On ne peut pour cela participer qu'à un ensemble, à une totalité. Il n'y a donc aucune technique politique admise qui conduirait à manifester l'existence d'une division. D'où le rôle central joué par l'acclamation populaire. À Rome, ces acclamations expriment l'idéal de consensus qui doit régner dans les cités comme dans l'Empire. Au niveau municipal, il est ainsi fréquent qu'elles ponctuent le vote des décrets honorifiques en l'honneur des évergètes et des notables[1]. On trouve aussi de nombreuses inscriptions qui valorisent la *postulatio populi*, l'accord populaire, et la formule *postulante populo* est utilisée dans de nombreux *incipit*. C'est souvent au théâtre ou à l'amphithéâtre que se déroulait ce qu'il convient de comprendre comme des « rituels d'unanimité ». La foule et les notables jouaient chacun leur rôle dans cette pièce. La première se trouvait reconnue et valorisée en ayant à s'exprimer, tandis que les seconds avaient besoin des cris de reconnaissance pour se légitimer[2]. Sur un mode émotionnel se mettait ainsi en place une sorte d'économie informelle du politique, un échange indissociablement symbolique (dans l'ordre des honneurs et de la reconnaissance) et matériel (dans l'ordre de la distribution des bénéfices) étant à la fois scellé et célébré par les cris d'acclamation. Mais dans ce cadre, l'accord ou, exceptionnellement, le désaccord ne pouvaient être partiels, ils ne pouvaient qu'être globaux. L'approbation populaire avait tout au plus pour fonction de conclure un processus de marchandage

1. Cf. Christophe HUGONIOT, « Les acclamations dans la vie municipale tardive », *in* H. INGLEBERT, *Idéologies et valeurs critiques dans le monde romain*, *op. cit.*

2. Cf. les développements très éclairants sur ce point de François JACQUES, *Le Privilège de liberté. Politique impériale et autonomie municipale dans les cités de l'Occident romain (161-244)*, École française de Rome, palais Farnèse, 1984 (cf. surtout chap. IX, « Le rôle du peuple dans les élections »).

dont les termes n'étaient jamais formellement explicités, tout en étant en même temps instinctivement présents dans les têtes. Régnait alors ce que la sociologie politique d'aujourd'hui appelle un «consensus apparent[1]». Le «vote», si l'on tient à employer ce terme, n'avait donc pas pour fonction de trancher, d'inaugurer un nouveau cycle politique : il ne faisait que sceller une situation, témoigner du bon fonctionnement de la cité.

Des «rituels d'unanimité» de même nature se retrouvaient aussi sous d'autres cieux, dans les mondes germain et gaulois notamment. Ses manifestations avaient d'ailleurs vivement frappé César et Tacite qui y font longuement référence dans *La Guerre des Gaules* et dans *Germania*. Ils ont l'un et l'autre décrit ces assemblées d'hommes en armes qui exprimaient leur approbation à une proposition de leurs chefs en agitant bruyamment leurs javelots, et rejetant à l'inverse par des murmures un avis qui avait déplu[2]. Là aussi, c'est la foule en tant que telle qui consent. Il n'a jamais été question de compter les voix dans cet univers. L'assemblée populaire n'est dans ce cas qu'une façon de tester et de réaffirmer la cohésion du groupe ainsi que de célébrer la fusion entre le chef et la population (les différents termes germaniques pour «roi» dérivent d'ailleurs de *kin*, «peuple», et aussi du mot qui désigne la tribu). Cette unité est en outre consolidée par son inscription dans une vision religieuse. On reconnaît au chef tribal des qualités surnaturelles permettant de lier la communauté à ses dieux[3]. Les assemblées de guerriers avaient de la sorte une dimension sacrale qu'il n'était pas possible de distinguer d'une dimension

---

1. Cf. Philippe Urfalino, «La décision par consensus apparent. Nature et propriétés», *Revue européenne des sciences sociales (Cahiers Vilfredo Pareto)*, vol. XLV, n° 136, 2007.

2. Cf. Jules César, *La Guerre des Gaules*, livre VIII, 21, et Tacite, *Germania*, chap. XI.

3. Cf. William A. Chaney, *The Cult of Kingship in Anglo-Saxon England : the Transition from Paganism to Christianity*, Manchester, Manchester University Press, 1970.

plus proprement «politique». Les prêtres y jouaient pour cela un rôle essentiel. Ce sont eux qui ouvraient les délibérations des assemblées et avaient un certain pouvoir de coercition sur le groupe en tant que gardiens de la paix tribale. Lorsque l'unanimité se trouvait rompue par un avis ouvertement dissident, le fait était immédiatement perçu comme un mauvais présage, une perturbation menaçante pour l'ordre social, qu'il convenait de faire cesser au plus vite.

L'Église des premiers siècles va s'inscrire dans cette culture antique de la participation-unanimité. Les premières communautés chrétiennes ont voulu réaliser ce qui leur apparaissait comme des idéaux positifs, encore à l'état d'embryon, dans la vie municipale de l'époque[1]. Elles souhaitaient témoigner de la sorte d'une unité rendant hommage à l'idée d'un Dieu faisant corps en ses trois personnes. L'Église va pour cela donner un rôle moteur à l'assemblée des fidèles dans la conduite de ses affaires. Dotées d'un fort sentiment égalitaire, ces communautés, repliées sur elles-mêmes, s'étaient d'ailleurs spontanément organisées sur la base d'un fonctionnement collectif, avant que se forment des autorités plus hiérarchiquement constituées. Le monde chrétien va contribuer dans cet esprit à acclimater et à valoriser tout un vocabulaire de la délibération et de la participation. Fait remarquable, c'est dans son cadre qu'apparaît pour la première fois le terme de *suffrage universel* pour qualifier l'accord de la communauté[2]. Ce sont d'ailleurs aussi ces premiers chrétiens qui ont adopté et valorisé le terme d'*unanimitas* pour traduire leur aspiration à voir s'instaurer entre eux une véritable communion.

Dès le Ier siècle, les apôtres avaient eu recours à l'élection

---

1. Cf. toute la documentation rassemblée sur ce point dans l'annexe «Le rôle du peuple dans l'Église chrétienne d'après la correspondance de S. Cyprien», *in* F. JACQUES, *Le Privilège de liberté*, *op. cit.*

2. C'est sous la plume de Cyprien, évêque de Carthage au IIIe siècle, que se trouve, à ma connaissance, la première occurrence de l'expression *populi universi suffragio* (lettre citée dans *Le Privilège de liberté*, *op. cit*, p. 428).

pour nommer les titulaires des diverses fonctions, y compris subalternes, dans les communautés chrétiennes. La pratique de l'élection des évêques se répand[1] de son côté avec la disparition des premières générations apostoliques, dont l'ascendant sur les croyants était en quelque sorte naturel et incontesté. Son principe sera ensuite solennellement affirmé. Au début du Ve siècle, le pape Célestin Ier promulgue ainsi la règle selon laquelle «personne ne peut être évêque sans avoir été accepté par le peuple chrétien». La formule sera reprise avec constance par ses successeurs. Mais on ne doit pas se méprendre sur le sens que revêt dans ce contexte la notion d'*electio*. Il n'y a là ni candidats, ni bulletins, ni urnes, ni décompte de voix. L'élection se fait *plebe praesente*, c'est-à-dire en présence du peuple, avec son acquiescement, son agrément. L'élection est un rituel de communion, elle exprime la confiance de la communauté vis-à-vis de celui qui la conduira, mais elle n'est pas réglée par des procédures précises. Les récits de telles élections dont on dispose soulignent surtout l'état d'esprit qui règne dans le groupe et suggèrent que la communauté est présente pour confirmer un choix ou une proposition émanant d'un milieu plus restreint de clercs qui a préalablement pu «tâter le terrain». La foule rassemblée s'exprime par acclamation, en disant par exemple *Fiat, fiat, dignum et justum est.* Le but est surtout de manifester la parfaite entente qui règne dans la communauté. On ignore d'ailleurs la façon de dire non ou celle de s'abstenir.

Cette appréhension totalisante du corps politique se retrouve encore à l'aube du XIIe siècle, lorsque se forment les premières ébauches de communes en Italie. L'assemblée populaire, composée de tous les hommes libres, qui constitue l'organe naturellement commandant de ces nouvelles entités, n'est pas forgée sur le mode d'un corps électoral tel que nous pouvons le concevoir aujourd'hui. Le bien commun n'y est pas défini dans

---

1. Cf. l'article substantiel «Élection des évêques» du *Dictionnaire de théologie catholique*, t. IV, Paris, 1911.

la perspective d'une agrégation des points de vue, il s'impose comme une donnée morale et sociale immédiate. L'organisation hiérarchique et corporative des professions et des quartiers structure par ailleurs l'expression de la communauté. La notion moderne de vote n'a donc toujours pas de sens dans ce cadre. L'acclamation reste toujours le mode naturel de formulation du sentiment commun. Jusqu'aux XIIIe et XIVe siècles, on parle ainsi de *laudatio* ou de *collaudatio* pour désigner la manifestation du consentement populaire, mêlant dans ce terme les notions d'expression collective et d'hommage[1]. Lorsqu'ils évoquent l'approbation populaire, la plupart des statuts communaux omettent significativement de mentionner les procédures de délibération et de choix à retenir. Le terme même d'*élection* n'est pas alors lié à la notion de scrutin, c'est-à-dire de recension méthodique des choix individuels. On parle tout au plus d'*electio ad vistam* ou d'*electio ad vocem*[2]. Techniquement, les premiers scrutins ne sont utilisés que dans de petits groupes dirigeants, pour trancher par exemple au sein d'un Conseil communal lorsqu'il y a une forme d'hésitation pour prendre une décision ; compter les voix n'est pas dans ce cas l'expression d'une division sociale, mais seulement le moyen de sortir d'une incertitude. L'idée d'appliquer cette technique du scrutin à l'élection de personnes n'est d'ailleurs pas formulée dans ces anciennes communes. D'où le recours à la technique du tirage au sort dans de nombreux cas pour ne pas risquer de susciter des passions concurrentes dans le choix d'édiles com-

---

1. Cf. Roberto CELLI, *Pour l'histoire des origines du pouvoir populaire. L'expérience des villes-États italiennes (XIe-XIIe siècles)*, Louvain-la-Neuve, Université catholique de Louvain, 1980.

2. Cf. Edoardo RUFFINI, « I sistemi di deliberazione colletiva nel medioevo italiano », in *La Ragione dei più : ricerche sulla storia del principio maggioritario*, Bologne, Il Mulino, 1977. Pour le cas français, cf. la synthèse d'Albert RIGAUDIÈRE, « Voter dans les villes de France au Moyen Âge (XIIIe-XVe siècles) », *Académie des inscriptions et belles-lettres. Comptes rendus des séances de l'année 2000*, juillet-octobre, Paris, De Boccard, 2000.

munaux. Le tirage au sort s'inscrivait de cette façon dans une perspective qui restait holiste, il était un substitut d'unanimité. Loin, là encore, de viser à exprimer une quelconque égalité des individus, c'est la discorde que l'on cherchait toujours à exorciser.

Dans tous ces univers, la notion d'unanimité n'a aucune signification arithmétique, elle ne désigne pas ce qui résulterait d'un dénombrement : elle renvoie essentiellement à une *qualité sociale*. L'unanimité définit l'état d'une collectivité, elle caractérise sa constitution, son enracinement dans la durée. Cette dimension a dessiné ce qu'on pourrait appeler l'horizon implicite des premières appréhensions de la participation populaire à l'expression de la vie collective. Participer à la vie de la cité, à l'origine, n'a ainsi jamais voulu dire prendre parti, manifester son opinion, afficher ses préférences pour un clan ou une faction. C'est au contraire *contre* une telle vision que nous qualifierions aujourd'hui de pluraliste-individualiste que s'est d'abord affirmé l'idéal civique d'inclusion et de participation.

L'invention équivoque de la majorité

La notion de majorité n'avait aucun sens dans une culture de l'unanimité détachée de toute procédure de mesure du consentement. Un tel monde ne se trouvait jamais confronté au fait d'une division arithmétique des opinions. C'est dans le cadre de groupes plus restreints que le problème va être d'abord posé ; essentiellement dans celui de communautés religieuses, groupes caractérisés par leur homogénéité et leur taille réduite[1]. Une

---

1. Cf. les articles de Léo MOULIN, «Les origines religieuses des techniques électorales et délibératives modernes», *Revue internationale d'histoire politique et constitutionnelle*, n^elle série, t. III, avril-juin 1953, « *Sanior et maior pars*. Note sur l'évolution des techniques électorales dans les ordres religieux du VIe au XIIIe siècle» (2 articles), *Revue historique de droit français et étranger*, 1958, ainsi que Jean GAUDEMET, *Les Élections dans l'Église latine des origines au XVIe siècle*, Paris, Éditions Fernand Lanore, 1979.

assemblée conventuelle n'a rien à voir avec la réunion d'une foule dans un cimetière ou sur le parvis d'une église. Chacun est à sa place dans un groupe clairement délimité, une délibération organisée peut s'y dérouler, des règles précises encadrant un choix ou une décision sont susceptibles d'être facilement appliquées. Dans les couvents, le principe de l'élection a été adopté de façon très précoce, témoignant de l'égalité et de la fraternité qui devaient régner dans les communautés monastiques. Mais dans un groupe fermé s'exercent de forts affects nourris par la quotidienneté. Un père abbé n'est pas un chef lointain, son tempérament marque la vie personnelle de chacun. Des voix dissidentes ou simplement réticentes peuvent pour cela assez naturellement émerger dans de telles élections. L'apparition de minorités, même très informelles, a ainsi été dès l'origine constatée dans les réunions conventuelles. Comment ont-elles été reconnues et traitées ? C'est ce qu'il est intéressant de rappeler brièvement.

Dans un premier temps, la division éventuelle des sensibilités et des jugements est appréhendée comme simplement passagère, expression d'une humeur momentanée. Le défaut immédiat d'unanimité est rapidement corrigé par la pratique du ralliement de la minorité à l'avis majoritaire. Les procès-verbaux d'élection peuvent de cette façon enregistrer imperturbablement qu'un accord unanime s'est fait autour de l'élu. Mais il est aussi vite arrivé que les enjeux conduisent à durcir le fait minoritaire, à le constituer en une force relativement cohérente, sinon en un «parti». L'Église a d'abord cherché à contourner cette difficulté, indissociablement philosophique et pratique, en proposant de distinguer la qualité et la quantité des électeurs. Faute de pouvoir constater l'unanimité arithmétique dans certains cas, on a mis en avant la notion de *sanior pars*, désignant globalement le groupe des plus sages, pour tenter de reformuler sur une autre base, plus flexible, les conditions d'une unité d'expression de la communauté. Les notions de *sanior pars* et de *major pars* vont ainsi un moment se recouper et se superposer[1]. Mais cette tentative de pondérer par d'autres éléments la loi du nombre fut rapidement vouée à l'échec, aucun critère simple ne pouvant s'imposer en ce domaine. Pour mettre fin aux interminables querelles sur la détermination de la *sanior pars*, l'Église a fini par reconnaître la validité *technique* du principe majoritaire simple. Les constitutions dominicaines l'adoptent ainsi en 1221. Les chartreux et les bénédictins leur emboîtent le pas pour les mêmes raisons, tandis que le principe majoritaire séduit aussi doctrinalement les communautés plus égalitaristes, à l'instar de celle des franciscains, qui le considèrent comme le prolongement logique de leur vision radicalement égalitaire.

Les mécanismes retenus pour l'élection des papes connaîtront une évolution analogue[2]. La règle de l'élection à l'unanimité par le Sacré Collège s'était naturellement imposée dès le départ comme une sorte d'évidence spirituelle : la tête de l'Église se devait de refléter son unité. Mais les choses n'avaient pas été aussi simples. De nombreux conflits n'avaient pu être résolus et les désaccords avaient dans certains cas poussé au schisme. De l'origine à 1122, 159 papes s'étaient succédé à la tête de l'Église catholique. Mais, pendant la même période, 31 « antipapes » avaient été reconnus par des factions dissidentes. Le phénomène n'avait même fait que s'aggraver avec le temps. Du milieu du IXe siècle au milieu du Xe siècle, sur 26 papes élus, 12 avaient fini par être déchargés de leurs fonctions ; 5 avaient été envoyés en exil et 5 assassinés ! Si tous les papes avaient formellement été élus à l'unanimité jusqu'au début du XIIe siècle, le prix à payer avait ainsi été la multiplication des schismes, comme seule possibilité d'action restant à une minorité, et le

1. Selon une formulation consacrée par le IIIe concile du Latran en 1179.
2. Cf. Josep M. COLOMER et Iain MCLEAN, « Electing Popes : Approval Balloting and Qualified-Majority Rule », *The Journal of Interdisciplinary History*, vol. XXIX, n° 1, été 1998, ainsi que l'article « Élection des papes » du *Dictionnaire de théologie catholique, op. cit.*

développement des luttes intestines souterraines. Pour réagir
à ce divorce, le IIIe concile du Latran décida en 1179 qu'il
suffisait d'une majorité qualifiée des deux tiers pour l'élection
du pape, réduisant du même coup la brutalité des dissidences
antérieures, tandis que l'institution du *conclave*, peu de temps
après, conduisant à reclure ensemble les électeurs, facilitait
l'adoption de compromis[1].

Là encore, l'adoption du principe majoritaire n'avait qu'une
portée technique. Il ne s'inscrivait nullement dans la perspective
pluraliste d'une division naturelle et positive des opinions, qui
restait impensable dans une perspective religieuse. On croyait
alors toujours qu'intrigues et zizanies étaient les seules causes
réelles de l'absence d'unité. L'unanimité continuait de constituer
philosophiquement l'horizon régulateur en matière d'organisation des communautés chrétiennes. Ces techniques et ces pratiques ecclésiastiques, contrairement à une idée répandue, n'ont
nullement constitué un laboratoire des choix démocratiques[2].
L'usage de la procédure électorale majoritaire dans ce cadre
limité n'a en effet eu aucune répercussion dans l'ordre politique.
Alors qu'un Rousseau discute à longueur de page le rôle des
éphores et des tribuns dans l'Antiquité, consacre d'amples développements aux problèmes posés par l'usage du *liberum veto* à
la Diète polonaise et analyse en détail les institutions de cer-

---

1. En ce qui concerne les évêques, on peut noter que c'est la multiplication des divisions qui conduisit la papauté à mettre fin au principe
de leur élection à la fin du Moyen Âge. Sur l'histoire du cas français,
cf. Valérie JULEROT, *« Y a ung grant desordre »*. *Élections épiscopales et schismes dio-
césains en France sous Charles VIII*, Paris, Publications de la Sorbonne, 2006.

2. C'est beaucoup plus tard, à partir de la fin du XIXe siècle, que se
manifestera un intérêt, d'ordre scientifique, pour la question. Cf. les
contributions qui restent essentielles d'Adhémar ESMEIN, « L'unanimité
et la majorité dans les élections canoniques », in *Mélanges Fitting* (1907),
t. I, Aalen, Scientia Verlag, 1969, Ladislas KONOPCZYŃSKI, *Le Liberum
Veto. Étude sur le développement du principe majoritaire*, Paris-Varsovie, Vrin,
1930, et Edoardo RUFFINI, « Le principe majoritaire. Aperçu historique
(1927-1976) », *Conférence*, n° 23, automne 2006.

tains cantons suisses, il ne dit pas un mot de ces pratiques ecclésiastiques. Au moment des révolutions américaine et française,
personne ne les discute, ni ne semble d'ailleurs les connaître. À
la fin du XVIIIᵉ siècle, l'ancien idéal d'unanimité continue ainsi
à gouverner les esprits. Quand Locke ou Rousseau admettent
la technique majoritaire, ils n'ont nullement en tête l'idée
qu'une société politiquement bien ordonnée puisse reposer sur
la confrontation positive d'une majorité et d'une minorité[1]. Ils
sont sur ce point plus proches des anciens ou des théologiens
politiques du Moyen Âge que des penseurs modernes de la
démocratie pluraliste.

Avec l'irruption du droit de suffrage, la question du principe
majoritaire va être posée dans des termes différents, immédiatement pratiques. Mais sans que l'ancien horizon de l'unanimité soit pour autant abandonné. En témoignent les termes
dans lesquels Sieyès, le père de la Constitution française, expose
le problème en 1789. L'auteur de *Qu'est-ce que le tiers état?* ne
s'inscrit plus dans la perspective d'une société-communauté.
L'impératif d'égalité est inclus chez lui dans une vision individualiste du social; il appréhende ainsi explicitement la volonté
générale comme la somme de toutes les volontés individuelles.
Cela le conduit du même coup à ériger l'unanimité en idéal
formel, à la concevoir de façon arithmétique. Si les individus
sont par nature libres et égaux, aucun ne doit en effet être en
situation de dominer les autres et le pouvoir ne peut légitime-
ment procéder que de la volonté de chacun s'unissant à celle
des autres. Mais comment envisager ce qu'on pourrait alors
appeler une «unanimité mécanique» et non plus seulement
l'ancienne «unanimité principe»? Sieyès résout cette difficulté
par un appel à la fiction, la majorité étant considérée comme

---

1. Le problème est clairement exposé *in* Pierre FAVRE, «Unanimité et
majorité dans le *Contrat social* de Jean-Jacques Rousseau», *Revue du droit public*,
janvier-février 1976. Pour Locke, cf. Willmore KENDALL, *John Locke and the
Doctrine of Majority-Rule*, Urbana (Ill.), University of Illinois Press, 1959.

un *équivalent* de l'unanimité. Suivons son raisonnement. «Une association politique est l'ouvrage de la volonté unanime des associés», rappelle-t-il en préalable avant d'ajouter : «On sent bien que l'unanimité étant une chose très difficile à obtenir dans une collection d'hommes tant soit peu nombreuse, elle devient impossible dans une société de plusieurs millions d'individus […]. Il faut donc se contenter de la pluralité»[1]. Cette assimilation de la majorité à l'unanimité est légitimée d'une double façon à ses yeux. D'abord, car il est alors possible de parler d'«unanimité médiate», les membres de la société ayant reconnu unanimement la nécessité de cette assimilation[2]. Mais surtout parce qu'il faut «se résoudre à reconnaître tous les caractères de la volonté commune dans une pluralité convenue[3]». La majorité, pour ces deux raisons, doit donc valoir pour l'unanimité aux yeux de Sieyès. Mais le problème est qu'il n'établit pas clairement s'il s'agit là d'une fiction juridique nécessaire (dont il faudrait tirer toutes les conséquences en matière de rapports entre droit et politique) ou d'une équivalence substantielle. Il laisse du même coup indéterminé le sens de l'adoption de la règle majoritaire pour instituer et légitimer les gouvernants.

Cette ambiguïté va perdurer. En témoigne au premier chef le fait que le terme même de *majorité* reste longtemps très rarement utilisé, la notion technique et plus circonscrite de «pluralité des suffrages» s'imposant presque toujours. C'est clairement le cas au XVIIIᵉ siècle. Dans les années 1840 en France, l'expression n'est par exemple toujours pas entrée dans le vocabulaire politique. Un des principaux dictionnaires du milieu du XIXᵉ siècle note que le mot est «nouveau en politique[4]». Il n'a alors pas de sens

1. Sieyès, *Préliminaire de la Constitution française*, Versailles, juillet 1789, p. 38.

2. *Ibid.*

3. Sieyès, *Vues sur les moyens d'exécution dont les représentants de la France pourront disposer en 1789*, Versailles, 1789, p. 18.

4. *Dictionnaire politique*, Paris, 1842, édité par Pagnerre (article «Majorité»).

précisément arithmétique : on l'assimile à «la voix générale», à «l'assentiment du plus grand nombre». Quand il est utilisé, c'est en effet surtout pour l'opposer au régime précédent du suffrage censitaire. Il est restitué dans une perspective sociale globale et non pas utilisé dans un sens politique technique. Rappelons d'ailleurs que le mot était totalement étranger à la langue du XVIIIᵉ siècle. Il n'y a d'article «Majorité» ni dans l'*Encyclopédie* de Diderot et d'Alembert ni dans l'*Encyclopédie méthodique* de Démeunier. Le terme *majority*, qui a timidement fait son apparition dans le vocabulaire parlementaire britannique de la première moitié du siècle, n'a pas alors été acclimaté en français. Dans son édition de 1814, le *Dictionnaire de l'Académie française* ne parle toujours de majorité qu'au sens de «l'âge compétent pour jouir pleinement de ses droits». Un *Dictionnaire démocratique* de 1848 va même jusqu'à dire qu'il s'agit d'un «terme dangereux et sujet à fausse interprétation[1]». Symétriquement, la notion de minorité est également perçue comme problématique. Elle est ressentie comme une sorte de défi ou d'anomalie dans l'univers démocratique. Elle renvoie soit à la persistance d'un archaïsme, d'une rémanence du passé dans le présent, soit à l'expression d'une idée neuve qui n'est pas encore entrée dans les mœurs[2]. Les minorités ne sont donc pas définies comme des positions politiques, mais seulement comme des moments historiques accompagnant le mouvement de la civilisation ; elles sont structurellement passagères, destinées à s'étioler ou au contraire à s'élargir jusqu'à exprimer un jour le sentiment de la société tout entière.

---

1. Francis WEY, *Manuel des droits et des devoirs. Dictionnaire démocratique*, Paris, 1848 (article «Majorité, minorités»).
2. L'article «Minorité» du *Dictionnaire politique, op. cit.*, distingue ainsi «minorité du passé» et «minorité de l'avenir» sans jamais envisager une quelconque «normalité démocratique» à la présence persistante d'une minorité dans le jeu politique.

La persistance de l'unanimité

L'avènement du suffrage universel a baigné dans l'ancienne culture de l'unanimité. Si la pensée politique de l'époque en porte avec évidence la marque, ce sont aussi les pratiques des régimes démocratiques naissants qui manifestent la persistance des précédentes appréhensions unanimistes de la vie politique. L'exemple des communes américaines de Nouvelle-Angleterre est particulièrement frappant à cet égard. Ces *townships* incarnent au XVIIIe siècle la modernité démocratique. Elles sont gouvernées par un profond *ethos* égalitaire et la vie commune y est réglée par les décisions des assemblées d'habitants. Les premières formes de suffrage individuel sont instituées dans ce cadre, et le respect du principe majoritaire est inscrit dans les statuts de ces cités. Mais, en pratique, les choses ne se passent pas de cette façon. Le souci d'unanimité reste en effet primordial et les assemblées sont beaucoup plus conçues comme des moyens de consolider le groupe que comme des lieux où s'exposent et se tranchent des divergences. La légalité d'une décision qui n'aurait emporté qu'une majorité des suffrages est alors de fait jugée insuffisante. La « vraie » légitimité, aux yeux de tous, ne peut dériver que de l'unanimité. Les conflits sont donc perçus comme illégitimes, imposant des perturbations artificielles et indésirables à l'ordre commun[1]. Si une élection vient à opposer des personnes ou des groupes, c'est, pense-t-on, signe que la communauté est gravement en crise. Les sermons et les discours politiques se rejoignent pendant cette période pour exalter le consensus comme le seul état social normal et désirable[2]. S'il y a des divisions, il faut s'empresser de les

---

1. Cf. Michel ZUCKERMAN, « The Social Context of Democracy in Massachusetts », *The William and Mary Quarterly*, vol. XXV, n° 4, octobre 1968.
2. Cf. Ellis SANDOZ (ed), *Political Sermons of The American Founding Era (1730-1805)*, Indianapolis, Liberty Fund, 1990.

traiter pour les surmonter. Politique démocratique et religion de l'unité se confondent alors totalement.

Lorsque de graves conflits se manifestent et perdurent, nul ne songe à se contenter de les trancher en donnant l'avantage à la majorité. La seule issue qui apparaît viable est celle de la sécession. La minorité se sépare pour que se reforment deux entités homogènes et unies. Les hommes vivent ensemble de façon harmonieuse ou ils se séparent dans le Massachusetts du xviiie siècle ; il n'y a pas de moyen terme. Il est d'ailleurs fascinant d'observer la dynamique urbaine pendant cette période. On voit des villes qui préfèrent renoncer à s'étendre plutôt que de prendre le risque d'accueillir des nouveaux venus appartenant à d'autres Églises[1]. On cherche à tout prix à préserver l'homogénéité du groupe existant, fût-ce au détriment de son intérêt économique et fiscal. À l'inverse, c'est presque toujours sur la base d'un fort consensus, social et religieux, que se découpent de nouvelles entités municipales (à la différence de ce qui se passera un siècle plus tard lors de la conquête de l'Ouest). Ce n'est que très lentement et très progressivement que cette vision évoluera au xixe siècle. Si un Hamilton ou un Madison reconnaissent un rôle positif aux factions dans *Le Fédéraliste*, ils n'accomplissent cependant aucune véritable rupture avec cet ancien horizon. Leur point de vue est purement pragmatique (annuler les méfaits d'une grande division en acceptant de voir les plus petites se multiplier) et n'a pas de portée philosophique. Aux États-Unis comme ailleurs, ce n'est que tardivement, dans la seconde moitié du xixe siècle, que le pluralisme des partis cessera d'être considéré comme une pathologie politique.

L'examen du cas français permet aussi d'approfondir l'enquête sur cette rémanence des visions holistes du social dans la modernité démocratique. En 1789, ce sont les droits de l'individu-citoyen qui sont solennellement consacrés. Le principe

---

1. Cf. les exemples donnés par M. Zuckerman, *Peaceable Kingdoms : New England Towns in the Eighteenth Century*, New York, Alfred Knopf, 1970.

est désormais de compter les têtes et non plus de peser les ordres. L'impératif égalitaire – un homme, une voix – impose pour cela une appréhension arithmétique de la démocratie, en rupture avec les visions de la société de corps. Mais les termes dans lesquels est formulé ce grand basculement conduisent en même temps à exalter la nation-une. « Nous n'avons qu'un seul désir : nous perdre dans le grand tout » : cette *Adresse* de la Commune de Paris a justement été considérée par Michelet comme une des expressions symbolisant l'esprit de la Révolution française. Pour réaliser le nouvel idéal d'égalité et de fraternité, on veut en effet effacer toutes les distinctions et les particularités précédentes. Le sacre de l'individu et l'exaltation de l'unité sociale vont pour cette raison de pair. La nation ne peut alors être comprise que comme une totalité homogène et complète, parfaite antithèse de la précédente société hiérarchique. La volonté générale que les révolutionnaires aspirent à forger doit dans cette mesure se manifester « d'une manière terrible, spontanée et unanime », pour reprendre une formule de l'un des dirigeants du *Cercle social*[1]. L'unanimité et l'immédiateté sont bien perçues de fait comme les deux qualités démocratiques essentielles de la période. Les impératifs de la rupture avec l'Ancien régime conduisent de cette façon à contredire pratiquement le sacre premier de l'individu-citoyen. La nation ne peut être envisagée que comme un grand tout, fondée sur le rejet de tout ce qui s'oppose à elle. Pour Sieyès, elle doit être essentialisée et absolutisée pour s'affirmer, de telle sorte que l'intérêt national puisse s'imposer « pur et sans mélange »[2].

Ces représentations de la volonté générale ont survécu à la période révolutionnaire. En 1848, alors même qu'est proclamé le suffrage universel (masculin), ce sont partout des manifestations unitaires et fraternitaires qui se multiplient. Bien loin

---

1. François-Xavier LANTHENAS, *Motifs de faire du 10 août un jubilé fraternel*, Paris, 1793, p. 19.
2. SIEYÈS, *Qu'est-ce que le tiers état ?*, Paris, PUF, 1982, p. 60.

d'être accueilli comme une condition du pluralisme, permettant l'expression des différences professionnelles ou de la diversité des intérêts sociaux, l'avènement du suffrage universel a d'abord été vécu comme un moyen de manifester la concorde nationale. Ledru-Rollin, l'une des grandes figures de l'époque, a résumé sa vision de cette démocratie naissante dans des termes étonnants. «La science politique est trouvée maintenant, écrit-il […]. Il ne s'agira que de convoquer le peuple par grandes masses, le souverain tout entier, et d'invoquer le consentement unanime dans ces questions où la conscience populaire parle avec tant d'éloquence et d'ensemble par acclamation[1].» Lamartine célébrera avec lyrisme cet unanimisme, voyant dans l'avènement du suffrage universel un moyen de «solidariser tous les individus, toutes les volontés, toutes les forces de la population[2]». La participation politique est pour lui ce qui «mutualise les cœurs et les enthousiasmes» et non pas ce qui organise l'exposition et le règlement des différends[3]. La notion d'élection n'est pas encore liée à cette époque à celle d'arbitrage ou de compétition. L'avènement de la démocratie en 1848 ne semble ainsi que ressusciter et donner consistance aux anciens idéaux d'expression unie de la communauté, comme si l'Ancien régime n'avait consisté qu'à les contrarier. S'il est affirmé dans les règlements électoraux, le principe de majorité reste donc philosophiquement extérieur aux représentations effectivement dominantes du politique.

Avec le premier affrontement des «rouges» et des «blancs», les élections législatives de 1849 marquent certes une rupture en France. Mais elles donnent lieu à une division du territoire plus qu'à une césure à l'intérieur de chaque communauté. L'idéal

---

1. *Le Bulletin de la République*, n° 19, 22 avril 1848.
2. Discours du 6 octobre 1848, *in* Alphonse de LAMARTINE, *La France parlementaire (1834-1851)*, t. V, Paris, 1865, p. 463.
3. Cf. Dominique DUPART, «Suffrage universel, suffrage lyrique chez Lamartine, 1834-1848», *Romantisme*, n° 135, 1er trimestre 2007.

d'unité continue en fait à perdurer. Sous la IIIe République, il n'est ainsi pas rare de voir des candidats élus avec plus de 90 % des suffrages[1]. Ces comportements ne reculent que très lentement, avec l'introduction de partis politiques plus structurés qui survient au début du xxe siècle. Et, même dans ce cadre, continue de s'imposer l'idée qu'une «bonne» politique devrait conduire à supprimer les affrontements partisans. À droite, on pense que si «l'idéologie» ne perturbait pas la vie sociale en entretenant l'idée fallacieuse d'une lutte des classes, tous les honnêtes gens pourraient se retrouver ensemble. À gauche, on défend l'idée que la société sera unie quand aura été mis fin à l'emprise d'une poignée de privilégiés.

Ces représentations et ces pratiques unanimistes du politique ont été particulièrement marquées en France, trouvant dans l'anti-pluralisme de ce que j'ai appelé sa «culture politique de la généralité» un point d'appui essentiel. Mais le phénomène a bien traversé toutes les démocraties naissantes. Même la Grande-Bretagne, berceau du pluralisme, a été marquée dans ses pratiques électorales par le sentiment que les élections étaient l'occasion d'affirmer la cohésion d'une communauté et d'en resserrer les liens. Dans cette société fortement hiérarchisée, les rituels électoraux ont permis à un certain imaginaire communautaire de s'affirmer au xixe siècle, suggérant qu'au-delà des différences apparentes existait ce qui pouvait être considéré comme un peuple[2]. Il est plus encore impossible de penser à un cas comme celui de l'Italie sans mentionner l'élan des plébiscites d'unification qui ont vu les populations de la

---

1. Cf. Alain GARRIGOU, *Le Vote et la Vertu. Comment les Français sont devenus électeurs*, Paris, Presses de la FNSP, 1992, ainsi que Yves DÉLOYE, *Les Voix de Dieu. Pour une autre histoire du suffrage électoral : le clergé catholique et le vote, xixe-xxe siècle*, Paris, Fayard, 2006.

2. Cf. Frank O'GORMAN, «Campaign Rituals and Ceremonies : the Social Meaning of Elections in England, 1789-1860», *Past and Present*, n° 135, mai 1992. Voir aussi les quatre célèbres tableaux de Hogarth sur les élections qui se trouvent au John Soane Museum de Londres.

Péninsule s'exprimer à l'unisson pour faire entrer leur pays dans la modernité démocratique. Le vote a bien correspondu ici à la mise en scène d'un contrat social inaugural, s'imposant comme une sorte de sacrement de l'unité sociale[1]. Le scrutin ne se distingue pratiquement pas dans ce cas de ce qu'étaient les anciennes acclamations. Partout sur le globe, les multiples phénomènes plébiscitaires n'ont depuis cessé de maintenir vive la flamme d'une telle culture politique de l'unanimité.

Ces diverses références à l'impératif d'unanimité appartiennent à l'histoire du monde occidental. Mais l'enquête pourrait sans difficulté être étendue. Sur le continent africain, la place centrale donnée à la palabre n'est également compréhensible que rapportée à l'idéal de consensus qui la sous-tend[2]. Dans le monde musulman, la notion d'*igma* (accord unanime de la communauté) joue aussi un rôle théologique et politique central[3]. Si l'on se tourne vers la Chine, l'impératif d'harmonie renvoie dans ce pays à une vision de la légitimité fondée sur la fusion des différents ordres de la volonté humaine, de la morale et de la nature, qui exclut de considérer positivement le conflit; les idées de bien commun et d'unité sociale s'y superposent complètement. Dans les communautés monastiques du Japon médiéval, c'est la notion d'*ichimi dôshin* (la communion des cœurs) qui servait à qualifier la « décision » du groupe[4]. Ces

---

1. Cf. Gian Luca FRUCI, « Il sacramento dell'unità nazionale. Linguaggi, iconografia e pratiche dei plebisciti risorgimentali (1848-1870) », *in* Alberto Mario BANTI et Paul GINSBORG (éds), *Il Risorgimento (Storia d'Italia. Annali)*, Turin, Einaudi, 2007.

2. Cf. Jean-Godefroy BIDIMA, *La Palabre. Une juridiction de la parole*, Paris, Michalon, 1997, ainsi que Sherif EL-HAKIM, « The Structure and Dynamics of Consensus Decision-Making », *Man*, vol. XIII, 1978.

3. Cf. Marie BERNAND, *L'Accord unanime de la communauté comme fondement des statuts légaux de l'Islam*, Paris, Vrin, 1970.

4. Sur cet exemple et sur beaucoup d'autres cas de décision par consensus issus du monde non occidental, cf. la riche et suggestive série d'études rassemblées par Marcel DETIENNE (éd), *Qui veut prendre la parole ?*, Paris, Seuil, 2003.

différentes évocations, que l'on aurait pu sans difficulté multiplier, suggèrent bien le caractère universel des approches de la
légitimité comme produit de l'unanimité.

Impensé du fait majoritaire
et crise structurelle des démocraties

La règle majoritaire s'est ainsi introduite presque subrepti-
cement dans la constitution des démocraties, comme une sorte de
nécessité pratique qui n'a jamais été, en son origine, pleinement
réfléchie. Elle s'est imposée sans que la notion de majorité ait
été philosophiquement fondée et dotée d'un véritable statut
constitutionnel[1]. Le suffrage universel a pourtant, dans les faits,
progressivement changé les termes du problème. Cessant d'être
l'espèce de sacrement de l'unité sociale des origines, marquant
l'avènement des peuples à l'âge de leur autonomie, il va devenir
un moyen d'expression de la division sociale. Avec lui, c'est en
effet aussi l'urne pacifique qui s'est substituée au fusil de l'insurrection. Il va de cette façon pouvoir s'intégrer dans la perspective de la lutte des classes, constituer un mode d'expression et
de règlement des conflits. Mais du sein même de ce nouvel usage
du suffrage, en rupture avec son assimilation antérieure à une
sorte de fête de l'unanimité, vont encore persister les anciennes
représentations du social. Beaucoup reportent seulement aux
lendemains de la Révolution, après l'abolition de la condition
prolétaire, l'idéal premier. À la fin du XIXe siècle, fort peu de voix
en Europe (la situation est différente aux États-Unis[2]) recon-

---

1. Notons qu'il n'y a que très peu de travaux théoriques consacrés à la
question. L'ouvrage de Pierre FAVRE, *La Décision de majorité* (Paris, Presses
de la FNSP, 1976), s'intéresse surtout, dans la lignée de Condorcet ou
d'Arrow, aux paradoxes de l'agrégation majoritaire des préférences, ce qui
est différent.

2. En témoigne le fait que l'ouvrage fondateur d'Arthur BENTLEY sur
la théorie du pluralisme des groupes d'intérêts, *The Process of Government*,
est publié dès 1908.

naissent encore la légitimité durable des conflits d'intérêts et des affrontements[1].

La dénonciation des partis politiques qui se retrouve partout à la fin du XIXᵉ siècle ne procède pas seulement d'une analyse de leurs dysfonctionnements. Elle doit également s'apprécier dans le cadre d'une économie générale des représentations du social. Les partis sont d'autant plus vilipendés que leur critique permet de les ériger en boucs émissaires de la zizanie des opinions. Le fait de les vouer aux gémonies a alors évité de s'interroger en profondeur sur le sens des divisions en démocratie. Les voies nouvelles de la *généralité démocratique*, dans le cadre d'une société d'individus qui ne pouvait plus s'inscrire dans l'ancien horizon unanimiste, n'ont du même coup ni été réfléchies, ni été explorées. La légitimation par les urnes est restée fondatrice, mais elle a changé de nature ; elle a été dépouillée de son aura première. Le suffrage universel s'est alors de fait réduit à un indispensable « pouvoir du dernier mot ». Sa force de légitimation juridique est restée intacte, mais sa puissance de justification morale en a été définitivement atteinte, sans que le problème ait été clairement analysé.

L'élection substantielle

La légitimité d'établissement ne s'était pas seulement référée en son origine à l'horizon d'une expression populaire unanime. Elle s'était également liée au XIXᵉ siècle au présupposé d'une dimension substantielle de l'élection. Pendant toute la période de lutte pour la conquête du suffrage universel, l'idée que la réforme électorale permettrait, de façon quasi automatique, de satisfaire les besoins du plus grand nombre était en effet largement partagée. Les arguments en faveur du suffrage universel avancés dans le Royaume-Uni et dans la France de la première

---

1. Cf. sur ce point mon ouvrage *Le Peuple introuvable. Histoire de la représentation démocratique en France* (Paris, Gallimard, 1998).

moitié du XIXᵉ siècle ont témoigné de la centralité de cette vision.

Au Royaume-Uni, on le sait, les chartistes avaient fait de l'extension du droit de vote le cœur de leur manifeste adopté en 1838. La lutte pour les salaires, la question des conditions de travail, le rejet des *working houses* : tout ce qui constituait le malheur ouvrier était compris comme la conséquence nécessaire du suffrage censitaire. Si le riche est puissant, disaient les chartistes, c'est qu'il participe à la fabrication des lois ; et c'est parce qu'il peut légiférer qu'il est riche. Bronterre O'Brien, le principal théoricien du chartisme, faisait donc du suffrage universel «la grande panacée de tous les maux[1]». Harney, une autre figure du mouvement, grand ami d'Engels, résumait de son côté les choses en disant : «Nous demandons le suffrage universel parce que nous croyons qu'il nous donnera du pain, du bœuf et de la bière. Le suffrage universel procurera le bonheur universel[2].» On retrouvait le même type d'approche dans la France d'avant 1848. «Gouvernement représentatif veut dire mécanisme gouvernemental à l'aide duquel les intérêts du peuple obtiennent satisfaction», résumait une grande figure de la *Société des amis du peuple*[3]. Au moment de la première bataille pour la réforme électorale, l'un des plus fameux pamphlétaires de la période, Claude Tillier, notait abruptement : «Les droits politiques donnent du pain au peuple. Si le peuple était souverain, il ne se laisserait point couper sa tartine comme un enfant[4].» «Ceux qui font la loi la font pour eux» : tel était en effet le leitmotiv de l'époque. Lorsque le suffrage universel sera

1. Cité par Patricia HOLLIS, *The Pauper Press. A Study in Working Class Radicalism of the 1830's*, New York, Oxford University Press, 1970, p. 258.

2. Cité par Édouard DOLLÉANS, *Le Chartisme (1830-1848)*, Paris, 1912, t. I, p. 285.

3. *Discours du citoyen Desjardins sur l'association républicaine*, Paris, 1833, p. 11.

4. *Lettre au système sur la réforme électorale* (1841), *in* Claude TILLIER, *Pamphlets (1840-1844)*, Paris, 1906, p. 61.

proclamé en 1848, l'immense majorité du peuple pensa pour cela qu'une nouvelle ère économique et sociale allait s'ouvrir. « À dater de cette loi, il n'y a plus de prolétaires en France », ira jusqu'à dire avec lyrisme Ledru-Rollin[1]. La « bonne représentation » que garantissait le vote de tous était comprise comme devant conduire à la mise en œuvre d'une « bonne politique », profitant nécessairement au grand nombre. Ces attentes et ses espérances seront vite déçues, des deux côtés du *Channel* comme partout où elles s'étaient manifestées. Mais il en restera toujours une trace, qui participera sourdement à une certaine désacralisation de l'épreuve électorale, affaiblissant un peu plus les termes dans lesquels avaient été comprises au point de départ ses vertus.

Le sens d'un désenchantement

Établis sur une sorte d'aveuglement à leur véritable nature, les régimes démocratiques modernes ont été fragilisés en leur origine. La longue suite de désenchantements qui ont marqué leur histoire trouve là un de ses ressorts essentiels. Le terme de *crise de la démocratie*, qui appartient en Europe à la langue politique des années 1920, a traduit un moment de précipitation, au sens chimique du terme, des conséquences produites par cet impensé natif. Mais les racines du problème étaient beaucoup plus anciennes. On ne saurait donc concevoir une telle crise comme la conséquence d'une perturbation, ou d'une trahison, qui aurait affecté le cours d'un projet précédemment consistant. Il a seulement fallu du temps pour que le développement des régimes démocratiques fasse ressortir, avec leur plein effet, les apories de leur fondation. Au premier ébranlement des années 1880-1890, avec son cortège de fièvres antiparlementaires et de réactions apeurées, a succédé quelques décennies plus tard, dans

---

1. Dans une déclaration du gouvernement provisoire due à sa plume, in *Bulletin de la République*, n° 4, 19 mars 1848.

les années 1920-1930, le temps des interrogations plus radicales et plus frontales. Ces dernières ont fini par nourrir et par activer mortellement le fantasme totalitaire d'un retour forcé à un monde de l'unanimité, restaurant dans la société des individus les anciennes représentations de la société holiste. Sur un mode plus apaisé, c'est aussi la période où beaucoup chercheront à faire revivre la perspective proudhonienne d'une démocratie encastrée dans des groupes sociaux et professionnels jugés «naturels». En espérant ainsi redonner forme – à l'échelle plus réduite de chaque groupement – à un monde uni et cohérent. Mais dès la fin du XIXe siècle, une autre voie, plus modeste et plus efficace à la fois, est aussi explorée pour remédier aux dysfonctionnements du système électoral-représentatif et au déficit de légitimité qui en découle : celle de l'institution d'un pouvoir administratif incarnant l'intérêt général.

2.

La légitimité d'identification
à la généralité

Administration et politique, brève histoire

Le projet d'ériger l'administration en un pouvoir doté d'une certaine marge d'autonomie a été formulé au tournant du XXe siècle. Le simple fait de penser dans ces termes opérait une rupture majeure avec toutes les appréhensions antérieures de la politique démocratique. Historiquement, en effet, la démocratie avait été fondée sur l'organisation contraire de la stricte dépendance de toutes les institutions vis-à-vis de la souveraineté populaire, cette dernière étant considérée comme la seule expression valide du bien public. Le pouvoir issu des urnes devait imposer sans restriction chacune de ses décisions, et l'administration était conçue comme son pur prolongement. L'expression même de «pouvoir administratif» n'avait donc aucun sens dans ce cadre, sauf à qualifier une forme d'usurpation coupable. La façon dont les choses étaient envisagées en Amérique et en France, les deux premières terres d'affirmation du suffrage universel, en témoignait.

En Amérique, l'instauration du système des dépouilles[1], qui faisait du parti au pouvoir le quasi-propriétaire des emplois publics, avait illustré cette conception. L'origine de la pratique remontait à Jackson. Élu président en 1829, il avait souhaité incarner un nouvel esprit démocratique, radicalisant la marque qu'avait déjà cherché à imprimer Jefferson. Il avait voulu rompre avec la conception « aristocratique » du gouvernement représentatif des pères fondateurs et en finir avec la prétention à l'indépendance de nombreux fonctionnaires. Il fit subir une forte purge à l'administration, pour nommer des hommes acquis aux idées nouvelles qui s'étaient imposées dans les urnes. Le but était de « démocratiser » l'État et de lutter contre ce qu'il stigmatisait comme des privilèges inadmissibles (l'autonomie de la Banque des États-Unis étant particulièrement visée comme « monstre » anti-démocratique). Faire avancer la démocratie impliquait ainsi logiquement pour lui de placer les fonctionnaires sous la coupe directe de ceux qui avaient remporté les élections.

La perspective était la même en France. Dès la période révolutionnaire, l'obsession était d'en finir avec le « pouvoir ministériel » assimilé à l'essence même de l'Ancien Régime. La hantise des hommes de 1789 était que le monde des bureaux s'érige en pouvoir propre. Toute structure intermédiaire perturbant le face-à-face de la nation et de ses représentants élus était alors *a priori* suspectée de faire obstacle à l'expression de la volonté nationale et de constituer une machination contre la liberté. C'était d'ailleurs même plus radicalement le pouvoir exécutif, compris comme un pouvoir purement délégué, que l'on suspectait alors[2]. Les révolutionnaires ne cesseront de le rabaisser

---

1. Le *spoil system* désigne, aux États-Unis, le droit qui est reconnu au parti arrivé au pouvoir de destituer et de nommer librement les fonctionnaires.

2. Cf. mes développements sur ce point in *L'État en France, de 1789 à nos jours* (Paris, Seuil, 1990), et *Le Modèle politique français* (Paris, Seuil, 2004).

en rappelant que les ministres ne sont que les simples serviteurs du pouvoir législatif. On ira en 1794 jusqu'à les supprimer officiellement au profit de la constitution de comités directement rattachés à l'Assemblée, pour marquer symboliquement que l'expression de l'intérêt général ne pouvait avoir qu'un seul visage! On concevait plus largement que le rôle des employés publics devait se limiter à une tâche de pure exécution mécanique des lois, totalement subordonnée aux directives du pouvoir politique. «Ce sont les délégués de la souveraineté qui nettoient nos rues et qui allument nos réverbères», remarquait ainsi ironiquement un publiciste dans les années 1820[1]. Dans ce contexte, personne ne pouvait même imaginer qu'existe positivement un phénomène administratif ayant sa consistance propre[2].

Cette vision théorique de la subordination nécessaire au politique fut cependant progressivement ébranlée dans les faits par la multiplication des pratiques de clientélisme, avec les effets pervers qui en résultaient. L'adoption de critères objectifs de sélection des employés publics avait pour cette raison partout été discutée dès la première moitié du XIXe. Les regards s'étaient notamment tournés vers les territoires allemands qui avaient alors ouvert la voie d'une structuration rationnelle de la fonction publique. De nombreuses missions d'observation étrangères avaient étudié dès les années 1830 et 1840 le système prussien ou celui du Wurtemberg. Édouard Laboulaye rapportera de l'un de ces voyages une étude qui fera référence en Europe et restera citée jusqu'à la fin du XIXe siècle[3]. Les projets qui s'en inspirent peineront cependant à aboutir. En 1845, la Chambre des députés française repousse ainsi l'idée que l'admission dans des services rétribués par l'État soit conditionnée à des critères

---

1. Pierre-Paul ROYER-COLLARD, cité *in* Guy THUILLIER, *Témoins de l'administration, de Saint-Just à Marx*, Paris, Berger-Levrault, 1967, p. 29.
2. Le premier ouvrage qui marque une rupture sur ce point est celui d'Auguste VIVIEN, *Études administratives*, 2e éd., 2 vol., Paris, 1852.
3. «De l'enseignement et du noviciat administratif en Allemagne», *Revue de législation et de jurisprudence*, t. XVIII, juillet-décembre 1843.

d'aptitude vérifiés par le moyen d'un concours ou d'un examen. La perspective de fixer des règles pour l'avancement et la promotion est simultanément rejetée. Si les bénéfices attendus de ces mesures étaient presque unanimement reconnus, la crainte de voir la liberté d'action des ministres affaiblie par ce biais restait plus forte. Tous les camps politiques en convenaient. Un des plus célèbres écrivains républicains de l'époque, Cormenin, écrivait ainsi : « Nous ne voyons pas trop ce que nous gagnerions à avoir des expéditionnaires inamovibles sous des ministres amovibles. Nous voulons que ceux-ci aient les coudées larges et qu'ils puissent se mouvoir avec aisance dans le cercle de leur action[1]. »

Cette situation n'a évolué que très lentement. Sous la pression des mouvements d'opinion dénonçant le système du patronage, la Grande-Bretagne a innové dans les années 1850, accordant aux employés publics des garanties contre les influences politiques et parlementaires. En 1870, le système du concours de recrutement y est généralisé, permettant de mettre sur pied un *Civil Service* moderne. Les États-Unis emboîteront le pas avec le *Pendleton Act* de 1883 ; même si la réforme n'a fait que corriger à la marge le *spoil system*, introduisant pour certains fonctionnaires seulement (représentant environ 10 % des effectifs) un critère de mérite dans le recrutement[2].

La force des résistances était alors particulièrement marquée en France. Des voix s'y élevaient certes de tous les côtés depuis de longues années pour dénoncer le caractère dissolvant du « favoritisme » qui revenait à privatiser les emplois publics, en associant la distribution des postes à des formes de clientélisme et de népotisme. Au milieu des années 1880, un rapport parlementaire constatait encore avec impuissance : « L'instituteur

---

1. Cité par Paul BASTID, *Un juriste pamphlétaire, Cormenin*, Paris, 1948.
2. Sur cette construction d'une fonction publique organisée, cf. la synthèse de Françoise DREYFUS, *L'Invention de la bureaucratie. Servir l'État en France, en Grande-Bretagne et aux États-Unis (XVIIIᵉ-XXᵉ siècles)*, Paris, La Découverte, 2000, ainsi que les données rassemblées dans *L'État en France, de 1789 à nos jours, op. cit.*

est à la merci du préfet, qui le nomme, le suspend, le ruine à son gré [1]. » Mais les députés et les sénateurs, autant que les ministres, n'étaient pas pressés de renoncer à la possibilité de placer leurs candidats aux différents emplois. L'idée que les employés de l'État devaient être sous la coupe des pouvoirs élus restait donc très prégnante. Elle était toujours justifiée par les élus comme participant d'une exigence démocratique. Les épurations administratives s'étaient en conséquence succédé tout au long du XIXᵉ siècle, obéissant au rythme des changements de régime ou de simple majorité [2]. La plus forte d'entre elles avait suivi la victoire républicaine aux élections d'octobre 1877. En 1879, le Conseil d'État avait à son tour été sévèrement épuré. Des membres de la majorité justifieront l'entreprise à la Chambre des députés en soulignant la nécessité d'avoir dans ce corps « l'unanimité au point de vue républicain ». L'intention d'« éliminer des fonctions publiques les plus hautes comme des plus humbles tous les éléments d'hostilité à la République » était alors vivement encouragée [3]. L'opération sera prolongée en 1883 en touchant la magistrature. Ces actions, malgré leur coût de désorganisation, sont apparues à chaque fois légitimes aux yeux de la majorité en place. Dans les congrès du Parti radical du début du XXᵉ siècle, il était ainsi encore fréquent de voir votées des motions qui invitaient à renvoyer les fonctionnaires jugés réactionnaires et cléricaux pour leur substituer des hommes « sincèrement républicains [4] ». Si un certain impératif de moder-

---

1. Rapport présenté en 1886 par Théodore Steeg au nom de la Commission de l'enseignement de la Chambre des députés (cité in *Histoire de la fonction publique en France*, t. III, Paris, Nouvelle Librairie de France, 1993).

2. Cf. l'ouvrage collectif *Les Épurations administratives, XIXᵉ et XXᵉ siècles*, Genève, Droz, 1977.

3. Cf. « L'épuration de 1879 », in *Le Conseil d'État, 1799-1974*, Paris, Éditions du CNRS, 1974.

4. Cf. Armand CHARPENTIER, *Le Parti radical et radical-socialiste à travers ses congrès (1901-1991)*, Paris, 1913 (cf. chap. XIII, « Les fonctionnaires »).

nisation de l'État était bien reconnu, la force contraire des résistances doctrinales l'emportait donc toujours.

Cette vision des rapports entre administration et politique va se trouver profondément modifiée à la fin du XIXe siècle. Si l'on en reste au cas français, plusieurs facteurs y ont contribué. L'État a d'abord fortement augmenté son volume, rendant du même coup plus centrale la question de son efficacité. Le Parlement, surtout, a largement perdu son prestige. Il n'a plus été assimilé comme auparavant à une conquête démocratique majeure. Il a, au contraire, fini par symboliser la perversion des idéaux d'origine. L'antiparlementarisme s'est affirmé du même coup avec force dans les années 1890, alimenté par la multiplication des «affaires» dont le scandale de Panama a constitué l'expression emblématique. La justification de la soumission de l'administration à la politique s'en est trouvée du même coup singulièrement affaiblie. Si la doctrine voyait toujours dans la loi «l'expression de la volonté générale», l'enchantement était rompu pour la masse des citoyens. Les institutions représentatives n'incarnaient plus à leurs yeux la République et la force justement commandante du suffrage universel. Les déceptions de la gauche et les vieilles réserves aristocratiques de la droite se sont alors rejointes pour inviter à porter un regard différent sur les moyens de réaliser l'intérêt général. On a de moins en moins cru que ce dernier résultait mécaniquement de l'expression du suffrage. Une certaine distinction de la démocratie (dérivant de la formation des majorités) et de la République (exprimant substantiellement la généralité sociale) s'est opérée dans ce mouvement. En a notamment témoigné le très net déclin de l'usage du mot «démocratie» pendant cette période pour désigner l'idéal politique.

Une révolution équivalente s'est produite dans l'Amérique de ces mêmes années 1890-1900. Ce sont surtout les partis qui sont ici sur le banc des accusés. Ils apparaissent comme les agents principaux du dévoiement de l'intérêt général, se constituant en entreprises organisées de manipulation, de corruption et de prévarication. Le constat des ravages de la corruption est alors perceptible par tous[1]. Ce qu'on appelle le *Progressive Movement* représente dans ce contexte une tentative de sortir de l'ornière et de régénérer la promesse démocratique. Trois grandes voies sont simultanément explorées. La première est de resserrer le contrôle des citoyens sur leurs représentants et de développer des formes de démocratie directe. C'est le moment de conception du système des primaires, qui vise à réduire le poids des appareils partisans. Sont aussi mises en place des procédures d'initiatives populaires et de référendums dans de nombreux États de l'Ouest ; la possibilité de révoquer des élus (*recall*) est également introduite. La formation d'autorités indépendantes de régulation, sur le modèle de l'*Interstate Commerce Commission* de 1887, rencontre en deuxième lieu un écho populaire favorable (nous y reviendrons dans la partie suivante). Une troisième voie, celle qui nous intéresse ici, est en outre envisagée : celle de l'établissement d'une administration gouvernementale à la fois plus autonome et plus rationnelle. Si la corruption est le poison de la démocratie, c'est parce qu'elle est la forme la plus caricaturale, la plus extrême, d'une privatisation de la chose publique. Loin d'être assimilés à des instances contribuant à l'expression de l'intérêt général, les partis symbolisent à cette époque une forme de dérivation de ce dernier au profit d'intérêts particuliers. L'idée qu'il fallait «soustraire aux influences politiques» (*keeping out of politics*) la gestion du bien commun s'impose donc dans ce contexte, contredisant d'une manière qui finit par être perçue comme une évidence les visions canoniques de la démocratie. Une administration forte, en conclut-on, peut édifier un rempart contre de telles tentatives d'accaparement en établissant les bases matérielles d'une meilleure résistance

---

1. Cf. Richard L. McCormick, «The Discovery that Business Corrupts Politics : a Reappraisal of the Origins of Progressivism», *in* Kristofer Allerfeldt, *The Progressive Era in the USA, 1890-1921*, Abingdon, Ashgate, 2007.

aux pressions de l'univers partisan. C'est dans cette direction que va se constituer une idéologie progressiste de la légitimité d'un *pouvoir administratif objectif*.

En Amérique ou en France, les deux pays ayant le plus précocement adopté le suffrage universel, le souci de concevoir de façon plus substantielle le régime de l'intérêt général s'affirme ainsi de concert à partir des années 1880. Cette redéfinition, qui conduit à reconnaître une légitimité par identification à cet intérêt général, s'est construite autour de deux grandes perspectives : la mise en œuvre d'un *corporatisme de l'universel* et la constitution d'un *pouvoir administratif objectif*[1]. C'est en France que la première voie a été le plus systématiquement explorée. En Amérique, c'est le projet d'édification d'une administration rationnelle, soustraite à l'univers partisan, qui a plutôt retenu l'attention. Dans les deux cas, l'idée a bien été de mettre en place des pouvoirs substantiellement opérateurs de généralité. C'est ainsi dans l'Amérique libérale du tournant du XXᵉ siècle qu'a été paradoxalement formulée pour la première fois une doctrine moderne de la légitimité proprement démocratique du pouvoir administratif. Paradoxe qui fait écho à la constitution simultanée dans la France jacobine de la doctrine du corpora-

---

1. Pour être exhaustif, il conviendrait aussi de mentionner une troisième approche du fait administratif : celui des juristes allemands. Gerber, dès 1865, puis surtout Jellinek élaborent une importante théorie de la personnalité morale de l'État (les deux volumes de *L'État moderne et son droit* de ce dernier paraissent en 1900, cf. la réédition critique de la traduction française, LGDJ, 2005). Mais la perspective n'est pas celle que l'on rencontre alors en France et aux États-Unis. Le but est en effet, de façon plus limitée, de justifier la distinction de l'État et du monarque à un moment où ce dernier s'appuyait encore sur une théorie patrimonialiste de l'État. Sur ces doctrines et leur réception en France, cf. les contributions rassemblées *in* Olivier BEAUD et Patrick WACHSMANN, *La Science juridique française et la Science juridique allemande de 1870 à 1918* (Strasbourg, Presses universitaires de Strasbourg, 1997). Plus tard, au début des années 1920, les appels de Carl Schmitt à édifier un « État neutre » pour briser le jeu des partis politiques présentent également des traits distincts.

tisme de service public. Double preuve que l'histoire effective de la démocratie est bien éloignée des stéréotypes paresseux et répétitifs dans lesquels elle est trop souvent confinée !

Le corporatisme de l'universel[1]

Les années 1880-1914 sont celles du grand essor des sciences sociales en France. Toutes les théories juridiques et politiques précédentes du sujet et de la souveraineté vont s'en trouver ébranlées. En sociologie, les travaux de Fouillée, d'Espinas, puis surtout de Durkheim, disqualifient notamment les visions antérieures de la démocratie de la volonté. Un des grands juristes de la période, Léon Duguit, va radicalement reconsidérer sur cette base l'appréhension de l'État. Ses travaux sont dès l'origine marqués par la prise de conscience que les doctrines individualistes de la Révolution française ne correspondent plus à l'état des sociétés de son temps. Cela le mène, dans l'ordre politique, à rompre avec les théories qui ne conçoivent la formation du lien social que sous les espèces d'un contrat politique entre individus érigeant une puissance sociale centrale. C'est donc la doctrine française de la souveraineté, conçue comme une entité collective commandante, dans laquelle la puissance publique est comprise comme un droit subjectif, qu'il récuse. Cette théorie a hérité pour lui des catégories du droit public moderne construites depuis Bodin à partir des concepts du droit privé romain. La notion de puissance politique, l'*imperium*, a été pensée dans leur cadre sur le modèle du *dominium*, de la propriété individuelle, avec tous ses attributs. D'où la vision d'un État patrimonial qui a dominé l'Europe à une certaine époque et qui s'est particulièrement enracinée

---

1. J'emprunte l'expression à Pierre Bourdieu (cf. son *Post-scriptum* «Pour un corporatisme de l'universel», in *Les Règles de l'art. Genèse et structure du champ littéraire*, Paris, Seuil, 1992), mais en lui donnant un autre champ d'application que celui des milieux intellectuels.

dans la vision française, l'idéal jacobin n'ayant fait que transférer à un souverain collectif les attributs de l'ancien pouvoir royal[1]. La nouvelle compréhension du fonctionnement de l'interdépendance sociale produite par la sociologie implique pour Duguit de rompre avec ces approches, en leur substituant une conception plus objective du rôle de l'État. «À la notion de puissance publique se substitue celle de *service public*», conclut-il de ce renversement de perspective[2].

L'État moderne ne peut donc plus se définir pour Duguit comme une «puissance qui commande». Il doit plutôt être compris comme «une coopération de services publics organisés»[3]. Les gouvernants, du même coup, ne sont plus appréhendés comme les organes d'une autorité qui surplombe la société après avoir été institués par elle; ils sont plus prosaïquement les gérants des affaires de la collectivité. «S'il y a une puissance publique, résume-t-il, elle est un devoir, une fonction et non point un droit[4].» La notion, centrale dans son œuvre, de service public désigne les activités jugées «indispensables à la réalisation et au développement de l'interdépendance sociale[5]», exigeant donc d'être assurées de façon sûre et continue. Ce changement radical de perspective concernant le rôle de l'État se prolonge naturellement chez ce juriste par une redéfinition des fondements du droit public. Au droit subjectif de commandement est substitué un droit objectif des tâches à accomplir: «Le droit public moderne, souligne-t-il, devient un ensemble

1. Cf. ses développements dans le premier chapitre de l'ouvrage *Les Transformations du droit public*, Paris, 1925.
2. Léon Duguit, *Traité de droit constitutionnel*, n^elle éd., t. I, préface à la deuxième édition de 1920, Paris, 1927, p. X. Les premières formulations de ses théories se trouvent dans *L'État, le Droit objectif et la Loi positive* (1901), et dans *L'État, les Gouvernants et les Agents* (1903). Une réédition de ces deux ouvrages, préfacée par Franck Moderne, a été publiée par Dalloz en 2003.
3. *Ibid.*, t. II, *La Théorie générale de l'État*, p. 59.
4. *Ibid.*, p. 62.
5. *Ibid.*, p. 61.

de règles déterminant l'organisation des services publics et assurant leur fonctionnement régulier et ininterrompu[1]. »

L'approche de Duguit le conduit à envisager dans des termes nouveaux la question de la légitimité politique. « La puissance publique, écrit-il, ne peut point se légitimer par son origine, mais seulement par les services qu'elle rend conformément à la règle de droit[2]. » Il substitue ainsi la notion d'intérêt général à celle de volonté générale pour fonder la légitimité du pouvoir administratif. C'est dire que l'essentiel réside dans la finalité, dans l'objet de l'action publique et non pas dans son mode d'institution. D'où la notion de *droit objectif* avancée par Duguit. La loi n'est plus appréhendée comme l'expression de la volonté générale, pour reprendre la célèbre formule révolutionnaire : elle est directement constituée par la formalisation de l'intérêt social que cette volonté était censée incarner. La rupture avec la vision rousseauiste du contrat est donc totale. Le mécanisme de construction d'une volonté souveraine à travers la procédure électorale perd en effet sa centralité au profit d'un travail objectif de reconnaissance des besoins de la société dérivés de ses formes d'organisation et de sa nature. Ce sont ces besoins qui dictent à la puissance publique ses devoirs ; et cette dernière ne peut se justifier que par sa *fonction*. D'où le rôle clef que les sciences sociales peuvent être amenées à jouer dans cette perspective. Duguit n'a pas été le seul à s'engager dans cette voie. Il n'a été que le plus éminent représentant d'un large mouvement qui a parfois été qualifié d'école du « droit social »[3].

---

1. *Les Transformations du droit public*, op. cit., p. 52.
2. *Traité de droit constitutionnel*, op. cit., t. I, p. IX.
3. L'ouvrage de Georges Gurvitch, *L'Idée du droit social*, Paris, 1932, constitue toujours une bonne introduction à ce mouvement. Cf. aussi, plus récemment, l'ouvrage très éclairant de H. Stuart Jones, *The French State in Question : Public Law and Political Argument in the Third Republic*, Cambridge, Cambridge University Press, 1993. L'œuvre de Maurice Hauriou mérite aussi d'être analysée dans ce cadre. Il est en effet l'autre grand théoricien du service public. Lui aussi appréhende prioritairement

Ses idées ont eu un impact considérable, bien au-delà du cercle immédiat des facultés de droit. Elles ont trouvé un écho favorable dans de nombreux milieux réformateurs. Harold Laski, le célèbre théoricien politique anglais, a ainsi pu écrire que l'empreinte laissée par le Bordelais sur sa génération «peut être comparée à celle de l'*Esprit des lois* en son temps. Disciples et adversaires furent obligés de réadapter leurs conceptions à la nouvelle perspective qui leur était indiquée». L'œuvre critique du pionnier du droit objectif «apparaîtra à l'historien futur comme l'aube d'une ère nouvelle»[1], dit-il encore.

L'État dont le grand juriste appelle le développement se présente comme une fédération de services publics ayant pour objet d'organiser la société et d'assurer son fonctionnement pour le bien commun. Ce ne sont donc plus des tâches régaliennes qui définissent la puissance publique de l'avenir. Si les fonctions de police, de justice et de défense subsistent évidemment pour protéger les individus, l'essentiel devient de contribuer à ce que les hommes et les femmes fassent pleinement société en partant de la réalité des groupements et des formes de solidarité déjà existantes. L'État reste bien toujours en ce sens un «instituteur du social», mais d'une façon différente de celle du passé. Il ne l'est plus comme une puissance de mise en forme d'une masse d'individus, mais comme une force de coordination d'une multiplicité de services publics fonctionnels et autonomes attachés à donner un visage sensible à l'intérêt général dans leurs domaines d'intervention respectifs. Ce n'est plus l'élu, mais le fonctionnaire qui se trouve du même coup pratiquement au cœur de la production de l'intérêt général.

Dans un tel État de services publics, les fonctionnaires ne

---

le pouvoir à partir de sa fonction de création d'ordre et de solidarité. Et il en tire les mêmes conséquences : la légitimité du pouvoir dérive également de sa capacité à remplir correctement sa fonction (cf. ses *Principes de droit public*, Paris, 1910).

1. Harold J. LASKI, «La conception de l'État de Léon Duguit», *Archives de philosophie du droit et de sociologie juridique*, n°s 1-2, 1932.

sont pas seulement des employés de la collectivité, simples exé-
cutants des ordres que leur donnent des gouvernants exprimant
la volonté générale. Ils sont aussi des agents directement actifs,
qui «participent à l'accomplissement d'un service rentrant dans
la mission obligatoire de l'État[1]». C'est dire qu'ils s'identifient
fonctionnellement à la réalisation du bien commun. Le fonctionnaire moderne doit donc bénéficier d'une certaine autonomie, «avoir une situation stable, indépendante de l'arbitraire
gouvernemental […], avoir ce qu'on appelle un *statut* à la fois
dans leur intérêt et dans l'intérêt du service[2]». Dans le fonctionnaire se noue, pour Duguit, l'identification d'une personne
et d'une fonction. La réalité est certes ambiguë. Hauriou,
l'autre grand théoricien du service public, souligne ainsi de
son côté que le fonctionnaire «se trouve dans une situation
complexe, sollicité tantôt par les instructions de ses chefs et
tantôt par les inspirations de sa fonction, fort de la délégation de
la puissance publique, mais fort aussi du pouvoir propre que lui
procure l'autonomie de sa fonction[3]». Mais la pointe du propos
est bien chez lui comme chez Duguit d'insister sur l'autonomie
du fonctionnaire, qui le met en situation de contribuer directement à la réalisation des objectifs de la collectivité et des
missions du service public auquel il est attaché[4]. Leur qualité,
en d'autres termes, est essentiellement déterminée par l'objectivité de leur fonction.

Cette nouvelle appréhension du fonctionnaire ne procède
pas seulement d'une rupture intellectuelle, elle-même liée à la

---

1. L. DUGUIT, *L'État, les Gouvernants et les Agents*, Paris, 1903, p. 413.
2. Id., *Traité de droit constitutionnel*, *op. cit.*, t. II, p. 67-68.
3. M. HAURIOU, *Précis de droit administratif et de droit public*, 6ᵉ éd., Paris,
1907, p. 60.
4. «Les fonctionnaires, écrit Hauriou, même lorsqu'ils sont subordonnés
à la puissance publique, ne le sont que jusqu'à un certain point; à quelques
égards, grâce à ce qu'il y a d'autonomie dans leur fonction, ils sont considérés comme les collaborateurs de la puissance publique et se trouvent par
là même dans une situation de gestion» (*ibid.*, p. 61).

transformation de l'État et de ses rapports à la société. Elle est aussi le produit d'un fait sociologique : le rôle croissant que joue dans la vie de la cité le groupe des instituteurs. Ils sont 120 000 en 1914, soit plus du quart du total des fonctionnaires civils. Ils constituent le plus gros bataillon des employés de l'État, et le plus homogène aussi. Leur place dans la société est surtout indissociable de la consolidation du système républicain. Ces «hussards noirs de la République», célébrés par Péguy, se sont effectivement totalement identifiés pendant toutes ces années de la IIIe République au régime, autant qu'au pays lui-même. Ils auraient été pleinement fondés à dire «l'État, c'est nous», car ils étaient effectivement bien perçus comme tels par leurs concitoyens. Fait significatif, près de la moitié d'entre eux assimilaient alors leur emploi à l'exercice d'une «vocation»[1], retrouvant instinctivement le langage des membres des grands corps d'Ancien Régime pour indiquer que leur existence et leur fonction se superposaient parfaitement dans un ordre aussi bien moral que professionnel. «Une fonction publique de cette sorte, reconnaissait un de leurs ministres, Eugène Spuller, n'est pas une profession», et c'est d'ailleurs pour cela, ajoutait-il, que ses agents touchent un traitement qu'on ne saurait confondre avec un quelconque salaire[2]. C'était parler d'eux comme on le faisait des grands magistrats du royaume deux siècles plus tôt.

Pour qualifier le lien du nouveau type de fonctionnaires qu'il appelle de ses vœux avec les tâches d'intérêt général, Duguit parle de «décentralisation fonctionnariste» ou de «décentralisation par service»[3]. L'idée est de déléguer à des agents reconnus pour leurs qualités professionnelles la prise en charge et le suivi d'un certain nombre de missions de service public. Duguit

---

1. Cf. Jacques et Mona OZOUF, *La République des instituteurs*, Paris, Gallimard-Seuil, 1992, p. 68-73.

2. Circulaire en date du 20 septembre 1887, citée par Maxime LEROY, *Syndicats et services publics*, Paris, 1909, p. 251.

3. Cf. *Traité de droit constitutionnel*, *op. cit.*, t. II, p. 66-68, et t. III, p. 89-103.

va jusqu'à parler de « concession » et il envisage une forme de « patrimonalisation » de ces services, c'est-à-dire qu'il leur soit affecté directement des ressources pour accomplir leurs tâches. Le terme d'*organisation corporative* vient même sous sa plume pour qualifier un système dans lequel « les fonctionnaires sont les gérants des services publics[1] ». Pour qualifier le « corporatisme de l'intérêt général » qu'il s'agit en ce sens d'édifier, Hauriou parle de son côté d'un *office social* à remplir. Le théoricien de l'institution n'hésite pas à prolonger cette dénomination aussi suggestive que provocante en considérant que certains fonctionnaires (les magistrats judiciaires, les officiers, les professeurs) bénéficient d'une sorte d'état « privilégié », c'est-à-dire correspondant à la détention de droits de propriété sur le titre de la fonction et même sur l'emploi[2]. En utilisant ce vocabulaire emprunté au droit public et à l'organisation sociale de l'Ancien Régime, il veut faire comprendre que c'est un *équivalent fonctionnel* des anciens ordres et des anciens corps qu'il s'agit de faire revivre pour accomplir le projet républicain d'un gouvernement de l'intérêt général. Comme s'il ne pouvait y avoir de meilleurs gardiens d'une tâche que ceux dont l'existence se confond avec elle. Le législateur a d'ailleurs entériné dans certains cas ce point de vue. Des lois de 1880 et 1896 ont par exemple garanti l'emploi des universitaires, faisant dépendre les carrières des seules instances internes aux facultés. Le « corps enseignant » préfigurait de cette façon le type de corporatisme républicain dont Duguit et Hauriou proposaient l'extension.

Le terme de *statut* s'impose en France dans les toutes premières années du XXe siècle pour désigner le système de garanties et de devoirs organisant dans cette perspective la situation des fonctionnaires. Duguit en sera un des principaux théoriciens. Il

1. *Ibid.*, t. III, p. 97.
2. Cf. M. HAURIOU, *Précis de droit administratif et de droit public*, 6e éd., *op cit.*, p. 560-562.

s'agit pour lui de manifester que les fonctionnaires ne sont pas des employés comme les autres, dans la dépendance immédiate de leur employeur, l'État-patron : ils doivent plus largement être caractérisés par leur tâche objective de serviteurs de l'intérêt général. « Si le statut profite au fonctionnaire, note en conséquence Duguit, il n'est pas établi, en réalité, en vue de ses intérêts, mais bien dans l'intérêt du service public[1]. » Le statut repose sur l'idée que le fonctionnaire s'identifiera d'autant plus à sa mission qu'il se sentira plus fortement et plus efficacement défendu par la loi dans sa situation. Le but est de solidariser l'intérêt du service et celui du fonctionnaire : « Il travaillera d'autant mieux et d'autant plus que sa situation sera plus solidement protégée[2]. » On entend que la personne et la fonction puissent matériellement, et même psychologiquement, fusionner de cette façon. Le statut agit donc comme un dispositif vertueux conduisant à encastrer la morale sociale dans les caractéristiques même du groupe professionnel. Il fait en sorte que les fonctionnaires aient intérêt au désintéressement, pour dire les choses autrement. Fervent apôtre de la mise en place d'un statut de cette nature, Durkheim disait de son côté que l'État pourrait se muer en « un groupe de fonctionnaires *sui generis*, au sein duquel s'élaborent des représentations et des volitions qui engagent la collectivité[3] ». Le statut a bien pour objet dans ce cadre de « fonctionnaliser » les employés de l'État, d'en faire un ensemble détaché de toutes les adhérences particulières, de les constituer en un groupe spécifique incarnant un véritable « corporatisme de l'universel ». On attendait en quelque sorte du statut qu'il puisse donner chair à la vision hégélienne des fonctionnaires comme classe universelle. L'ho-

1. *Traité de droit constitutionnel*, *op. cit.*, t. III, p. 110.
2. *Ibid.*, p. 163.
3. Émile DURKHEIM, *Leçons de sociologie. Physique des mœurs et du droit (1898-1900)*, Paris, PUF, 1950, p. 61. Cf. sur ce point Pierre BIRNBAUM, « La conception durkheimienne de l'État : l'apolitisme des fonctionnaires », *Revue française de sociologie*, avril-juin 1976.

rizon de cette approche était bien en effet de les constituer, selon la formule du maître de Iéna, en un groupe «ayant immédiatement pour destination d'avoir l'universel comme but de son activité essentielle[1]».

L'administration rationnelle

L'identification à l'intérêt général a aussi historiquement emprunté une deuxième voie : celle de la constitution d'un pouvoir administratif objectif, détaché de toute emprise particulière, absolument identifié à sa tâche. Alors que le corporatisme de l'universel avait mis l'accent sur le rôle pivot de fonctionnaires dévoués à leur mission, le but est là de compter sur un pouvoir dont la généralité soit garantie par sa forme même. C'est d'une politique scientifique et d'une administration rationnelle qu'on attend dans ce cas la solution à la réalisation du bien commun. C'est outre-Atlantique qu'est alors théorisée avec enthousiasme la figure d'un tel pouvoir pour réaliser l'idéal démocratique. Deux noms ont symbolisé l'exploration de cet impératif, ceux de Woodrow Wilson et de Frank Goodnow. Le premier, qui allait devenir en 1913 président du pays, avait publié en 1887 un article pionnier, «L'étude de l'administration[2]». Son but était de fonder une «science nouvelle», celle du *gouvernement pratique*[3]. Au point de départ de sa démarche, un constat : celui des limites de la science politique traditionnellement cantonnée aux questions constitutionnelles. Dans une société complexe, explique Wilson, la question de la démocratie ne se limite pas à débattre de l'écriture de la constitution, à déterminer le mode de promulgation des lois et à organiser les élections. La mise

---

1. Georg Wilhelm Friedrich HEGEL, *Principes de la philosophie du droit*, trad. Robert Derathé, Paris, Vrin, 1975, § 303.

2. Woodrow WILSON, «The Study of Administration», *Political Science Quarterly*, vol. 2, n° 2, juin 1887.

3. On ne doit pas oublier que le terme *administration* a en Amérique le double sens d'administration et de gouvernement.

en œuvre de l'intérêt général requiert d'aller plus précisément au cœur des choses pour les traiter. C'est là que prend sens à ses yeux la distinction décisive entre politique et administration. La politique est la sphère d'expression de la volonté générale, entendue de façon très large comme fixation du cadre d'ensemble des règles d'organisation de la cité. L'administration est théoriquement une simple sphère d'application et de déclinaison de ces principes pour leur donner consistance pratique. Mais les choses sont beaucoup plus complexes dans le monde moderne, souligne Wilson. La définition des objectifs n'est pas séparable des questions quotidiennes posées par leur mise en œuvre. Il faut donc à double titre constituer une science de l'administration, par souci d'efficacité autant que par exigence démocratique. Dans cet article pionnier[1], Wilson pose les questions qu'un de ses collègues de l'université de Columbia, Frank Goodnow, va ensuite s'attacher à résoudre.

Goodnow a été le véritable fondateur du droit administratif américain. Progressiste, universitaire de premier plan, cet ami du grand historien Charles Beard a proposé une vision nouvelle du fait administratif en Amérique[2]. Il souligne d'abord que le véritable pouvoir exécutif est celui de l'administration. Dans son ouvrage essentiel sur le sujet, *Politics and Administration*, publié en 1900[3], Goodnow revisite la théorie classique de la division des pouvoirs avec le souci de partir des pratiques pour

---

1. Sur l'impact effectif de cet article au moment de sa publication, cf. Daniel W. Martin, « The Fading Legacy of Woodrow Wilson », *Public Administration Review*, vol. 48, n° 2, mars-avril 1988, et Paul P. Van Riper, « The American Administrative State : Wilson and the Founders. An Unorthodox View », *Public Administration Review*, vol. 43, n° 6, novembre-décembre 1983.

2. Cf. Samuel C. Patterson, « Remembering Frank J. Goodnow », *PS. Political Science and Politics*, vol. 34, n° 4, décembre 2001.

3. Cf. la nouvelle édition de ce *Politics and Administration : A Study in Government*, New Brunswick, Transaction Publishers, 2003, avec une introduction de John A. Rohr.

en recomprendre le fonctionnement. Comme beaucoup dans sa génération, il est obsédé par le souci de revenir à la vie réelle et de rompre avec les appréhensions routinières de la démocratie, enfermées qu'elles étaient à leurs yeux dans des schémas purement normatifs[1]. Le champ politique se borne pour lui à l'œuvre législative et constitutionnelle alors que la sphère de l'administration est celle du pouvoir proprement exécutif. Si l'essence du politique consiste par construction à tenter d'exprimer une volonté générale, l'essence de l'administration réside dans la poursuite de l'efficacité et de la rationalité. L'administration ne peut en effet construire sa « perfection exécutive » que sur un *mode interne* (alors que la « perfection législative » repose tout entière sur sa dépendance vis-à-vis d'une volonté externe, celle de la souveraineté populaire). Ce sont ainsi deux modalités du rapport à la généralité qui distinguent l'administration et la politique. Généralité *substantielle* du côté de l'administration, prioritairement soucieuse d'exclure tous les dévoiements de la particularité. Généralité *procédurale* dans l'ordre politique, fondée sur la recherche d'une capacité à inclure le plus grand nombre possible de citoyens dans l'expression aussi unanime que possible d'une volonté collective. Tenir compte des réalités, c'est pour Goodnow tout à la fois reconnaître le rôle fonctionnel croissant des partis dans la vie politique, et donc réguler leur existence (d'où le thème des primaires), et prendre acte de l'autonomie du phénomène administratif, et donc en fixer clairement le ressort légitime : la capacité d'efficacité et d'expertise. Face à la difficile *démocratie subjective* de la volonté issue des urnes, il fallait ainsi faire vivre ce qui pouvait être appréhendé comme une *démocratie*

---

1. Sur cette rupture conceptuelle, cf. Morton WHITE, *Social Thought in America : The Revolt against Formalism* (1949), New York, Oxford University Press, 1976, ainsi qu'Edward A. PURCELL, *The Crisis of Democratic Theory : Scientific Naturalism and the Problem of Value*, Lexington, University Press of Kentucky, 1973.

---

objective de la raison non partisane dans l'ordre du fonctionnement administratif.

Dans un pays où elle n'existait pas vraiment, l'accent était
mis sur la nécessité d'édifier une véritable administration,
gardienne et servante en même temps du bien commun[1]. Ses
qualités d'efficacité et de rationalité devraient, pensait-on,
en garantir l'objectivité. C'est ce qui explique la mystique
rationalisatrice que les progressistes américains développent
au tournant du XXe siècle. La raison et l'efficacité sont alors
introduites au cœur du panthéon des vertus démocratiques[2]. Les revues de science politique multiplient d'abord
les articles sur le sujet. Mais il se développe surtout un véritable mouvement social et culturel autour de cette célébration.
L'efficacité va avoir ses journaux, comme l'*Efficiency magazine*
ou le *Journal of Efficiency Society*, ses multiples associations,
pour étudier et décliner ses bienfaits. C'est dans le contexte
de cette préoccupation et de cet enthousiasme que l'œuvre de
Taylor trouve son origine. Celui qui allait révolutionner le fonctionnement des organisations modernes est à la fois le rejeton
et le symbole de cette « fièvre de la rationalité ». L'énorme succès
que rencontrent ses *Principles of Scientific Management* dès leur
publication, en 1911, s'explique de cette façon. Et son œuvre
joua ensuite, en retour, un rôle d'accélérateur dans la diffusion

---

1. Chez des hommes comme Wilson et Goodnow, il y a dans cette
mesure une forte attirance pour ce qu'ils perçoivent comme la force d'un
« modèle continental européen ». Ils se réfèrent ainsi souvent à la France et
à la Prusse dans leurs écrits.
2. Sur ce mouvement, cf. les livres clefs de Samuel HABER, *Efficiency
and Uplift : Scientific Management in the Progressive Era, 1890-1920*, Chicago,
The University of Chicago Press, 1964 ; Samuel P. HAYS, *Conservation and
The Gospel of Efficiency : The Progressive Conservation Movement, 1890-1920*,
nelle éd., New York, Atheneum, 1969 ; Robert H. WIEBE, *The Search for
Order, 1877-1920*, nelle éd., Westport (Conn.), Greenwood Press, 1980 ;
Judith A. MERKLE, *Management and Ideology. The Legacy of the International
Scientific Management Movement*, Berkeley, University of California Press,
1980.

de ces idées. Si l'attention se porte aujourd'hui essentiellement sur les applications industrielles de ses préceptes, il ne faut donc pas oublier l'origine proprement politique de cet idéal rationalisateur. Avant même que les entreprises ne se convertissent au «taylorisme», c'est ailleurs, dans l'administration fédérale, que seront mis en place tout un ensemble d'organismes au titre évocateur : *Commission on Economy and Efficiency, Bureau of Efficiency, Commission on Department Methods*, etc.[1] La construction d'une bureaucratie impersonnelle et rationnelle est bien alors perçue comme une entreprise au service de l'intérêt général. Ce sont de la sorte les Américains qui ont voulu appliquer avec le plus d'enthousiasme l'idée défendue par Max Weber selon laquelle la progression de la rationalité instrumentale, liée à la constitution d'une bureaucratie moderne, était la condition d'un approfondissement démocratique.

Un gouvernement scientifique, pensaient les progressistes américains, serait un facteur d'ordre et de démocratie. Il y avait une indéniable dimension sociologique dans cette profession de foi. Elle correspondait en effet à la montée en puissance d'une nouvelle classe moyenne dans le pays, formée par le développement et l'organisation des «professions» dans tous les domaines. Qu'il s'agisse des médecins spécialisés, des universitaires, des journalistes ou des comptables, de plus en plus de métiers se professionnalisaient avec des systèmes de reconnaissance des diplômes, l'adoption de codes de conduite, la constitution d'associations, l'édition de journaux spécialisés, tous ces éléments contribuant à structurer des filières et des milieux, et à fondre les individus dans une fonction sociale ; à les protéger et à accroître leur pouvoir aussi. L'appel à rationaliser l'administration participait pour une part de cette démarche. Mais on visait plus largement le contenu et les effets directement

---

1. Cf. Stephen SKOWRONEK, *Building a New American State : The Expansion of National Administrative Capacities, 1877-1920*, Cambridge, Cambridge University Press, 1982, p. 177 *et sq.*

politiques d'une administration plus efficace et plus autonome. De grandes figures comme Herbert Croly ou Walter Lippmann, avec des livres comme *Progressive Democracy* (1914) pour le premier et *Preface to Politics* (1913) pour le second, sauront pleinement acculturer cet éloge de la raison experte en l'incluant dans une sensibilité mystique et émotive typiquement américaine.

L'écho rencontré par ces idées n'était pas sans ambiguïté. Se mêlaient parfois le renforcement d'une mystique démocratique et la suspicion vis-à-vis du «*King Demos*». La notion de gouvernement scientifique permettait de superposer les deux sensibilités sans trancher. L'équivoque traversait d'ailleurs parfois les mêmes personnes. S'ils plaidaient pour la mise en place du *recall* et du *referendum*, certains réformateurs progressistes avaient ainsi imposé dans plusieurs États des *literacy tests* et des conditions plus sévères d'inscription sur les listes électorales (cette équivoque explique d'ailleurs l'ambivalence du jugement de nombre d'historiens sur *l'ère progressive*). Mais il y avait bien sûr le fond une vision de la construction démocratique comme combat pour la généralité, contre toutes les distorsions qu'entraînent les puissances de la particularité.

L'érection de l'expertise et de la rationalité en valeurs démocratiques centrales a produit ses effets dans toutes les dimensions de l'espace américain. Au niveau fédéral évidemment, mais également au niveau local. Dans un pays fédéral, doté d'un État longtemps relativement faible, c'est à l'échelon municipal que s'éprouve en effet essentiellement le rapport au politique. Il n'est donc pas étonnant que les cités américaines aient également concentré les difficultés et que les dérives du système démocratique y aient été exacerbées. C'est là, par exemple, que les effets du système des dépouilles sont les plus marquées (la loi fédérale de 1883 exigeant des conditions de capacité pour le recrutement des fonctionnaires n'a pas été prolongée au niveau municipal). C'est là aussi que la mainmise des partis sur les affaires publiques est la plus visible. Les villes sont alors presque toutes contrôlées en sous-main par celui que l'on appelle *le boss*, le chef de la machine politique du parti au pouvoir. Le maire, qui est élu, n'est le plus souvent qu'un de ses sous-ordres. Le boss est celui qui impose les recrutements, fait et défait les positions, contrôle les décisions. Le système alimente surtout une corruption omniprésente. Le mal-gouvernement des cités symbolise ainsi en exacerbant ses traits les dysfonctionnements de la démocratie américaine à la fin du XIXᵉ siècle. L'ouvrage choc de Lincoln Steffens, *The Shame of the Cities* (1904) révélera l'ampleur du problème.

Une réaction positive et constructive émerge dans ce contexte. Le grand mot d'ordre est d'extirper le «virus politique» accusé d'avoir alimenté la corruption et démoralisé les citoyens. L'objectif décisif est pour tous de détrôner le *boss*. La solution ? L'idée majeure est d'éliminer le caractère partisan des élections municipales, en même temps que de recourir à la possibilité du *recall* et d'introduire la pratique du *referendum*. La première expérimentation est mise en place à Galveston en 1901 ; le mouvement s'étend ensuite rapidement. En même temps que les élections sont ainsi soustraites à la coupe des partis, selon diverses formules, les pouvoirs sont concentrés dans les mains d'une commission aux prérogatives élargies, directement responsable devant les citoyens. Les possibilités de manipuler les pouvoirs, comme lorsqu'ils étaient plus éparpillés entre de multiples départements spécialisés dont le boss tirait les ficelles, s'en trouvaient du même coup réduites. L'introduction de ce système dit du *Government by commission*[1] n'a cependant

---

1. Sur ces expériences, voir trois ouvrages contemporains : John J. HAMILTON, *Government by Commission or the Dethronment of the City Boss*, New York, 1911 ; Clinton Rogers WOODRUFF (ed), *City Government by Commission*, New York, 1911, ainsi que le recueil très complet édité par l'American Academy of Political and Social Science, *Commission Government in American Cities*, Philadelphie, 1911. Pour une étude récente, cf. Bradley Robert RICE, *Progressive Cities : The Commission Government Movement in America, 1901-1920*, Austin, University of Texas Press, 1977.

constitué que la première étape du mouvement de réforme. Il s'est prolongé par la mise en place dans de nombreuses villes d'un *City manager* concentrant le pouvoir exécutif, tandis que la *Commission* se limitait à fixer les grands objectifs de l'action publique. Nommés par l'instance élue, et recrutés sur la base de leurs compétences professionnelles supposées, ces managers ont été considérés comme l'incarnation de ce *pouvoir objectif* dont on pensait qu'il était le seul à pouvoir faire vivre la démocratie, en la débarrassant de ce qu'il était alors fréquent de qualifier de «poison partisan». C'est par la réduction du champ de la politique et l'accroissement du pouvoir administratif et gestionnaire que l'on entendait encore une fois mieux poursuivre la réalisation de l'intérêt général[1]. Le néologisme *technocracy* est significativement forgé à cette époque pour désigner un système de gouvernement dans lequel les ressources de la nation sont organisées et contrôlées par des experts pour le bien collectif[2]. Le pouvoir administratif est bien considéré de la sorte comme étant d'essence substantiellement démocratique.

L'affirmation d'un pouvoir objectif identifié à l'intérêt général a également trouvé sa place en Europe. Mais dans des conditions et avec une portée différentes du cas américain. Les cas allemand et français sont les plus significatifs à cet égard. La République de Weimar met l'accent sur la nécessité de faire de l'administration un lieu de pouvoir neutre et inviolable. L'article 130 de la Constitution de 1919 stipule ainsi que «les fonctionnaires sont serviteurs de la collectivité, non d'un parti».

---

1. Pour une première évaluation de ce système, cf. Harold A. STONE, Don K. PRICE et Kathryn H. STONE, *City Manager Government in the United States : A Review after Twenty Five Years*, Chicago, 1940. La meilleure étude récente est celle de Martin J. SCHIESL, *The Politics of Efficiency : Municipal Administration and Reform in America, 1800-1920*, Los Angeles, University of California Press, 1977.

2. Le terme semble avoir été forgé en 1919. Cf. Raoul de ROUSSY DE SALES, «Un mouvement nouveau aux États-Unis: la technocratie», *Revue de Paris*, 15 mars 1933.

Mais l'idée reste ambiguë. Il s'agit plus de prolonger l'œuvre prussienne que de formuler de la sorte un quelconque impératif démocratique. Ce qui explique pourquoi un Carl Schmitt pourra se faire le défenseur acharné d'une telle vision de l'État objectif. Il y voyait en effet un moyen de lutter contre le parlementarisme et l'État des partis[1]. C'est donc contre le règne du suffrage universel qu'il célèbre alors avec d'autres le pouvoir substantiel de l'État. L'état d'esprit est comparable dans la France de 1918. Ce sont les leçons que l'on tire de la guerre, et non le souci de refonder l'idéal démocratique, qui dictent les appels à l'avènement d'un État plus rationnel. Le « culte de l'incompétence », que Faguet avait dénoncé dès 1911, est le grand accusé. D'où les mots d'ordre de « réforme gouvernementale » ou d'« industrialisation de l'État » qui vont s'imposer avec le retour de la paix. Fayol, le disciple français de Taylor, publie à ce moment une série d'ouvrages dont les titres résument bien l'air du temps : *L'Incapacité industrielle de l'État* (1921), *La Doctrine administrative dans l'État* (1923). La réforme administrative qui est envisagée de cette façon s'inscrit dans une perspective différente de celle dessinée par les théoriciens du service public au tournant du siècle. Pour ces derniers, le but était d'organiser des corps professionnels dévoués à leur fonction. Après 1918, l'accent est davantage mis sur les procédures et sur l'organisation[2]. Le modèle de référence n'est plus celui d'un « corporatisme de l'intérêt général ». Mais la différence se marque aussi dans le fait que les nouvelles visions réfor-

1. Sur la défense de l'État neutre contre l'État des partis chez Schmitt, cf. les développements d'Olivier BEAUD, *Les Derniers Jours de Weimar. Carl Schmitt et l'avènement du nazisme*, Paris, Descartes et Cie, 1997, p. 50-72.

2. Cf. la synthèse de Stéphane RIALS, *Administration et organisation, 1910-1930. De l'organisation de la bataille à la bataille de l'organisation dans l'administration française*, Paris, Beauchesne, 1977. Sur l'impact pratique de ces idées, cf. Alain CHATRIOT, « Fayol, les fayoliens et l'impossible réforme de l'Administration durant l'entre-deux-guerres », *Entreprises et histoire*, n° 34, décembre 2003.

matrices ne s'inscrivent plus dans le cadre d'une philosophie de la démocratie ; et c'est là également ce qui distingue le culte européen de la rationalité après 1918 de celui qui avait été célébré dès le début du XXᵉ siècle aux États-Unis.

En Amérique, il y avait bien sûr chez Taylor une appréhension essentiellement technique et managériale du thème de la rationalisation. Mais son succès politique avait été dû au fait qu'il était apparu comme un instrument de lutte contre la corruption et la captation partisane des services publics. La rationalisation était perçue comme un moyen d'objectiver et de réaliser l'intérêt général. Cette dimension démocratique se retrouvait dans le fait que les progressistes qui célébraient les vertus de l'efficacité et de la rationalité dans l'ordre administratif, plaidaient souvent en même temps pour l'introduction du référendum et de l'initiative populaire. Rien de tel dans l'Europe de l'après-guerre, les cas allemand et français étant à cet égard exemplaires. Ce n'est pas la corruption, mais l'incompétence que l'on veut éradiquer[1]. Renaissent en fait à cette occasion les vieilles préventions contre le nombre et la méfiance vis-à-vis du suffrage universel. L'appel à la constitution d'une administration rationnelle se lie pour cela souvent à une célébration du rôle des élites et à un fort désenchantement démocratique. L'œuvre d'Henri Chardon, un conseiller d'État qui est dans la France du début du XXᵉ siècle l'un des plus ardents avocats de l'avènement d'un pouvoir administratif, en témoigne de façon éclatante.

Chardon publie en 1911 un ouvrage au titre programmatique, *Le Pouvoir administratif*[2]. Les sociétés modernes, explique-t-il, ont besoin d'ordre et de continuité pour être bien gouvernées. Or le régime parlementaire ne peut structurellement satisfaire ces conditions, traversé qu'il est par les conflits partisans et com-

---

1. Cf. par exemple l'ouvrage emblématique de J. BARTHÉLEMY, *Le Problème de la compétence dans la démocratie*, Paris, 1918.
2. Il avait déjà commencé à construire sa problématique dans un premier livre publié en 1908, *L'Administration de la France. Les fonctionnaires*.

mandé par le temps court des rythmes électoraux. La conclusion s'impose donc pour lui : « L'administration existe et doit vivre d'une vie propre, en dehors de la politique [1]. » Elle seule peut en effet incarner les réquisits de permanence et de généralité nécessaires à la réalisation du bien commun. Si Chardon retrouve les théoriciens du service public pour considérer que le propre des fonctionnaires est d'« avoir intérêt au désintéressement », il met surtout l'accent sur la légitimation technique de l'autonomie de leur pouvoir. « Chaque fonctionnaire, écrit-il, doit être considéré non comme le délégué du ministre à l'exécution d'un service public, mais comme le représentant technique d'un intérêt permanent de la nation [2]. » De cette façon, va-t-il jusqu'à dire, le plus petit des fonctionnaires « est le gouvernement lui-même » lorsqu'il exerce ses attributions [3]. Certes, le pouvoir politique conserve ici son utilité et sa légitimité, mais il ne peut jouer son rôle que si sont simultanément reconnues la légitimité et l'indépendance du pouvoir administratif ; il doit se limiter à une fonction de « contrôle souverain » de l'action de l'administration. La démocratie doit ainsi reposer sur l'équilibre de ces deux pouvoirs pour Chardon. Ils sont aussi importants l'un que l'autre et se corrigent mutuellement. « Dans un système bien construit, écrit-il, les vices des politiques et ceux des administrateurs se neutralisent : le contrôle souverain du Parlement développe la vertu et l'efficacité de l'administration ; la force de l'administration limite les inconvénients des élections [4]. » Ainsi le vieux conflit de l'opinion et de la raison, de la masse et de l'élite, se rejoue, selon lui, dans les rapports entre les deux pou-

---

1. Henri CHARDON, *Le Pouvoir administratif*, Paris, 1911, p. 29 : « Le service public, justifie-t-il encore, est permanent et nécessaire, tandis que rien n'est plus mobile et souvent plus vain que les appréciations politiques » (*ibid.*, p. 111).

2. *Ibid.*, p. 55.

3. *Ibid.*, p. 191. « À ce moment, conclut-il, chacun, dans la limite de ses fonctions, est supérieur à toute autorité. »

4. H. CHARDON, *Les Deux Forces. Le nombre, l'élite*, Paris, 1921, p. 13-14.

voirs. Et c'est bien à mi-voix le poids des capacités qu'il entend renforcer en célébrant le pouvoir administratif.

Les jacobins d'excellence

Les deux modèles du corporatisme de l'universel et de l'administration rationnelle ont émergé avec force à l'aube du XXᵉ siècle. C'est en résonance avec eux que l'*État*, au sens générique du terme, s'est imposé comme une figure constitutive de la démocratie. Ces idées ne produiront cependant que progressivement leur plein effet. Aux États-Unis, c'est la période du *New Deal* qui marque un tournant dans la montée en puissance du pouvoir administratif. Presque partout ailleurs, il faudra attendre l'après-guerre. Les hauts fonctionnaires modernisateurs se sont alors présentés comme les détenteurs d'un nouveau type de légitimité fondée sur l'efficacité et la compétence, ainsi que sur leur dévouement proclamé au service du bien public ; en rivalité ou en opposition implicite avec le type de légitimité dérivé de l'élection. Ils vont progressivement amalgamer dans une même culture professionnelle les idéaux du corporatisme de l'intérêt général et du pouvoir rationnel. Dans des proportions et sur des modes certes très variables selon les pays, le pouvoir politique va en conséquence se trouver *de fait* discrètement encadré et contrebalancé par cet autre pouvoir. Discrètement, car il n'a plus guère été question d'en faire la théorie positive, comme s'y étaient essayés les différents auteurs qui avaient pensé le problème au début du siècle. Que ce soit en Allemagne, aux États-Unis ou en France, il n'y a plus eu de Jellinek ou de Weber, de Goodnow ou de Wilson, de Duguit ou de Chardon pour proposer d'élargir formellement la compréhension du fait démocratique à d'autres institutions de la généralité que celles issues des urnes. La prudence doctrinale et politique a prévalu. C'est donc sur un mode pragmatique que s'est imposée la puissance indissociablement correctrice et institutrice du pouvoir administratif dans les régimes représentatifs. On ne peut comprendre les ressorts et l'histoire des démocraties de la seconde moitié du XXᵉ siècle sans tenir compte de son rôle structurant. C'est en effet ce pouvoir qui a silencieusement contribué à corriger nombre de déficiences des démocraties électorales-représentatives[1].

Les équipes mises en place par Kennedy ont constitué une bonne illustration de ce phénomène dans l'Amérique du début des années 1960. Mais c'est peut-être en France que la figure de ces agents modernisateurs s'est illustrée avec le plus de force. Elle s'est greffée dans ce cas sur l'existence précédente de toute une série de grands corps d'État, notamment techniques (les ingénieurs publics des Mines, des Ponts, etc.), qui avaient depuis longtemps constitué une sorte d'incarnation technicienne de la souveraineté publique. L'élan keynésien aura, en fonction de cet héritage, un impact particulièrement sensible dans l'Hexagone au sortir de la Seconde Guerre mondiale.

En balayant les anciennes élites politiques, la déroute de la IIIᵉ République, en 1940, a beaucoup contribué à l'émergence d'une forme alternative de légitimité démocratique. Les différents mouvements de Résistance du début des années 1940 n'ont ainsi cessé de stigmatiser la faillite des précédentes classes dirigeantes, les anciens parlementaires faisant l'objet d'un rejet particulièrement vif[2]. Se forge alors une vision de l'intérêt général en rupture avec ce qui est appréhendé négativement

---

1. Pour compléter ce tableau, il conviendrait aussi de souligner l'usage ouvertement anti-démocratique qui a parfois été fait de la légitimité d'identification à l'intérêt général. En Asie ou en Amérique latine, des coups d'État perpétrés par des militaires « modernisateurs » ont ainsi souvent été justifiés par leur objectif de mise en place d'un pouvoir au service de l'intérêt général se substituant à un pouvoir civil accusé d'être corrompu. On peut aussi rappeler que les régimes communistes se sont toujours présentés comme exprimant une « démocratie réelle », c'est-à-dire un pouvoir identifié au bien public.

2. Cf. sur ce point les articles et les manifestes cités par Henri MICHEL, *Les Courants de pensée de la Résistance*, Paris, PUF, 1962, p. 359-366.

comme «le jeu des partis». Si nul ne conteste que les partis doivent concourir à l'expression de la volonté générale, presque toutes les voix s'accordent pour clouer au pilori un régime dans lequel ils ne feraient qu'exprimer une addition d'intérêts particuliers. C'est dans ce contexte tendant à valoriser les visions substantielles de l'intérêt collectif, au détriment des approches procédurales liées à l'expression de la démocratie électorale, que vont monter en puissance ceux que l'on a qualifiés de «jacobins d'excellence[1]». Alors que la IVᵉ République naissante illustrait jusqu'à la caricature ce régime des partis dont tous déploraient les effets délétères, ces «jacobins d'excellence» ont façonné une haute fonction publique relativement indépendante. Ils se sont sentis investis d'une mission supérieure de service public. «On allait dans l'administration comme on entrait en religion, pour continuer le combat[2]», rappelle l'un d'entre eux pour résumer l'état d'esprit de la génération qui arrive aux commandes après 1945. Les termes de *vocation du service public*, de *mystique de l'État*, de *magistrature au service de l'intérêt général*, de *sacerdoce* sont ceux qui leur viennent le plus spontanément à l'esprit lorsqu'ils ont à se définir[3].

L'une des figures archétypiques de ce milieu, l'inspecteur des finances Simon Nora, a particulièrement bien exprimé les motivations et les justifications de ce génération. «Nous étions, dit-il, les plus beaux, les plus intelligents, les plus honnêtes et les détenteurs de la légitimité. Il faut reconnaître que pendant trente ou quarante ans le sentiment que j'exprime

1. L'expression est de Jean-Pierre Rioux, dans son «Prologue» à François Bloch-Lainé et Jean Bouvier, *La France restaurée, 1944-1954*, Paris, Fayard, 1986, p. 26.

2. La formule est de Simon Nora, rapportée par François Fourquet, in *Les Comptes de la puissance. Histoire de la comptabilité nationale et du Plan*, Paris, Encres, 1980 (une excellente introduction, largement composée d'entretiens, pour saisir les motivations et les modes d'action de cette génération).

3. Ces formules sont empruntées à l'une des figures exemplaires de ce milieu, F. Bloch-Lainé, *Profession : fonctionnaire*, Paris, Seuil, 1976.

là, de façon un peu ironique, a nourri la couche technocratique[1]. » Détenteurs de la légitimité ? C'est bien la pointe du propos. Nora ne conteste certes pas que le pouvoir politique, parce qu'il est élu, doit être reconnu comme prééminent et que la fonction publique doit lui être subordonnée. Mais c'est pour ajouter aussitôt : « Il n'en reste pas moins que la légitimité politique repose sur des rythmes propres à l'élection. Or, les mandats les plus longs sont des mandats courts à l'échelle des questions de fond que pose la conduite d'un pays [...]. S'il n'y a pas de "prêtres du temps long", s'il n'y a pas des gens chargés de la prise en compte des intérêts structurels de la nation, au-delà des relèves et des rythmes de la classe politique, quelque chose de fondamental manque dans un pays. » La haute fonction publique est donc pour lui la gardienne du long terme. Sur quoi se fonde cette prétention ? Sur la revendication de deux qualités : le désintéressement et la rationalité.

Le désintéressement et la rationalité sont deux modes d'expression de la généralité, comme nous l'avons vu. L'individu désintéressé est celui qui se conduit comme une personne générique, immédiatement confondue avec la totalité sociale. La théorie sociale a largement discuté les problèmes posés par cette position, soulignant ses contradictions et ses équivoques[2]. Mais le fait est que l'expérience limite de la guerre lui a, pendant toute une période, donné une consistance immédiatement lisible et sensible. Celui qui est prêt à mourir pour la patrie inscrit en effet radicalement son existence dans le sort de la collectivité, acceptant une sorte de secondarisation de son existence propre. Il s'affirme alors comme un « homme-peuple », ou encore comme un « homme-humanité » pour reprendre une formule de Victor Hugo. La génération issue de la Résistance

1. Simon NORA, « Servir l'État », *Le Débat*, n° 40, mai-septembre 1986, p. 102. Les citations qui suivent sont extraites du même article.
2. Voir notamment les travaux de Jon Elster ou de Pierre Bourdieu sur ce point.

a pour cette raison pu muer en un capital durable les qualités dont elle avait fait preuve dans les maquis, et les convertir en une équivalence de statut. L'histoire a effectivement décerné à ces hommes une sorte de *brevet de désintéressement*, comme si les preuves accumulées de leur dévouement dans des circonstances exceptionnelles en avaient fait des êtres nouveaux et différents, personnifiant le souci du bien commun, désormais dispensés de toute nouvelle justification. La revendication de compétence a constitué l'autre pilier sur lequel fut assise la légitimité des jacobins d'excellence. Appartenant aux grands corps de l'État, issus de la nouvelle École nationale d'administration (ENA) fondée en 1945, ils ont érigé leur savoir, essentiellement écono-mique, en instrument de pouvoir et de reconnaissance. Leur service de l'État ne s'est donc pas seulement développé sous la bannière du sacerdoce : il s'est également présenté comme « un hommage à la rationalité », pour reprendre encore une formule de Simon Nora. Artisans et serviteurs de la raison, ces hauts fonctionnaires ont de la sorte doublement pu se présenter comme des hommes de la généralité pour imposer leur légi-timité pendant les « Trente Glorieuses ».

Le concours et l'élection

Les idéaux-types du corporatisme de l'universel et de l'administration rationnelle s'inscrivent dans une même visée critique de destruction des puissances sociales de la particu-larité, partageant avec la démocratie politique un certain réquisit d'égalité. Égalité d'expression d'un côté, égalité d'ad-mission aux diverses tâches collectives de l'autre. Ce sont deux types d'*épreuves* distinctes qui règlent leur fonctionnement pour désigner les individus chargés d'accomplir ces modalités de la généralité : l'élection et le concours[1]. On peut définir l'élection

---

1. On ne distingue pas ici le concours et l'examen. L'idée de sélection des compétences est en effet la même, le concours ajoutant une dimension

comme une expression conjointe de volontés qualifiées en vue d'exercer une désignation. Le concours renvoie quant à lui à l'idée d'une sélection objective selon des critères déterminés. La comparaison méthodique des caractéristiques de ces deux épreuves est pour cela la clef essentielle de compréhension de la distinction des formes de légitimation qu'elles commandent. Elle a une longue histoire. Elle a fait l'objet de multiples développements dès la première moitié du XIXe siècle. Ceux que lui ont consacrés Édouard Laboulaye et Constantin Pecqueur en France méritent particulièrement de retenir l'attention.

Pecqueur est l'un des pères fondateurs du socialisme français, que Marx admirait tout particulièrement. Dans la société communiste dont il souhaitait la réalisation, tous les citoyens devaient à ses yeux être appréhendés comme des fonctionnaires de l'utilité publique[1]. La mise en œuvre du principe de la mobilisation optimale des capacités sociales impliquait pour lui la généralisation d'un système de concours publics : « Les bases d'une plus équitable distribution des utilités sociale entre les membres de l'association ne peuvent se trouver que dans l'examen et le concours. » Le pouvoir du peuple ne se limitait donc pas au choix des gouvernants, il avait aussi « le devoir et le droit de juger des mérites, de désigner ses serviteurs, de classer les individus, de distribuer les fonctions par lui-même ». La société de l'idéal communiste devait obéir à une loi générale de la sélection et du classement. L'examen, ou le concours, et l'élection participaient dans cette mesure d'une même entreprise sociale d'institution et d'organisation. Le concours devait être appréhendé comme une « élection scientifique ou intellectuelle » dont le but était de distinguer des *capacités relatives*,

---

supplémentaire de classement (ce qui en fait la forme de référence en l'espèce).

1. Cf. tout particulièrement sa *Théorie nouvelle d'économie sociale et politique*, Paris, 1842. Pour les développements sur l'élection et le concours, cf. p. 576-585. Toutes les citations qui suivent sont extraites de ces pages.

« c'est-à-dire du savoir, de l'intelligence et de l'aptitude ». Le vote auquel était lié le choix des représentants était quant à lui une « élection civique ou politique » qui avait pour objet de reconnaître une *moralité relative*, en sélectionnant la plus grande aptitude au dévouement. Les deux procédures étaient donc également nécessaires pour établir une bonne société[1].

Laboulaye, contemporain de Pecqueur, est l'un des grands publicistes français du XIXe siècle. Le gouvernement l'avait envoyé au début des années 1840 en Prusse pour y étudier le fonctionnement de l'administration. Il en rapportera un volumineux rapport consacrant de nombreuses pages à la pratique du recrutement par concours[2]. Le problème qui intéresse Laboulaye est celui de « l'organisation politique et sociale de la démocratie ». Le juriste et l'observateur de la réalité allemande est l'un des rares penseurs de sa génération à avoir pris la mesure intellectuelle du phénomène administratif. Il appelle à la constitution d'une administration forte, parce qu'elle est à ses yeux le seul véritable « contrepoids contre la toute-puissance de la Chambre [...], contrepoids qu'on a cherché inutilement dans la division des pouvoirs politiques[3] ». Mais il la veut simultanément démocratique pour qu'elle soit légitimée dans ce rôle. « Il faut, écrit-il, qu'elle prenne pied dans le pays, et que la démocratie se fasse équilibre à elle-même en se jetant également dans les deux plateaux de la balance, qu'on la retrouve

---

1. Constantin PECQUEUR note : « Le choix des candidats serait singulièrement facilité si l'on appliquait à toutes les sphères de fonctionnement le mode mixte d'élection et de classement qui exige tout à la fois l'examen, le concours, le diplôme » (*Théorie nouvelle d'économie sociale, op. cit.*, p. 362). Le thème se retrouve aussi dans la littérature fouriériste consacrée à souligner la particularité de l'élection sociétaire, supposée faire parfaitement coïncider choix démocratique et détermination des compétences (cf. par exemple Félix CANTAGREL, *Le Fou du Palais-Royal* [1845], Paris, Fayard, 1984, p. 364-365).

2. É. LABOULAYE, « De l'enseignement et du noviciat administratif en Allemagne », art. cit.

3. *Ibid.*, p. 528. *Ibid.* aussi pour la citation suivante.

dans les chambres par l'élection, dans l'administration par le concours. » Inspirés par des philosophies différentes, Laboulaye et Pecqueur se retrouvent ainsi pour appréhender dans leur équivalence les deux procédures.

On peut prolonger leur analyse en comparant les instances de sélection qui opèrent dans les deux cas. Pour l'élection, c'est le tribunal de l'opinion publique qui émet son verdict et procède aux choix. Ce tribunal est formé par une communauté naturelle, celle des citoyens, dont l'existence est donnée. S'il y a constitution d'un jury, dans la formation démocratique correspondante, nécessairement plus réduite, de l'ordre judiciaire, il ne peut qu'être tiré au sort, pour satisfaire à un réquisit équivalent d'égalité et de capacité. Pour le concours, l'instance d'appréciation est socialement construite. Les juges d'un concours doivent nécessairement être nommés et les modalités de cette nomination, pour être démocratiques, présupposent que l'évaluation des critères de sélection fasse l'objet d'un consensus social. Il faut, en d'autres termes, que la société soit institutionnellement organisée pour distinguer et organiser les compétences professionnelles, afin que se forme une «boucle de légitimation» validant le jugement. C'est ce que présuppose une légitimation démocratique de la procédure du concours[1].

Mais le rapport entre concours et élection ne peut se limiter à une telle comparaison «externe». On peut en effet considérer que le concours constitue une variante spécifique de la procédure électorale et qu'il fait même plus précisément revivre d'anciennes dimensions du gouvernement représentatif, et ce de plusieurs façons. Le concours se rapproche d'abord de l'élection dans la dimension de détection de capacités que comporte cette dernière. L'élection a toujours eu deux visages entrelacés : expression de l'égalité citoyenne et sélection des

---

1. La composition des jurys d'examen et de concours est donc décisive. Laboulaye insistait pour que les universitaires, dépositaires supposés d'un «savoir objectif», y aient la première place.

dirigeants. D'un côté, le vote-droit, de l'autre, le vote-fonction, pour reprendre la distinction classique. Ces deux dimensions ne se sont pas toujours superposées comme le montre l'histoire du suffrage universel. Le vote-fonction, qui désigne les gouvernants, a en outre longtemps été compris d'une façon qui pourrait nous paraître très étrangère aujourd'hui. Pour les premiers théoriciens modernes des gouvernements représentatifs comme Madison aux États-Unis ou Sieyès en France, l'élection ne s'apparente nullement à une compétition entre des programmes concurrents ou des personnalités rivales. Elle a seulement pour but de discerner les meilleurs et les plus capables. Elle est une pure entreprise de détection de qualités personnelles. Elle a pour finalité, dit Madison, de mettre aux postes de commande «les hommes qui ont le plus de sagesse pour distinguer le bien commun de la société et le plus de vertu pour le poursuivre[1]». Cette distinction est ainsi indissociablement d'ordre intellectuel et moral. Intellectuel, car gouverner requiert des capacités particulières que tous ne possèdent pas. «C'est pour l'utilité commune, note de son côté Sieyès, que les citoyens nomment des représentants bien plus capables qu'eux-mêmes de connaître l'intérêt général, et d'interpréter à cet égard leur propre volonté[2]. » Mais gouverner requiert également des qualités morales spécifiques. Les représentants, souligne dans cet esprit Madison, sont «un corps choisi de citoyens dont la sagesse est le mieux à même de discerner le véritable intérêt du pays et dont le patriotisme et l'amour de la justice seront les moins susceptibles de sacrifier cet intérêt à des considérations éphémères et partiales[3]». Il n'y a donc rien de proprement «politique» dans une opération électorale ainsi conçue. On conçoit d'ailleurs qu'elle doive normalement pouvoir aboutir à des choix quasi

---

1. *Fédéraliste*, n° 57 (trad. française remaniée, Paris, LGDJ, 1957, p. 474).

2. SIEYÈS, *Dire sur la question du veto royal*, Paris, 7 septembre 1789, p. 14.

3. *Fédéraliste*, n° 10 (éd. citée, p. 73).

unanimes, car on ne saurait s'opposer pour reconnaître le talent ou la compétence. Il y a là l'idée fortement ancrée que le juste choix doit s'imposer comme une sorte d'évidence. Personne n'imagine que le mérite et la vertu n'aient pas un visage universellement et spontanément reconnu.

La dimension concurrentielle du vote n'a donc pas sa place dans cet univers. L'élection appréhendée dans cette perspective présente un caractère que l'on pourrait dire « objectif » ; elle n'implique ni débat contradictoire, ni arbitrage partisan. Il s'agit de sélectionner *une* personne et non de choisir entre différentes options[1]. L'élection ainsi considérée conduit à opérer une « distinction exemplaire » : elle distingue, mais sur le mode d'une extraction, ce qui est supposé constituer l'essence intellectuelle et morale de la société, son résumé idéalisé pourrait-on dire. Elle fait émerger des « individus généraux » et contribue directement de la sorte à la réalisation du bien commun. La puissance de légitimation du pouvoir qu'elle consacre est donc considérable, tant la qualité et le sens de ce pouvoir sont alors absolument confondus avec les personnes sélectionnées. C'est en visant à opérer une distinction de même nature que le concours peut être considéré comme ayant une fonction équivalente à celle d'une « pure élection[2] ».

---

1. Rappelons d'ailleurs qu'en France, pendant la Révolution, il n'y avait pas de candidatures organisées. Le fait de briguer les suffrages d'autrui était assimilé à une prétention personnelle à la qualification, à une certaine manière de s'afficher comme supérieur, à la manifestation d'une ambition suspecte. On subodorait, en un mot, des relents aristocratiques dans la distinction qu'impliquait mécaniquement une candidature. Le rejet des candidatures avait ainsi d'abord une dimension que l'on pourrait qualifier de « démocratique ». Sur ce point capital, cf. *Le Peuple introuvable*, *op. cit.*, p. 43-49.

2. L'individu-généralité que distingue l'élection se différencie pour cette raison de l'individu quelconque que sélectionne une opération de tirage au sort. Il y a certes aussi dans ce deuxième cas de figure un même présupposé d'égalité, une même volonté de ne pas confondre un choix avec une compétition. Mais la qualité première de l'individu tiré au sort

Une telle idéalisation fonctionnelle de l'élection a ensuite perdu de sa consistance sensible, tant la réalité des affrontements entre projets et entre personnes s'est de fait imposée comme la norme. Mais c'est cette dimension primitive que fait revivre à sa façon l'idée de concours. Avec lui, le projet d'une sélection objective et unanime des qualités reprend forme. Le concours accomplit ainsi la conception originelle du vote-fonction tel qu'il avait été décrit par un Sieyès ou un Madison. Il participe de la réalisation de la promesse républicaine en faisant simultanément vivre la reconnaissance du principe d'égalité et la détection d'une éminence non excluante, car reposant sur un critère absolument personnalisé. Les qualités reconnues par un concours sont en effet radicalement individuelles, et donc inagrégeables, inappropriables par quelque groupe que ce soit. Les personnes sélectionnées selon cette procédure constituent pour cela une élite d'un genre nouveau. Cette dernière ne forme ni une caste ni une classe, mais un regroupement quasi aléatoire, complètement mobile et toujours variable. Le concours institue une distinction non discriminante, purement fonctionnelle, qui est au bénéfice de tous et constitue donc l'exact envers d'un privilège. La *République des concours* peut parfaitement s'accorder à la République du suffrage universel sur cette base[1].

---

est sa banalité. C'est elle que l'on recherche lorsqu'on veut constituer par exemple un jury populaire. Le but est là de valoriser l'expression d'une *généralité immédiate*, que la notion de proximité redouble à sa façon dans la constitution du jury. L'élection idéale vise, quant à elle, à dégager ce qu'on pourrait appeler une *généralité exemplaire*. Il y a pour cela deux façons complémentaires de penser l'institution démocratique de la généralité pour les hommes de 1789 en France. L'élu et le juré incarnent ainsi chacun à leur façon l'intérêt général qu'il s'agit d'activer.

1. C'est pourquoi la critique des biais sociologiques pouvant soustendre l'organisation des concours et les vider de leur contenu démocratique aura un impact décisif (voir la sociologie de Pierre Bourdieu), prolongeant la dénonciation des dysfonctionnements du système représentatif.

Revit également dans la forme du concours une dimension « cognitive » du processus représentatif. C'est elle que les libéraux avaient valorisée au début du XIXe siècle pour justifier leur réticence vis-à-vis du suffrage universel. Guizot s'en était notamment fait le théoricien. Le but du gouvernement représentatif, avait-il souligné dans une célèbre formulation, est « de découvrir tous les éléments du pouvoir légitime disséminés dans la société, et de les organiser en pouvoir de fait, c'est-à-dire de les concentrer, de réaliser la raison publique, la morale publique, et de les appeler au pouvoir. Ce qu'on appelle la représentation n'est autre chose que le moyen d'arriver à ce résultat. Ce n'est point une machine arithmétique destinée à recueillir et à dénombrer les volontés individuelles. C'est un procédé naturel pour extraire du sein de la société la raison publique, qui seule a droit de la gouverner[1] ». Sismondi notait de son côté à la même époque que « le gouvernement représentatif est une heureuse invention pour mettre en évidence les hommes éminents qui se trouvent dans une nation[2] ». L'élection ne s'est pas avérée capable de produire cette raison publique dont le concours a donc pour cela pu se présenter comme un serviteur plus approprié.

La réinscription dans l'épreuve du concours d'objectifs et de procédures qui avaient initialement été considérés comme étant le propre de l'élection permet d'en relire l'histoire. Cela conduit également à envisager de façon élargie les rapports de la légitimité d'établissement et de la légitimité d'identification en les inscrivant dans un même cadre d'analyse. Cela permet aussi de comprendre les conflits de légitimité qui ont un temps conduit à repousser l'introduction des concours pour le recrutement de la fonction publique. Le concours était en effet bien compris comme une forme virtuellement concurrente de

---

1. François GUIZOT, *Histoire des origines du gouvernement représentatif* (1821), n[elle] éd., Paris, 1851, t. II, p. 150.

2. *Études sur la constitution des peuples libres*, Bruxelles, 1836, p. 51.

l'élection. «La responsabilité ministérielle devient illusoire si les fonctionnaires sont imposés par un concours», disaient ainsi de nombreuses voix en France sous la monarchie de Juillet[1]. L'homme sélectionné par un concours a effectivement longtemps été appréhendé comme une menace par les élus du suffrage populaire, du fait de la légitimité propre que lui donnait l'épreuve qu'il avait subie. C'est ce qui a conduit en France à repousser jusqu'en 1945 la création d'une École nationale d'administration dont le principe avait pourtant été envisagé dès la période révolutionnaire[2]. Des économistes libéraux se sont aussi de leur côté opposés au système des concours et des examens, estimant qu'ils conduisaient à figer les positions sociales et à faire revivre l'univers clos des corporations sous les espèces d'un mandarinat public[3]. Les rapports de l'élection et du concours ont ainsi lié positivement deux histoires, en même temps qu'ils ont révélé les problèmes et les équivoques réciproques de chacune de ces deux formes.

Le parallèle entre l'élection et le concours ouvre enfin la voie, on peut l'indiquer, même si ce ne peut être que très brièvement, à une approche comparative élargie des modes de production de la généralité. L'importance politique donnée aux examens dans la culture classique chinoise prend par exemple tout son relief quand elle est éclairée dans cette perspective. C'est par ce biais que s'est en effet menée dans ce pays la lutte contre l'aristocratie et que s'est affirmé un certain sens éga-

---

1. L'argument est cité et analysé par É. LABOULAYE *in* «De l'enseignement et du noviciat administratif en Allemagne», art. cit., p. 590.

2. Cf. G. THUILLIER, *L'ENA avant l'ENA*, Paris, PUF, 1983. Sur les réticences parlementaires devant la formule des concours, cf. également du même auteur *Bureaucratie et bureaucrates en France au XIXᵉ siècle*, Genève, Droz, 1980.

3. Cf. par exemple Jean-Gustave COURCELLE-SENEUIL, «Études sur le mandarinat français», in *La Société moderne. Études morales et politiques*, Paris, 1892, p. 356-384.

litaire[1]. Lorsqu'il voudra caractériser la spécificité de la voie chinoise vers un ordre constitutionnel moderne, Sun Yat-sen accordera significativement une place de choix à ce qu'il appellera le «pouvoir d'examen», le mettant sur un pied équivalent au «droit d'élection» et au «droit de référendum»[2]. Le concours et l'élection ne peuvent ainsi être appréhendés comparativement qu'en étant resitués dans le cadre d'une même économie des *épreuves de généralité*. C'est cette parenté qui permet aussi de comprendre que la légitimité d'établissement ait pu historiquement faire système avec la légitimité d'identification à la généralité.

---

1. Cf. Jacques GERNET, «Organisation, principes et pratique de l'administration chinoise (XIe-XIXe siècles)», *in* F. BLOCH-LAINÉ et Gilbert ÉTIENNE (éds), *Servir l'État*, Paris, Éditions de l'EHESS, 1987.

2. Cf. sa «Constitution des Cinq Pouvoirs», en annexe à ses *Souvenirs d'un révolutionnaire chinois* (1925), Paris, 1933. Cf. aussi KONG-CHIN-TSONG, *La Constitution des Cinq Pouvoirs. Théorie et application*, thèse, Bruxelles, 1932.

3.

La grande transformation

Le système de double légitimité qui avait historiquement donné leur assise aux institutions démocratiques s'est affaissé dans les années 1980. Les manifestations de ce phénomène ont été multiples et ses symptômes partout commentés, qu'il s'agisse de souligner la perte de confiance des citoyens dans leurs dirigeants ou le déclin de la capacité de l'État à intervenir efficacement. Mais des constats de cette nature ne valent pas explication ; ils ne font que décrire des effets dont il faut comprendre les causes. Deux grandes mutations en constituent en profondeur le ressort. La première concerne le rapport à l'histoire de nos sociétés. L'effacement de l'horizon révolutionnaire et la perception croissante de l'avenir sous les espèces du risque, et non plus du progrès, ont entraîné un nouveau rapport au politique défini comme ordre volontariste de la transformation des sociétés par elles-mêmes. Cette rupture a fait l'objet de multiples travaux dont l'apparition du néologisme de «post-modernité» a illustré le déclenchement dans les années 1970. La seconde grande mutation, qui concerne les formes mêmes de la société, a aussi été amplement décrite, de vastes bibliothèques ayant appréhendé dans toutes ses dimensions la question d'un «avènement de l'individu» et de celle d'un «capitalisme post-fordiste». Mais ces éclairages d'anthropologues ou de psychologues, d'économistes ou de sociologues, n'ont guère été conceptualisés dans des termes susceptibles de rendre intelligible la révolution de la légitimité qui nous intéresse ici. Pour le dire d'un mot, c'est l'entrée dans le nouvel *âge de la particularité*, auquel renvoient de concert ces différents changements, qui a conduit à reformuler les attentes politiques des citoyens et à faire émerger de nouvelles institutions démocratiques. Un principe inédit de composition des économies et des sociétés a simultanément mené à une transformation des conditions de la gouvernabilité et du rapport de la société au politique. Il faut rappeler à très grands traits ce qu'étaient les précédentes économie et société de la généralité pour bien prendre la mesure du type de basculement en train de s'opérer.

L'économie et la société de la généralité

Le capitalisme moderne, tel qu'il s'est développé à partir de la révolution industrielle, a consisté en une gigantesque entreprise d'autonomisation et de standardisation du monde économique. Dès le début du XIXe siècle, les historiens de l'industrie se sont attachés à comprendre et à qualifier ce mouvement qui s'est incarné dans la formation des grandes manufactures. Babbage et Ure ont été les premiers à décrire de façon systématique ces «vastes automates» d'un type inédit, organisant de façon centralisée la coopération de différentes catégories d'ouvriers pour qu'ils forment un système de production mécanisé, homogène et continu[1]. L'œuvre de Marx sera tout entière consacrée à élargir ces premières analyses. Le recours aux notions de valeur

---

1. Cf. Andrew URE, *Philosophie des manufactures*, Bruxelles, 1836, 2 vol., et Charles BABBAGE, *Traité sur l'économie des machines et des manufactures*, Paris, 1833.

d'usage et de valeur d'échange lui permettra de donner un premier cadre explicatif d'ensemble au phénomène. Alors que la valeur d'usage fait référence à la pluralité et à la complexité des liens que les hommes entretiennent avec les choses, les établissant dans leur particularité, le capitalisme ramène ces rapports à une seule et unique dimension, celle de la valeur d'échange. Le capitalisme abstractise ainsi le monde ; il ne prend en compte que «la forme générale de la richesse[1]». Ce processus de réification-généralisation a révolutionné le mode de production antérieur. Dans la fabrique moderne, l'ouvrier a été réduit à sa force de travail, c'est-à-dire à ce qu'il y a en lui de généralité substituable : le travail est lui-même devenu une marchandise. L'usine fordiste radicalisera cette dimension avec la rationalisation du travail à la chaîne. Sur la ligne mécanisée de production, il n'y a plus en effet de travailleurs singuliers. Les particularités d'âge, de sexe, d'origine, de formation sont effacées et tous sont ramenés à la même condition mécanique.

En tant que figure collective de la force de travail, le salariat caractérise pour cette raison la condition ouvrière comme dépossession radicale, c'est-à-dire comme négation de ce qui fait la singularité de chaque être humain. La réduction du travailleur à sa dimension générique et à sa rémunération minimale constituent ainsi l'exploitation[2]. Pour Marx, l'émancipation se définissait à l'inverse comme *retour à la particularité*. Le travail libre, dans sa définition la plus forte, est donc celui de l'artiste, dont l'œuvre se confond avec l'expression d'une irréductible singularité. L'auteur du *Capital* ne cessera pour cette raison d'identifier l'avènement d'une société libérée à la possibilité pour tous les individus de devenir pleinement créateurs, l'art étant à ses yeux l'antithèse absolue de la marchandise. C'est ce

---

1. Karl MARX, *Fondements de la critique de l'économie politique*, Paris, Anthropos, 1968, t. II, p. 101.
2. Rappelons que, pour Marx, le salaire est fixé aux strictes nécessités de la reproduction de la force de travail.

qu'exprimera tout au long du XIXe siècle dans le mouvement ouvrier le thème de l'abolition du salariat dans son lien avec l'éloge du travail indépendant.

À cette économie de la généralité constituée par le développement du capitalisme industriel a correspondu la production concomitante d'une *société de la généralité*. La société a commencé à se constituer en *classes*, formant des identités nouvelles modelées par le système productif. Cette économie et cette société de la généralité ont été liées à des formes spécifiques de gestion. Dans l'ordre du travail, c'est la *négociation collective* qui a permis d'encadrer et de réguler le conflit de classe. Rendue possible par la constitution de *collectifs représentatifs-protecteurs* (dont le syndicalisme a été la forme emblématique), cette négociation collective a progressivement permis d'améliorer les conditions de travail et de rémunération du monde du travail saisi en grandes masses. Ce sont de la sorte les conditions générales de mobilisation de la force de travail qui ont été redéfinies dans la lutte et dans la négociation. Dans l'ordre de la protection sociale, la construction de l'État-providence a consisté pareillement à constituer des classes de risques objectifs et à former des populations homogènes. Il a lui aussi été un agent d'agrégation et de généralisation. L'État rationalisateur-bureaucratique a de son côté incarné un mode correspondant de gouvernement du social. C'est un tel monde industriel en ses différentes figures entrelacées qui est actuellement en train de se décomposer, entraînant de nouvelles appréhensions de l'identité des personnes en même temps que des représentations de l'émancipation et de la justice.

Le nouveau monde de la particularité

La nouvelle économie ne peut être seulement comprise en termes d'évolution des secteurs d'activités, par exemple définie par le passage des biens aux services. Elle ne peut pas être appréhendée non plus au seul regard des mutations technologiques.

Elle se détermine plus profondément comme une *économie de la particularité*. Cette notion offre un cadre conceptuel unifié pour caractériser tout un ensemble de mutations, tant dans l'ordre de la consommation que dans celui de la production, ou encore en matière d'organisation du travail. Les choses apparaissent avec évidence dans le domaine de la consommation. Les produits standardisés cèdent la place à des gammes toujours plus diversifiées. L'offre cherche à s'adapter à chaque demande. Même les produits les plus basiques se déclinent désormais sous des formes infiniment diverses (comme le montre l'exemple des jeans distingués par une multitude de petits détails, et que l'acheteur est en outre invité à «customiser»). Jointe à l'exacerbation du système de la mode qui renouvelle sans cesse l'aspect des choses, cette évolution alimente une tendance à la diversification croissante des biens. Les caractéristiques de la production matérielle se rapprochent de la sorte de plus en plus du monde des services (chaque restaurant, chaque médecin, chaque avocat, chaque professeur de gymnastique a par nature ses caractéristiques spécifiques). D'où la centralité prise par la notion de *qualité*, qui correspond à la perception d'une diversification potentiellement infinie des produits[1]. Le monde économique tend sur ce mode à se rapprocher de celui de l'art dans lequel chaque objet est par définition unique. Pour s'orienter et faire ses choix dans ce nouvel univers foisonnant et complexe, le consommateur ne peut se fier à lui-même ; il n'en a ni le temps, ni les capacités. Il n'a structurellement pas les moyens d'apprécier et de comparer toutes les singularités entre lesquelles il doit choisir. D'où le rôle croissant que jouent les guides en tout genre, les multiples tests comparatifs, les labels,

---

1. En français, cf. les articles de Jean GADREY, «Dix thèses pour une socio-économie de la qualité des produits», *Sociologie du travail*, n° 44, 2002, et de Lucien KARPIK, «L'économie de la qualité», *Revue française de sociologie*, vol. XXX, n° 2, 1989.

les marques, pour qu'il puisse s'orienter[1]. Mais c'est également le mode de production qui a changé de nature : il est lui aussi de plus en plus ordonné par la singularité, structuré comme un système d'assemblage et de coordination de capacités particulières de travail.

Le capitalisme fordiste reposait sur la mobilisation dans un cadre rigide de ce que les sociologues avaient appelé *l'ouvrier-masse* ; la nouvelle économie consiste à l'inverse à faire coopérer de façon flexible des compétences qui présentent des caractères à chaque fois spécifiques. Il suffit de se plonger dans la littérature managériale contemporaine pour prendre la mesure de ce bouleversement[2]. La productivité d'un salarié y est supposée indexée dorénavant sur sa capacité de mobiliser ses ressources propres, de s'investir de façon autonome dans le travail. Il ne lui suffit plus de se conformer mécaniquement à des prescriptions générales pour remplir sa fonction ; il doit toujours être en mesure de s'adapter aux changements, d'innover, de répondre à l'imprévu en résolvant des problèmes qui surgissent. S'il y a toujours des injonctions procédurales qui parviennent d'en haut à l'employé, celles-ci ne peuvent être suivies d'effets que grâce aux initiatives qu'il saura prendre en retour. Le contrôle de l'organisation est ainsi devenu indissociable de la reconnaissance d'une certaine autonomie des salariés, même dans le cas d'emplois apparemment répétitifs[3]. Il en résulte de nombreuses conséquences très pratiques. Cela change notamment de façon assez radicale la perception que l'on pouvait avoir des

1. Cette nouvelle économie de la consommation a été théorisée de façon très stimulante par L. KARPIK dans *L'Économie des singularités*, Paris, Gallimard, 2007.

2. Cf. sur ce point la synthèse de Denis SEGRESTIN, *Les Chantiers du manager*, Paris, Armand Colin, 2004.

3. Une caissière de supermarché ou l'employé d'un *call center* ne sont par exemple plus du tout dans la situation d'un ouvrier à la chaîne. Ils doivent en permanence tâcher de s'adapter, car ils se trouvent dans des situations de face-à-face.

postes de travail. La notion relativement uniforme de *qualification*, qui décrivait des aptitudes générales, des niveaux donnés de connaissances ou de savoir-faire, susceptibles d'être précisément mesurés et étalonnés, a ainsi cédé le pas à celle de *compétence*. «Être compétent, a souligné un sociologue, c'est répondre à la question "que faire ?", lorsqu'on ne me dit plus comment faire[1].» Le nouveau terme d'*employabilité* décrit aussi de façon convergente cette idée d'interaction entre des caractéristiques personnelles et les données d'ensemble du marché du travail ou les formes d'une organisation[2]. Cela représente donc là encore une rupture avec la réalité antérieure du travail prescrit, avec toutes les conséquences que cela implique en termes de stress accru ou de pression psychologique. Le travailleur ordinaire se rapproche de cette façon de la figure de l'artiste qui en constituait auparavant l'antithèse absolue[3]. L'individu ne s'identifie plus pour cela à l'ancien membre d'une «classe de travail» qu'il était lorsqu'une organisation contraignante le réduisait à la condition mécanique d'une force de travail : c'est désormais sa valeur d'usage, c'est-à-dire sa singularité, qui est devenue un facteur décisif de production.

Cette nouvelle économie est liée à l'émergence d'une *société de la particularité*. Mais il ne faut pas comprendre celle-ci sur le mode réducteur d'un passage du collectif à l'individuel, correspondant à la simple désagrégation d'une cohérence antérieure.

---

1. Philippe ZARIFIAN, *Le Modèle de la compétence. Trajectoire historique, enjeux actuels et propositions*, Paris, Éditions Liaisons, 2001. Cf. aussi son ouvrage *Compétences et stratégies d'entreprise*, Paris, Éditions Liaisons, 2005. «Le sujet compétent, note de son côté D. SEGRESTIN, est celui qui sait prendre les bonnes décisions pour faire face à l'imprévu» (*Les Chantiers du manager, op. cit.*, p. 102).

2. Cf. Bernard GAZIER, «Employability : An Evolutionnary Notion, an Interactive Concept», *in* B. GAZIER (ed), *Employability : Concept and Policies*, Employment Observatory, European Commission, 1998.

3. Pierre-Michel MENGER a remarquablement souligné cette mutation dans son ouvrage *Portrait de l'artiste en travailleur. Métamorphoses du capitalisme*, Paris, La République des idées/Seuil, 2003.

Ce n'est pas la société qui s'est défaite, mais le mode de composition du social qui s'est transformé. Ce qu'on pourrait appeler la fin des statuts, des positions ou des classes productives a correspondu à l'apparition d'autres modalités de constitution du lien social et de l'identité. C'est maintenant davantage en termes d'appariements sélectifs, de rapprochements ponctuels, de cheminements parallèles, que se définissent les fils qui tissent du commun entre les hommes et les femmes. Dans des circonstances fortes et particulières se manifestent certes toujours des formes d'identité agrégatives traditionnelles, lorsque des *communautés d'épreuve* rassemblent et soudent un groupe (face à des événements comme une fermeture d'usine ou une menace écologique de proximité), ou lorsque s'imposent d'évidentes solidarités de territoire. Mais ce sont dorénavant d'autres formes d'existence du social, comme des faisceaux d'histoires similaires ou des communautés d'inquiétude, qui prennent une importance croissante.

Il résulte de cette transformation, et c'est surtout ce qui nous intéresse dans ces pages, l'avènement d'un rapport inédit des individus aux institutions, ainsi que de nouvelles manières de concevoir tant l'action collective que la protection individuelle. Dans le monde du travail, le fait que le principal facteur de production soit désormais constitué par la spécificité de la contribution de chacun modifie en profondeur les instruments de la défense et de l'amélioration de la condition salariée. La négociation collective qui permettait d'organiser des statuts et de réguler de façon globale les différents éléments du contrat de travail (augmentation des salaires, droits sociaux, détermination d'une grille des qualifications, conditions d'avancement et de mobilité, etc.) joue désormais un rôle moins central. La part de la négociation individuelle de l'engagement de chacun s'est considérablement accrue. C'est au niveau le plus décentralisé que se déterminent dorénavant des contrats d'objectifs et que sont fixées les rémunérations dont la part variable s'accroît. En termes de protection sociale, ce n'est plus seulement d'un grand collectif protecteur, le syndicat, que le salarié a besoin. C'est toujours davantage en termes de *droits de l'homme au travail* que se jouent la défense de ses intérêts et la protection de ses conditions de travail. Dans un univers productif plus singularisé, les questions de respect des personnes, de non-discrimination et d'équité deviennent en effet plus centrales. La question du harcèlement moral s'avère par exemple aussi sensible que celle de l'exploitation. D'où le rôle croissant que joue le droit dans le règlement des différends dans le travail. Entre des individus singuliers et une entreprise, ce n'est plus seulement en termes de «rapport global des forces» que se décide l'amélioration de la condition salariée. Les processus d'arbitrage, d'évaluation, de reddition de comptes se développent du même coup parallèlement dans les organisations. À la confrontation globale, toujours active, syndicats-direction se sont ainsi superposés dans l'entreprise des modes disséminés de gestion faisant davantage appel au face-à-face et à des interventions de tiers médiateurs.

La notion même de sécurité sociale a simultanément changé de nature dans le domaine du travail. On est passé d'une approche focalisée sur la question des statuts à une approche considérant davantage les situations des individus[1]. Il s'agit dorénavant plus de sécuriser des trajectoires que de simplement protéger des positions acquises à un moment donné. Dans un important rapport rédigé pour la Commission européenne, le juriste Alain Supiot avait lancé en ce sens l'idée de «sécurisation des parcours professionnels», rattachant l'exigence de protection à la personne même du travailleur et non plus aux postes ou aux emplois[2]. D'où la notion de «droits transférables» de l'individu (*portable rights*) d'une entreprise à une autre ou d'un

1. Cf. la synthèse de Jérôme GAUTIÉ sur cette question in *Quelle troisième voie ? Repenser l'articulation entre marché du travail et protection sociale*, Paris, Centre d'études de l'emploi, Document de travail n° 30, septembre 2003.

2. Alain SUPIOT, *Au-delà de l'emploi : transformations du travail et devenir du droit du travail en Europe. Rapport pour la Commission des communautés européennes*, Paris, Flammarion, 1999.

statut d'activité (salarié, indépendant, bénévole…) à l'autre [1], ou encore celle de «droits de tirage sociaux» (sur des comptes formation, épargne-temps) pour accompagner la personne au cours de son existence. D'une façon plus large, c'est la notion même d'État-providence qui tend à changer de nature dans ce contexte. Celui-ci ne peut plus seulement consister en une protection statique, mais doit aider les personnes à gérer de façon dynamique leurs projets et les événements auxquels ils doivent faire face. Les approches en termes de classes générales de risques (maladie, invalidité, chômage) qui étaient traitées sur un mode assuranciel s'ouvrent à l'appréhension de situations plus individualisées. Alors que l'État-providence classique était un guichet distributeur d'allocations visant des populations-cibles, l'objectif est maintenant davantage de donner à chacun des moyens véritablement adaptés à la résolution de son problème spécifique. Les chômeurs de longue durée ont par exemple longtemps été appréhendés comme une population économique cohérente, population à laquelle étaient attribuées des indemnités déterminées et pour laquelle étaient prévus des mécanismes standards de formation. S'il y a un million de personnes qui composent cette population, on considère désormais qu'il y a un million de cas particuliers à traiter et à prendre en charge de façon spécifique. Cela a une conséquence majeure : l'exercice des droits devient indissociable d'une appréciation des comportements. Le développement d'une société de la particularité donne ainsi dans le domaine social une place accrue à des tiers intervenants, à des évaluateurs, qui jouent un rôle plus direct dans la vie des individus. Cela entraîne donc simultanément une très forte demande d'impartialité et redessine en profondeur tout l'horizon des attentes sociales et politiques. Tant que l'on se situait dans le cadre des droits sociaux clas-

---

1. L'expression est de Paul OSTERMAN, *Securing Prosperity : the American Labor Market, How It has Changed and What to Do about It*, Princeton, Princeton University Press, 1999.

siques, l'automaticité des prestations s'accommodait à l'inverse d'une gestion de type administratif, relativement mécanique, donc moins soumise à une contestation éventuelle.

De l'administration à la gouvernance

La délégitimation du pouvoir administratif doit être comprise dans le cadre de cette évolution d'ensemble. Dans une société de la particularité, la notion même d'administration comme gestion de règles intangibles perd sa centralité. D'où le succès qu'a rencontré, dans sa confusion même, la notion de gouvernance. Son apparition a en effet correspondu à la perception d'un changement global affectant les systèmes centralisés et hiérarchiques de décision dont les pouvoirs administratifs constituaient l'archétype. Les décideurs publics se sont d'abord trouvés confrontés à un phénomène qualifié par la science politique d'«irruption des publics», se trouvant désormais obligés d'associer un nombre toujours croissant de «parties prenantes». Leurs «décisions» ont ensuite pris la forme de processus itératifs complexes, en rupture avec l'habitude ancienne des choix tranchants. La notion de gouvernance renvoie donc là à un mode de régulation caractérisé par des formes souples de coordination, greffées sur une succession de rendez-vous. L'avènement d'un nouveau style de gestion publique (*New Public Management*) a accompagné ces évolutions. C'est dans ces conditions que s'est progressivement dessinée la figure d'un «État post-moderne[1]» dont le fonctionnement fait une place plus grande à la négociation, qui est contraint à plus de transparence, soumis à des contrôles accrus de toutes sortes. Les principes d'organisation qui régissent un tel État ont contribué à déstabiliser la figure du fonctionnaire ; ils l'ont fait descendre de son piédestal et lui ont enlevé sa dimension d'incarnation de l'intérêt général.

1. Cf. à ce propos l'ouvrage stimulant de Jacques CHEVALLIER, *L'État post-moderne*, Paris, LGDJ, 2003.

Le savoir économique a également contribué à cette dévalorisation, en soulignant les effets des dysfonctionnements informationnels sur la gestion de l'État. La théorie des incitations a en particulier mis l'accent sur les problèmes de coordination, de capture, de «comportements collusifs», invitant à porter un regard plus sceptique sur les vertus reconnues à l'ancien «État jacobin bienveillant[1]». Est ainsi arrivé le temps d'une approche *a priori* plus distante, plus suspicieuse vis-à-vis de l'administration et de ses agents. Ces derniers ont du même coup vu se dissiper l'*aura* de rationalité qui avait contribué à légitimer leur pouvoir. Ce mouvement a lui-même été indubitablement accéléré par la montée en puissance dans les années 1980 d'une idéologie néo-libérale que les noms de Reagan et de Thatcher ont incarnée. Mais cette idéologie n'est pas surgie du néant, comme une sorte de puissance maléfique *sui generis*. Elle n'a fait que radicaliser et brutaliser, si l'on peut dire, une évolution qui avait ses racines dans les transformations mêmes de l'économie et de la société.

L'idée d'une identification positive du pouvoir administratif à la généralité démocratique s'est de la sorte estompée à partir des années 1980[2]. Dans l'Union européenne, la Commission a de son côté joué un rôle clef pour délégitimer les bureaucraties nationales en érigeant le consommateur et l'usager, dont elle s'est continûment présentée comme le défenseur, en seules figures pertinentes de la généralité sociale. La légitimation du vieux système des dépouilles a même spectaculairement refait

---

1. Cf. sur ce point les travaux fondamentaux de Jean-Jacques LAFFONT, David MARTIMORT, Susan ROSE-ACKERMAN et Jean TIROLE. La formule d'État «jacobin bienveillant» est de J.-J. LAFFONT. Cf. sa contribution «Étapes vers un État moderne : une analyse économique» aux Actes du colloque *État et gestion publique* (Paris, La Documentation française, 2000) organisé par le Conseil d'analyse économique.

2. Sur ce mouvement et ses tensions, cf. la bonne synthèse d'Ezra SULEIMAN, *Le Démantèlement de l'État démocratique*, trad. française, Paris, Seuil, 2005.

surface aux États-Unis à cette époque[1]. De Nixon à Bush, les présidents républicains ont ainsi bataillé pour accroître la mainmise de l'exécutif sur la haute fonction publique. Avec succès, puisque le nombre total des hauts fonctionnaires et des titulaires nommés par le président est passé de 451 en 1960 à 2 393 en 1993, soit une augmentation[2] de 430 %. On peut donc vraiment parler dans cette mesure d'une réaffirmation et même d'une revanche du monde politique sur la haute administration. La vieille suspicion marxiste vis-à-vis de l'*ethos* bureaucratique d'identification à l'intérêt général, qui rompait avec la célébration des «jacobins bienveillants», a de cette façon triomphé à titre posthume en étant activement réappropriée par l'idéologie libérale! Le mot «État» a finalement été dépouillé de la majuscule qui l'avait établi comme puissance démocratique.

Un facteur proprement sociologique a aussi expliqué la perte de centralité du pouvoir administratif : le fait que les citoyens éduqués des sociétés développées ne reconnaissent plus le type de supériorité implicite qui légitimait auparavant la haute fonction publique. «Le grand changement, explique ainsi une personnalité archétypique de ce monde aujourd'hui déchu, c'est qu'une fonction publique hautaine et dominatrice est devenue positivement insupportable [...]. Le pays, adulte, ne supporte plus qu'on lui explique, de haut, ce qu'il faut faire ou ne pas faire[3].» Le pouvoir administratif n'a donc plus ni la légitimité morale (la reconnaissance de sa capacité de désintéressement), ni la légitimité professionnelle (la supériorité reconnue de compétence) qui avaient fondé ses prétentions,

---

1. Voir l'article qui a lancé le débat : Robert Maranto, «Thinking the Unthinkable : A Case for Spoils in the Federal Bureaucracy», *Administration and Society*, vol. 29, n° 6, janvier 1998 (cf. les autres contributions sur le sujet dans le même numéro et la réponse de Maranto dans le volume 30, n° 1, mars 1998).

2. Statistique rapportée par E. Suleiman, *Le Démantèlement de l'État démocratique, op. cit.*, p. 275.

3. S. Nora, «Servir l'État», art. cit., p. 102.

et sa capacité, à s'autonomiser vis-à-vis de la sphère électorale-représentative. L'évolution a été ressentie de façon particulièrement brutale là où elle était le plus reconnue, notamment en France[1]. Il est d'ailleurs intéressant de souligner que, dans ce dernier cas, le déclin du pouvoir administratif avait été amorcé de façon précoce, pour des raisons tenant à l'histoire propre du phénomène gaulliste.

Dans un premier temps, le gaullisme était apparu en symbiose complète avec la vision de l'État défendue par les hauts fonctionnaires modernisateurs de l'après-guerre. Mendès France et de Gaulle furent en effet, chacun à leur façon, perçus par ces derniers comme des personnalités politiques en rupture avec le monde politicien ordinaire. Et de Gaulle ne doutait effectivement pas que l'État incarnât le bien commun, doté pour cette raison d'une légitimité morale supérieure à celle d'une sphère politique organisée sur le mode d'une compétition entre des partis qui ne représentaient à ses yeux que des intérêts particuliers[2]. L'objectif de l'homme du 18 Juin avait été de forger une légitimité politique d'un type nouveau : une légitimité de type substantiel et non procédural. C'est le sens que devait revêtir à ses yeux l'élection au suffrage universel du chef de l'État. Il devait s'agir pour lui d'une élection d'un genre particulier, consistant dans la reconnaissance populaire du fait qu'une personne incarnait, à un moment donné, l'unité et le devenir du pays. De Gaulle avait d'ailleurs d'une certaine façon toujours estimé que sa légitimité personnelle avait d'abord une dimension intrinsèque, d'essence et de portée extra-électorales[3]. Il opposait ainsi implicitement *l'élection de*

---

1. Sur le déclin et l'échec des élites modernisatrices dans ce pays, cf. Pierre GRÉMION, *Modernisation et progressisme : fin d'une époque (1968-1981)*, Paris, Éditions Esprit, 2005.

2. Cf. F. BLOCH-LAINÉ, « L'esprit de service public », *in* Institut Charles-de-Gaulle, *De Gaulle en son siècle*, t. III : *Moderniser la France*, Paris, Plon, 1992.

3. Cf. Jean-Louis CRÉMIEUX-BRILHAC, « La France libre et l'État républicain », *in* Marc-Olivier BARUCH et Vincent DUCLERT (éds), *Serviteurs*

reconnaissance, d'essence unanimiste, celle qui pouvait fonder un régime et lui donner forme sensible, et *l'élection partisane*, d'essence majoritaire. Cette distinction a eu deux conséquences. En termes immédiatement politiques, elle a d'abord conduit à introduire une équivoque concernant la nature même de la Ve République. Le général de Gaulle s'est en effet rapidement trouvé écartelé entre sa volonté d'incarner un régime et sa situation d'inspirateur de fait, sinon directement de chef, d'un parti. Lors de l'élection présidentielle de 1965, mis en ballottage par François Mitterrand, il dénonçait ainsi ce dernier comme le «candidat des partis», alors qu'il se trouvait lui-même engagé dans la compétition. L'un des théoriciens de la nouvelle République, René Capitant, avait bien senti la difficulté : «La Ve République est un régime qui ne doit pas devenir une majorité, c'est-à-dire un parti[1].» Mais les fidèles du Général avaient introduit une confusion en se constituant en mouvement «UD Ve République», affaiblissant du même coup la position du chef de l'État. Ce dernier devait donc en permanence mettre en scène sa différence et sa prééminence pour tenter de surmonter cette contradiction qui rongeait la singularité de sa légitimité.

C'est dans le cadre de cette nécessité toujours plus grande de distinguer sa dimension de «président d'incarnation» de sa condition de «président partisan», que de Gaulle s'est progressivement trouvé dans une sorte de concurrence avec la prétention des jacobins d'excellence à incarner le bien commun. La complicité initiale dans l'indépendance s'est ainsi muée en un rapport de subordination. Fort de sa consécration électorale jugée d'essence particulière, de Gaulle a mécaniquement réduit l'autonomie de la haute fonction publique. Il n'a accepté

de l'État. Une histoire politique de l'administration française (1875-1945), Paris, La Découverte, 2000.

1. Cité par L. HAMON, «Le rôle des partis dans l'État vu par le général de Gaulle», art. cit., p. 297.

de reconnaître la contribution de celle-ci à la production du bien commun qu'en la subordonnant. C'est du même coup sous son règne que les hauts fonctionnaires ont vu leur indépendance se rétrécir et leur statut d'exception s'effacer, en même temps qu'ils se «politisaient». Le chantre de l'État et le pourfendeur des partis est paradoxalement celui qui a été le moteur de leur déclin relatif en France. La patrie des jacobins d'excellence a ainsi été la première à voir réduite l'autonomie relative du pouvoir administratif. L'État de De Gaulle n'était pas celui des technocrates! Tout en restant moralement respectée et professionnellement considérée, la «noblesse d'État» avait déjà commencé à voir son indépendance fortement réduite sous sa présidence. Elle ne s'est du même coup perpétuée ensuite que sous les espèces de sa caricature : celui d'un monde de l'entre-soi nourri par la clôture des grands corps.

La désacralisation de l'élection

La légitimité d'établissement a été de son côté fortement affectée par la désacralisation de l'élection. Une première étape décisive de ce processus, on l'a rappelé, avait été accomplie lorsque l'ancien imaginaire unanimiste s'était effacé à la fin du XIXᵉ siècle, installant durablement l'élection dans son caractère partisan. Mais la nature de ces enjeux partisans, leur relative lisibilité, la capacité qu'avaient les électeurs de s'y identifier avaient toutefois permis à l'épreuve électorale de conserver une centralité relative dans l'ordre démocratique. Ces caractères se sont dissipés à partir de la fin des années 1970. L'avènement d'un électeur dit plus «stratège» et l'affaiblissement des sentiments d'appartenance à un camp bien déterminé ont contribué au premier chef à ce mouvement. Le recul de la notion de programme politique, conséquence mécanique de l'inscription dans un univers plus instable, aux contraintes extérieures plus fortes, en a prolongé les effets. Dans un univers aux clivages plus fluctuants, l'élection a de la sorte largement perdu sa dimension de détermination d'une politique; elle a perdu sa capacité d'orientation forte de l'avenir. L'élection s'est pratiquement limitée à une désignation concurrentielle de personnalités, réduisant le sens de l'engagement auquel elle avait longtemps renvoyé.

La notion de majorité a quant à elle perdu son ancienne consistance, lorsqu'elle pouvait être assimilée à l'évidence d'un nombre justifié dans ses droits. L'idée de peuple ne renvoie plus simplement aujourd'hui à celle du «plus grand nombre», à l'existence d'une masse positive et déterminée. Ce qu'on peut appeler «le peuple» apparaît désormais aussi sous les espèces d'une somme négative et perpétuellement mouvante des dénis de reconnaissance, des privations de droit, des situations de précarité. Il est pour cela moins directement figurable, renvoyant à une sorte de *généralité invisible*. Le peuple est l'image virtuelle que dessinent les multiples négativités du social, reflet de tous les abandons, mépris, dévalorisations. Il se détache en ce nouveau sens de la notion arithmétique et monolithique de majorité. C'est, à l'inverse, à partir de la notion de minorité que s'appréhende souvent le peuple aujourd'hui. Il est l'addition sensible des situations de minorité de toute nature, forme nouvelle d'apparition du social à l'âge des singularités. Ce nouveau «peuple invisible» n'existe pas comme nombre, il s'appréhende plutôt comme un *fait social*, celui que constitue un ensemble d'histoires, de situations et de positions[1]. C'est un peuple-récit, plein de vies, et non pas le peuple figé d'un bloc électoral.

Le fait électoral-majoritaire a aussi été en partie dépouillé de sa capacité de légitimation, en raison de son écart au nouveau peuple invisible. C'est en effet ce dernier qui est spontanément appréhendé par la société comme la figure du peuple réel. La vieille argumentation sociologique des libéraux du XIXe siècle pour défendre les droits de la minorité contre les risques de «tyrannie de la majorité» retrouve ainsi paradoxalement toute

---

1. D'où la difficulté de l'appréhender dans les catégories statistiques descriptives usuelles.

sa pertinence par un biais inattendu. Alors qu'elle était avancée pour justifier le droit moral des élites et des possédants à brider le pouvoir populaire, elle sous-tend aujourd'hui la revendication du «peuple social» à ne pas se voir opposer par les gouvernants la raison du seul «peuple électoral» qui les a légalement institués. *Le* peuple veut ainsi être reconnu sous les espèces des deux corps qui le constituent de façon variable dans le temps. Une longue citation de Benjamin Constant fait bien sentir le sens de cette distinction, essentielle pour bien comprendre les racines d'un certain désenchantement contemporain : «La plupart des écrivains politiques, écrivait-il, sont tombés dans une erreur bizarre en parlant des droits de la majorité. Ils l'ont représentée comme un être réel, dont l'existence se prolonge et qui est toujours composé des mêmes parties. Mais il arrive sans cesse qu'une partie de la majorité d'hier forme la minorité d'aujourd'hui. En défendant les droits de la minorité, l'on défend donc les droits de tous. Car chacun à son tour se trouve en minorité. L'association entière se divise en une foule de minorités que l'on opprime successivement. Chacune d'entre elles, isolée pour être victime, redevient, par une étrange métamorphose, partie de ce qu'on appelle le grand tout, pour servir de prétexte au sacrifice d'une autre minorité. Accorder à la majorité une autorité illimitée c'est offrir au peuple en masse l'holocauste du peuple en détail[1].» Le peuple électoral-majoritaire reste l'incontournable arbitre pratique de la vie démocratique ; il lui donne toujours son fondement légal. Mais il ne confère plus aux gouvernants qu'une *légitimité instrumentale*. Alors que la béquille du pouvoir administratif s'est simultanément raccourcie, la nécessité de refonder la légitimité des régimes démocratiques s'est donc partout confusément, mais fortement, fait ressentir. C'est à dégager les voies de cette refondation en marche que sont consacrées les trois parties qui suivent.

---

1. *Principes de politique*, édition princeps de 1806 établie par Étienne Hofmann, Genève, Droz, t. II, p. 53-54.

II

LA LÉGITIMITÉ
D'IMPARTIALITÉ

1.

Les autorités indépendantes :
histoire et problèmes

La mise en place d'institutions indépendantes chargées de tâches de surveillance ou de régulation autrefois confiées à des administrations «ordinaires» s'est accélérée dans la plupart des démocraties au cours des deux dernières décennies du XXe siècle. On les qualifie au Royaume-Uni de *Non-departemental Public Bodies*, ou encore de *Quasi Autonomous Non-governmental Organisations* (Quangos), d'*Independent Regulatory Agencies* aux États-Unis, ou d'*Autorités administratives indépendantes* en France. Au-delà de leur très grande diversité, ces organisations ont en commun de présenter un caractère hybride : elles possèdent une dimension exécutive tout en exerçant des fonctions d'ordre normatif et judiciaire. Elles ont ainsi révolutionné en profondeur la conception traditionnelle de la division des pouvoirs. Le phénomène a pris une ampleur considérable, des pans entiers de l'intervention publique leur ayant été progressivement confiés dans un grand nombre de pays. Le trait distinctif le plus évident de ces institutions est qu'elles réduisent le champ du pouvoir administratif-exécutif. Cette dimension a même constitué historiquement la première raison explicite de leur mise en place. C'est ce que montre clairement l'exemple américain.

L'exemple américain

Les États-Unis ont été les premiers à ouvrir la voie à la création d'autorités indépendantes. Avec même beaucoup d'avance, puisque c'est dès la fin du XIXe siècle qu'est créé un organisme de cette nature pour réguler l'activité des chemins de fer. En même temps, donc, qu'est posée la question de la constitution d'un pouvoir administratif plus fort. Les deux perspectives participaient de la même préoccupation : développer des institutions fonctionnellement au service de l'intérêt général. L'Amérique des années 1880 était en effet caractérisée par la faiblesse de l'État fédéral. Les tâches de ce dernier étaient alors minimales. En pleine conquête de l'Ouest, sa préoccupation centrale consistait encore à organiser et à élargir le territoire, à sécuriser les frontières. C'était un État structuré autour de quelques fonctions de base comme la défense ou le service postal. Le contraste avec la situation des États européens, dotés d'administrations structurées et actives sur de multiples fronts économiques et sociaux, était alors saisissant (c'est l'époque de la construction de l'État-providence en Allemagne, de la rationalisation du *Civil Service* en Grande-Bretagne, de la consolidation de l'État républicain en France). Alors que l'économie et la société se développaient à vive allure, les structures publiques n'avaient guère évolué. D'où le véritable « vide de gouvernance[1] » qui caractérisait le pays. Depuis la fin de la guerre civile, les partis politiques et les tribunaux s'étaient engouffrés dans ce vide et s'étaient imposés comme les véritables forces structurantes du pays[2].

---

1. La formule est de S. SKOWRONEK, *Building a New American State. The Expansion of National Administrative Capacities, 1877-1920, op. cit.*, p. 41.
2. Skowronek parle ainsi du « State of Courts and Parties » (*ibid.*, p. 39). Son analyse peut dorénavant être nuancée avec la prise en compte des

Les « machines » partisanes deviennent d'abord les puissances commandantes de la période. Elles constituent à tous les niveaux les véritables instances de coordination et d'impulsion. C'est la figure du *boss* et non celle de l'élu qui compte alors, surtout à l'échelon local. C'est lui qui tire les ficelles et qui a notamment la haute main sur l'attribution des marchés publics. Le terme même de *parti* devient du même coup indissociable de celui de « corruption ». Ce phénomène constitue dans ces années la question politique majeure en Amérique. Elle fait émerger un journalisme de dénonciation, celui de ceux que l'on a qualifiés de *muckrakers* (les « remueurs de boue »), qui clouent au pilori les politiciens véreux accusés de se comporter en « nouveaux tsars ». La « privatisation » de l'intérêt général à laquelle procédaient ainsi les partis avait pour seul contrepoids effectif l'intervention des juges. Entre l'hégémonie de ces partis et la faiblesse de l'État, les différentes cours fédérales de justice avaient tenté d'imposer leur voix, de contribuer par leurs décisions à remplir une fonction sociale de régulation et de réaffirmer le sens du bien commun. Le démantèlement de l'administration de guerre après la sortie du conflit entre le nord et le sud du pays avait contribué à renforcer ce poids du pouvoir judiciaire. La Cour suprême elle-même avait vu pendant cette période son rôle s'étendre. Elle avait consacré de nouveaux principes qui allaient peser sur l'administration. Mais les juges étaient tellement révulsés par l'incompétence et la corruption du monde politique qu'ils se transformèrent par réaction en ardents défenseurs des entreprises et du laissez-faire, considérant comme un progrès nécessaire le fait de soustraire au contrôle d'un pouvoir estimé perverti les activités de la société. La Cour suprême ira même dans cet esprit jusqu'à vouloir constitutionnaliser ce laissez-faire. L'action des

---

travaux plus récents de William J. Novak. Voir notamment sur la période considérée *The People's Welfare : Law and Regulation in Nineteenth Century America*, Chapel Hill, The University of North Carolina Press, 1996.

cours de justice convergea de cette manière paradoxalement avec l'emprise des partis pour empêcher l'avènement d'une régulation proprement publique.

C'est en réaction à cet état de fait qu'un important courant réformateur commença à émerger dans les années 1880, comme on l'a déjà souligné. Le problème de la régulation des chemins de fer offrit l'occasion de catalyser les choses. La question apparaissait en effet centrale à bien des égards. Dans l'ordre économique, le rail était le support évident du développement industriel et du commerce dans un pays immense. En termes structurels, la gestion des problèmes au niveau des États s'avérait complètement dépassée[1]. En matière sociale, les années 1870 et 1880 avaient également vu se multiplier les revendications d'agriculteurs appelant à faire pression sur les compagnies pour limiter et régulariser les tarifs du transport des grains et les contraindre à faire cesser les discriminations tarifaires. Tout convergeait donc pour inviter à faire de ce domaine le terrain d'une réforme exemplaire[2].

L'*Interstate Commerce Act* de 1887 a alors marqué un grand tournant, emblématique d'une nouvelle conception de la gestion publique. La loi fixa d'abord un certain nombre de règles pour encadrer les pratiques tarifaires des compagnies, interdisant notamment les discriminations et les abus. Mais elle créa surtout une autorité indépendante spéciale, l'*Interstate Commerce Commission*, chargée de veiller à la mise en œuvre de ces mesures et, plus largement, de réguler le secteur. C'était rompre avec la conception «classique» du rôle dévolu à l'administration. Le choix n'avait pas été fait à la légère. Le Congrès

1. Cf. «Early State Experience with Commissions and with Administrative Regulation», *in* Robert E. CUSHMAN, *The Independent Regulatory Commissions* (1941), New York, Oxford University Press, n[elle] éd., 1972, p. 20-34.

2. Cf. l'ouvrage de Charles Francis ADAMS Jr, *Railroads : their Origins and Problems* (New York, 1886), qui exprime bien l'approche des *economic mugwumps* de cette époque sur le sujet.

avait longuement mûri sa décision d'innover et de créer une commission *ad hoc*, plutôt que de confier cette tâche à l'administration existante[1]. L'absolue nécessité de «soustraire aux influences politiques» la régulation d'un secteur vital pour la défense de l'intérêt général était apparue comme la préoccupation majeure des parlementaires. Il fallait en même temps à leurs yeux «nationaliser» la question des chemins de fer et la «dépolitiser» (alors que la gestion au niveau des États était à la fois impuissante à traiter une question transversale et parasitée par une forte corruption impliquant les partis). C'était reconnaître que l'administration de l'époque n'était pas le garant naturel de l'intérêt général. C'était aussi manifester la défiance du Congrès vis-à-vis de la capacité de l'exécutif à servir adéquatement le bien commun.

L'argument «politique» avait été décisif dans une Amérique marquée par la dérive du système des partis. Mais il n'avait pas été le seul. Trois éléments avaient également fortement pesé[2]. La nécessité de former une institution douée d'un haut degré d'expertise d'abord. La prise en compte des problèmes de tarification, d'approbation des règles de concurrence, de fixation des normes de sécurité, requérait une capacité d'expertise et de gestion dont ne disposait pas l'administration fédérale existante. Il apparaissait aussi nécessaire d'instituer des formes de régulation évolutives, flexibles et réactives, à distance des conceptions mécaniques de la gestion bureaucratique usuelle. Il était enfin important de mettre sur pied une structure ayant une capacité arbitrale. Arbitrage entre compagnies, certes. Mais face aux grandes compagnies, il fallait surtout protéger une multitude d'usagers dispersés, pouvoir rétablir en droit un

---

1. Sur les termes de ce choix, cf. Louis FISHER, *The Politics of Shared Powers: Congress and the Executive*, Washington D.C., Congressional Quarterly Press, 1981, p. 147-148.
2. Cf. R. CUSHMAN, *The Independent Regulatory Commissions, op. cit.*, p. 45-61.

rapport de force structurellement déséquilibré dans la pratique, faire en sorte que tous les intérêts soient équitablement pris en compte. Ne pas s'en tenir donc à une vision purement formelle des choses et introduire une fonction implicite de représentation de l'intérêt social dans toute sa diversité. Une commission, pensait-on, pourrait dans cette mesure jouer le rôle d'un «tribunal accessible au citoyen lambda[1]». Les frontières usuelles entre le politique, l'administratif, le législatif et le judiciaire se trouvaient de la sorte bousculées de façon inédite.

Des voix réticentes et critiques s'étaient certes manifestées. La crainte de voir affaiblis en leur principe les rôles respectifs de la loi et de l'administration s'était notamment exprimée. Mais les arguments en faveur de l'institution d'une commission l'emportèrent nettement. Si le terme d'*indépendance* ne figurait pas dans le texte de la loi de 1887, la notion constituait bien le pivot du système. Elle s'était incarnée dans l'adoption d'un principe de composition bi-partisane. Sur les cinq commissaires qui pilotaient l'institution, il ne pouvait pas s'en trouver plus de trois appartenant au même parti. Nommées par le président pour un mandat de six ans avec l'approbation du Sénat, ces personnes ne pouvaient être révoquées que pour des motifs caractérisés de corruption, de négligence ou d'incompétence. C'était clairement signifier que la commission devait être soustraite à l'influence du parti au pouvoir. L'autonomie de l'*Interstate Commerce Commission* fut ensuite consolidée à plusieurs reprises, et ses prérogatives étendues[2]. Dès 1889, l'élection de Benjamin Harrison à la présidence des États-Unis avait conduit le Congrès à renforcer l'indépendance de l'institution naissante, le passé d'avocat des compagnies de chemin de fer

---

1. « *To serve as the poor man's court*»: la formule est rapportée par R. Cushman, *ibid.*, p. 48.

2. Sur cette histoire très intéressante, dans la matérialité même des conditions de renforcement de l'indépendance, cf. «The History of Regulation», in *Regulation: Process and Politics*, Washington D.C., Congressional Quarterly Inc., 1982.

du nouvel occupant de la Maison Blanche ayant accru en la matière la défiance des sénateurs et des représentants à l'égard de l'exécutif[1]. L'indépendance «politique» était ainsi indissociable d'une autonomie «fonctionnelle» vis-à-vis de l'exécutif[2]. Cette commission servit ensuite de modèle à tout un ensemble d'autres institutions indépendantes de régulation[3], la période du *New Deal* accélérant le mouvement avec la création d'instances appelées à jouer un rôle clef dans la vie américaine, comme la *Federal Communications Commission* (FCC, 1934), la *Securities and Exchange Commission* (SEC, 1934) ou le *National Labor Relations Board* (1935). Le caractère contingent de chacune de ces créations est indéniable. Dans chaque cas, c'est l'affaiblissement de l'institution présidentielle ou la méfiance à son égard, l'incapacité du Congrès à régler par lui-même une difficulté, ou encore la volonté de réduire la puissance d'un service administratif existant[4], qui ont conduit à créer une nouvelle institution. À la longue, c'est pourtant bien l'équivalent d'une forme inédite d'expression et de gestion de l'intérêt général qui s'est édifié.

L'indépendance des commissions vis-à-vis du pouvoir exécutif fut confirmée de façon solennelle en 1935 quand le président Franklin D. Roosevelt voulut démettre un commissaire de la *Federal Trade Commission* (FTC) jugé trop hostile à sa politique de *New Deal*. Dans un avis unanime, la Cour suprême

1. Sur cet épisode décisif, cf. Marver H. BERNSTEIN, *Regulating Business by Independent Commission*, Princeton, Princeton University Press, 1955, p. 23.

2. Sur les différents sens et la formation historique de cette notion d'indépendance, cf. James W. FESLER, *The Independence of State Regulatory Agencies*, Public Administration Service n° 85, Chicago, Public Administration Service, 1942, p. 13.

3. Un *Board of Governors* est institué pour le *Federal Reserve System* en 1913 ; la *Federal Trade Commission* est mise sur pied en 1914.

4. Voir dans cette perspective l'histoire significative de la SEC : Joel SELIGMAN, *The Transformation of Wall Street : a History of the Securities and Exchange Commission and Modern Corporate Finance*, 3ᵉ éd., New York, Aspen Publishers, 2003.

dénia au président le droit de révoquer *ad nutum* le membre d'une commission, considérant qu'un organisme de ce type exerçait des fonctions quasi législatives et quasi judiciaires, et qu'il n'était aucunement dépendant de l'exécutif présidentiel[1]. En 1944, un rapport public théorisa pour la première fois la spécificité du modèle de la commission indépendante. Quatre éléments étaient mis en avant : la soustraction aux pressions politiques et l'indépendance vis-à-vis de l'exécutif, la qualité d'impartialité, la capacité de mener des politiques de longue durée non soumises à l'aléa électoral, l'adoption de mesures cohérentes et rationnelles. Le fait que ces commissions bénéficiaient d'une image publique positive et que leurs décisions étaient plus facilement acceptées par l'opinion que celles des bureaucraties ordinaires était aussi fortement souligné comme un de leurs caractères essentiels. Cette philosophie politique pratique des commissions indépendantes fut une nouvelle fois solennellement réaffirmée quelques années plus tard par un autre rapport, celui de la Commission Hoover (qui constitue toujours une référence sur le sujet[2]).

Le mouvement des années 1980

En Amérique, c'est la faiblesse de l'administration et la volonté de rompre avec un univers miné par la corruption qui avaient créé les conditions de la mise en place des premières autorités publiques indépendantes. On peut noter qu'un siècle plus tard, c'est un contexte similaire qui a mis à l'ordre du jour dans nombre de pays en développement la création de ce type d'ins-

---

1. Cf. l'arrêt fameux *Humphrey's Executor v. United States de 1935* (295US602).
2. *Task Force Report on Regulatory Commissions*, Washington D.C., Government Printing Office, 1949. Sur ce rapport de la Commission Hoover (1949), cf. Louis FISHER, *The Politics of Shared Powers : Congress and the Executive*, 4ᵉ éd., Texas A & M University Press, 1998, p. 150-151.

titutions[1]. Partout ailleurs, et notamment en Europe, les choses se sont présentées différemment. Les autorités indépendantes se sont d'abord multipliées pour répondre à un impératif de régulation dans des domaines où l'intervention des structures administratives s'avérait malaisée ou inadaptée, pour des raisons de complexité technique, de superposition des compétences, de multiplication des parties prenantes ou encore de diffraction des responsabilités. Mais leur mise en place a aussi explicitement correspondu au sentiment de devoir pallier un déficit de légitimité démocratique.

Fait significatif, elles se sont imposées là même où l'État souverain-démocratique, c'est-à-dire «jacobin», apparaissait le plus solidement constitué et légitimé. L'examen du cas français est pour cela intéressant : il offre un terrain d'observation particulièrement exemplaire d'une mutation qui a affecté l'ensemble des démocraties[2]. Le premier organisme de cette nature, la Commission nationale de l'informatique et des libertés (CNIL), est créé en 1978. C'est le Sénat qui suggère alors la qualification d'Autorité administrative indépendante, après avoir vu son approche l'emporter sur celle de l'Assemblée nationale qui avait d'abord proposé de faire de cette institution un simple service du ministère de la Justice. Il s'agissait d'un choix politique, fait après que le gouvernement eut annoncé son intention d'attribuer un numéro d'identité à chaque citoyen et proposé d'envisager sur cette base d'interconnecter tous les fichiers de l'administration. Devant l'émotion suscitée par ce projet dans l'opinion, l'opposition le qualifiant notamment

1. Cf. les études rassemblées sur la question *in* Larry DIAMOND, Marc F. PLATTNER et Andreas SCHEDLER (eds), *The Self-Restraining State. Power and Accountability in New Democracies*, Boulder (Col.), Lynne Rienner Publishers, 1999.
2. Pour une vue d'ensemble, cf. Catherine TEITGEN-COLLY, «Les autorités administratives indépendantes : histoire d'une institution», *in* Claude-Albert COLLIARD et Gérard TIMSIT (éds), *Les Autorités administratives indépendantes*, Paris, PUF, 1988.

de «liberticide», le gouvernement, pour gage de ses bonnes intentions, avait nommé une commission de sages chargée de proposer une approche de la question qui serait acceptée par tous. Après moult consultations et débats, cette commission suggéra la création d'un organisme indépendant et un projet fut soumis au Parlement sur les bases de ces recommandations. C'est donc parce qu'il se rendait compte qu'il ne pourrait pratiquement pas faire reconnaître comme légitime une instance administrative ordinaire que le pouvoir exécutif, ensuite suivi par le Parlement, proposa de se dessaisir d'une compétence de contrôle et de gestion. Sans que les choses soient alors explicitées, cela revenait à dire qu'une *suspicion de partialité* (puisque c'était de cela qu'il s'agissait quand était évoquée la menace d'un danger pour les libertés) équivalait à un déni de légitimité. Cela invitait donc, dans les faits, à distinguer une *légitimité par impartialité* de la légitimité électorale. C'était simultanément remettre le doigt sur l'incomplétude du principe de majorité.

Des motifs également directement politiques de défiance vis-à-vis d'un exécutif jugé partisan sont aussi apparus déterminants dans certaines créations. Cela a été le cas avec la mise sur pied de la Haute Autorité de l'audiovisuel instituée par la loi du 29 juillet 1982. Il s'agissait certes là aussi d'un problème de régulation. Il fallait encadrer le développement d'un secteur en profondes et en rapides mutations avec la multiplication des initiatives privées (radios «libres»), l'irruption de nouvelles techniques (câble, satellite) et le bouleversement conséquent des notions de monopole et de service public[1]. Mais l'essentiel était ailleurs: dans la reconnaissance solennelle que le pouvoir politique élu ne pouvait être considéré comme le gérant impartial de l'intérêt général dans le domaine hautement sensible de l'information et de la communication. Le pouvoir exécutif renonçait ainsi volontairement à une de ses prérogatives antérieures pour reconquérir

---

1. Cf. J. CHEVALLIER, «Le statut de la communication audiovisuelle», *Actualité juridique - droit administratif*, 1982, p. 555-576.

une légitimité ébranlée. En se déchargeant de la régulation de l'audiovisuel sur une autorité pleinement indépendante, il se parait en effet indirectement des vertus structurelles de l'instance créée. D'où l'importance attribuée à cette décision et sa forte médiatisation (y compris par le président de la République lui-même). La mise en place de l'institution ne fut certes pas aisée. Il fallut ainsi trois gouvernements et trois projets de loi successifs, modifiant à chaque fois sa composition et ses attributs, pour qu'elle trouve son assise et que l'on aboutisse à la formule stabilisée du Conseil supérieur de l'audiovisuel. Mais au bout du compte, la rupture avec le modèle administratif et politique antérieur fut spectaculaire.

Une instance comme la Commission des opérations de Bourse (transformée en 1996 en Autorité des marchés financiers) a de son côté vu le jour pour des motifs immédiatement liés à des impératifs de régulation. On a d'abord considéré dans ce cas que l'administration n'avait pas les capacités techniques d'assurer tout un ensemble de tâches relevant de la police des marchés (protection du public, répression des délits d'initiés, fixation des normes de publicité, etc.). Mais ce n'était pas l'essentiel, car, après tout, il n'y avait aucun obstacle à ce qu'elle acquière ces compétences. Les motivations de la mise sur pied d'une telle instance dérivaient plus profondément, là encore, d'un souci d'éviter l'accusation de partialité dans la gestion d'un domaine sensible. Souci qui provenait d'ailleurs plus dans ce cas des caractéristiques intrinsèques du modèle d'administration *colberto-corporatiste* à la française que de la soumission des bureaux au gouvernement (modèle historiquement fondé sur une logique d'arbitrage feutré par les responsables de la haute administration des conflits entre intervenants et groupes de pression). L'appartenance à un même monde des grands corps de la plupart des acteurs publics et privés du système économique et financier avait longtemps permis une régulation de ce type, plus fondée sur la recherche de l'arrangement et le souci d'éviter les scandales publics que sur le principe de l'application d'une règle de droit.

Chaque autorité possède des caractéristiques propres. Leur mise en place s'est d'ailleurs opérée au coup par coup, sans suivre un quelconque plan d'ensemble, ni se conformer à un modèle précis. Mais elles ont toutes en commun de rompre avec l'ordonnancement traditionnel des pouvoirs. La création de ces institutions a correspondu à de nouvelles attentes sociales, à une aspiration à des processus de décision plus visibles, plus sensibles au jeu des arguments contradictoires, marquant la distance avec un modèle caractérisé par la centralisation et le secret. La norme pyramidale et rigide du jacobinisme, discrètement articulée avec un certain corporatisme, a dû céder la place à une pratique de l'exercice du droit plus ouverte et plus interactive. Implications «techniques» de formes de régulation affectant des domaines complexes et aspirations «démocratiques» à plus de justification des décisions, à plus de publicité, mais surtout à plus d'impartialité, ont donc convergé, même si cela n'a pas été sans susciter des tensions entre ces deux impératifs, pour développer ce type d'institutions sur tous les continents.

La critique impuissante

Le fait qui retient l'attention est que ces instances n'ont pas cessé d'être critiquées de tous bords en même temps qu'elles se développaient d'une façon apparemment inexorable. En Amérique, la création des Autorités de régulation a été ressentie depuis longtemps comme entraînant une insoluble difficulté constitutionnelle. Elles ont ainsi été accusées de former un «quatrième pouvoir sans tête», «un ramassis d'agences irresponsables et de pouvoirs incohérents»[1]. Elles ont pu être perçues comme des éléments perturbant l'organisation «normale» des

---

1. «*A headless fourth branch of government*», «*A haphazard of irresponsible agencies and uncoordinated powers*». Ces formules critiques ont été employées par le *Brownlow Committee* en 1937 (cité *in* M. BERNSTEIN, *Regulating Business by Independent Commission, op. cit.*).

pouvoirs publics, formant une double entorse au principe de responsabilité des pouvoirs et à leur sacro-sainte distribution trinitaire. Ces agences ont effectivement, dès le départ, été des objets constitutionnels mal identifiés. Elles se sont développées de façon pragmatique, sans que leur statut ne soit jamais véritablement théorisé. Fait relativement unique en ces matières : aucun investissement doctrinal n'a accompagné et encadré leur croissance. Certains ne se sont guère émus de ce caractère hybride, jugeant l'arbre à ses fruits[1]. Mais les constitutionnalistes américains ne cesseront dans l'ensemble de considérer avec suspicion des instances qui n'entrent dans aucune de leurs catégories. Ils reconnaissent qu'elles sont maintenant, de fait, parfaitement intégrées à la *culture politique* nationale, mais elles n'en constituent pas moins, à leurs yeux, des « anomalies juridiques » et leur constitutionnalité reste pour cela sujette à caution[2].

Dans une perspective plus directement politique, la droite républicaine fera de la critique de ces agences de régulation un de ses chevaux de bataille dans les années 1980. Elles symbolisaient en effet pour elle une certaine arrogance technocratique et bureaucratique de gauche fondée sur la certitude d'incarner le bien public face aux intérêts particuliers ; elles étaient indissociables de l'image détestée du libéral de la côte Est[3]. L'appel

---

1. C'est le cas de Robert E. Cushman, le premier à avoir proposé une histoire et un essai de description raisonnée de ces institutions. Cf. son article pionnier « The Constitutional Status of the Independent Regulatory Commissions », I et II, *Cornell Law Quarterly*, vol. 24, nos 1 et 2, décembre 1938 et février 1939.

2. Cf. les articles emblématiques de Peter L. Strauss, « The Place of Agencies in Government : Separation of Powers and the Fourth Branch », *Columbia Law Review*, vol. 84, no 3, avril 1984, et de Geoffrey P. Miller, « Independent Agencies », *The Supreme Court Review*, 1986 (vol. unique).

3. Cf. dans cette veine Eugene Bardach et Robert A. Kagan, *Going by the Book. The Problem of Regulatory Unreasonableness*, Philadelphie, Temple University Press, 1982, ainsi que James V. Delong, *Out of Bounds, Out of Control. Regulatory Enforcement at the EPA*, Washington D.C., Cato Institute, 2002.

conservateur à la réduction de l'État s'est ainsi lié dans ces années au retour d'un populisme de droite. Cela a entraîné un climat de suspicion, mais sans réussir cependant à ébranler pratiquement ces instances.

À l'autre bout du spectre, la situation française n'est pas très différente. Au point de départ, on l'a dit, l'idée d'autorités administratives indépendantes est aux antipodes de la vision jacobine d'une souveraineté une et indivisible. La notion d'impartialité n'appartient pas non plus à la culture politique française. Pendant la Révolution, les allégories de l'impartialité sont rarissimes et le mot est absent des grands débats de l'époque[1]. C'est la volonté, force qui unifie et qui tranche, qui est célébrée, et non l'impartialité, siège de la prudence, qui renvoie au fait d'une société divisée. Là aussi, ce sont les attentes sociales et les nécessités pratiques qui ont conduit à ouvrir la boîte de Pandore. Leur installation dans le paysage politico-administratif voisine donc avec la rémanence d'un socle très dur de réticences et de résistances. La plupart des juristes n'ont cessé d'affirmer leurs réserves sur le statut de ces instances[2]. Très rares ont été les voix à marquer une approbation véritablement raisonnée. Dans le monde politique, les critiques sont restées virulentes. Bien des parlementaires n'ont cessé de penser que c'est au fond une certaine «lâcheté du pouvoir» qui est à l'origine du développement de ces institutions. S'exprimant en 2006 vers la fin de son mandat, le président de l'Assemblée nationale n'a pas hésité à marteler: «Le développement de ce que l'on appelle pudi-

---

1. Je n'ai pour ma part trouvé que deux gravures révolutionnaires célébrant la qualité d'impartialité (cf. BNF, Estampes, collection Hennin, n°s 11069 et 11070). La collection de Vinck qui fait ordinairement référence n'en comporte aucune.

2. Voir le premier ouvrage à avoir proposé une approche synthétique du problème dans une perspective comparative, C.-A. COLLIARD et G. TIMSIT (éds), *Les Autorités administratives indépendantes, op. cit.* Dans cet ouvrage, le conseiller d'État Guy Braibant parle d'institutions «contraires à la tradition républicaine» (p. 291).

quement [*sic*] les autorités administratives indépendantes participe au déclin de l'autorité de nos assemblées[1]. »

Un rapport parlementaire également publié en 2006 permet de bien prendre la mesure de la forte rémanence des oppositions[2]. Sa tonalité d'ensemble est très négative. Prenant l'exemple de la plus récente des autorités, la HALDE (Haute Autorité de lutte contre les discriminations et pour l'égalité), le rapport estime qu'elle ne doit sa naissance qu'à un « échec du judiciaire » et « qu'il aurait fallu aiguillonner le Parquet plutôt que de passer la main. Il aurait été préférable de cerner les juridictions en difficulté, et de les renforcer pour qu'elles puissent jouer pleinement leur rôle dans le domaine de la lutte contre les discriminations ». Les autorités concernées sont au final considérées « comme des sortes de petits États sectoriels en quasi-lévitation par rapport à l'État traditionnel ». Pour enfoncer le clou, le rapporteur parle d'« ambiguïté originelle » et d'« oxymore juridique »[3], avant d'appeler solennellement à mettre un frein au développement de ces instances accusées de saper les structures traditionnelles de l'État. Mais ce sont en même temps ces mêmes parlementaires qui ont continûment voté depuis 1977 la mise en place de ces organismes (ils ont tous été d'origine législative dans le cas français). Ce sont encore eux qui ont créé en 2003 la nouvelle catégorie d'Autorité publique indépendante, ayant un statut d'indépendance renforcée[4]. Comment donc comprendre cette distorsion ? Le Rapport reconnaît

---

1. Jean-Louis Debré, cité dans *Le Monde* du 28 novembre 2006.
2. Patrice GÉLARD, *Les Autorités administratives indépendantes : évaluation d'un objet juridique non identifié*, Rapport de l'Office parlementaire d'évaluation de la législation, Paris, 15 juin 2006, 2 vol., les citations qui suivent sont extraites de ce rapport et de ses annexes.
3. L'article 20 de la Constitution française stipule en effet que « le gouvernement dispose de l'administration ».
4. Quatre instances relèvent en 2008 de ce statut : l'Autorité des marchés financiers, l'Autorité de contrôle des assurances et des mutuelles, la Haute Autorité de santé, et l'Agence française de la lutte contre le dopage.

implicitement le paradoxe. C'est pourquoi il est intéressant de suivre précisément la façon dont il est éclairé.

La création des autorités indépendantes, est-il souligné, trouve souvent son origine dans la reconnaissance des dysfonctionnements ou des insuffisances de l'État traditionnel. Elle correspond alors à un «acte politique de défiance du législateur à l'égard des autres pouvoirs ou autorités[1]». Cette défiance instituante peut s'accorder avec le désir du gouvernement de se défausser d'une responsabilité, pour ne pas avoir à supporter des choix requis ou à subir l'impopularité de certaines décisions nécessaires. S'il s'agit dans ce dernier cas d'une «mauvaise raison», le politique s'en trouvant abaissé, elle consacre néanmoins un caractère contingent dont il faut tenir compte. L'intervention du législateur consiste alors simplement à enregistrer de façon responsable cet état de fait, et à s'engager dans le but de restaurer au profit du bien commun une crédibilité affaiblie de l'action publique. Mais cette intervention nécessaire est en même temps créatrice d'effets pervers : «La création des autorités administratives indépendantes à la fois restaure la confiance à l'égard d'un organisme "tout neuf" et sans lien avec un système mal-aimé, mais elle achève en même temps d'accréditer l'idée que ce dernier ne mérite plus considération.» Dans ces conditions, le Parlement peut être tenté d'anticiper l'affaiblissement de l'État centralisé et hiérarchisé traditionnel et cette anticipation peut devenir «auto-réalisatrice». Le propre de cette interprétation contingente de la création des autorités est ainsi de superposer une justification et une déploration. Cela revient à éviter de se poser la question de fond des raisons proprement structurelles qui produisent la défiance et les dysfonctionnements, en conservant le présupposé d'un retour théoriquement possible à l'État originel.

---

1. Les citations qui suivent sont extraites des chapitres sur les conditions de création des autorités (Rapport cité, t. I, p. 28-32, et t. II, p. 20-28).

La demande sociale d'impartialité

Si la défiance vis-à-vis de l'exécutif a historiquement été un facteur explicatif essentiel du développement d'autorités indépendantes, un autre élément doit aussi être pris en compte : l'existence d'une certaine « préférence sociale » pour ce type d'institutions. Le fait avait été mentionné dès les années 1940 aux États-Unis. De nombreux travaux plus récents l'ont confirmé. C'est notamment le cas des expériences dites de Coleman (du nom du grand sociologue américain) qui visent à étalonner les niveaux de confiance dans différents types d'institutions. Soit l'une d'entre elles portant sur un sujet particulièrement sensible : le risque nucléaire [1]. L'expérience consiste à dire aux personnes interrogées que des problèmes de santé ont été observés dans le voisinage des centrales nucléaires et qu'une enquête doit être menée. La question qui leur est posée est de savoir à quel type d'institution elles font confiance pour procéder à cette investigation : le ministère national de l'Industrie, l'Agence européenne sur le nucléaire ou une association de scientifiques indépendants ? C'est l'association indépendante qui emporte largement les suffrages, la structure administrative normalement en charge du problème étant classée bonne dernière. Fait notable, cette hiérarchie reste la même, que les problèmes de santé évoqués soient bénins (une légère augmentation des allergies) ou gravissimes (un accroissement des malformations à la naissance). Il est en outre significatif de constater que même les individus qui se fient *a priori* le plus au personnel politique et aux institutions de l'État se tournent majoritairement vers une agence non gouvernementale plutôt

---

1. Expérience menée en France par Nonna MAYER et dont les données sont exposées dans « Les dimensions de la confiance », *in* Gérard GRUNBERG, N. MAYER et Paul M. SNIDERMAN, *La Démocratie à l'épreuve*, Paris, Presses de Sciences-Po, 2002.

que vers les pouvoirs publics pour traiter une question hautement sensible.

Dans un registre voisin, d'autres enquêtes ont souligné que les citoyens faisaient nettement plus confiance aux associations qu'aux partis politiques pour proposer des solutions en faveur de l'intérêt général. Les importants travaux de Tom Tyler, en psychologie sociale, ont de leur côté fortement souligné la centralité du comportement d'impartialité dans l'appréhension sociale de la légitimité d'une administration[1]. Ce sont ainsi les institutions perçues comme les plus objectives, les plus impartiales si l'on veut, qui sont considérées comme les plus aptes à servir le bien commun. Ces données permettent de comprendre que, bien qu'élues, des instances peuvent être considérées moins légitimes que d'autres qui n'ont pas été soumises à la même *épreuve d'établissement*. Ces faits invitent à préciser les raisons pour lesquelles des autorités indépendantes peuvent se voir reconnaître un caractère intrinsèquement démocratique. C'est à cette condition seulement que la révolution silencieuse constituée par leur développement peut en effet être vraiment comprise.

---

1. Ses travaux sont présentés dans la 4e partie de l'ouvrage.

2.

La démocratie d'impartialité

Comment caractériser la légitimité des autorités indépendantes en tant que *formes politiques*, au-delà des spécificités et des problèmes de chacune d'entre elles[1]? Créées par la loi, elles bénéficient du même coup de ce qu'on pourrait appeler une légitimité dérivée. Mais celle-ci ne prend pas directement sa source dans le corps des citoyens, puisque ces instances ne sont pas élues. Un autre type de rapport peut cependant les lier à eux : celui qui tient à l'importance et à la qualité d'un service rendu. On pourrait parler en ce sens d'une *légitimité d'efficacité* constatée par le citoyen-usager des services publics[2], dénomi-

---

1. Nous nous intéresserons donc dans ce chapitre à l'idéal-type de ces autorités, laissant pour l'instant de côté l'analyse critique que l'on doit également faire du fonctionnement effectif de chacune d'entre elles.

2. Cf. Marie-Anne FRISON-ROCHE, «La victoire du citoyen-client», *Sociétal*, n° 30, 4e trimestre 2000, et «Comment fonder juridiquement le pouvoir des autorités de régulation», *Revue d'économie financière*, n° 60, 2000, ainsi que l'ouvrage collectif, sous la même direction, *Les Régulations économiques : légitimité et efficacité*, vol. I, Paris, Presses de Sciences-Po/Dalloz, 2004.

nation qui précise celle, plus générale, de légitimation par les résultats (*output legitimacy*). C'est une légitimité de type fonctionnel. Peut-on aller plus loin et considérer que ces autorités peuvent être dotées d'une légitimité proprement démocratique ? C'est la question décisive. Pour y répondre, il convient d'examiner successivement si elles ont un caractère représentatif, si elles sont socialement appropriables et si elles sont soumises à des épreuves d'établissement et de reddition de comptes. Il faut enfin apprécier le type de généralité qu'elles mettent en œuvre.

La représentation par impartialité

Un pouvoir peut-il être représentatif sans procéder d'une élection ? Partons de l'appréhension la plus classique du problème pour tenter de répondre à la question. La théorie politique distingue deux formes principales de représentation : la représentation-délégation, qui fait référence à l'exercice d'un mandat (*acting for, Stellvertretung*) et la représentation-figuration, liée à l'idée d'incarnation (*standing for, Repräsentation*). Ces deux formes dessinent les pôles constituants et concurrents de l'élection, mettant en avant dans chaque cas des qualités distinctes attendues du représentant : la capacité d'un côté et la proximité de l'autre. L'élection est généralement la méthode reconnue pour choisir un mandataire ; elle est en effet la procédure qui recueille le plus facilement l'assentiment de tous. L'élection peut aussi être considérée comme la procédure la plus indiscutable pour désigner un représentant-image d'un groupe. On peut en effet considérer que les membres d'un groupe sont les plus qualifiés pour déterminer ceux qu'ils estiment susceptibles d'incarner adéquatement les traits de leur existence qu'ils estiment les plus importants. Dans la pratique, les élections mêlent d'ailleurs ces deux éléments et la notion de confiance résulte du sentiment que l'élu peut remplir les deux fonctions de délégation et de figuration. Ni les autorités indépendantes, ni les tiers intervenants et arbitres ne peuvent être considérés comme représentatifs dans cette perspective. Indépendamment même de leur mode de nomination, ils n'ont aucun caractère, juridique ou même pratique, de mandataire ; et ils n'ont, en outre, aucune dimension d'incarnation sociologique ou culturelle de la collectivité. Ils ne présentent donc pas de caractère démocratique en ce double sens procédural et fonctionnel-substantiel.

Mais on peut examiner différemment les choses, en soulignant d'autres modalités de représentation de la société qui sont, elles, exercées par le type d'instances qui nous intéressent. On peut en distinguer deux : la représentation d'attention et de présence, d'une part ; la représentation-organe, de l'autre.

Une autorité indépendante peut être «classiquement» représentative en étant structurellement constituée sur un mode pluraliste, comme c'est le cas avec le schéma américain de composition bi-partisane. Mais elle peut aussi l'être *pratiquement* par ses procédures et son mouvement permanent d'ouverture et d'écoute, par sa réceptivité aux aspirations et aux demandes de la société. La représentation est dans ce cas attention aux problèmes de la société, à ses conflits et à ses divisions ; elle est souci de sa diversité et de tous ceux qui la composent, sollicitude particulière, aussi, pour ceux de ses membres qui tendent à être les moins entendus. Être représentatif signifie ici être à l'écoute de certains besoins spécifiques de la société et, en même temps, redonner toute leur place en droit et en dignité aux plus invisibles de ses membres. C'est *l'accessibilité* d'une instance qui constitue dans ce cas l'équivalent de ce qu'est la proximité dans le cadre de la représentation électorale. Il s'agit certes d'une dimension «modeste» de représentation. Si elle n'a pas la visibilité et la force des mécanismes qui permettent l'expression politique globale de la société, elle contribue cependant à redonner une voix et une place à ceux qui tendent à être oubliés ou négligés. Elle instaure aussi une certaine permanence de l'attention à la société dans des domaines particuliers, alors que les élections ne sont qu'intermittentes. Il y a donc dans cette forme de représentation-attention une dimension complémentaire et réparatrice de la représentation-délégation.

Le principe même d'un comportement impartial peut encore revêtir une dimension représentative par le souci qui l'anime de bien prendre en compte la totalité des données d'un problème et de ne négliger aucune situation. L'impartialité est ici vigilance, présence active au monde, volonté d'en donner la représentation la plus fidèle possible. Pour Kant, souligne Hannah Arendt, l'impartialité consistait à «adopter tous les points de vue concevables[1]». Loin de résulter d'une position de surplomb, d'une vision supérieure et détachée des choses, elle est donc au contraire *immersion réfléchissante* dans le monde. Arendt en conclut qu'elle consiste à élargir sa propre pensée afin de prendre en compte celle des autres. Cette «pensée élargie» est une façon de congédier l'étroitesse des visions particulières pour tenter d'accéder à une forme de généralité. Elle participe d'un effort de représentation de la société tout entière, sans en rester à la prise en compte des seules voix dominantes ou des expressions les plus manifestes.

La deuxième modalité d'une représentation qui ne participe ni d'une forme de délégation, ni d'une entreprise de figuration renvoie à une conception d'origine révolutionnaire. Il y a dans ce cas représentation au sens de l'*organe* qui donne sens et forme à l'expression d'une totalité sociale qui ne peut exister et s'exprimer par elle-même. Les autorités indépendantes peuvent en ce sens être considérées comme les instances qui se rapprochent aujourd'hui le plus de la philosophie de la représentation développée en France par un Sieyès et aux États-Unis, dans une moindre mesure, par Hamilton ou Madison. Ces instances sont en effet des *organes de la nation* au sens où l'en-

---

1. L'expression est de Kant dans une lettre à Marcus Herz du 21 février 1772, citée par Hannah ARENDT, in *Juger. Conférences sur la philosophie politique de Kant*, Paris, Seuil, «Points», 1991, p. 71.

tendait Carré de Malberg dans son commentaire de la Constitution française de 1791[1]. Le grand juriste voulait expliquer de cette façon que les députés formant l'Assemblée nationale ne constituaient pas un groupe ordinaire de mandataires, dans la mesure où ils avaient pour tâche de faire exister une nation qui n'avait pas de consistance sociologique immédiate. Au point de départ de sa démonstration, un rappel : le fait que les députés de 1789 avaient hautement revendiqué leur indépendance par rapport à leurs électeurs. Sans cela, ils auraient été contraints de rester enfermés dans le cadre des États généraux convoqués par Louis XVI et n'auraient donc pu prendre l'initiative d'élaborer une constitution révolutionnaire. Dans la nouvelle théorie du gouvernement représentatif qu'ils élaboraient en marchant, les hommes de 1789 distinguaient ainsi radicalement élection et mandat. L'élection était pour eux un mode de désignation, une procédure de dévolution de la confiance et non une forme de transmission à l'élu d'une volonté sociale préexistante. Le pouvoir des électeurs sur les députés n'était qu'un simple pouvoir de nomination, et l'élu n'était donc pas à leurs yeux un commissaire. « Caractériser l'élection comme un acte de confiance, argumentait en ce sens Carré de Malberg, c'est marquer qu'elle est de la part des électeurs un acte d'abandon plutôt que de maîtrise[2]. »

Les députés – n'avaient par ailleurs cessé de marteler les constituants de 1791 – ne représentent pas leur collège électoral. Selon les termes mêmes de la Constitution, ils n'étaient qu'« élus *dans* les départements ». Cela signifiait que le député ne représentait pas une collectivité particulière mais *la nation en tant que corps social un et indivisible* ; le problème étant alors que la nation ainsi comprise était irreprésentable dans un strict sens sociologique.

---

1. Cf. Raymond CARRÉ DE MALBERG, *Contribution à la théorie générale de l'État* (1922), n^elle éd., Paris, CNRS, 1962, 2 vol. Cf. sur cette question Pierre BRUNET, « Entre représentation et nation : le concept d'organe chez Carré de Malberg », *in* O. BEAUD et P. WACHSMANN (éds), *La Science juridique française et la Science juridique allemande de 1870 à 1918, op. cit.*

2. *Ibid.*, t. II, p. 221.

Pour qu'il y ait représentation, il faut qu'existent préalablement des personnes et des volontés représentables. Ce n'était pas le cas, en son abstraction, de la nation des hommes de 1789. Si un corps électoral peut donner un mandat, la nation ne saurait donc le faire. La volonté de la nation n'existe que construite et organisée, elle ne peut être conçue comme la simple superposition de volontés particulières. La fonction de l'assemblée des députés est pour cela de *vouloir pour la nation*, de donner chair à son concept en quelque sorte. Cette assemblée est donc l'auteur, l'*organe*, bien plus que la représentante, de la nation[1]. Cette conceptualisation permet de comprendre que les catégories d'élection et de représentation aient pu être nettement distinguées pendant la Révolution. Pour la Constitution de 1791, le roi est ainsi défini comme représentant de la nation alors qu'il n'est évidemment pas élu. À l'inverse, il y a de nombreux fonctionnaires qui sont élus alors qu'ils n'ont aucun statut représentatif.

Ce bref détour par l'histoire constitutionnelle française, et par la théorie de l'organe, conduit à éclairer le statut des autorités indépendantes, des magistratures ou des tiers-intervenants. Si ces pouvoirs ne sont pas élus (en général), leur fonction est bien d'agir et de vouloir *pour* la nation. En droit français, par exemple, les juges statuent « au nom du peuple français ». Ce sont ces diverses instances qui jouent le plus clairement aujourd'hui ce rôle de représentants-organes tel que Carré de Malberg l'avait conceptualisé. Leur statut d'indépendance est même ce qui les établit et les consacre dans cette fonction. Elles sont ainsi pleinement en situation de vouloir pour la nation, à l'image de ces députés idéalisés par les constituants de 1789. Cette caractéristique mérite d'autant plus d'être sou-

1. Carré de Malberg emprunte cette théorie de l'organe au droit public allemand, et notamment à l'œuvre de Jellinek. Elle seule permet, estime-t-il, de donner toute sa cohérence à la vision de Sieyès et des constituants de 1791.

lignée que les assemblées élues se sont, quant à elles, de plus en plus éloignées de ce modèle originel de l'organe, tant la notion de mandat s'est imposée dans la vision des citoyens, malgré ses limites et les contradictions qu'elle charrie. Longtemps au moins partiellement superposées, les deux catégories de la représentation-mandat et de la représentation-organe se trouvent ainsi presque totalement distinguées dans le monde contemporain. C'est aussi à cette aune qu'il faut apprécier la montée en puissance des nouvelles instances que nous avons décrites, et simultanément comprendre les ressorts de la légitimité sociale qui leur est reconnue. Cette évolution recoupe d'ailleurs les transformations affectant la notion de souveraineté. L'ancienne conception de la souveraineté-incarnation, directement héritée de l'idée de transférer au peuple le précédent pouvoir royal avec ses pleins attributs instrumentaux et symboliques, s'efface au profit d'une appréhension plus abstraite du règne de la loi. S'achève ainsi sous nos yeux un long processus de désincorporation des notions de bien public et de volonté générale qui aboutit à une montée en puissance de la catégorie d'impartialité, en tant qu'expression d'une généralité négative, et à une valorisation concomitante des instances de type juridictionnel ou arbitral. Le mouvement qui conduisait en 1789 à célébrer la nation abstraite comme seule manifestation pleinement démocratique de la totalité sociale trouve de cette façon aujourd'hui une sorte d'aboutissement dans la consécration des divers nouveaux pouvoirs qui ont été décrits précédemment.

On peut encore aller plus loin et se demander si des instances comme les autorités indépendantes ne réalisent pas ce qu'on pourrait appeler *la pure théorie du gouvernement représentatif*, dans sa différence avec la démocratie, telle qu'avaient essayé de la formuler les pères fondateurs américains et français. Que pensaient en effet de concert Madison et Sieyès ? Tout d'abord que les représentants devaient rester indépendants de leurs électeurs pour pouvoir délibérer effectivement. Mais aussi que ces représentants devaient posséder des qualités que n'avait pas le corps électoral pris dans sa masse. Les catégories de Sieyès et de Madison font de la sorte beaucoup plus directement écho aux catégories d'indépendance, d'impartialité et de compétence qui caractérisent ces nouveaux pouvoirs actuels, qu'à ce que sont devenus les parlementaires[1].

Si l'on se tourne vers le droit public anglais du XVIIIe siècle, il est frappant de constater qu'il dissociait également complètement les notions d'élection et de représentation. La seconde avait alors essentiellement un sens constitutionnel, et non pas démocratique au sens électoral du terme. Elle était comprise comme un instrument de défense des libertés individuelles et de limitation du pouvoir gouvernemental ; elle consistait à encadrer le pouvoir exécutif et visait plus largement à « impartialiser » les pouvoirs dans leur rapport à la société[2]. D'où le caractère alors jugé secondaire des conditions d'élection du Parlement au regard du contenu de sa mission. Il y avait dans ce cas l'affirmation encore plus radicale d'une centralité des principes représentatifs fortement séparés de la perspective électorale. Là aussi, on peut se demander si les autorités indépendantes contemporaines ne font pas revivre cette ancienne figure du représentant. En Angleterre comme en France et aux États-Unis, ces approches originelles de la représentation ont d'abord pu sembler « balayées » par le développement du suffrage universel et l'avènement des démocraties. Mais elles ont longtemps survécu, cachées et implicites, au sein de ces sociétés, pour composer des sortes de régimes mixtes de fait. L'exemple de ce que constituait en France la République élitiste et capacitaire était à cet égard emblématique. Mais les choses ont évolué

---

1. Le point est bien vu pour les années 1930 aux États-Unis par Cass SUNSTEIN qui fait le lien entre la perspective madisonienne et la célébration pendant le *New Deal* des agences indépendantes conduites par des experts. Cf. son article « Constitutionalism after the New Deal », *Harvard Law Review*, vol. 101, n° 2, décembre 1987.

2. Cf. John Phillip REID, *The Concept of Representation in the Age of the American Revolution*, Chicago, The University of Chicago Press, 1989.

et nous voyons dorénavant constitués deux pôles aux ressorts clairement distingués dans les démocraties contemporaines : d'un côté, l'ordre démocratique *stricto sensu*, organisé autour d'une sacralisation de l'élection, et de l'autre, un nouvel ordre représentatif sous les espèces de ces autorités indépendantes. Ils se font face et s'affrontent d'une certaine façon autour de l'enjeu de la légitimité. Mais ils font aussi système et apparaissent bien tous les deux comme le fruit d'une évolution historique qui traduit la dualité des attentes citoyennes.

Les effets de la collégialité

Une des caractéristiques majeures des autorités indépendantes réside dans leur caractère collégial. D'où la dénomination de beaucoup d'entre elles comme des Conseils, des Comités ou des Commissions[1] (la langue anglaise est d'ailleurs sur ce point plus riche, incluant des *Boards, Commissions, Conferences, Councils*). Sans que l'on puisse établir une statistique précise, les choses variant beaucoup selon les pays, elles sont généralement composées de cinq à dix membres, parfois un peu plus. C'est ce qui les distingue au premier chef des décideurs exécutifs. Le mode de nomination d'une commission diffère certes de celui d'un pouvoir politique soumis à l'épreuve électorale. Mais le principe de collégialité conduit à souligner une autre distinction, concernant les modalités de la prise de décision. Une commission est une institution délibérative-pluraliste, alors que le pouvoir exécutif est un décideur-souverain. Dans le cas de ce dernier, la légitimité porte d'abord sur les conditions contraignantes d'établissement, et sa capacité à trancher ensuite librement est reconnue comme une de ses prérogatives constitutives. La légitimité des autorités indépendantes dérive en revanche plus étroitement des procédures de la prise de décision.

---

1. Alors que le terme de « Bureau », à consonance administrative et hiérarchique, n'est presque jamais utilisé.

Elles statuent après avoir échangé des arguments et des informations, confronté les appréciations de leurs membres, chacun
d'entre eux pouvant être amené à modifier son point de vue au
cours des débats sans avoir jamais le sentiment d'abandonner ou
de trahir une conviction. La contrainte porte donc sur le mode
de fonctionnement.

On peut dire de ces institutions qu'elles illustrent aujourd'hui
dans leur fonctionnement interne les anciens idéaux de la délibération tels qu'ils avaient été formulés par les théoriciens classiques du parlementarisme anglais, de Burke à Bagehot, et de
John-Stuart Mill à Dicey. Ces instances ne sont pas en effet des
« congrès d'ambassadeurs », mais bien des réunions de personnalités sans mandat. Chacun de leurs membres a un égal accès
à la parole et se voit reconnaître une compétence par les autres ;
l'absence de publicité des débats internes permet en outre de
ne pas se sentir figé dans son rôle. Il y a de la sorte au sein de
ces groupes une réelle force du meilleur argument. La petite
dimension des institutions contraint enfin psychologiquement
les individus à une forme d'expression réfléchie, marquée par
la recherche d'un but commun. Les conditions structurelles
d'une délibération rationnelle[1] sont ainsi approchées, sinon
remplies, avec le système de collégialité régissant les autorités
indépendantes. Un fonctionnement collégial permet en outre
à une forme d'intelligence collective de se déployer. Au-delà
même des bénéfices en termes de délibération, le caractère
pluriel d'une autorité conduit généralement à de meilleures
décisions. Le nombre fait la raison dans ce cas. C'est ce que
suggèrent tout un ensemble de travaux récents visant à jeter
les bases de ce qu'on pourrait appeler une *démocratie épistémique*[2].

1. Voir les critères présentés par Jon ELSTER et Philippe URFALINO dans
le dossier « Délibération et négociation » de la revue *Négociations*, automne
2005.
2. Cf. la thèse d'Hélène LANDEMORE, *Democratic Reason : Politics, Collective
Intelligence, and the Rule of the Many*, Cambridge (Mass.), Harvard University, 2007, ainsi que David ESTLUND, *Democracy Counts : Should Rulers be*

La diversité cognitive, soulignent-ils, est souvent plus importante qu'une simple compétence analytique pour prendre une bonne décision. Les autorités indépendantes présentent pour cela un avantage épistémique sur les décideurs souverains ordinaires. Elles possèdent de cette façon encore un titre à occuper une place dans l'ordre démocratique.

Ces effets intrinsèques de la collégialité sont prolongés par deux autres caractéristiques que l'on retrouve dans presque tous les cas : le caractère inamovible des membres, d'une part, et la stricte limitation de la durée de leur fonction, d'autre part. Le fait de ne pouvoir être révoqué est une condition fondatrice de l'indépendance. Le non-renouvellement des mandats renforce ce caractère. Le pouvoir de nomination, quel qu'il soit, n'est ainsi assorti d'aucune capacité effective de pression. Les membres de tels organismes peuvent même considérer qu'ils ont à observer un «devoir d'ingratitude», selon une formule consacrée, pour être à la hauteur de leur tâche. C'est une situation aux antipodes de celle de l'élu, qui reconnaît que la confiance de ses électeurs l'oblige, et dont les actions sont soumises à la contrainte d'une éventuelle réélection. Alors que l'élection démocratique vise à organiser un système de dépendance, ce sont là au contraire les effets vertueux de l'autonomie qui sont recherchés. Un dernier trait renforce enfin la dimension de collégialité : le mode de renouvellement généralement fractionné des membres. Cela conduit tout d'abord à réduire le pouvoir de nomination, en multipliant mécaniquement le nombre des décisionnaires ayant contribué à la constitution de l'instance[1]. Ce système a aussi

---

Numerous ?, papier non publié (mais disponible sur Internet) présenté au colloque *Collective Wisdom : Principles and Mechanisms*, Paris, Collège de France, 22-23 juin 2008.

1. Cet effet est multiplié quand il s'accompagne, ce qui est souvent le cas en Europe, d'une diversité des sources de nomination. À côté de l'exécutif, les présidents d'assemblées parlementaires ou d'autres institutions peuvent ainsi être chargés de désigner certains membres des autorités indépendantes.

pour conséquence de contribuer à fonctionnaliser l'autorité, en lui donnant une forme de continuité qui la détache, au moins en partie, des personnes qui la composent immédiatement[1]. Cela lui confère donc une dimension de corps ; là encore en rupture avec ce qu'est un pouvoir issu des urnes, constituant une force homogène et précaire en même temps.

La collégialité constitue enfin une protection pour ceux qui ont à faire avec des autorités indépendantes, notamment lorsqu'elles peuvent exercer des sanctions. La diversité des origines et des compétences de ceux qui les composent présente des garanties équivalentes à celles qui dérivent de la formation d'un jury dans l'ordre judiciaire. La possibilité de s'approprier l'institution s'en trouve facilitée. La collégialité, sur ces différents modes, participe pour cela au développement de qualités proprement démocratiques dans le fonctionnement social.

L'épreuve de validation

Un pouvoir peut être qualifié de démocratique s'il a été soumis à une *épreuve publique de validation*. L'élection est la modalité la plus évidente de ce type d'épreuve. Mais il y en a d'autres, plus diffuses et moins formalisées. C'est le cas des épreuves validant le caractère impartial-démocratique d'une autorité de régulation ou de surveillance. L'indépendance de celle-ci n'est en effet pas en elle-même gage d'impartialité. Être indépendant définit un statut : c'est se trouver dans une position où l'on peut résister aux pressions, lorsqu'on en subit, où l'on peut se déterminer de façon autonome parce qu'on n'est pas inscrit dans une chaîne hiérarchique, soumis à une autre autorité. L'indépendance

---

1. Ces autorités sont de la sorte de bons exemples des « institutions vivantes » que définit M. HAURIOU (cf. son article séminal « La théorie de l'institution et de la fondation », *Cahiers de la nouvelle journée*, cahier IV, 1925).

renvoie donc à une donnée de situation : être indépendant, c'est être libre d'effectuer un choix ou de prendre une décision. L'indépendance comme absence de subordination ne peut donc exister qu'organisée et instituée. Elle doit être *garantie* par des règles. L'indépendance repose par exemple sur le principe de l'inamovibilité des titulaires d'une fonction, sur l'existence de protections spécifiques. Si l'indépendance est ainsi un *statut*, l'impartialité définit quant à elle une *qualité*, un comportement attribué à des personnes : est impartial celui qui ne préjuge pas une question et qui ne manifeste pas de préférence pour une partie[1]. Les deux éléments ne se recoupent pas. On peut être indépendant des pouvoirs publics et s'avérer tout à fait partial dans le traitement des dossiers que l'on a en charge. Si l'indépendance est rapportée au caractère *général*, intrinsèque, d'une fonction ou d'une institution, l'impartialité n'appartient qu'à un acteur, à un décideur *particulier*. S'il faut être indépendant pour être en mesure d'être impartial, l'indépendance ne suffit pas à réaliser l'impartialité.

En matière de justice, l'attention a longtemps été principalement portée sur l'indépendance. Pour la simple raison que cette dernière paraissait fragile, voire ouvertement menacée dans de nombreux pays. D'où la centralité historique de cette question dans la construction des démocraties. Cette dimension étant aujourd'hui le plus souvent acquise ou réputée telle, l'attention se porte davantage sur la qualité d'impartialité. La Convention européenne des droits de l'homme lui accorde une place prépondérante en matière de justice, en stipulant : « Toute personne a droit à ce que sa cause soit entendue [...] par un tribunal indépendant et impartial[2]. » Une importante jurisprudence de la Cour européenne des droits de l'homme, siégeant à Strasbourg, n'a cessé d'en préciser le contenu et les moda-

---

1. Cf. Alexandre KOJÈVE, *Esquisse d'une phénoménologie du droit*, Paris, Gallimard, 1981.
2. Article 6 § 1.

lités[1]. Les catégories d'impartialité personnelle (ou subjective) et d'impartialité fonctionnelle (ou objective) ont notamment été soigneusement construites. La première vise à repousser l'existence de «préjugés» tenant à la situation ou à l'histoire du juge[2]. La seconde est attentive au fait que le comportement de ce même magistrat ou les éléments de sa carrière ne soient pas de nature à susciter le doute sur son impartialité[3]. L'impartialité, on le touche ici du doigt, est ainsi une qualité vivante, qui a une dimension irrémédiablement sociale. Elle n'existe pas dans l'absolu, mais est toujours rapportée à une action ou à une décision. Elle se distingue donc de la simple neutralité qui désigne souvent de façon plus restrictive une situation de détachement, de retrait, voire plus fortement un refus d'intervenir[4]. La personne impartiale est à l'inverse un *tiers actif*. Elle intervient dans les affaires de la cité, elle y joue un rôle constructif sur un mode qui lui est propre.

Si l'impartialité est une qualité et non un statut, elle ne peut être instituée par une procédure simple (comme l'élection) ou par des règles fixes (comme celles qui régissent l'indépendance); elle ne peut pas non plus être considérée comme un acquis historique. Elle doit être construite et validée en permanence. La légitimité par impartialité est donc sans cesse à conquérir. Si l'impartialité peut être fonctionnellement *présumée*, cela signifie

---

1. Cf. *Les Nouveaux Développements du procès équitable au sens de la Convention européenne des droits de l'homme* (collectif), Bruxelles, Bruylant, 1996, et Frédéric SUDRE, *Droit européen et international des droits de l'homme*, 6e éd., Paris, PUF, 2003.

2. Par exemple, le fait d'avoir préalablement polémiqué avec un requérant, d'avoir laissé entendre qu'on était convaincu de la culpabilité de l'intéressé, d'avoir des liens de parenté, de dépendance ou d'intérêts avec l'une des parties, etc.

3. Comme d'avoir déjà eu à traiter des litiges afférents à ceux d'un procès.

4. La notion de neutralité constitue en fait une catégorie mixte, ou intermédiaire, entre l'indépendance-statut et l'impartialité-qualité (*neuter* : ni l'un, ni l'autre). Elle contribue du même coup à obscurcir l'analyse.

qu'elle doit faire effectivement ses preuves pour être établie. La notion de présomption «jusqu'à preuve du contraire» renvoie à l'idée que la mise à l'épreuve de l'institution est consubstantielle à sa nature même. On peut parler en ce sens d'une *légitimité d'exercice*. Une telle légitimité se forge à travers trois types d'épreuves : les épreuves procédurales, les épreuves d'efficacité et les épreuves de contrôle.

Les *épreuves procédurales* sont les plus importantes. Elles impliquent que les autorités de régulation ou les tiers médiateurs portent une attention sourcilleuse au respect des règles, à la rigueur des argumentations, à la transparence des procédures, à la publicité de tous leurs actes. Chaque intervention ou chaque décision équivaut en effet à une sorte de refondation de l'institution. La part de l'instituant reste de cette façon première en elle. Les diverses épreuves procédurales sont indissociables du rapport de l'institution à la société. Il lui est ainsi impossible d'être repliée sur elle-même (à l'inverse des institutions totalement instituées dont la force peut être manifestée par la capacité au secret et à la décision souveraine). On pourrait appliquer à l'impartialité le célèbre adage du droit anglo-saxon : *Justice must not only be done, it must also be seen to be done.* C'est une exigence d'extériorisation de l'impartialité qui est ici soulignée. On peut parler en ce sens d'une *épreuve de réception* attachée à l'épreuve procédurale. Il faut bien en comprendre le ressort. Cette dimension manifeste que doit revêtir l'impartialité n'est pas de l'ordre de l'apparence, du paraître (au sens de ce que produirait une simple «politique de communication»). Elle n'a de sens que si elle contribue à rendre sensible pour tous le caractère de cette impartialité. Elle doit conduire à faire reconnaître cette dernière, à la constituer en un bien public que les citoyens puissent chérir ou, en tout cas, dont ils ne puissent pas douter. Il ne s'agit donc en aucune façon de soumettre au régime électoral de l'opinion les institutions d'impartialité. L'épreuve de réception est une façon de fortifier et d'enrichir sur un tout autre mode une citoyenneté active : elle conduit à rendre visibles et appropriables par tous les qualités constitutives d'un ordre reconnu comme juste.

Les *épreuves d'efficacité* sont les plus évidentes. Elles consistent simplement dans l'évaluation des actions et des décisions ; elles ne viennent qu'en deuxième place, nous l'avons souligné, dans la construction de la légitimité. Les *épreuves de contrôle* consistent quant à elles dans le fait de donner un caractère réflexif aux institutions d'impartialité : elles introduisent des « boucles de contrôle » qui ne laissent jamais isolés les « gardiens » et les inscrivent dans une constitution en abyme de l'impartialité. C'est le sens qu'a par exemple revêtu aux États-Unis la mise en place des conseillers publics (*public counsels*) et des examinateurs d'audition (*hearing examiners*) dans les diverses agences de régulation[1]. Les premiers ont pour but d'inclure l'équivalent d'un « détour de défiance » dans les agences, en assignant à une personne particulière la tâche de représenter le point de vue des consommateurs dans les auditions publiques. C'est reconnaître que l'agence de régulation ne suffit pas en elle-même à représenter l'intérêt général. Les examinateurs d'audition jouent le rôle de tiers organisateurs vis-à-vis de l'agence elle-même. Dotés d'un grand prestige et bénéficiant de rémunérations élevées, ces examinateurs, qui doivent obligatoirement être des juristes, représentent en quelque sorte la fonction d'impartialité dans l'impartialité. Ils ont été mis en place par le Congrès pour consolider et garantir les missions des agences de régulation. Comme toutes les institutions, les agences indépendantes sont en effet menacées de devenir des bureaucraties et de voir donc à l'usage l'originalité de leur fonction s'éroder ainsi que leurs missions se dégrader. Si l'indépendance du régulateur le protège des fluctuations auxquelles est soumise la vie politique, elle doit donc elle-même être garantie par des procédures auto-

1. Cf. sur ce point l'ouvrage pionnier de Louis M. KOHLMEIER Jr, *The Regulators : Watchdog Agencies and the Public Interest*, New York, Harper and Row, 1969.

nomes en son sein. Une cascade infinie de contrôles en abyme serait certes impossible : ce sont donc de simple « boucles de contrôle », ainsi que la superposition des différentes catégories d'épreuves que nous avons mentionnées, qui en constituent un équivalent.

La légitimité des autorités indépendantes dérivant de leur capacité à manifester leur qualité d'impartialité, celle-ci ne peut être que précaire. Continuellement remise en jeu, elle ne peut jamais être revendiquée comme un attribut. Mais ce type de légitimité peut aussi être capitalisé sur un mode particulier correspondant à ce qui est de l'ordre d'une réputation. Si celle-ci peut se perdre beaucoup plus vite qu'elle ne se gagne, elle a également une dimension cumulative, s'accroissant du seul fait de sa capacité à se faire reconnaître. Ces institutions inscrivent donc leurs actions dans une économie de la légitimité dont dépendent leur crédibilité et, partant, leur pouvoir social effectif. Un gouvernement qui a perdu la confiance des citoyens est fondé à continuer d'agir jusqu'à la fin de son mandat. Mais une autorité indépendante qui aurait vu sa réputation détruite ne pourrait *de fait* pas continuer à intervenir. Le législateur devrait alors inévitablement agir pour former une nouvelle institution[1]. Ce point conduit à souligner que le mouvement de décentrement des démocraties entraîne un nouveau rapport aux institutions. Les démocraties strictement électorales-représentatives étaient dotées d'institutions ayant des statuts forts et des qualités souvent faibles. C'est désormais l'inverse : la force est de plus en plus dans les qualités (cela tend d'ailleurs à s'appliquer aussi à la sphère des instances élues) et moins dans les statuts.

---

1. C'est ce qui s'est passé en France avec la Commission nationale de la communication et des libertés qui fut supprimée et remplacée en 1989 par le Conseil supérieur de l'audiovisuel, après seulement trois ans d'un fonctionnement émaillé de controverses et d'un scandale ayant conduit à miner la crédibilité de l'institution.

La généralité négative

La légitimité électorale repose sur une reconnaissance populaire. Elle s'appuie donc sur un type de généralité conçue sur un
mode agrégatif, dessinant une grandeur sociale. L'impartialité
est quant à elle référée à une généralité d'une autre nature :
c'est une généralité négative, constituée par le fait que *personne*
ne peut bénéficier d'un avantage ou d'un privilège. Dans un
monde divisé où le projet d'une généralité d'identification
positive-agrégative ne fait plus sens avec évidence, la définition
de l'intérêt général restant toujours incertaine, soumise aux
pressions de multiples groupes, l'attachement à une forme de
généralité *procédurale-négative* se renforce. On devient de plus
en plus attentif à ce que la société soit gouvernée par des principes et des procédures fondés sur le projet d'une destruction
des avantages particuliers et des accaparements partisans. C'est
la distance prise avec les intérêts particuliers qui garantit le plus
adéquatement la poursuite de l'intérêt général dans ce cadre.
L'impartialité est assimilée pour cela à une forme de détachement constitutive du désintéressement. Elle est soustraction
au règne de l'opinion, refus des marchandages, attention à tous,
du fait d'une considération en raison et en droit des problèmes.
Les autorités indépendantes de surveillance et de régulation
sont structurellement destinées à réaliser ces objectifs. C'est
d'ailleurs de cette façon qu'elles présentent une certaine parenté
avec les institutions judiciaires, même si elles remplissent fonctionnellement des tâches beaucoup plus larges (de type exécutif
et normatif).

La valorisation d'une telle généralité négative ne s'enracine
pas seulement dans le brouillage des formes précédentes d'expression de la généralité sociale, ressenties comme moins effectives. Elle est aussi directement suscitée par les changements
de la société. Dans un monde plus individualisé, elle consonne
d'abord avec l'aspiration des citoyens à un traitement équitable

de chacun, fondé sur le refus des discriminations autant que des traitements de faveur. L'égalité, dans ce contexte, n'est en effet plus seulement appréhendée dans son lien avec des mécanismes d'inclusion dans des systèmes collectifs (comme au temps de la conquête du suffrage universel) ; elle est également perçue comme la possibilité de faire prendre en compte la particularité de sa situation, de voir appréciée celle-ci dans toutes ses dimensions. L'attente d'impartialité et l'importance accordée à la généralité négative dérive en second lieu des conditions d'ensemble du fonctionnement social. Les sociétés contemporaines sont à cet égard saturées de particularité et de plus en plus divisées à des titres divers. C'est un effet mécanique de leur développement et de leur complexification. Le poids des intérêts spéciaux et des groupes de pression s'en trouve structurellement accru. Pour les encadrer et limiter leur emprise toujours plus menaçante, la stratégie la plus efficace est dorénavant d'ériger des instances gardiennes de la généralité négative, car il n'est plus pensable, comme autrefois, que ce monde puisse être simplement maîtrisé en étant absorbé dans une totalité positive[1].

Le projet démocratique renvoie dans ce cas à l'idée que le pouvoir doit aussi désigner un «lieu vide». Claude Lefort a forgé cette expression suggestive[2] pour souligner que la démocratie ne peut pas seulement être définie comme le régime fondé sur l'idée que le pouvoir ne peut être accaparé par quiconque (à l'instar du pouvoir seigneurial conçu comme un *dominium*, ou du pouvoir ecclésiastique défini par un *ministerium*), et qu'il ne peut résulter que d'une libre obligation. Il y a en effet deux façons d'effectuer

---

1. C'était l'idée qui avait historiquement présidé aux projets précédents d'instaurer une économie planifiée, en termes de régulation, ou de constituer des monopoles publics, en termes de structures de propriété industrielle ou financière.
2. On la trouve notamment dans l'article «Le pouvoir» (2000), *in* Claude Lefort, *Le Temps présent. Écrits 1945-2005*, Paris, Belin, 2007, p. 981-992.

ce que j'ai appelé autrefois cette nécessaire «dépropriation»[1]. La première consiste à dire que le pouvoir ne peut être que celui de la communauté tout entière des citoyens; qu'il est la propriété indivise d'un sujet social appelé le peuple ou la nation. Mais le problème est que ce sujet reste toujours virtuel, qu'il n'est jamais substantiellement un, toujours traversé par la divergence des intérêts et des opinions. D'où l'impossibilité d'en rester à une telle approche, que l'on pourrait dire positive, de l'appropriation collective du pouvoir. Si elle demeure quasiment incontournable, son incomplétude (exprimée par sa réduction au principe majoritaire dans un univers où le suffrage est structurellement dépendant de la manifestation des antagonismes politiques) doit être continuellement rappelée. L'expression de la socialisation du pouvoir sous une forme négative constitue donc la correction nécessaire à son impossible accomplissement positif. C'est à quoi correspond la notion de pouvoir démocratique comme désignation d'un lieu vide.

Une telle façon de comprendre le pouvoir négatif a une longue histoire. Il n'est par exemple pas inintéressant de rappeler que le procédé du tirage au sort avait originellement été appréhendé dans cette perspective. Dans certaines communes italiennes du Moyen Âge, il avait ainsi été institué pour trouver une issue à des divisions jugées insurmontables. Tout était alors fait pour considérer le tirage au sort comme une manifestation particulière de l'unanimité du groupe, substituant en quelque sorte l'*unanimité négative* d'un mécanisme aveugle à une impossible unanimité positive des voix. Dans presque toutes les villes concernées, il était d'ailleurs significativement interdit de s'approcher de l'endroit où était procédé à ce tirage, comme si seul un lieu radicalement vide et rigoureusement fonctionnel pouvait se substituer à l'espace saturé d'une foule assemblée sur la place publique[2]. Le tirage au sort permettait de la sorte de restaurer

---

1. Cf. *L'Âge de l'autogestion*, Paris, Seuil, 1976.
2. Cf. les indications précises données par Arthur M. WOLFSON, «The

en creux la vision d'une société-une dans un monde divisé. C'est la fonction que visent à remplir aujourd'hui, sur un mode permanent et effectif, les institutions de la généralité négative.

Une forme à conceptualiser

Il y a souvent loin de l'idéal-type des autorités indépendantes auquel nous nous sommes référés dans les pages qui précèdent, à la réalité. De nombreux travaux économiques ou sociologiques ont ainsi souligné les conditions dans lesquelles de telles institutions devenaient parfois elles-mêmes «capturées» par des groupes d'intérêts[1] ou restaient téléguidées par des pouvoirs politiques ou bureaucratiques. On doit donc se garder de les idéaliser et de montrer un angélisme qui ferait silence sur leurs problèmes. Mais ces problèmes ne pourront en même temps être correctement identifiés et traités que si ces instances ont été préalablement pensées comme de véritables formes politiques, et comme des institutions spécifiques. Elles présentent en effet bien des traits distinctifs qui invitent à les considérer de cette façon, même s'il s'agit encore de formes très inaccomplies et qui n'ont pas encore trouvé leur pleine assise. Le problème essentiel est désormais de savoir si elles peuvent être dotées d'un cadre juridique d'ensemble qui leur assignerait un rôle clairement identifié dans le fonctionnement démocratique.

Ballot and Other Forms of Voting in the Italian Communes», *The American Historical Review*, vol. V, n° 1, octobre 1899. On peut souligner que Michelet avait eu l'intuition de l'importance spatiale d'un tel vide pour exprimer la puissance de l'idée démocratique en 1789. Parlant du Champ-de-Mars à Paris, il notait ainsi : «La Révolution a pour monument le vide» (Préface de 1847 à son *Histoire de la Révolution française*, Paris, Gallimard, «Bibliothèque de la Pléiade», 1952, t. I, p. 8).

1. Cf. les ouvrages classiques de James Q. WILSON, *Bureaucracy : What Government Agencies Do and Why They Do it*, New York, Basic Books, 1989, et de Jean-Jacques LAFFONT et Jean TIROLE, *A Theory of Incentives in Regulation and Procurement*, Cambridge (Mass.), MIT Press, 1993.

On ne s'étonnera pas que l'idée d'établir un *Code* des autorités administratives indépendantes ait été formulée dans cet esprit au pays de Portalis et de l'ardeur codificatrice[1]. Mais force est de constater en même temps que cette suggestion n'a pas été suivie d'effets. La raison en est simple : une sorte d'embarras intellectuel empêche de poser franchement la question en ces termes. Dans la plupart des pays, tout se passe ainsi, comme si l'on voulait en rester à une approche purement pragmatique des autorités indépendantes, en se gardant bien d'aller au fond des choses. La question est pourtant essentielle. On peut avancer à ce propos quelques idées directrices pour dessiner ce que pourraient être les grandes lignes d'un travail à entreprendre pour les conceptualiser.

1. Il faut reconnaître les catégories d'impartialité et de généralité négative comme constituantes à part entière de l'ordre démocratique. Mais souligner simultanément qu'elles ne peuvent fonder un pouvoir à proprement parler, sur le modèle de ce qu'a voulu être le pouvoir administratif. Il faut plutôt concevoir les nouvelles instances en les rattachant à la notion ancienne d'*autorité*. Pour prendre la mesure de cette distinction essentielle entre pouvoir et autorité, on doit remonter à l'Antiquité. C'est en effet la distinction romaine entre *potestas* et *auctoritas* qui a exprimé pour la première fois l'idée d'une régulation politique qui n'était pas seulement liée à la reconnaissance d'une relation de type hiérarchique entre les pouvoirs. En considérant que «l'autorité réside dans le Sénat, tandis que le pouvoir appartient au peuple», la célèbre maxime de Cicéron[2] avait suggéré que la référence à la tradition et aux valeurs fondatrices de la cité jouait un rôle d'avertissement, de correction

---

1. Proposition formulée en France par M.-A. FRISON-ROCHE dans son étude réalisée pour l'Office interparlementaire d'évaluation et de législation (Rapport GÉLARD, *op. cit.*, t. II, p. 35).

2. Elle se trouve chez CICÉRON, *Traité des lois*, Livre III, XII, 28 : « *Cum potestas in populo, auctoritas in senatu sit.* »

et de justification qui n'était pas de l'ordre d'une injonction directement contraignante. Mommsen a souligné en ce sens que «l'*auctoritas* est moins qu'un ordre et plus qu'un conseil: c'est un conseil qu'on peut malaisément se dispenser de suivre[1]». Alors que le pouvoir de coercition appartient immédiatement et indiscutablement au peuple, l'autorité n'est la propriété de personne, elle est une fonction régulatrice dont l'efficacité repose sur un consensus implicite. «Au point de vue de notre langage moderne, note en conséquence le grand historien du droit romain, [le Sénat] est moins un parlement qu'une autorité supérieure administrative et gouvernementale[2].» On voit bien à partir de ce simple exemple, qu'on ne fait qu'évoquer, à quel point la question contemporaine des autorités indépendantes gagne à être resituée dans un cadre interprétatif plus large.

On peut d'ailleurs encore élargir le système des références en prenant en compte la façon dont des instances spirituelles ont été appelées dans l'histoire à gérer certains domaines de la vie collective jugés constitutifs de la vie même de la cité. La frontière entre les pouvoirs spirituel et temporel a de la sorte suivi dans bien des cas la distinction entre ce qui était de l'ordre des valeurs organisatrices de l'être-ensemble et ce qui relevait de la simple gestion des affaires publiques et de la vie politique ordinaire. En Europe, la notion de *potestas indirecta* a par exemple été utilisée au XVIIe siècle pour préciser la différence entre les deux domaines[3]. Rousseau, de son côté, a lui-même thématisé ensuite la distinction entre ce qui relève d'une puissance active et ce qui est de l'ordre d'un gouver-

---

1. Théodore MOMMSEN, *Le Droit public romain* (1891), Paris, De Boccard, 1985, t. VII, p. 232 (cf. tout le chapitre «La compétence du Sénat», p. 218-235).

2. *Ibid.*, p. 233.

3. Cf. sur ce point les développements éclairants de Bernard BOURDIN, *La Genèse théologico-politique de l'État moderne*, Paris, PUF, 2004, p. 109-124, qui montre bien comment a alors été formulée la distinction entre «pouvoir indirect» et «droit de commandement».

nement indirect[1]. Ces quelques indications sommaires suffisent à suggérer tout le fruit qui pourrait être tiré d'une enquête comparative généralisée sur ces différents thèmes. Notre compréhension de la nature de la démocratie et de son histoire s'en trouverait fortement enrichie, ainsi que notre capacité à penser ces nouvelles institutions hybrides. Si nos catégories d'analyses ne sont pas élargies, elles resteront en effet difficiles à conceptualiser et tendront à n'être comprises que comme de simples variantes d'un pouvoir de type judiciaire, ou des redondances du système administratif.

2. Les autorités indépendantes correspondent à une exigence de *responsabilité horizontale* qui ne peut être confondue avec une responsabilité proprement politique qui est de type vertical[2]. La responsabilité verticale, dont l'exercice est encastré dans le mécanisme électoral, est la seule à être directement créatrice d'obligation entre un pouvoir et une population ; elle joue donc un rôle démocratique incontournable. La responsabilité que l'on peut qualifier d'horizontale est d'une autre nature : elle est d'ordre plus étroitement fonctionnel et consiste en une contrainte de conformité des différents pouvoirs à l'intérêt social appréhendé sous un autre mode. C'est dans le cadre d'une appréhension élargie de la responsabilité que l'on doit donc envisager le rôle des autorités indépendantes (elles-mêmes n'étant d'ailleurs que le pôle institutionnalisé de cette fonction à laquelle concourent également nombre d'organisations de la société civile).

3. Les règles et les conditions de l'indépendance de ces instances doivent être formalisées et rationalisées pour produire leur plein effet, qu'il s'agisse de la situation des personnes qui

---

1. La question est bien exposée par Arthur M. Melzer, *Rousseau, la bonté naturelle de l'homme*, Paris, Belin, 1998.

2. Cf. sur ce point la conceptualisation développée par Guillermo O'Donnell, « Horizontal Accountability in New Democracies », dans son ouvrage *Dissonances. Democratic Critiques of Democracy*, Notre Dame (Ind.), University of Notre Dame Press, 2007.

les composent ou des garanties d'autonomie budgétaire qui leur sont accordées. La question est décisive, tant sont encore nombreux les cas dans lesquels les nominations partisanes ou les accaparements corporatifs restent directement ou indirectement prépondérants (la situation française étant sur ce point loin d'être exemplaire). Trois conceptions de la composition des autorités indépendantes peuvent être distinguées à ce propos. La première, la plus évidente et la plus répandue, est celle que l'on pourrait qualifier de purement personnalisée. Elle renvoie à l'idée d'une impartialité par simple détachement des particularités. Le groupe est constitué par une addition de sélections obéissant à des critères tenant strictement aux compétences ou aux diverses qualités des individus. Ceux-ci sont ainsi choisis pour leur aptitude à la généralité ou leur réputation d'indépendance. De tels «individus généraux» sont, de la sorte, censés contribuer en eux-mêmes à la réalisation des objectifs de l'autorité concernée. Un deuxième modèle est celui de l'organisation pluri-partisane[1]. Il correspond à une approche plus «réaliste» de l'impartialité par équilibre des partis pris. Il prend acte de l'existence des affiliations politiques, du fait de l'engagement des individus, et vise à en contenir les effets par l'organisation d'un pluralisme raisonné. Aux États-Unis, les textes prévoient ainsi dans de nombreux cas que les personnes adhérant à un même parti ne peuvent pas constituer plus de la majorité simple des commissions ou des administrateurs d'une agence (restriction significative dans un système bi-partisan[2]).

---

1. Ces deux modèles renvoient aux deux types d'allégorie qui sont mobilisés pour illustrer l'impartialité de la justice : la balance et le bandeau. La balance traduit le souci d'un équilibre des parties, présupposant la pleine immersion dans un monde de différences reconnues, tandis que le bandeau invite à considérer directement les choses *in abstracto*.

2. On notera que cette règle ne s'applique pas pour la désignation des membres de la Cour suprême. Cette mesure américaine est liée au fait que l'appartenance partisane est mentionnée sur les listes électorales (dans le but de l'organisation des «primaires» pour la désignation des candidats).

La volonté de donner une dimension représentative à la composition de l'institution est enfin une troisième façon de concevoir les choses. Les textes prévoient ainsi fréquemment que siègent ès-qualité dans ces instances certains responsables publics, ou que des institutions y délèguent un ou plusieurs de leurs membres. Mais cette dimension a parfois été renforcée. Le cas américain du *Federal Reserve Board* est particulièrement intéressant à cet égard. Alors que certains réclamaient qu'il soit l'équivalent de la Cour suprême dans l'ordre économique et monétaire (sous-entendant de la sorte qu'il devrait être largement composé de banquiers, au nom de leur compétence autant que de leur intérêt primordial dans ces matières), des voix contraires souhaitaient que siègent des sages plus désintéressés. Mais en même temps, les États ainsi que des professions particulières, celle des agriculteurs tout spécialement, considéraient que l'institution ne pourrait remplir sa mission d'intérêt général si leurs problèmes n'étaient pas directement pris en compte. Il fut ainsi envisagé de faire siéger un exploitant agricole au Conseil, et des membres de la Chambre des représentants plaidèrent pour que le monde du travail soit aussi présent. Aucune de ces dispositions particulières ne fut finalement adoptée par les chambres, mais un important amendement au *Federal Reserve Act* (de 1913), voté en 1922, indiquait : « En sélectionnant les six membres nommés du *Federal Reserve Board* (à côté des membres *ex-officio*), le président doit être attentif à ce que soit assurée une juste représentation des intérêts financiers, agricoles, industriels et commerciaux, autant que des divisions géographiques du pays. » Un moment discuté, le projet de donner une composition de type paritaire au *National Labor Relations Board* fut en revanche finalement repoussé[1].

Aucun des trois modèles ne s'est totalement imposé pour

1. Cf. William B. GOULD IV, *Labored Relations. Law, Politics and the NLRB. A Memoir*, Cambridge (Mass.), MIT Press, 2001.

définir ce que serait un bon système de sélection pour composer les autorités indépendantes. Ce sont même souvent des formules hybrides qui ont été retenues[1]. Ils se combinent aussi pratiquement dans le choix des individus, même lorsque celui-ci n'est soumis à aucun impératif contraignant. De même qu'il n'y a pas de représentation parfaite pensable dans l'ordre électoral-représentatif, il n'y a pas un modèle de composition d'une institution de la généralité négative. Mais il existe une grande différence entre la sélection qu'opère une élection et celle qui détermine la nomination des membres d'une autorité indépendante : l'élection est une procédure directe, par nature sans appel, tandis qu'une nomination peut être discutée de multiples façons. Étant structurellement plus facilement soumise à contestation, alors que l'élection s'impose toujours comme un pouvoir du dernier mot, la nomination ne peut être reconnue socialement que si elle est assortie de procédures contraignantes estimées efficaces. Outre les données tenant aux règles de composition, ce sont ainsi diverses épreuves de validation et de justification qui doivent être organisées pour donner un caractère «démocratique» à une nomination. Si la mise en jeu de la réputation de l'instance nominatrice constitue bien à cet égard un premier type d'épreuve, il convient d'en mettre en place de plus formalisées. Pour être dotée d'une reconnaissance équivalente à celle produite par une élection, une nomination doit en effet présenter un certain caractère d'unanimité. Les procédures de validation par des instances tierces (parlemen-

---

1. C'est le cas de la CNIL en France. Elle est ainsi composée d'un collège pluraliste de 17 commissaires : 5 personnalités qualifiées désignées par le président de l'Assemblée nationale (1 personnalité), par le président du Sénat (1 personnalité), par le Conseil des ministres (3 personnalités) ; et 12 personnalités élues par les juridictions ou les assemblées auxquelles elles appartiennent (4 parlementaires, 2 députés et 2 sénateurs) ; 2 membres du Conseil économique et social ; 6 représentants des hautes juridictions (2 conseillers d'État, 2 conseillers à la Cour de cassation et 2 conseillers à la Cour des comptes).

taires ou autres) jouent pour cela un rôle essentiel. L'obligation de justification publique et argumentée d'un choix contribue au même objectif.

4. Les autorités indépendantes ne contribueront enfin au développement de la démocratie que si elles deviennent socialement appropriables. Leur constitution et leur fonctionnement doivent pour cela être transparents. Leurs activités doivent faire l'objet de rapports publics largement discutés. Les problèmes qu'elles rencontrent doivent aussi être ouvertement débattus de la même manière. Il convient en outre d'élargir les conditions dans lesquelles elles peuvent être saisies par les citoyens. Elles ne joueront vraiment leur rôle que si elles ne sont plus perçues comme des comités de sages ou d'experts retirés sur leur Olympe, ce qui est encore trop souvent le cas. Le débat public permanent sur leur caractère démocratique est en conséquence nécessaire pour les constituer en un bien véritablement public. Leur histoire démocratique ne fait donc que commencer.

3.

L'impartialité fait-elle une politique ?

Impartialité active et impartialité passive

Le glissement d'une généralité positive à une généralité négative traduit-il un recul de l'idéal républicain-démocratique (qui resterait lié à l'idée de volonté générale), alors que progresse la place du droit (qui correspondrait à l'érection de fait de l'individu en figure sociale centrale) ? C'est dans ces termes que la question est souvent posée et que les positions s'affrontent. Il est essentiel de l'examiner attentivement. La démocratie d'impartialité, faut-il souligner d'emblée, ne peut pas être réduite à une simple composante de l'État de droit, même si elle participe comme lui d'un refus de lier sous les espèces d'une puissance sociale unique le pouvoir, la loi et le savoir. L'État de droit tel qu'il est compris de façon dominante, en conformité avec la vision libérale, a en effet pour fonction première d'imposer des limites au champ politique, d'être un frein. On peut dire que, dans ce cadre, le droit et la démocratie inscrivent leur rapport dans un jeu à somme nulle : d'une certaine façon, plus de droit veut dire moins de démocratie, et réciproquement. Les choses ne se présentent pas dans les mêmes termes avec la démocratie d'impartialité. Il s'agit bien d'une impartialité active. Arendt a tort, à cet égard, d'assimiler l'impartialité à la situation d'un spectateur passif, considérant à l'inverse que «l'acteur est par définition partial[1]». Même le juge aux yeux bandés peut en effet être considéré comme un acteur. Il participe à la vie de la cité. C'est une instance que l'on peut saisir, qui écoute les doléances. Il contribue à ré-instituer, en en corrigeant les conditions et les équilibres, le face-à-face social. Son impartialité est active, réparatrice. Son intervention participe de cette façon à la construction d'une communauté politique.

Le bandeau de la justice n'est pas pour cette raison un équivalent du voile d'ignorance chez Rawls, même si le rapprochement s'impose à l'esprit par la proximité des images qui sont suggérées. Il est important de souligner la différence. Dans sa définition la plus stricte, le voile d'ignorance définit une *situation* dans laquelle se trouvent des individus qui cherchent à déterminer ensemble des règles de justice. Le but est de déterminer une condition permettant de fixer des principes admissibles à l'unanimité. Entendu en ce sens, le voile d'ignorance reformule, pour tenter de la résoudre plus sûrement, la question du *Contrat social*[2]. En substituant un contractualisme de la raison au contractualisme rousseauiste de la volonté, Rawls contourne la difficulté de déterminer des institutions acceptées par tous en proposant, de façon plus limitée,

1. H. ARENDT, *Juger, op. cit.*, p. 107.
2. Cf. le portrait que Jean-Jacques ROUSSEAU fait du *législateur*: «Pour découvrir les meilleures règles de société qui conviennent aux nations, il faudrait une intelligence supérieure, qui *vit toutes les passions des hommes et qui n'en éprouvât aucune, qui n'eut aucun rapport avec notre nature et qui la connût à fond*, dont le bonheur fût indépendant de nous et qui pourtant voulut bien s'occuper du notre [...]. Il faudrait des Dieux pour donner des lois aux hommes» (*Contrat social*, livre II, chap. 7, Paris, Gallimard, «Bibliothèque de la Pléiade», p. 381. C'est moi qui souligne).

d'énoncer des principes de justice *acceptables* par tous. La forme d'impartialité mise en œuvre pour arriver à ce résultat réside dans la situation de neutralité que traduit la notion de voile d'ignorance appliquée à la situation originelle. Il ne s'agit donc pas dans ce cas d'une impartialité active. Pour faire coïncider la notion de voile d'ignorance avec celle d'une impartialité active, il faudrait appréhender le premier différemment : le considérer comme une procédure pour détruire les sources de partialité qu'il y a en chacun. Il devrait donc être considéré dans ce cas comme le simple support du déploiement d'une éthique de la suspicion[1]. C'est à cette condition que les deux notions pourraient se superposer, c'est-à-dire dans la perspective d'une définition *faible* du voile d'ignorance. L'acteur impartial, quant à lui, est toujours un tiers qui intervient dans un monde de passions et de conflits, *saturé de particularité*, pourrait-on dire. Il doit trancher alors que les différentes parties en présence vont au bout de l'expression de leurs intérêts propres. Il est situé dans une humanité du face-à-face corrosif, à mille lieues de l'introspection rationnelle de l'individu sous voile d'ignorance. La figure du *spectateur impartial* que Smith évoque dans la *Théorie des sentiments moraux* en est d'un certain point de vue moins éloignée. Car ce spectateur n'a, chez Smith, rien de passif ; son attitude est liée à une ascèse intérieure et son effort d'objectivation ne se sépare pas d'une présence curieuse au monde[2].

L'impartialité des commissaires d'une autorité indépendante présente ainsi un caractère qui n'a rien de passivement libéral. Mais il faut, au-delà de ce constat, prendre en compte le fait qu'il y a dans le monde contemporain une demande sociale d'impartialité forte encore plus exigeante. L'attente est de

---

1. Cf. sur ce point la thèse de Speranta DUMITRU, *Le Concept de «voile d'ignorance» dans la philosophie de John Rawls*, Paris, EHESS, 2004.
2. Cf. D.D. RAPHAEL, *The Impartial Spectator : Adam Smith's Moral Philosophy*, New York, Oxford University Press, 2007.

voir advenir une *société d'impartialité*, c'est-à-dire une société dans laquelle l'avenir des individus ne soit pas préjugé par leur passé. L'impartialité attendue est dans ce cas refus des positions fermées, effort pour surmonter les handicaps, façon de donner consistance au projet d'une égalité permanente des possibles ; elle acquiert donc une signification immédiatement politique et démocratique. L'individu est alors appréhendé comme une *personne-histoire* dont la liberté consiste dans un travail permanent de maintien d'un avenir ouvert. Cette définition est beaucoup plus exigeante que celle de non-subordination simple propre au libéralisme classique. Elle est aussi plus forte que celle de la liberté comme non-domination mise en avant par Philip Pettit[1]. Il s'agit en effet dans les deux cas d'une liberté conçue comme un statut, un état, alors qu'elle peut être pensée là comme promesse ouverte, comme histoire. Ce qui revient à définir la liberté comme un *droit permanent à la liberté de choix*.

Cette approche proprement politique de l'impartialité a aussi un contenu directement démocratique, car elle donne sens et forme à la vieille notion de société démocratique. Lorsque Tocqueville distinguait la démocratie comme régime (la souveraineté du peuple) et la démocratie comme société (le règne de l'égalité des conditions), il entendait par là mettre l'accent sur l'aspiration à voir se réaliser une société de semblables. Il s'agissait d'abord pour lui de souligner que le nouveau monde démocratique rompait radicalement avec l'ancienne société d'ordres et de corps, introduisant une « égalité imaginaire », malgré l'existence de différences économiques et sociales. Au-delà de la simple égalité des droits, l'institution du suffrage universel a symbolisé l'avènement de cette société des semblables. Le travail de cette égalité imaginaire va ensuite entraîner ce que Tocqueville n'avait que très imparfaitement

---

1. Cf. Philip PETTIT, *Républicanisme. Une théorie du gouvernement et de la liberté*, trad. française, Paris, Gallimard, 2003.

pressenti : la recherche d'une expression économique réelle de cette similarité démocratique. C'est le rôle qui sera assigné à l'État-providence : instaurer une dignité minimale des conditions de vie, qui donne une forme sensible et tangible au fait de la concitoyenneté. La notion de société des semblables connaîtra ensuite un nouveau développement dans les années 1960 avec l'idée d'égalité des chances ; puis, plus récemment, avec celle d'égalité des possibles ou des capabilités. L'égalité des conditions renvoie ainsi maintenant à l'idée de ne pas être enfermé dans un destin, à la possibilité de changer de condition. Se profile ainsi l'horizon de ce qui pourrait être décrit comme une *société d'impartialité radicale*. Sa mise en œuvre implique au premier chef la réparation et la sanction des discriminations, la prise en charge et la compensation des handicaps (d'où la centralité croissante de ces notions dans l'imaginaire démocratique). Mais elle consiste aussi de façon plus ambitieuse à redéfinir le sens même de l'action sociale comme intervention *ex ante*, prévention des inégalités de capacité, équipement pour l'avenir des individus (bouleversant du même coup les catégories sous-tendant les notions d'État-providence et de service public). Une nouvelle génération d'institutions impartiales pourrait émerger dans cette perspective en matière sociale. Elles seraient à la fois les vigiles et les instruments de réalisation de la nouvelle aspiration à une société d'impartialité radicale.

La catégorie d'impartialité n'est donc désormais plus seulement référée à l'ordre judiciaire. Elle s'est imposée dans l'ordre politique comme le vecteur d'une aspiration à la formation d'un espace public plus argumenté et plus transparent. Elle est aussi dorénavant l'une des clefs d'une nouvelle pensée du social. Bien loin de correspondre restrictivement à une « juridicisation du monde », la montée en puissance de la demande d'impartialité exprime une profonde mutation dans la façon d'appréhender l'émancipation. Elle est pour cela au cœur de la formation d'une nouvelle culture indissociablement politique et sociale. Cette impartialité s'inscrit dans un souci du monde et dans une volonté de le transformer. Il est possible de parler dans cette perspective élargie de l'impartialité comme véritable politique.

Critique de l'impartialité utopique

Une telle impartialité active ne peut être pleinement pensée que si elle est clairement distinguée des visions qui en suggèrent un exercice dangereusement utopique. Les figures exacerbées du juge-dieu et du prince-étranger dessinent dans cette perspective deux expressions équivoques d'une impartialité radicalisée. Mais une impartialité active ne saurait non plus se confondre avec le règne glacé d'un mécanisme réduisant à une abstraction le souci de l'équité. La figure de la main invisible incarne donc là une troisième forme dont il faut aussi clairement comprendre l'écart à une impartialité vraiment démocratique.

Considérons d'abord la figure du juge-dieu, qui incarne l'idée d'une impartialité de surplomb. La *themis*, Benveniste l'a fortement souligné, est d'origine divine[1]. Elle désigne le droit comme ensemble de principes ou de codes inspirés par les dieux et d'arrêts rendus par les oracles. C'est ce qui s'impose à la communauté et inspire en sa conscience immédiate le juge. La *themis* a pour objet ce qui affecte l'existence même de la société et ce qui concerne son devenir. La notion de *dike* s'en distingue. Les *dikai* sont plus prosaïquement les formules de droit qui règlent les différents aspects de la vie commune. Elles résultent de l'histoire et de l'expérience ; elles sont le fruit de la réflexion des hommes sur les conditions de l'institution des familles et des cités. Il est toujours demeuré quelque chose de cette double appréhension du droit dans la figure du juge, comme si restait imprimée en lui la marque d'une sacralité

---

1. Émile BENVENISTE, *Le Vocabulaire des institutions indo-européennes*, t. II, *Pouvoir, droit, religion*, Paris, Minuit, 1975, p. 103-105.

première. Avant d'être la simple «bouche de la loi» que les Lumières appelaient de leurs vœux, le juge a ainsi de façon immémoriale participé de l'accomplissement d'un office divin, la justice des hommes et la justice de Dieu étant établies sous son autorité comme rigoureusement inséparables. Dans la France des XVIIe et XVIIIe siècles, les plus grandes figures de la magistrature et de la pensée juridique n'ont cessé de le rappeler à leurs contemporains, mettant cette coïncidence au centre de l'idéologie judiciaire de leur temps. Il vaut la peine d'en reproduire certaines expressions tant elles soulignent la prégnance d'une certaine vision de ce qui fonde le ministère du juge.

Prenons le cas de Jean Domat. Cet ami de Pascal a été le plus illustre de ces magistrats jansénistes qui plaçaient au-dessus de tout les droits de la conscience individuelle dans la détermination de leurs décisions. Il a aussi été l'auteur de quelques-uns des plus importants traités publiés sous l'Ancien Régime, *Les Lois civiles dans leur ordre naturel* (1689) et *Le Droit public* (1697). Citons-le dans son approche de la fonction judiciaire : «Ce n'est pas assez pour marquer la grandeur du ministère des juges, que de dire qu'ils sont des dieux ; nous pouvons dire encore que ce nom leur est donné par un privilège si singulier qu'il n'a été donné à aucune autre dignité. De sorte que cette singularité jointe à la grandeur de ce titre, marque clairement que la divine égalité se communique davantage dans la qualité de juge que dans aucune autre[1].» Le prêtre même est pour Domat inférieur au juge dans sa proximité à Dieu[2]. Le juge est en effet celui qui est chargé de rendre le jugement en lieu et place de

---

1. Jean DOMAT, *Harangue prononcée aux Assises de 1660*, in *Les Lois civiles dans leur ordre naturel. Le droit public et legum delectus*, n^{elle} éd., Paris, 1777, t. II, p. 358.
2. «Il y a cette différence bien remarquable entre la fonction du prêtre et celle du juge, note-t-il, que le propre du prêtre est d'intercéder, et qu'ainsi la principale fonction du sacerdoce enferme l'assujettissement et la dépendance [...] ; au lieu qu'au contraire la fonction de juge marque une nature supérieure» (*ibid.*, p. 359).

la divinité. « Être juge, c'est être Dieu », résume le jurisconsulte[1]. L'autre nom qui domine le droit français classique, celui du chancelier d'Aguesseau, ne cessera de célébrer cette même figure du juge-Jupiter. « Juges de la terre, vous êtes des dieux et les enfants du Très-Haut », lancera-t-il à ses pairs dans une de ses plus célèbres Mercuriales[2].

Ces orgueilleuses définitions ne reflètent pas seulement la haute opinion qu'un grand corps pouvait avoir de lui-même. Elles ont en effet d'abord une portée théologique qui renvoie à la définition même de l'impartialité comme qualité principiellement divine[3]. Elles ont aussi un substrat proprement logique dont Kojève a magistralement exposé la structure. Dans son *Esquisse d'une phénoménologue du droit*, le philosophe note que « le phénomène "droit" est l'intervention d'un être humain impartial et désintéressé[4] ». Cette qualité d'impartialité, souligne-t-il, a deux dimensions. Elle signifie d'abord l'absence de préférence de cet intervenant à l'égard de deux parties. C est ainsi considéré comme impartial par rapport à A et B si son intervention n'est nullement affectée par le fait que A et B échangent leurs positions. C'est, pourrait-on dire, la définition classique de l'impartialité comme indifférence aux parties, absence spontanée ou provoquée de préférence pour l'une d'entre elles. Pour être accomplie, estime Kojève, l'impartialité doit cependant être approfondie et considérée du point de vue même de l'intervenant : elle se lie dans ce cas pour lui à celle de « tiers désintéressé ». Un tiers peut être

---

1. *Harangue prononcée aux Assises de 1677, ibid.*, t. II, p. 394.
2. *Les Mœurs du magistrat* (VIe Mercuriale, 1702) in *Discours de M. le Chancelier d'Aguesseau*, nelle éd., Lyon, 1822, t. I, p. 248.
3. Cf. Jouette M. BASSLER, *Divine Impartiality. Paul and a Theological Axiom*, Chico (Cal.), Scholars Press, 1982.
4. A. KOJÈVE, *Esquisse d'une phénoménologie du droit, op. cit.*, p. 25. On trouvera un bon commentaire de la notion d'impartialité chez Kojève dans l'ouvrage de Gérard TIMSIT, *Les Figures du jugement*, Paris, PUF, 1993.

considéré comme désintéressé quand son intervention n'a, en retour, aucun effet sur lui. L'action de C sera donc dite désinté-ressée si elle reste la même quand un C donné est remplacé par un C quelconque. Or, dit Kojève, le juge humain n'est jamais désintéressé en ce sens, car il appartient à un monde que ses décisions modifient et qui l'affectent donc toujours d'une cer-taine façon. C'est parce qu'on s'est rendu compte de cette dif-ficulté, souligne-t-il, qu'on a toujours voulu voir en C un être divin. D'où l'horizon que constitue le modèle du juge-dieu. Seul un dieu est en effet désintéressé au sens indiqué, car il est en dehors du monde où se passent l'action et son intervention[1]. Le juge devrait-il donc agir *comme si* il était un être divin ? C'est ce que suggère Kojève ; et c'est ce que n'avaient cessé de penser avant lui nombre de grands maîtres du droit. Compris dans ces termes, le tiers impartial doit s'élever à une position de surplomb pour remplir sa tâche. Autant dire alors qu'il ne peut exister ou, ce qui serait plus inquiétant encore, qu'il doit s'incarner dans la figure d'un inquiétant démiurge.

Tout aussi problématique est l'impartialité de distan-ciation. Elle finit par ne penser le bon pouvoir que sous les espèces d'une extériorité radicale. Cette vision des choses a une longue histoire, tant dans l'ordre judiciaire que politique. Dans ses *Commentaires sur les lois anglaises*, Blackstone fait dans cet esprit l'éloge de la tradition anglaise des juges d'assises itinérants. « Leur qualité d'étrangers dans le pays, écrit-il, est d'une utilité infinie en ce qu'elle empêche qu'il se forme des brigues, des partis qui se mêleraient dans toutes les causes de quelque importance si elles n'étaient examinées qu'en

---

1. « Cette intervention divine, précise-t-il, modifie bien le monde où elle s'effectue, mais ce monde n'a aucune influence sur Dieu lui-même. Seul Dieu est donc un Juge vraiment "désintéressé", et le Droit n'est authentique que s'il implique en dernière analyse une intervention divine dans les interactions humaines, c'est-à-dire si le Législateur (juridique), le Juge ou l'exécuteur de la décision du Juge (la Police) sont divins » (A. KOJÈVE, *Esquisse d'une phénoménologie du droit, op. cit.*, p. 78).

présence de personnes résidant sur les lieux[1]. » Cette caractérisation de l'impartialité n'a pas seulement été appréhendée
sur le mode d'une telle garantie pratique appliquée à l'organisation judiciaire. De façon plus radicale, c'est la situation
d'étranger qui a pu être considérée comme la condition d'une
capacité à gouverner au service du bien commun. En Grèce,
à l'époque archaïque, de nombreuses cités en crise firent ainsi
appel à des législateurs venus d'ailleurs pour sortir de l'impasse
dans laquelle elles se trouvaient. Lorsque des divisions parais-
saient insurmontables, seul un arbitre extérieur semblait en
mesure d'intervenir efficacement et de restaurer une autorité
acceptée. L'histoire du régime des podestats dans l'Italie de
la fin du XIIe et du XIIIe siècle s'est inscrite dans un contexte
analogue.

Aux XIe et XIIe siècles, les communes italiennes naissantes
avaient presque toutes adopté un système consulaire. Les grandes
familles étaient représentées dans le Conseil communal et se
partageaient le pouvoir. C'étaient en fait des factions souvent
irréductibles qui ne cessaient de se quereller et de s'opposer.
Aucune force véritablement publique n'arrivait donc à émerger
et la vie politique se réduisait à une lutte permanente pour
l'appropriation du pouvoir par les différents clans en présence.
Épuisées par ces guerres intestines qui les rendaient vulnérables
aux attaques extérieures, de nombreuses communes décidèrent
vers la fin du XIIe siècle de recruter des gouvernants en dehors
de leurs murs. Ils furent appelés des *podestats*. Nommés par les
Conseils des cités, ces personnages arrivaient avec leur propre
administration, y compris avec leurs juges, leurs notaires, leurs
trésoriers et même leurs forces de police. Ils apportaient ainsi de
l'extérieur un pouvoir exécutif complet. Cette fonction devint
même très vite un « métier » dans l'Italie de cette époque. Elle
était bien rémunérée, et certaines familles firent leur spécialité

---

1. William Blackstone, *Commentaires sur les lois anglaises*, livre III,
chap. 22, Paris, 1823, t. V, p. 12.

de fournir des gouvernants de cette sorte aux différentes cités. Plusieurs modèles de podestats furent même distingués selon le rôle qui devait par exemple être dévolu au savoir-faire diplomatique à un moment donné[1]. Si ces podestats étaient appelés, c'est que les villes n'arrivaient pas à surmonter leurs querelles intestines. Si l'on attendait évidemment d'eux qu'ils se montrent des administrateurs compétents, la qualité d'impartialité était donc aussi décisive. Ils devaient ainsi toujours prêter le serment d'être impartiaux. Fait significatif, les conditions précises d'exercice de leur pouvoir n'étaient guère détaillées. Ils devaient seulement s'engager à n'agir que dans le strict cadre des lois de la ville. Les prescriptions concernant leur reddition de comptes en fin de mandat étaient en revanche très méticuleusement organisées. Ils étaient même en général contraints de rester un ou deux mois dans la commune avant de recevoir leur rémunération, après que les comptes et le bilan de leur action avaient pu être soigneusement examinés. C'est dans le contrôle que résidait ainsi véritablement le rôle dirigeant du Conseil.

Tout un ensemble de prescriptions fort détaillées étaient surtout destinées à garantir le maintien de leur impartialité. Ces détenteurs salariés du pouvoir exécutif n'étaient en premier lieu élus que pour des durées fort limitées : d'abord d'un à deux ans, les mandats des podestats furent ensuite presque partout réduits à des termes de six mois. Le but était d'éviter que ce pouvoir finisse par trop s'insérer dans la commune et qu'il tisse des liens privilégiés avec certains de ses membres. Faisant appel à un podestat pour surmonter leurs divisions internes, les Conseils des communes étaient obsédés par le risque de voir celui-ci finir par épouser un parti. D'où, dans chaque cas, l'énoncé de toute une série d'interdictions détaillées affectant son compor-

1. Cf. Jean-Claude MAIRE VIGUEUR (éd), *I Podestà dell'Italia communale*, partie I, *Reclutamento e circolazione degli ufficiali forestieri (fine XII sec - metà XIVe sec)*, 2 vol., École française de Rome, palais Farnèse, 2000.

tement. Elles dessinent une sorte d'inventaire à la Prévert dont on peut donner quelques exemples significatifs[1] :

– interdiction de demeurer dans la cité avec sa femme, ses enfants et même ses neveux ;

– interdiction, s'il était célibataire, d'épouser une femme de la ville où il exerçait ses fonctions ;

– interdiction de quitter le territoire de la ville sans autorisation ;

– interdiction de manger ou de boire avec des habitants (interdiction généralement élargie à tous ses gens) ;

– interdiction de recevoir chez lui des visiteurs après le coucher du soleil (pour éviter que se tiennent des conciliabules secrets).

Un grand auteur politique de l'époque, Jean de Viterbe, allait jusqu'à conseiller dans le même esprit qu'un podestat ne fît aucune promenade en compagnie d'un citoyen. Un certain nombre d'obligations, à l'inverse, lui étaient imposées pour garantir pareillement son impartialité. À Sienne, par exemple, le podestat devait résider alternativement dans les différents quartiers de la ville, pour bien veiller à ce qu'il ne se rapproche d'aucun en particulier. À Florence, on exigeait que les podestats soient nés à au moins cent vingt kilomètres de la ville et que, jusqu'au quatrième degré, ils n'aient aucun parent parmi les habitants. Tout était ainsi fait pour gager la qualité d'impartialité du

---

1. Ces éléments ont été collectés dans un ensemble de travaux classiques sur le sujet : Enrico ARTIFONI, « I Podestà professionali e la fondazione retorica della politica comunale », *Quaderni Storici*, vol. 63, n° 3, décembre 1986 ; Giovanni BELELLI, *L'Istituto del podestà in Perugia nel secolo XIII*, Bologne, Zanichelli, 1939 ; Élisabeth CROUZET-PAVAN, « Venise et le monde communal : recherches sur les podestats vénitiens, 1200-1350 », *Journal des savants*, vol. 2, 1992. On trouve aussi sur ce point des éléments dans la synthèse classique de Daniel WALEY, *The Italian City-Republics*, 3ᵉ éd., Londres, Longman, 1988. Dans son *Histoire de la renaissance de la liberté en Italie* (Bruxelles, 1841), qui fait la synthèse de tous ses travaux sur les républiques italiennes, Sismondi donne aussi des indications sur ce point.

podestat sur son caractère d'étranger radical aux discordes qui déchiraient la ville. La multiplication de ces précautions s'avéra cependant progressivement insuffisante. Il était en effet impossible de prévoir toutes les situations dont pouvaient dériver des difficultés. On finit par se rendre compte qu'il n'y avait pas d'impartialité pouvant être garantie par l'équivalent d'un statut. La raison de cet échec ? Elle tient au fait qu'aucun pouvoir ne peut être réduit à une pure institution, détaché de toute contingence, absolument extérieur aux passions et aux intérêts de la cité. L'impartialité reste toujours une qualité précaire, qu'il faut mettre à l'épreuve en permanence. C'est pour cette raison que l'espoir de voir régner le pouvoir structurellement extérieur d'un prince-étranger n'a pas été durablement réalisé dans l'Italie médiévale. Tant que les hommes ne seront pas des dieux ou des étrangers à leur condition, ils ne pourront instituer un pouvoir automatiquement impartial. Gouverner reste toujours un exercice situé, qui impose de prendre parti dans les conflits de la cité. L'impartialité ne peut en ce sens se substituer à la politique. C'est donc à distance de cette autre utopie qu'il faut aussi penser les voies d'une impartialité active.

Une troisième forme d'impartialité utopique est celle de la dépersonnalisation radicale du gouvernement des hommes dont le mécanisme de la main invisible constitue l'illustration canonique. Cette notion de *main invisible*, qui s'est imposée dans le langage courant pour désigner l'équilibre du marché, a d'abord eu un sens théologique. Elle désignait la main de Dieu[1], ou celle des puissances obscures. « *Come […] with thy bloody and invisible hand* » : c'est en ces termes que Macbeth apostrophait la nuit pour lui demander de couvrir le crime qu'il s'apprêtait à commettre. Voltaire avait aussi utilisé l'ex-

---

1. D'où la dénomination usuelle du marché comme d'un «Dieu caché». Cf. Jean-Claude PERROT, «La main invisible et le Dieu caché», in *Une histoire intellectuelle de l'économie politique (XVIIᵉ-XVIIIᵉ siècle)*, Paris, Éditions de l'EHESS, 1992.

pression[1]. C'est avec ces lectures en tête qu'Adam Smith se l'approprie dans la *Théorie des sentiments moraux*, puis dans *La Richesse des nations*. Mais il en fait un usage presque ironique et le terme n'occupe finalement qu'une place très secondaire dans son œuvre[2]. Ce n'est qu'un siècle plus tard, avec le développement des théories de l'équilibre général (notamment dans l'œuvre de Karl Menger), que la notion de main invisible prend la centralité que nous lui connaissons aujourd'hui[3]. Et elle ne trouvera même son sens accompli que chez Hayek.

La vision hayekienne de l'économie diffère profondément de celle d'Adam Smith. Alors que ce dernier comprend l'échange économique dans le cadre d'une morale et d'une psychologie, Hayek le conçoit à partir d'une théorie de l'information. Le marché, écrit-il, « est la seule procédure jusqu'ici découverte, dans laquelle l'information infiniment éparse parmi des millions d'hommes puisse être effectivement utilisée pour l'avantage de tous[4] ». C'est sur cette base qu'il critique symétriquement l'intervention de l'État, ce dernier étant à ses yeux dans « l'impossibilité de connaître tous les faits particuliers sur lesquels est fondé l'ordre global des activités dans une grande société[5] ». Cette saisie cognitiviste du système de marché s'inscrit de façon cohérente dans une appréhension génétique de son établissement. Le marché n'est pas en effet pour lui une « invention » surgie

---

1. Sur cette histoire de l'expression, cf. Emma ROTHSCHILD, *Economic Sentiments : Adam Smith, Condorcet and the Enlightenment*, Cambridge (Mass.), Harvard University Press, 2001, p. 117-156. Cf. également François DERMANGE, *Le Dieu du marché. Éthique, économie et théologie dans l'œuvre d'Adam Smith*, Genève, Labor et Fides, 2003.

2. L'expression n'est employée que trois fois dans son œuvre, et ce, dans des sens assez différents. Cf. sur ces usages les développements dans les ouvrages pré-cités de Dermange et Rothschild.

3. Cf. Karen VAUGHN, article « Invisible Hand », in *The New Palgrave : a Dictionary of Economics*, Londres, Macmillan, 1987, t. II, p. 997-999.

4. Friedrich A. HAYEK, *Droit, législation et liberté*, vol. 2, *Le Mirage de la justice sociale*, Paris, PUF, 1981, p. 85.

5. *Ibid.*, p. 9.

du cerveau des économistes. Il résulte d'un processus adaptatif et cumulatif de l'expérience humaine : le jeu de la concurrence par le marché doit être compris comme une «procédure d'exploration[1]» (cette approche, soulignons-le, fait d'ailleurs que Hayek emprunte beaucoup plus à Burke, et à sa vision évolutionniste de la production des règles et de la tradition, qu'à Smith).

L'ordre de marché est en conséquence pour lui le seul à instituer un véritable «gouvernement» de la généralité. Le pouvoir politique est en revanche condamné à rester toujours partial, incapable qu'il est de saisir, comme le fait le marché, l'ensemble des variables constituant l'interaction sociale. Il est structurellement englué dans le monde étroit de la particularité, son intervention nécessairement perturbatrice ne pouvant en conséquence que le conduire, quelles que soient ses bonnes intentions, à créer des rentes ou des privilèges pour certains au détriment des intérêts de tous. Le marché est ainsi pour Hayek *l'ordre invisible* (il ne s'agit plus de main, expression encore trop liée pour lui à l'idée d'un sujet et d'une volonté) qui délégitime les prétentions d'un pouvoir humain à s'installer au poste de commandement de ce qui serait *la* société[2]. «Le grand mérite de l'ordre de marché, souligne-t-il, [a été] d'enlever à quiconque tout pouvoir dont l'usage est par nature arbitraire. La vérité est qu'il a réalisé la plus massive réduction du pouvoir arbitraire jamais accomplie dans l'histoire[3].» S'esquisse sur cette base le projet d'une dépolitisation radicale du monde. Est évacuée l'idée même d'un face-à-face entre les hommes, en même temps que celle d'une

---

1. *Ibid.*, p. 86. «C'est là, souligne-t-il, une procédure qui n'a jamais été organisée "à dessein", mais que nous avons appris à améliorer graduellement lorsque nous avons découvert comment elle accroissait l'efficacité des efforts humains dans les groupes où elle avait été développée» (*ibid.*, p. 85).

2. La société n'existe pas pour Hayek. «La société, écrit-il, n'est pas une personne qui agit, c'est une structure ordonnée des activités qui résulte de l'observation par ses membres de certaines règles abstraites» (*ibid.*, p. 114).

3. *Ibid.*, p. 124.

confrontation critique avec un gouvernement. Dans l'univers du « capitalisme utopique » de Hayek, il n'y a plus de pouvoir collectif dont l'écart à la société pourrait être publiquement discuté. Il n'y a plus de sauveur suprême, mais il n'y a plus non plus de responsable auquel on pourrait demander des comptes. Le règne de l'impartialité dont rêve Hayek est pour cela indissociable de la diffusion d'un message implicite de résignation. Un abîme sépare donc le « pouvoir de personne », tel qu'entend le promouvoir Hayek, et la tension créatrice qu'impliquait l'idée de « lieu vide » chez un Claude Lefort.

L'impartialité constituante

À distance des trois utopies d'une impartialité écrasant les hommes et déniant toute légitimité à l'ordre politique ainsi qu'aux conflits qui le traversent, nous avons déjà montré qu'une impartialité active pouvait participer de la mise en forme du monde démocratique. Mais il existe aussi une autre forme d'impartialité ayant une dimension directement politique : je propose de l'appeler l'« impartialité constituante ». Cette dénomination, inspirée de la distinction classique entre politique constituante et politique constituée [1], vise à spécifier la finalité d'institutions indépendantes ayant une dimension d'infrastructure de la vie sociale. Leur indépendance est donc là fondée sur la détermination d'un champ de la vie commune que l'on estime devoir être distingué de la sphère politique-partisane.

L'exemple le plus ancien d'institutions de ce type est celui des autorités monétaires. L'idée de distinguer certaines fonctions exécutives pour les confier à des organismes spécifiques a été formulée dans cet esprit dès la période révolutionnaire en France. Condorcet appelait par exemple en 1790 à donner un statut spécifique à la gestion du Trésor public, en la séparant du reste de l'administration. « Il est dangereux de confier au

---

1. Formulée pour la première fois par Sieyès.

pouvoir exécutif la garde du Trésor public», estimait-il[1]. Les raisons de cette prévention? Elles tenaient pour le philosophe au fait que les gouvernants risquaient d'être motivés par des considérations de court terme et donc de sacrifier l'avenir au présent; leurs décisions pouvaient aussi être biaisées par des considérations partisanes ou personnelles. Même s'ils étaient pleinement légitimes, il était ainsi raisonnable de limiter leur champ d'action à un domaine constitutif du contrat social, et de démultiplier en conséquence les types d'institutions chargées de mettre en œuvre l'intérêt général. «Il peut être utile de confier à plusieurs corps séparés l'exercice de diverses parties d'un même pouvoir[2]», concluait Condorcet en invitant ses contemporains à ne pas en rester à une appréhension étroite de la division fonctionnelle des trois pouvoirs. Il fut de la sorte le premier à proposer une forme de «constitutionnalisme économique». La question de l'indépendance des Banques centrales a ensuite été le terrain principal sur lequel se sont déplacées ces interrogations pionnières. Elle n'a cessé de prendre de l'importance, entraînant dans la période récente une véritable révolution. Entre 1990 et 1995, plus de trente pays, principalement en développement, ont ainsi adopté le principe de cette indépendance[3] (ou renforcé les statuts existants). Les débats sur le sujet ont en même temps pris de l'ampleur. On l'a vu en Europe. Cela a aussi été le cas aux États-Unis où la *Federal Reserve* a fréquemment été critiquée comme étant *undemocratic*; et dans bien d'autres pays évidemment. L'examen du cas allemand est particulièrement

---

1. «Des lois constitutionnelles sur l'administration des finances» (19 juin 1790), *Journal de la Société de 1789*, n° 3, reproduit in *Œuvres de Condorcet*, Paris, 1847, t. X, p. 110. (Cf. aussi sa brochure *Sur la constitution du pouvoir chargé d'administrer le Trésor national* [1790], in *ibid.*, t. XI, p. 543-579).

2. *Ibid.*, p. 115.

3. Cf. Sylvia MAXFIELD, «A Brief History of Central Bank Independence in Developing Countries», in L. DIAMOND, M.F. PLATTNER et A. SCHEDLER (eds), *The Self-Restraining State, op. cit.*

intéressant dans ce cadre pour appréhender la catégorie d'impartialité constituante.

La décision allemande, au lendemain de la Seconde Guerre mondiale, de donner à la Banque centrale du pays une rigoureuse autonomie a constitué un cas exemplaire d'institution dont le caractère de service public a été déterminé par l'indépendance et la soustraction au contrôle du pouvoir exécutif. Cette décision ne peut être comprise que si on la restitue dans la perspective des traumatismes de l'entre-deux-guerres en Allemagne. L'avènement au pouvoir du parti nazi par les urnes est le plus évident d'entre eux. Comment, en effet, faire de l'expression électorale le fondement de l'idéal démocratique si cette expression peut conduire légalement à une destruction de la démocratie ? La question, qui avait déjà désorienté les républicains français après la consécration populaire de Napoléon III, ne cessera de hanter les libéraux et les démocrates allemands. La référence à une *démocratie militante*, à partir des années 1930, constituera une première forme de réponse à la question, en remobilisant au profit d'une perspective nouvelle la distinction des années 1920 entre légalité et légitimité[1]. Elle occupera une place centrale dans les débats constitutionnels et politiques de l'après-guerre et conduira à bannir les forces politiques jugées trop menaçantes pour la liberté et à faire symétriquement adopter un « droit de résistance » des citoyens s'ils jugeaient l'ordre démocratique menacé[2]. Quoique *a priori* moins sensible, le champ monétaire a aussi été au cœur de la mémoire

1. Cf. l'article fondateur de Karl LÖWENSTEIN, « Militant Democracy and Fundamental Rights », I et II, *American Political Science Review*, vol. 31, n⁰ˢ 3 et 4, 1937.

2. Les partis nazi et communiste seront ainsi interdits en RFA. Parallèlement, le droit constitutionnel de résistance a été introduit dans la loi fondamentale allemande. Fait significatif, ce même droit sera introduit dans les années 1970 en Grèce et au Portugal, à la sortie de dictature de ces deux pays.

germanique[1]. L'hyper-inflation de l'après-Première Guerre mondiale est en effet le deuxième événement traumatique qui a durablement marqué les Allemands.

Cette hyper-inflation, avec les chiffres spectaculaires qui l'ont exprimée, est un phénomène bien connu. Si les prix sont multipliés par dix entre 1918 et 1921, ils explosent ensuite littéralement en 1922 et plus encore 1923[2]. Lorsqu'une réforme radicale est menée à la fin de 1923 pour sortir de cette crise vertigineuse, le nouveau *Rentenmark* qui est introduit vaut un billion de *Reichsmarks*! Ce seul chiffre, qui donne une image de l'ampleur du problème, échappe presque à l'appréhension tant son énormité a un effet de déréalisation. On ne peut pour cela en rester à une caractérisation de ce phénomène comme une simple «crise financière». Le désordre monétaire a en effet été dans ce cas le reflet d'un véritable état de décomposition sociale. À ce niveau, c'est la structure sociale même qui s'est trouvée atteinte par la crise radicale de confiance qu'exprimait la fuite devant la monnaie. À la limite de recouvrement des catégories anthropologiques, économiques et politiques, l'hyper-inflation allemande du début des années 1920 illustre un de ces états-limites qui fait comprendre que la monnaie peut-être «l'expression de la société comme totalité[3]». Dans ce cas, la question de la monnaie est indisso-

1. Cf. Harold JAMES, «Le mark», *in* Étienne FRANÇOIS et Hagen SCHULZE, *Mémoires allemandes*, Paris, Gallimard, 2007.

2. Cf. André ORLÉAN, «Crise de souveraineté et crise monétaire: l'hyperinflation allemande des années 1920», *in* Bruno THÉRET (éd), *La Monnaie dévoilée par ses crises*, vol. II, *Crises monétaires en Russie et en Allemagne au XXᵉ siècle*, Paris, Éditions de l'EHESS, 2007; William L. HUBBARD, «The New Inflation History», *The Journal of Modern History*, vol. 62, nᵒ 3, septembre 1990; Gerald FELDMAN, *The Great Disorder. Politics, Economics, and Society in the German Inflation, 1914-1924*, New York, Oxford University Press, 1993.

3. Michel AGLIETTA et A. ORLÉAN (éds), *La Monnaie souveraine*, Paris, Odile Jacob, 1998, p. 10. Cf., des mêmes auteurs, *La Monnaie entre violence et confiance*, Paris, Odile Jacob, 2002. Cf. aussi A. ORLÉAN, «La monnaie,

ciable de la constitution même du lien social dont elle exprime la qualité (Marcel Mauss notait que la monnaie devait être appréhendée comme «une des formes de la pensée collective», et même «la forme essentielle de la communauté»[1]) ; elle a un contenu directement politique. Appréhendée à cette aune, l'hyper-inflation a traduit une sorte de rupture du contrat social, un retour à l'état de nature et à la lutte de tous contre tous. Konrad Adenauer, alors maire de Cologne, avait ainsi noté de façon dramatique : «S'il n'y a plus de monnaie, alors les gens se battront à mort les uns contre les autres[2].» Il n'y a plus de lien social, car il n'y a plus d'équivalent général, tout simplement.

L'expérience de l'hyper-inflation comme décomposition du lien civique, et donc comme destruction de la possibilité même d'un régime démocratique, va inciter les Allemands à mettre l'accent sur la dimension sociétale de l'idée démocratique ainsi que sur ses pré-conditions structurelles. La question de la stabilité des prix va s'imposer dans ce contexte comme une des conditions essentielles d'une démocratie appréhendée comme forme sociale autant que comme procédure. La République fédérale, qui est légalement formée en 1949, va ainsi s'organiser avec l'obsession de conjurer organiquement tout retour à ces dérèglements et à ces démons du passé. Dans l'ordre immédiatement institutionnel, le souci primordial est d'affirmer la centralité du *Rechtstaat*, de mettre le temps long du droit en position de gardien, au-dessus du temps court et versatile de la vie électorale. Contre les deux dangers du communisme et de l'hitlérisme, le nouveau régime va ainsi d'abord se définir négativement. Il va pour cela se soucier de donner à la vie

---

opérateur de totalisation », *Journal des anthropologues*, nᵒˢ 90-91, 2002, p. 331-352.

1. Marcel MAUSS, «Débat sur les fonctions sociales de la monnaie» (1934), in *Œuvres*, t. II, *Représentations collectives et diversité des civilisations*, Paris, Minuit, 1974, p. 117.

2. Cité par G. FELDMAN, *The Great Disorder*, op. cit., p. 772.

publique un soubassement idéologique non conflictuel, de ne pas fonder la démocratie allemande sur la seule existence d'un contrat électoral.

Dans l'ordre économique, cette même préoccupation sous-tendra l'édification d'un véritable *constitutionnalisme économique*. La formule et l'idée viennent d'un petit groupe d'économistes constitué dès les années 1930. Violemment hostiles au régime nazi en train de s'imposer, ces économistes d'inspiration néo-libérale, également marqués par leur engagement religieux, fondèrent un courant d'opposition qui finira par être identifié à la revue qu'ils lanceront, *Ordo*. D'où la dénomination d'*ordo-libéraux* qui leur fut attribuée[1]. Wilhelm Röpke, Franz Böhm, Walter Eucken et Hans Grossmann-Doerth en furent les princi-pales figures. Vite condamnés au silence par Hitler, les survivants du groupe jouèrent un rôle clef dans l'Allemagne de l'après-guerre. Ludwig Erhard, le principal artisan du «miracle écono-mique» allemand (avant de succéder en 1963 comme chancelier à Konrad Adenauer), était un de leurs plus fidèles disciples.

Théoriciens de l'économie sociale de marché considérée comme une alternative à un pur libéralisme suspecté de menacer l'ordre public, ces économistes proposèrent de donner à l'activité économique un cadre qui en garantisse la stabilité, prolongeant sur ce terrain le rôle central donné en politique à la règle consti-tutionnelle[2]. La question de la monnaie était appréhendée par

1. Au sein d'une abondante bibliographie, voir: Patricia COMMUN (éd), *L'Ordo-libéralisme allemand. Aux sources de l'économie sociale de marché*, Cergy-Pontoise, CIRAC, 2003; François BILGER, *La Pensée économique libérale dans l'Allemagne contemporaine*, Paris, LGDJ, 1964; Carl FRIEDRICH, «Bibliogra-phical Article: The Political Thought of Neo-liberalism», *American Poli-tical Science Review*, vol. 49, 1955. Il convient aussi de se reporter à Michel FOUCAULT, *Naissance de la bio-politique. Cours du Collège de France, 1978-1979*, Paris, Gallimard-Seuil, 2004 (plusieurs leçons du cours ont été consacrées à cet ordo-libéralisme).

2. Cf. Laurence SIMONIN, «Le choix des règles constitutionnelles de la concurrence: ordolibéralisme et théorie contractualiste de l'État», *in* P. COMMUN (éd), *L'Ordo-libéralisme allemand…*, *op. cit.*; David GERVER,

ces hommes dans la perspective d'un tel constitutionnalisme économique. L'inflation n'était rien d'autre pour eux que la manifestation d'une défiance envers le pouvoir exécutif, l'expression du fait que la société n'était plus politiquement constituée, que le pouvoir n'était donc plus considéré comme effectivement légitime. D'où la centralité de la notion de *stabilité des prix*. Elle n'avait pas seulement à leurs yeux une portée technique et financière. Elle symbolisait plus fortement l'établissement dans la durée du contrat social et était la condition d'un ordre juste. Elle avait de cette façon une dimension démocratique, fondant l'unité du pays et protégeant également tous les membres de la cité. D'où l'importance concomitante de l'existence d'une *institution indépendante*, pour garantir dans la durée le maintien de cette stabilité des prix, à l'abri des variations des majorités électorales. C'est le rôle qui a été dévolu à la Banque centrale. Son indépendance a été conçue pour cette raison comme la source même de sa légitimité.

L'autonomie de la Banque centrale telle qu'elle a été instaurée en Allemagne n'est donc pas simplement négative, marque d'une volonté de soustraction à l'emprise du pouvoir politique-populaire dans la perspective implicite de l'affirmation d'un «pouvoir expert» (indépendance qui s'inscrirait dans ce cas dans une vision du gouvernement représentatif que l'on pourrait qualifier d'«aristocratique»). Indépendance a au contraire voulu dire établissement d'une *relation directe* entre la population et l'institution monétaire. Cela signifiait que la Banque centrale entendait gager son action sur des principes politiques fondamentaux, ceux-là mêmes qui donnent sens et forme au contrat social. La distance prise avec la politique partisane n'a donc pas été le signe d'une entorse à la règle démocratique ; elle a encore moins consisté dans la célébration d'un libéralisme étroit. L'in-

«Constitutionalizing the Economy : German Neo-liberalism, Competition, Law and the "New" Europe», *American Journal of Comparative Law*, vol. 42, 1994.

dépendance vis-à-vis de l'exécutif a plutôt été la marque de l'aspiration à faire vivre une «démocratie-société», antérieure en quelque sorte à la démocratie électorale. C'est une «légitimité des fondements de l'ordre social» qui a présidé à son action[1]. La focalisation de l'attention sur les effets proprement économiques de l'indépendance des Banques centrales (en matière de maîtrise de l'inflation notamment) a tendu à recouvrir cette dimension politique spécifique du cas allemand[2]. Un certain nombre d'interprétations que l'on pourrait qualifier d'idéologiques de l'ordo-libéralisme ont pareillement conduit à masquer l'originalité de cette vision monétaire.

La *Bundesbankgesetz* du 26 juillet 1957 a chargé la Banque fédérale allemande de réglementer la circulation de la monnaie et les conditions du crédit en précisant que son objectif devait être «la sauvegarde de la monnaie[3]». Cela signifie que c'est d'une indépendance-vigilance qu'il s'agit, et non pas d'une indépendance-souveraineté. Cette *indépendance active* n'a rien à voir avec les types d'appels à la formation d'un État neutre qui s'étaient multipliés dans l'entre-deux-guerres pour tenter de faire contrepoids au caractère dissolvant des coalitions partisanes de l'époque[4]. C'est une indépendance démocratique-

1. Sur ce point, cf. notamment les travaux d'Éric DEHAY : «La justification ordo-libérale de l'indépendance des Banques centrales», *Revue française d'économie*, vol. 10, n° 1, hiver 1995 ; «La conception allemande de l'indépendance de la Banque centrale», *in* M. AGLIETTA et A. ORLÉAN (éds), *Souveraineté, légitimité de la monnaie*, Paris, Association d'économie financière – CREA, 1995 ; «L'indépendance de la banque centrale en Allemagne : des principes ordo-libéraux à la pratique de la Bundesbank», *in* P. COMMUN (éd), *L'Ordo-libéralisme allemand, op. cit.*

2. Cf. sur ce point l'ouvrage classique d'Alex CUKIERMAN, *Central Bank Strategy, Credibility and Independence : Theory and Evidence*, Cambridge (Mass.), The MIT Press, 1992.

3. Article 3.

4. Sur ce thème de la «neutralité» de l'État à cette époque, voir notamment les plaidoyers bien connus de Carl Schmitt. Pour une vision d'ensemble, cf. les contributions rassemblées par Peter C. CALDWELL et

civique qui est au contraire revendiquée. En témoigne à sa façon l'attachement très particulier au paiement en espèces qui caractérise encore aujourd'hui l'Allemagne (il est environ une fois et demie supérieur à ce qui existe dans le reste de l'Europe). Tout se passe comme si le billet de banque restait outre-Rhin le symbole vivant du lien entre l'ordre monétaire et la nation, équivalent sur un mode mineur mais tenace d'une sorte de plébiscite de tous les jours, pour reprendre l'image de Renan[1].

C'est l'Allemagne, on le sait, qui a joué le rôle moteur pour donner à la Banque centrale européenne une assez stricte autonomie. Le poids de l'histoire que nous venons brièvement de rappeler permet d'en comprendre les raisons. Mais cette histoire invite aussi à ramener l'indépendance à ce qui en constitue le fondement : la volonté d'instituer une démocratie-société. C'est donc toujours sur ce terrain essentiel qu'il convient de retourner lorsqu'est débattue la question. Cette approche seule permet de saisir que l'impartialité constituante peut être une politique. Pour le dire autrement, l'impartialité ne peut être une politique que si l'indépendance ne devient pas une religion.

Les registres de la vie démocratique

L'examen de la catégorie d'impartialité invite à reconsidérer de façon élargie le sens de la démocratie. On ne saurait oublier que celle-ci consiste d'abord dans une expression saine et ouverte des conflits d'intérêts et des différends d'appréciation. Dans une société marquée par les inégalités, les divergences d'opinion, les incertitudes sur l'avenir, il faut faire des choix, trancher entre des options concurrentes, arbitrer entre des intérêts. C'est le

---

William E. SCHEUERMAN (eds), *From Liberal Democracy to Fascism : Legal and Political Thought in the Weimar Republic*, Boston, Humanities Press, 2000, et par Arthur J. JACOBSON et Bernhard SCHLINK (eds), *Weimar. A Jurisprudence of Crisis*, Berkeley, University of California Press, 2000.

1. C'est l'Allemagne qui a insisté pour que circulent en Europe des coupures de 500 euros (elles sont fréquemment utilisées dans le pays).

champ incontournable et pleinement légitime de la politique partisane. Mais il est simultanément nécessaire de reconnaître et de faire vivre la spécificité d'une politique d'impartialité. Celle-ci a deux dimensions. Elle englobe d'abord les diverses sphères qui relèvent du contrat social proprement dit (dans sa différence avec le «contrat majoritaire») : cela inclut le souci de maintenir la prééminence des règles de droit, la préservation des principes républicains, la garantie de la cohésion nationale, l'encadrement des intérêts particuliers. Ces différents domaines, on doit le souligner, n'ont rien d'intangible et de prédéterminé. Si la gestion monétaire relève par exemple avec évidence pour les Allemands des fondements du contrat social, en fonction de leur histoire, on peut très bien concevoir qu'elle soit considérée dans d'autres pays comme une simple composante de la politique économique ordinaire (relevant alors de la sphère politique-partisane). Le débat sur la ligne adéquate de partage entre politique majoritaire et politique d'impartialité est pour cela en tant que tel au cœur de la vie démocratique ; il en constitue un des fondements. C'est notamment aujourd'hui très sensible dans le traitement des questions liées aux faits religieux ou aux questions culturelles. La politique d'impartialité a aussi une deuxième dimension qui en spécifie la portée démocratique : elle consiste à veiller au traitement équitable des individus, à lutter contre les discriminations, à construire une égalité des possibles et des capabilités. Elle est dans ce cas, comme on l'a déjà noté, un vecteur essentiel de la construction d'une société démocratique.

Les diverses autorités indépendantes renvoient d'une manière ou d'une autre à ces deux catégories, et participent dans cette mesure à l'édification d'une cité plus libre et plus démocratique. Elles contribuent à élargir fortement la figure traditionnelle de l'État de droit, en l'activant et en lui donnant chair sensible. À rebours de la perspective illusoire de substituer l'impartialité aux conflits d'idées et d'intérêts, le projet démocratique consiste au contraire à organiser positivement leur distinction et leur complémentarité.

III

LA LÉGITIMITÉ
DE RÉFLEXIVITÉ

1. La démocratie réflexive.
2. Les institutions de la réflexivité.
3. De l'importance de ne pas être élu.

1.

La démocratie réflexive

La démocratie électorale-représentative repose sur l'axiome selon lequel la volonté générale s'exprime directement et complètement dans le processus électoral. Se superposent dans cet énoncé une modalité d'expression de la volonté politique (le bulletin de vote), la désignation d'un sujet politique (les électeurs) et la détermination d'un régime de temporalité (le moment électoral). Les éléments structurants de cette vision de la démocratie se lient à trois présupposés : l'identification du choix électoral à l'expression de la volonté générale ; l'assimilation des électeurs au peuple ; l'inscription durable de l'activité politique et parlementaire dans la continuité du moment électoral. La fragilité de ces énoncés n'a pas besoin d'être démontrée, tant les réductions de la réalité qu'ils traduisent sont patentes. Le travail de réflexivité va consister à corriger l'inaccomplissement démocratique qui en découle en instaurant des mécanismes correcteurs et compensateurs de la fausseté de ces trois présupposés. Cette entreprise dessine les contours d'une généralité de démultiplication. Alors que la généralité négative consistait à déterminer une nouvelle position à partir de laquelle l'exigence d'unanimité pouvait être satisfaite, la méthode est là de multiplier les approches partielles pour parvenir à une saisie plus complète des choses. Une stratégie de pluralisation se substitue ainsi au choix précédent du détachement. Elle comporte deux volets : complication des formes et des sujets de la démocratie, d'une part ; encadrement des mécanismes du système majoritaire, de l'autre. On ne peut décrire les termes de ce travail que si l'on prend en compte le fait que la démocratie électorale-représentative n'est elle-même que la version policée et assagie de ce que j'appelle la « démocratie immédiate ». Il faut donc repartir des caractéristiques de cette dernière pour bien apprécier la nature et les modalités de ce travail de démultiplication.

Le pouvoir constituant, horizon de la démocratie immédiate

La notion de démocratie immédiate constitue la référence implicite au regard de laquelle ne cesse d'être mesurée la question du gouvernement populaire pendant la Révolution française. Elle renvoie à l'idée que le peuple est un ensemble qui fait clairement sens et prend avec évidence forme. Si la démocratie directe refuse la délégation, le principe d'une action et d'une parole pour autrui, la démocratie immédiate, quant à elle, repousse l'interface, c'est-à-dire l'institution ou la procédure qui contribue fonctionnellement à une formation de l'expression collective. La démocratie directe vise à éliminer les mécanismes de substitution qui mettent le représentant à la place du représenté, tandis que la démocratie immédiate rejette toute réflexivité du social (au sens où elle ne considère pas que la mise en forme et l'expression du social présupposent l'intervention structurante ou signalante d'une position réfléchissante). C'est de là que procède notamment la stigmatisation des partis et des corps intermédiaires : ils sont accusés de corrompre structurellement la volonté générale en tendant insidieusement à biaiser son mode de formation spontané, jugé le seul authentique. D'où l'idée, fondamentale pendant la Révolution, que l'expression populaire légitime est de l'ordre d'une «électricité morale», vecteur naturel d'une manifestation unanime. D'où aussi le sentiment qu'il n'y a pas besoin de longues discussions et de confrontations argumentées pour exprimer la volonté générale en son authenticité. Ouvrir le forum électoral aux débats, va-t-on même jusqu'à penser, c'est introduire la puissance perturbatrice de la rhétorique, laisser le champ libre aux puissants ou aux démagogues qui égareront le bon sens populaire. Radicaux et modérés se retrouvent durant ces années dans un rousseauisme diffus de ce type.

Cette vision des choses est alors aussi indissociable de la perspective d'une identification structurelle de la souveraineté populaire à une entreprise radicale d'auto-institution du social. Tout ce qui peut la brider est en conséquence vivement rejeté. C'est le poids de la tradition dont on entend également s'affranchir. Comment inventer en effet une histoire neuve si l'on reste prisonnier des institutions existantes? «L'histoire n'est pas notre code»: cette formule lapidaire d'un homme de 1789[1] résume l'obsession de la période de rompre avec l'héritage monarchique. Seul le présent peut être révolutionnaire, pour dire les choses autrement. Le pouvoir constituant est ici l'expression la plus fidèle de l'idéal démocratique. Car lui seul est un pouvoir radicalement créateur parce que originaire, pure expression d'une volonté surgissante, puissance absolument nue que rien ne conditionne. Ce sont les caractéristiques qu'avait soulignées Sieyès au début de 1789 pour justifier l'entreprise de rupture créatrice de sa génération. Avec le pouvoir constituant, notait-il, «la réalité est tout, la forme n'est rien[2]». Il est «la volonté nationale [...] qu'on ne peut soumettre à aucune

---

1. Rabaut Saint-Étienne.
2. *Qu'est-ce que le tiers état?* (1789), *op. cit.*, p. 71.

forme, à aucune règle[1]». Ce pouvoir constituant, a-t-on dit, est ainsi «la version sécularisée du pouvoir divin de créer un ordre sans y être soumis[2]». Sieyès distinguait un tel pouvoir extraordinaire du pouvoir constitué, consistant, lui, en l'exercice plus routinier de la souveraineté collective par les représentants élus. C'était ainsi reconnaître sans détour la supériorité de la force constituante.

Cette caractéristique dessinera pendant la Révolution française l'horizon d'un certain radicalisme, qui se proposait de maintenir vivant et incandescent ce pouvoir originaire pour accomplir la promesse démocratique. Il était appelé à se confondre avec la présence immédiate d'un peuple directement actif, refusant toute forme d'institutionnalisation qui l'aurait bridé. Le pouvoir totalement débarrassé de ses «chaînes» ne pouvait être dans ce cas qu'une force révolutionnaire directe, sorte d'énergie insurrectionnelle permanente ; il n'y avait de démocratie pensable que dans le cadre d'une désinstitutionnalisation radicale de la politique. Les conventionnels de 1793 en ont tiré la conclusion logique en suspendant la Constitution qu'ils venaient d'élaborer et de voter ! Lorsque la Convention décrète, le 10 octobre 1793 (19 vendémiaire an II), que «le gouvernement de la France est révolutionnaire jusqu'à la paix», elle légalise, si l'on peut dire, cette entreprise. «Dans les circonstances où se trouve la République, la constitution ne peut être établie ; on l'immolerait par elle-même», résume Saint-Just[3]. La

---

1. SIEYÈS, *Quelques idées de constitution applicables à la ville de Paris*, juillet 1789, p. 30. «Le pouvoir constituant, écrit-il encore, peut tout en ce genre [...]. La Nation qui exerce alors le plus grand, le plus important des ses pouvoirs, doit être dans cette fonction libre de toute contrainte et de toute forme, autre que celle qu'il lui plaît d'adopter» (*Préliminaire de la Constitution française*, juillet 1789).

2. Formule du juriste Ulrich Preuss, citée par Claude KLEIN, *Théorie et pratique de pouvoir constituant*, Paris, PUF, 1996, p. 4.

3. Discours du 10 octobre 1793 (19 vendémiaire an II). Cf. sur ce point l'article éclairant d'Olivier JOUANJAN, «La suspension de la Constitution

vie politique est alors comprise comme pure action, expression non médiatisée d'une volonté directement sensible. Elle est supposée incarner sur ce mode l'esprit de la Révolution, au sens où Michelet disait de cette dernière «qu'elle a ignoré l'espace et le temps», condensant à la manière d'un éclair l'énergie de l'univers tout entier et laissant apercevoir une dimension d'éternité dans l'instant fugace. C'est à une telle utopie que renvoie pendant ces années le culte de l'insurrection. Nul n'en a mieux souligné que Sade la brûlante exigence en invitant ses compatriotes à considérer que «l'insurrection doit être l'état permanent d'une république[1]». On comprend pour cela que le pouvoir constituant n'ait cessé de fasciner tous ceux qui rêvaient d'une démocratie émancipée de tout ce qui pouvait la contraindre. De la célébration blanquiste de l'insurrection comme politique immédiate de l'énergie au décisionnisme de Carl Schmitt, les réflexions de Sieyès sur le pouvoir sans forme n'ont ainsi pas manqué d'admirateurs radicaux.

Puissance sans forme, le pouvoir constituant est pour cela expression immédiate et absolue du peuple vivant. Il se présente comme «dilatation révolutionnaire de la capacité humaine de faire l'histoire», «acte fondamental d'innovation et donc comme procédure absolue»[2]. Tout au long du XIXe siècle, nombreuses ont été les voix à voir dans son ombre vibrante, l'insurrection, l'expression d'une sorte de démocratie pure. On a alors souvent exalté l'espèce de fonction d'incarnation qui s'opérait

---

de 1793», *Droits*, n° 17, 1993. Cf. également les pages consacrées à «la terreur ou la désinstitutionnalisation de la politique», in *La Démocratie inachevée*, *op. cit.*, p. 66-80.

1. *La Philosophie dans le boudoir*, in *Œuvres du marquis de Sade*, Paris, Pauvert, 1986, t. III, p. 510.

2. Antonio NEGRI, *Le Pouvoir constituant. Essai sur les alternatives de la modernité*, Paris, PUF, 1997, p. 35. Il appelle aussi à «maintenir ouvert ce que la pensée juridique voudrait refermer» et à «retrouver le concept de pouvoir constituant comme matrice de la pensée et de la pratique démocratique» (p. 20).

dans le soulèvement populaire, rendant immédiatement visible et sensible la figure du peuple. Dans l'insurrection, il s'exprime en effet comme puissance originaire, force directement agissante, résolvant de la sorte la tension inhérente à toute mise en institution du social. L'insurrection en vient à être confondue avec le peuple lui-même, la forme politique et la figure sociale s'épousant dans un résumé parfaitement adéquat de la généralité sociale. Toute une poétique de la barricade a prolongé à partir de 1830 cette exaltation politique et morale de l'insurrection[1]. Avec la barricade, l'insurrection prend forme en même temps qu'elle prend force, pourrait-on dire. Elle fixe un but aux insurgés et leur donne une identité lisible. Elle s'impose comme une sorte de puissance morale érigée dans la ville sous les espèces d'une protestation radicalement matérielle. Blanqui sera aux yeux de tout le siècle l'incarnation de cet idéal, forçant le respect de ses adversaires mêmes dans cette idéalisation d'une politique qui voulait être directement énergie créatrice et force de vie. Quelques décennies plus tard, le décisionnisme de Carl Schmitt s'est enraciné dans une semblable fascination pour le pouvoir constituant. Pour l'auteur de la *Théologie politique*, ce dernier est bien aussi la manifestation directe d'une existence dont la décision exprime la vérité[2]. Décider, a-t-on justement remarqué, veut d'abord dire chez lui décider de son existence[3], la volonté n'étant rien d'autre que la manifestation non séparée de cette existence. «Le pouvoir constituant est une volonté politique, c'est-à-dire un être politique concret», résume Schmitt en proposant sur ce mode une autre vision d'un pouvoir social immédiat.

L'horizon de l'immédiateté a également sous-tendu au

---

1. Cf. Alain Corbin et Jean-Marie Mayeur, *La Barricade*, Paris, Publications de la Sorbonne, 1997.

2. Cf. sa *Théorie de la constitution*, Paris, PUF, 1993 («Le pouvoir constituant», chap. 8 de la dernière partie).

3. Cf. sur ce point le commentaire convaincant de Bruno Bernardi, *Qu'est-ce qu'une décision politique?*, Paris, Vrin, 2003, p. 86-100.

XXe siècle la perspective communiste d'un «État du peuple tout entier[1]». La prétention à avoir instauré un pouvoir-société, et donc à avoir en quelque sorte «éternisé» le moment constituant, a été au cœur de la rhétorique totalitaire. Un théoricien marxiste du début du XXe siècle allait jusqu'à estimer que, «dans le sens rigoureux du terme, un peuple n'existe même pas dans un État capitaliste[2]». D'où la justification conséquente du parti unique comme simple «forme» d'une classe objectivement homogène, parfaite expression pratique de la généralité sociale. Il n'y a même plus de distinction possible, dans ce cas, entre démocratie directe et démocratie représentative. Le fondateur du Parti communiste français avait ainsi estimé en une extraordinaire formule que le régime soviétique était «la seule forme connue d'une représentation directe du prolétariat dans son ensemble[3]». Il est d'ailleurs frappant de constater que les régimes communistes, en même temps qu'ils formulaient cette prétention à avoir substantiellement édifié un pouvoir démocratique immédiat, mettaient un grand soin à présenter les apparences d'une démocratie électorale ayant aussi arithmétiquement réalisé l'idéal d'unanimité. Les procédures représentatives y avaient été tellement améliorées qu'il n'y avait plus de différence substantielle entre gouvernement direct et système représentatif, soutenaient les thuriféraires de ces régimes. La propagande mettait par exemple volontiers l'accent sur la multiplication des réunions impliquant la quasi-totalité de la population, souli-

---

1. Cf. Jean-Guy COLLIGNON, *La Théorie de l'État du peuple tout entier en Union soviétique*, Paris, PUF, 1967. Cf. aussi Achille MESTRE et Philippe GUTTINGER, *Constitutionnalisme jacobin et constitutionnalisme soviétique*, Paris, PUF, 1971.

2. Max ADLER, *Démocratie et conseils ouvriers* (1919), n^{elle} éd., Paris, Maspero, 1967, p. 54. Il souligne: «La démocratie dans un État capitaliste est dépourvue de la condition fondamentale sans laquelle l'autodétermination du peuple est impossible: *Un peuple homogène*» (*ibid.*, souligné par lui).

3. Marcel CACHIN, «Démocratie et soviétisme», *L'Humanité*, 17 août 1920.

gnait la grande dimension des assemblées représentatives elles-mêmes[1]. Les scores électoraux supérieurs à 99 % ne faisaient logiquement que corroborer *in fine* ces données. Les dimensions procédurale et substantielle de la vie politique étaient censées superposer parfaitement leurs qualités pour réaliser une démocratie immédiate.

Les différentes figures de l'immédiateté que nous venons d'évoquer dessinent les bords extrêmes d'une telle conception du pouvoir social de la généralité. Mais une vision moniste du politique a aussi subsisté sur le registre beaucoup plus modeste (et présentant pour cela moins de dangers !) d'une certaine uni-dimensionnalité du politique. C'est désormais sous les espèces d'un hyper-électoralisme qu'elle perdure. L'inscription rémanente de la démocratie dans ce cadre intellectuel implicite a produit un double effet pervers. Elle a d'abord structurellement alimenté un sentiment de désenchantement, du seul fait de l'écart existant entre le renoncement pratique à une certaine utopie et la continuité de l'appartenance à l'univers mental dont elle était l'expression. Elle a d'autre part logiquement conduit à assimiler toute aspiration à une démocratie plus forte à une entreprise suspecte et dangereuse. Le renoncement et la cécité ont ainsi fait système dans le type de réalisme étroit qui domine dans les démocraties ordinaires.

---

1. Un ouvrage recense ainsi à longueur de pages les 50 000 soviets, les 2 millions de personnes élues députés des soviets de tous niveaux, les 300 000 commissions qui ont fonctionné en une année, les centaines de milliers de rapports, de questions posées, de réunions organisées… pour en déduire triomphalement que « 82 millions de personnes ont participé à la discussion du programme du PCUS » ! Cf. M. Kroutogolov, « La participation du peuple soviétique à l'administration de l'État », in *Recueils de la Société Jean Bodin*, série *Gouvernés et gouvernants*, Bruxelles, 1965, t. XXVII, p. 333. Cf. aussi du même auteur et dans la même veine, *Qu'est-ce que la démocratie soviétique ?*, Moscou, Éditions du Progrès, 1978.

Condorcet et la généralité de démultiplication

Condorcet a été le premier à prendre conscience de la nature de ce problème pendant la Révolution française. Il a bien compris l'impasse illibérale à laquelle conduisait la perspective moniste d'une démocratie immédiate[1], mais sans déduire en même temps de ce constat la nécessité de consentir à une sorte de résignation. Condorcet était aux antipodes du «libéralisme de la peur» qui sera théorisé au XXᵉ siècle. Alors que beaucoup de ses contemporains voyaient dans le gouvernement représentatif une alternative pratique à une difficile démocratie directe, en même temps qu'un moyen d'éviter celle-ci, accusée de toutes les dérives, il va complètement reproblématiser la question en indiquant la voie de ce que pourrait être une «démocratie représentative» (l'expression devient courante début 1793). La grande idée de Condorcet est de pluraliser les modalités d'exercice de la souveraineté du peuple. Ce n'est pas par moins de représentation, mais par davantage de complexité et de réflexivité qu'il propose d'accroître l'intervention politique populaire. Face à la difficulté ou à l'impossibilité de réaliser une démocratie immédiate, il propose ainsi de démultiplier les modalités d'exercice de la souveraineté. C'est l'orientation maîtresse qui sous-tend le projet de constitution qu'il présente en février 1793. Alors que beaucoup d'autres conventionnels étaient encore à la recherche d'une formule simple et forte pour donner forme à un authentique pouvoir populaire, Condorcet les invite à instituer ce que j'ai proposé d'appeler une «souveraineté complexe», fondée sur la diversification croisée des temporalités et des modes d'expression de la vie politique[2].

1. Il est le premier, à ma connaissance, à employer l'expression. Cf. sa brochure *Aux amis de la liberté sur les moyens d'en assurer la durée* (7 août 1790), in *Œuvres de Condorcet*, *op. cit.*, t. X, p. 178-179.
2. Voir la présentation de cette problématique dans les pages consacrées à «L'invention de la démocratie représentative : la souveraineté complexe» dans *La Démocratie inachevée*, *op. cit.*, p. 52-66, ainsi que p. 404-409.

La volonté générale présente pour lui un caractère doublement complexe. Loin d'être une donnée préexistante à l'activité politique, elle résulte d'abord d'un processus continu d'interaction entre le peuple et les représentants. Les structures ordinaires du gouvernement représentatif et les procédures du référendum ou de la censure du peuple sont par exemple pour lui complémentaires. Elles constituent deux moments, et deux formes à la fois, de la souveraineté du peuple. Condorcet invite aussi à dissocier de façon originale scrutin de présentation et scrutin définitif dans l'opération électorale. Cette approche est alors extraordinairement novatrice. Elle permet en effet de dépasser l'opposition entre la vision de Sieyès, pour lequel la volonté de la collectivité ne peut exister qu'à travers un organe qui lui donne forme (le peuple n'étant constitué en sujet politique que par la représentation), et celle des sectionnaires parisiens qui imaginent le peuple sous les seules espèces de l'acteur politique immédiat battant le pavé. Si elle dérive d'une interaction de type institutionnel, la souveraineté du peuple est également pour Condorcet une *construction historique*. Elle articule plusieurs temporalités : temps court du référendum ou de la censure ; rythme institutionnel des élections ; temps long de la constitution. Dans chacun des cas, l'expression du peuple met en place une volonté qui est à la fois complétée, surveillée et contrôlée par les autres procédures. Ce ne sont que des expressions différentes de lui-même qui entrent ainsi en jeu, et non des institutions qui seraient en opposition. Condorcet ouvre de cette façon la voie à un très profond renouvellement de la question de la séparation des pouvoirs. Il n'appréhende plus celle-ci sur le mode traditionnel d'une balance ou d'un partage équilibré des prérogatives : il la conçoit comme une condition de l'approfondissement démocratique, puisqu'elle seule permet

---

Dans la même veine, cf. aussi l'ouvrage important et suggestif de Nadia URBINATI, *Representative Democracy. Principles and Genealogy*, Chicago, The University of Chicago Press, 2006.

de donner consistance au peuple réel qui est toujours un peuple complexe, sous ses espèces plurielles. Le peuple, pour dire les choses autrement, est toujours double ou même triple aux yeux de Condorcet. Il est trop multiple pour qu'une seule de ses manifestations puisse le résumer et le «représenter» de façon suffisante.

La démocratie représentative telle qu'elle est pensée par Condorcet n'est donc pas de l'ordre de la synthèse ou de l'équilibre entre deux principes contradictoires. En permettant de démultiplier les temporalités, les formes et le sujet de la souveraineté, elle se présente chez lui comme la solution au problème de la définition du régime des Modernes. Elle substitue le projet d'une souveraineté permanente et diffractée à celui d'une problématique démocratie immédiate et polarisée. L'auteur de l'*Esquisse d'un tableau des progrès de l'esprit humain* a ainsi ouvert la voie à une nouvelle compréhension de la généralité démocratique, faisant de la multiplication de ses expressions partielles la meilleure condition de son approximation d'ensemble. C'est en pluralisant les ressorts et les figures du pouvoir social qu'il propose de le rendre plus effectif. Dans la perspective d'une telle souveraineté complexe, les rapports du libéralisme et de la démocratie peuvent aussi être compris de façon neuve. Dans la souveraineté complexe, la multiplication des instances fonctionnelles – souvent qualifiées de «libérales» au sens où elles bornent la toute-puissance des élus – devient en effet un moyen positif d'accroître l'influence de la société dans le processus politique. Le contrôle de chacun des pouvoirs pris séparément est ce qui permet globalement de garantir la force commandante de la généralité sociale. C'est ce dont on peut se rendre précisément compte en examinant successivement les différentes modalités du travail de généralisation par démultiplication, dans l'ordre sociologique ainsi que dans ceux des temporalités et des styles de délibération.

Les trois corps du peuple

La souveraineté complexe peut être définie comme la forme politique adéquate d'une expression plus fidèle du peuple, parce que fonctionnellement *et* matériellement démultipliée. Elle trouve sa justification dans le fait que le peuple comme totalité, pris au singulier, est «introuvable». Loin de former un bloc, dont une unanimité livrerait le secret substantiel, il est une puissance que nul ne peut seul posséder ou prétendre incarner. Il ne se manifeste sensiblement que sous trois espèces, celles du *peuple électoral*, du *peuple social* et du *peuple-principe*. Chacune n'en exprime qu'une dimension limitée.

Le peuple électoral est le plus simple à appréhender, puisqu'il prend consistance numérique dans les urnes. Il se manifeste immédiatement dans la division d'une majorité et d'une minorité. Il reste cependant beaucoup plus insaisissable que ce qu'indique cette donnée arithmétique primaire. L'expression électorale est d'abord souvent fortement diversifiée, déclinant le peuple-opinion sous de nombreuses étiquettes. L'opération électorale est en outre elle-même loin de le représenter complètement. Subsiste en effet la forte absence des non-inscrits et des abstentionnistes, la distance des bulletins blancs ou nuls. Ce peuple électoral est surtout évanescent, ne se manifestant que d'une manière fugitive et hachée, fluctuant au rythme des scrutins. Toutes ces caractéristiques ne semblent pas destinées *a priori* à le qualifier au premier chef pour exprimer adéquatement la généralité sociale. Ses titres à tenir ce rang existent cependant. Ils sont de deux ordres. L'épreuve électorale présente d'abord un caractère qui permet de clore les controverses : personne ne peut discuter la matérialité du chiffre majoritaire. La force de l'élection tient en outre au fait qu'elle s'enracine dans la reconnaissance d'une forme d'égalité radicale que traduit le droit de tous à se présenter devant l'urne. Si ses résultats divisent, en revanche la procédure qui la fonde unifie.

Alors que le peuple électoral érige un pouvoir qui prend épisodiquement la forme d'une majorité, le peuple social se donne comme une succession ininterrompue de minorités, actives ou passives. Il est addition des protestations et des initiatives de toute nature, exposé des situations vécues comme une entorse à un ordre juste, manifestation sensible de ce qui fait ou défait la possibilité d'un monde commun. C'est un peuple-flux, un peuple-histoire, un peuple-problème. Le peuple social est la vérité problématique de l'être-ensemble, de ses abîmes et de ses mensonges, de ses promesses et de ses inaccomplissements. Il n'a d'autre unité que d'être une force vitale, une contradiction en mouvement : il est ainsi ce qu'on peut appeler *la* société, en tant que réceptacle de tous ces éléments. C'est sur ce mode qu'il peut être considéré comme une figure de la généralité sociale. Ce n'est pas l'unité d'un sentiment qui l'établit dans cette qualité, mais l'entrelacement des questions constitutives du lien collectif qu'il tisse. Son champ d'expression naturel est donc celui du continent contre-démocratique.

Le peuple-principe n'est pas d'ordre substantiel. Il est constitué par l'équivalent général fondant le projet d'inclusion de tous dans la cité : l'égalité. Il est défini par un mode de composition du commun. Le représenter, c'est faire vivre ce principe, conserver ce qui constitue le bien le plus structurellement et le plus évidemment public : les droits fondamentaux. Ces droits sont au sens propre du terme des biens publics non rivaux : tous peuvent en bénéficier sans que nul n'en soit privé [1]. Ils constituent indissociablement la citoyenneté de l'individu, comme forme d'appartenance à la collectivité, et l'humanité de l'homme, comme reconnaissance de l'irréductible singu-

---

1. Un bien collectif, selon la définition de l'économiste Roger Guesnerie, inspirée de ce que Victor Hugo disait de l'amour d'une mère pour ses enfants, est caractérisé par le fait que «chacun en a sa part et que tous l'ont cependant en entier». C'est en ce sens un bien *non rival*, et donc radicalement collectif.

larité de chacun. En eux se lient parfaitement le tout et les parties de la société. Leur respect implique que toutes les voix soient entendues, que toutes les marges soient prises en compte. Le sujet de droit est pour cela la figure même de ce peuple : il réduit en effet à l'essentiel ses multiples déterminations ; il l'incarne d'une façon dans laquelle tous peuvent parfaitement se reconnaître. Ce passage politique de la sociologie au droit est ressenti comme d'autant plus nécessaire dans le monde contemporain que les anciennes catégories descriptives du social ont perdu de leur pertinence. La société est de moins en moins constituée par des identités stables : ce sont dorénavant surtout des *principes de composition* qui en déterminent la nature. «Le peuple, écrivait Lyotard, est le nom d'un nuage de phrases hétérogènes qui se contredisent les unes les autres et qui tiennent ensemble par leur contrariété même[1].» Ce constat désabusé, fondateur de la vision postmoderne, ne conduit pas forcément au relativisme et au scepticisme. Il fait surtout toucher du doigt l'obligation dans laquelle nous nous trouvons de requalifier politiquement l'idée de peuple.

Le sujet de droit est aujourd'hui l'homme le plus concret qui soit. Il est la figure directement sensible de tous ceux qui sont discriminés, exclus, oubliés. Loin de renvoyer à une abstraction, c'est lui qui donne dorénavant le plus visiblement chair à l'idée de communauté politique. Il est d'ailleurs frappant de constater que ce sont au contraire les anciennes et fortes images romantiques du peuple-personne qui semblent avoir perdu leur capacité d'évocation. Ce sont le christ de l'histoire de Michelet, le prolétariat souffrant de Proudhon ou la classe ouvrière de Marx qui résonnent désormais comme des mots trop vagues. L'opposition du «formel» et du «réel» en politique a changé de sens : le peuple-principe est devenu un peuple fort réel.

Cette prise en considération des différents peuples conduit à

---

1. Jean-François LYOTARD, «La défection des grands récits», *Intervention*, n° 7, novembre-décembre 1983.

revenir à la question de la définition de la volonté générale. Ils y renvoient en effet dans des termes différents. Le peuple électoral correspond à son appréhension arithmétique, dans une perspective agrégative. La généralité est dans ce cas nombre, force comptable. Le peuple-principe lui donne consistance sur le mode d'une égalité incluante, fondée sur la possibilité pour chaque individu d'être pleinement considéré dans son existence et sa dignité. Généraliser veut dire là édifier une cité inconditionnellement accueillante à tous. À côté de la «volonté générale d'expression» du suffrage, conçue comme une résultante, s'impose ainsi également une «volonté générale d'intégration» qui correspond à un travail de la société sur elle-même pour faire reculer tout ce qui distingue et ce qui sépare en son sein. Son horizon n'est pas l'unanimité mais l'éradication des discriminations, la constitution d'un monde pleinement commun. Elle définit une *qualité* de la société et retrouve sur ce mode ce qui sous-tendait en fait l'idéal primitif des démocraties. Considérée de façon globale, l'institution de la généralité sociale implique donc de représenter et de superposer les trois figures du peuple-électeur, du peuple social et du peuple-principe. Aucune d'entre elles ne peut, seule, prétendre incarner adéquatement le sujet démocratique.

Les temporalités plurielles du politique

Ce sont aussi les temporalités du politique qui doivent être pluralisées. La notion de volonté générale perd toute consistance si elle n'est envisagée que sous les espèces de l'immédiateté. C'est pourquoi le pouvoir constituant comme *existence directe* de la souveraineté populaire ne peut être pris pour règle de la vie démocratique. Il peut l'engendrer dans des moments exceptionnels ou dessiner sa limite conceptuelle, mais il devient une force destructrice s'il prétend s'imposer comme règle ordinaire. La même chose pourrait être dite d'une conception radicale de la démocratie directe comme capacité permanente d'exprimer la volonté populaire. Dans ce cas de figure, Renan notait que « la volonté générale ne serait plus que le caprice de chaque heure[1] ». La possibilité toujours ouverte de la reformuler finirait paradoxalement par la ronger : elle se décomposerait littéralement en se segmentant et en se soumettant à de perpétuelles variations. Pour dire les choses autrement, elle se dissoudrait comme volonté pour se réduire à une juxtaposition de décisions qui finiraient par être contradictoires. Ce paradoxe logique de l'immédiateté suggère ainsi que la démocratie ne prend sens et forme que comme construction d'une histoire. La démocratie est une fonction du temps. Cette qualification, dérivée du constat de l'impossibilité logique d'une démocratie immédiate, est corroborée sociologiquement. Le peuple, comme sujet politique collectif, est en effet lui-même une figure du temps. Il *est* substantiellement une histoire. La démocratie n'est donc pas seulement le système qui permet à une collectivité de se gouverner elle-même, elle est aussi le régime dans lequel se construit une identité commune. Il faut donc insister sur la nécessaire pluralisation des temporalités de la démocratie. La construction d'une histoire ainsi que la gestion du présent impliquent d'articuler des rapports très différents au temps social. Temps vigilant de la mémoire, temps long de la constitution, temps limité à une mandature de l'action parlementaire, temps court de l'opinion doivent se confronter et s'ajuster en permanence pour donner consistance à l'idéal démocratique. C'est une façon de construire la volonté générale dans un mouvement continu de réflexion les unes dans les autres de ses différentes expressions temporelles.

Vouloir ensemble, doit-on en effet fortement souligner, ne se limite pas à choisir ou à décider en commun, ce à quoi procède un scrutin. Le fait de choisir ou de décider est parfaitement accompli quand il est effectué ; il dessine toujours un avant et un après, comme dans le cas d'une élection. C'est

---

1. Ernest RENAN, *La Monarchie constitutionnelle en France*, Paris, 1870, p. 127.

une dimension clef de la démocratie. Mais en se référant à l'expression d'une volonté collective, on va plus loin. On inscrit un choix momentané (concernant des personnes ou des programmes) dans la perspective plus large de la réalisation de valeurs, dans la poursuite d'objectifs plus généraux concernant une forme de société désirée. On se propose de donner un sens, une direction aux choses. La volonté est la disposition complexe qui noue ces divers éléments. Elle est pour cette raison structurellement une construction du temps, le fruit d'une expérience, l'expression d'une projection de l'être. Elle est une donnée d'existence et non une catégorie immédiate d'action[1]. La volonté est par définition liée à une mise en récit. La pluralisation des temps du politique est pour cela une deuxième dimension essentielle de la formation d'une généralité de démultiplication.

Les registres de la délibération

La vie démocratique implique l'existence d'un forum ouvert où puissent être débattues les grandes questions avant que tranchent les électeurs, ou les parlementaires, selon les cas. Mais la réalité de la vie politique est beaucoup plus complexe. Discussions et controverses se déroulent de façon éclatée. Il y a d'abord de multiples arènes dispersées entre les différentes institutions et les différents lieux de la vie sociale, dont les médias se font de façon très différenciée l'écho ; eux-mêmes jouant ainsi un rôle spécifique de filtres ou d'accélérateurs. Les registres de la confrontation sont de leur côté également très hétérogènes. Un abîme sépare les querelles d'experts, ou les contributions scientifiques, des apostrophes partisanes, des altercations personnelles ou des conversations de « café du commerce ». Le propre

---

1. Elle est « volonté voulante » qui n'est jamais épuisée par les réalisations partielles de la « volonté voulue », pour reprendre la célèbre catégorisation établie par Blondel dans *L'Action* (1893).

de la compétition électorale est d'agréger ces différents éléments. C'est d'abord dans l'urne que tout finit par converger. Elle est, un jour déterminé, le forum qui absorbe tous les autres, impose une simplification nécessaire des choses, ramenant la multiplicité à l'unité. Le bulletin de vote, de son côté, a également une fonction de réduction de la diversité des arguments. Il donne, pour un moment, un langage commun à tous les citoyens. Disparaît en lui la variété infinie des motivations qui guident le choix de chacun. Tous les bulletins se valent et se comptent, qu'ils expriment un coup de tête ou résultent d'un choix mûrement réfléchi. La légitimité du suffrage universel ne réside pas seulement dans sa capacité à constituer arithmétiquement un pouvoir du dernier mot, mettant fin, au moins momentanément, aux différends sur un mode acceptable par tous. Elle tient également au fait qu'il institue une langue commune à tous sous les espèces du bulletin.

La fonction d'agrégation des registres et des arènes de la délibération que remplit l'élection est pour cette raison au cœur de la vie démocratique. L'élection procède à une nécessaire condensation périodique de cette diversité. Mais elle ne la dissout pas ; elle ne peut prétendre en absorber tous les éléments dans la durée. Il faut donc continuer à la faire vivre, et faire notamment en sorte que la *qualité* du débat public puisse être entretenue et développée. Le souci de voir la « raison publique [1] » s'affirmer davantage est ainsi un élément clef du progrès démocratique [2]. Il est aussi décisif que toutes les voix puissent s'exprimer, que les forces dominantes de l'opinion n'étouffent pas les contributions plus discrètes ou plus réfléchies. La généralité, qui peut être appréhendée dans ce cadre comme constitution

1. L'expression, on le sait, a été mise en avant par Rawls. Mais elle a été reprise par de nombreux théoriciens de la délibération.
2. C'est ce souci qui permet d'ailleurs d'expliquer ce qu'on a appelé, dans la théorie politique, le *deliberative turn* dans les années 1990. Il a correspondu à la prise de conscience des limites du thème de la démocratie participative comme vecteur essentiel du progrès démocratique.

d'une délibération publique vivante et avertie, requiert donc là encore une entreprise de démultiplication.

L'auto-fondation impossible

L'impératif démocratique de réflexivité ne tient pas seulement aux conditions pratiques de la détermination d'une généralité de démultiplication. Il a aussi une dimension logique : il dérive de l'impossibilité d'une auto-fondation radicale de la démocratie. Or c'est bien à une telle auto-fondation que renvoyait en fait l'idée d'un pouvoir originaire sans forme qui sous-tendait la vision de l'immédiateté. Mais il n'y a en fait jamais de commencement absolu, de surgissement du néant. C'est toujours de façon relative, dans le sens d'un rejet ou d'une continuité que s'écrit l'histoire. La révolution même veut être invention et rupture, mais elle ne s'énonce et ne se comprend que dans la dénonciation d'un monde existant et dans la référence aux éléments d'une histoire. Une volonté n'existe que si elle est alimentée par une prise de distance, ou au contraire inscrite dans une fidélité. Elle a toujours besoin d'un point de référence pour se déployer sous la forme d'une énergie. Sans réflexivité, il n'y a ni sujet qui puisse prendre forme, ni histoire qui puisse se dessiner. Il faut toujours qu'existe une distance, une différence, un dénivelé, un tiers réfléchissant, pour que se constitue une identité ou que se forge un projet. « On n'assiste jamais au commencement de la règle, note ainsi suggestivement Paul Ricœur, on ne peut que remonter d'institution en institution[1]. »

D'un point de vue purement formel, l'impossibilité de l'auto-fondation se traduit par le fait que l'on ne peut réviser une règle en suivant une règle de procédure qu'elle définit elle-même[2]. L'exemple de l'élection montre qu'il n'y a jamais

---

1. Cité par François OST, *Le Temps du droit*, Paris, Odile Jacob, 1999.
2. Cf. sur ce paradoxe les développements de C. KLEIN, *Théorie et pratique du pouvoir constituant, op. cit.*, p. 124-131.

de procédure démocratique «pure», et qu'une procédure est toujours enserrée dans des données sociales ou matérielles préexistantes qui constituent des formes de conditionnement ou de pré-contraintes. Si une élection doit départager des candidats, la désignation de ces derniers renvoie nécessairement à la question du caractère démocratique de leur sélection. Il faudrait donc qu'il y ait une démocratie de la démocratie, selon une chaîne de régressions qu'il n'y aurait pas de raisons d'interrompre. Au XIXᵉ siècle, la question de la composition des comités électoraux arrêtant les candidatures avait ainsi été largement débattue. En 1848, lors de la première élection au suffrage universel en France, on voit par exemple se formuler des projets invitant à ce que les candidats soient démocratiquement déterminés au suffrage universel. Mais il faudrait aussi logiquement que l'ordre du jour ait été déterminé au suffrage universel et que la décision même de s'engager dans un processus de cette nature ait été également déterminée sur ce mode. Ce qui serait impossible. Dans toute élection, les électeurs s'insèrent ainsi dans un processus dans lequel des tiers sont déjà intervenus de diverses façons. L'idéal démocratique, dans ce cas, ne consiste pas à rêver d'une élection qui ait son fondement en elle-même[1], mais à multiplier les obligations ou les épreuves qui en organisent au mieux le déroulement. La réflexivité est pour cela une contrainte logique de la vie démocratique.

De même que la démocratie ne peut s'auto-engendrer, elle ne saurait non plus s'auto-contrôler. C'est le problème qui a longtemps été posé par les conditions de validation d'un scrutin. Partant du principe qu'il était naturel que la démocratie contrôle

---

1. C'est le but qui était de fait poursuivi pendant la Révolution française avec le principe de l'interdiction des candidatures (cf. sur cette question les développements de Patrice GUENIFFEY in *Le Nombre et la Raison. La Révolution française et les élections*, Paris, Éditions de l'EHESS, 1993).

la démocratie, ce sont les assemblées parlementaires qui ont elles-mêmes pendant longtemps procédé à ce qu'on appelait la validation des mandats ou des pouvoirs[1]. C'était donc, de fait, reconnaître à la majorité le droit de se prononcer sur la question, avec tous les abus qui pouvaient en résulter (il y aura de célèbres cas au XIXᵉ siècle). En France, la Constitution de 1958 a mis fin à cet état de fait en donnant au Conseil constitutionnel le pouvoir de statuer, en cas de contestation, sur la régularité de l'élection des députés et des sénateurs[2]. De façon plus large, ce sont les conditions mêmes d'organisation des scrutins qui sont aujourd'hui discutées, le découpage des circonscriptions et la détermination des modalités pratiques du vote pouvant influer considérablement sur les résultats. Certains pays se sont dotés à cet effet de Commissions électorales indépendantes pour que soit instauré un processus dans lequel l'ensemble des citoyens puissent avoir confiance[3]. C'est reconnaître que la démocratie a structurellement besoin de tiers réflexifs pour s'établir solidement.

---

1. Pour la France, cf. Eugène PIERRE, *Traité de droit politique, électoral et parlementaire*, Paris, 1902, § 358 à 405.

2. Article 59.

3. C'est le cas de pays comme le Canada, l'Inde, ainsi que de pays en développement dans lesquels les élections donnaient lieu à déchirements et contestations. Cf. R.A. PASTOR, « A Brief History of Electoral Commissions », *in* L. DIAMOND, M.F. PLATTNER et A. SCHEDLER (eds), *The Self-Restraining State, op. cit.*

2.

Les institutions de la réflexivité

Au XIXe siècle, c'est une banalité de le rappeler, l'histoire de la démocratie s'était confondue avec celle de la conquête du suffrage universel et du développement des institutions électives-représentatives. Garants des libertés de tous et expression de la diversité des intérêts et des opinions, les parlements avaient alors incarné la rupture avec l'absolutisme et l'avènement de la démocratie. Ils n'avaient certes pas tardé à être eux-mêmes vivement critiqués, accusés de faillir à leur mission, de refléter trop imparfaitement la société et d'avoir été confisqués par les partis. Mais ces critiques ne visaient qu'à les réformer, ou à les rééquilibrer, pour les ramener à leur vérité d'origine. Ils restaient bien ainsi au cœur de l'imaginaire démocratique. Les choses ont dorénavant changé. Les régimes démocratiques ont considérablement évolué et ont beaucoup moins le caractère unidimensionnel, moniste, qu'ils avaient revêtu depuis leur création. De nouvelles institutions se sont ainsi introduites dans le panthéon démocratique. Nous avons précédemment souligné la montée en puissance des autorités indépendantes de régulation et de surveillance. C'est le rôle de plus en plus actif des cours constitutionnelles qu'il convient maintenant de prendre en compte. Elles se sont imposées, même si c'est avec moult réticences et contestations, comme un des vecteurs essentiels du travail de réflexivité désormais plus largement à l'œuvre. Pendant longtemps, les États-Unis, l'Inde et la République fédérale d'Allemagne avaient fait figure d'exception avec leur tradition très active de *judicial review*. Sous des formes certes très diverses, c'est désormais sur tous les continents que les cours constitutionnelles se trouvent au cœur de la vie démocratique. On a même parlé à ce propos d'une véritable « résurrection » contemporaine de la notion de constitution[1]. Fait significatif, toutes les nouvelles démocraties d'Europe de l'Est et d'Europe centrale ont adopté au début des années 1990 une organisation des pouvoirs donnant une place importante aux procédures de contrôle de constitutionnalité, alors que le modèle parlementaire britannique faisait pour eux figure de véritable repoussoir[2]. Ces procédures se sont ainsi de fait substituées à la doctrine originelle de la division des pouvoirs pour asseoir la garantie des libertés et réguler l'action des majorités. Le fait marquant est que ces cours constitutionnelles bénéficient globalement d'un fort soutien public, comme l'ont montré d'importantes enquêtes comparatives, et qu'elles sont perçues parmi les plus légitimes des institutions démocratiques[3].

---

1. Cf. Dominique ROUSSEAU, « Une résurrection : la notion de constitution », *Revue du droit public*, janvier-février 1990.

2. Cf. sur ce point les remarques désabusées de Vernon BOGDANOR, *Power and the People : A Guide to Constitutional Reform*, Londres, V. Gollancz, 1997. Sur le développement récent des cours constitutionnelles, cf. C. Neal TATE et Torbjörn VALLINDER (eds), *The Global Expansion of Judicial Power*, New York, New York University Press, 1997.

3. Cf. notamment James L. GIBSON, Gregory A. CALDEIRA et Vanessa A. BAIRD, « On the Legitimacy of National High Courts », *The American Political Science Review*, vol. 92, n° 2, juin 1998. Pour la perception de la légitimité de la Cour suprême aux États-Unis, cf. les travaux de Tom Tyler présentés plus loin.

Les trois modèles du contrôle de constitutionnalité

Pour caractériser le décentrement des démocraties dont participe le rôle accru de ces juridictions, il faut distinguer soigneusement les approches contemporaines de ce qu'il est désormais convenu d'appeler les institutions «contre-majoritaires» des précédentes façons de concevoir le rôle des constitutions, dans les approches libérale et positiviste notamment. La conception libérale de la constitution est bien illustrée par les positions d'un Benjamin Constant ou du Sieyès de la période post-thermidorienne. Lorsque ce dernier présente en l'an III son fameux projet de jury constitutionnaire[1], il le conçoit comme un «frein salutaire» ayant pour objet de «contenir chaque action dans les bornes de sa procuration spéciale»[2]. Sieyès pense là explicitement en termes de limites de la souveraineté[3]. Il s'agit pour lui de borner les initiatives que le législateur prend à la simple majorité par la «volonté unanime» que la constitution est censée exprimer. Quelques années plus tard, c'est également en termes de frein que Benjamin Constant esquisse le rôle de ce qu'il appelle un «pouvoir préservateur», considérant que toute constitution doit être comprise comme un «acte de défiance»[4]. La constitution peut ainsi être définie chez eux comme un «réducteur de démocratie».

1. Dans des perspectives différentes, voir trois articles consacrés au jury constitutionnaire de Sieyès par Marco FIORAVANTI (*Annales historiques de la Révolution française*, n° 349, juillet-septembre 2007), Lucien JAUME (*Droits*, n° 36, 2002) et Michel TROPER (*Mélanges en l'honneur de Pierre Avril*, Paris, Montchrestien, 2001).

2. *Opinion de Sieyès sur les articles IV et V du projet de Constitution* (2 thermidor an III) in *Réimpression du Moniteur*, t. XXV, p. 294.

3. Cf. ses notes sous ce titre reproduites in Christine FAURÉ (éd), *Des Manuscrits de Sieyès, 1773-1799*, Paris, Honoré Champion, 1999, p. 492-494.

4. Cf. les chapitres 4 et 14 de ses *Fragments d'un ouvrage abandonné sur la possibilité d'une constitution républicaine dans un grand pays*, Paris, Aubier, 1991.

Cette approche se distingue de celle d'un Kelsen, le père de la conception moderne du contrôle de constitutionnalité[1]. La juridiction constitutionnelle est pour lui un simple «législateur négatif[2]». Mais il ne restitue pas tant cette fonction dans une économie du libéralisme et de la démocratie que dans une architecture normative hiérarchisée. Le but du contrôle de constitutionnalité a d'abord chez lui un sens positiviste d'organisation de la production normative. C'est d'ailleurs significativement à partir de l'exemple de sa terre natale, l'Autriche, un pays de type fédéral, qu'il a développé sa théorie. Le problème pratique à régler était pour lui strictement d'ordre procédural; il s'agissait de déterminer la répartition des compétences entre la Confédération et les Provinces. Pour l'auteur de la *Théorie pure du droit*, le juge constitutionnel était donc avant tout un «aiguilleur», pour reprendre une formule de juristes contemporains.

La conception *démocratique-réflexive* du contrôle de constitutionnalité se distingue de ces deux premiers modèles. Elle assigne en effet comme tâche supplémentaire à ce contrôle d'accroître indirectement le pouvoir citoyen sur les institutions, en mettant en place un «régime d'énonciation concurrentiel de la volonté générale», selon la formule suggestive de Dominique Rousseau[3]. En Amérique, c'est Jefferson qui a développé le premier cette conception. Alors que Madison, en bon libéral, s'inquiétait d'abord des risques de débordement

---

1. Sur Kelsen et le contrôle de constitutionnalité, cf. en français les contributions de Pasquale PASQUINO et Michel TROPER *in* Carlos-Miguel HERRERA (éd), *Le Droit, le Politique. Autour de Max Weber, Hans Kelsen, Carl Schmitt*, Paris, L'Harmattan, 1995.

2. Hans KELSEN, «La garantie juridictionnelle de la constitution», *Revue du droit public*, t. 45, 1928, p. 226. Cf. aussi son ouvrage critique de Carl Schmitt, *Qui doit être le gardien de la Constitution?*, Paris, Michel Houdiard, 2006 (avec une substantielle introduction de Sandrine Baume).

3. Cf. son *Droit du contentieux constitutionnel*, 4e éd., Paris, Montchrestien, 1995, p. 417.

des majorités populaires, Jefferson considérait, lui, que le principal problème résidait dans « la tyrannie des législatures[1] ». Dans cette perspective, la *judicial review* pouvait être assimilée à un pouvoir populaire de résistance. Il appelait dans la même veine à l'adoption d'une déclaration des droits, la comprenant comme un moyen de « garantir le peuple contre le gouvernement fédéral ». Si le risque d'oppression est d'abord dans le gouvernement, ce qui limite ce dernier est donc un moyen de renforcer le pouvoir des citoyens. La règle de droit peut ainsi être appréhendée dans ce cadre comme équivalant à un mécanisme de démocratie directe[2]. Dans la France du printemps 1793, de nombreux projets avaient envisagé dans les mêmes termes l'institution d'un jury national. Loin de brider le pouvoir populaire, celui-ci était par exemple conçu par Hérault de Séchelles comme « un moyen de garantir le peuple de l'oppression du corps législatif[3] ». Dans cette conception démocratique du contrôle de constitutionnalité, le pouvoir social se présente sous la forme d'une tenaille enserrant les gouvernants. Il les nomme en tant que pouvoir électoral direct, et il les encadre ensuite par le biais des juges constitutionnels. Les deux moyens convergent pour rendre le pouvoir législatif mieux contrôlé par la société. L'indépendance des juges vis-à-vis de ce pouvoir particulier est donc un moyen indirect de rendre ce dernier plus dépendant de tous.

---

1. Lettre à James Madison du 15 mars 1789, *in* Thomas JEFFERSON, *Writings*, New York, The Library of America, 1984, p. 944. La citation suivante est tirée d'une lettre du 31 juillet 1788. Sur l'opposition entre ces deux visions de la liberté et de la démocratie, cf. Annie LÉCHENET, *Jefferson-Madison, un débat sur la République*, Paris, PUF, 2003.

2. Frank MICHELMAN invite ainsi à appréhender le constitutionnalisme en considérant la superposition entre *law-rule* et *self-rule* (« Law's Republic », *The Yale Law Journal*, vol. 97, n° 8, juillet 1988, p. 1499-1503).

3. Cette formulation, qui figurait dans la première version du projet de constitution qu'il avait présenté, sera repoussée, la conception d'une démocratie immédiate l'emportant finalement.

Ces anciennes intuitions refont surface et trouvent une nouvelle actualité aujourd'hui. Plusieurs auteurs ont récemment
rouvert ce sillon. C'est notamment le cas de Christopher
Eisgruber aux États-Unis, dont l'un des ouvrages est significativement intitulé *Constitutional Self-Government*[1]. Les travaux
de Stephen Holmes ont également participé d'une démarche
analogue[2], ainsi que ceux de Larry Kramer[3]. En France, un
Dominique Rousseau a emprunté le même chemin avec son
idée de démocratie continue[4], tandis que l'Allemand Gunther
Teubner a exploré les voies stimulantes de la réflexivité juridique[5]. C'est dans le prolongement de ces travaux et en dialogue avec eux que nous pouvons interpréter le rôle réflexif
des cours constitutionnelles et leur contribution conséquente à
une entreprise démocratique de généralisation.

Constitutionnalisme et réflexivité

Les cours constitutionnelles, comme tiers réflexifs, ont
d'abord une fonction de représentation sociale et politique.
Elles font droit à l'existence du peuple-principe dont la figure
n'a cessé de prendre de l'importance dans le nouveau monde de
la singularité que nous avons décrit. Cette révolution sociologique a en effet entraîné une transformation des rapports entre
droit et démocratie, et donc entre contrôle de constitutionnalité et principe majoritaire. Il devient plus important que par

1. N[elle] éd., Cambridge (Mass.), Harvard University Press, 2007.
2. Cf. notamment le chapitre « Precommitment and the Paradox of
Democracy » de son ouvrage *Passions and Constraint. On the Theory of Liberal
Democracy*, Chicago, The University of Chicago Press, 1995.
3. Cf. Larry D. KRAMER, *The People Themselves. Popular Constitutionalism
and Judicial Review*, New York, Oxford University Press, 2004.
4. Cf. notamment l'ouvrage collectif consacré à la discussion de ses
thèses, *La Démocratie continue*, Paris, LGDJ, 1995.
5. Gunther TEUBNER, *Droit et réflexivité. L'auto-référence en droit et dans
l'organisation*, Paris, LGDJ, 1996.

le passé de faire valoir la pleine existence de ce peuple-principe dont le peuple sensible prend de plus en plus le visage. C'est une tâche qui revient tout particulièrement aux cours constitutionnelles parce qu'elles ont pour fonction essentielle de rappeler que le souverain ne se réduit pas à son expression électorale majoritaire, qu'il en déborde toujours la définition. Elles rendent tangible cet écart, obligeant à le prendre en compte et conduisant à instaurer une confrontation permanente entre les différents peuples démocratiques, celui des urnes et celui des principes tout particulièrement. Loin de se contenter de juger et de censurer, elles participent de cette façon à l'enrichissement de la délibération démocratique, dans ce qui en forme le cœur : la détermination et le renforcement de l'être-ensemble[1]. Il s'agit là d'une forme de représentation d'ordre moral ou fonctionnel, structurellement distincte de l'expression immédiate des opinions ou des intérêts que cherche à exprimer la représentation électorale. On ne peut donc les considérer comme rivales, même si elles restent *mécaniquement* hiérarchisées, l'élection érigeant toujours un nécessaire pouvoir du dernier mot dans la vie des sociétés démocratiques. Une telle forme «adjacente» de représentation souligne à sa façon les paradoxes et les inaccomplissements de cette représentation électorale, tout en contribuant à en surmonter les tensions inhérentes.

La distinction des différents peuples doit aussi être prolongée en étant déclinée en termes temporels. Le peuple-suffrage est par exemple toujours appréhendé dans un registre de l'immédiateté, alors que le peuple-principe s'inscrit dans le temps long. Il s'identifie pour cela naturellement avec l'idée de nation. C'est un point que Sieyès avait fortement souligné. «Les véritables rapports d'une constitution politique, écrivait-il, sont avec la nation qui reste, plutôt qu'avec telle génération

---

1. Cette dimension est bien soulignée par C.L. EISGRUBER, *Constitutional Self-Government, op. cit.* (cf. notamment chap. «Judicial Review and Democratic Flourishing»).

qui passe ; avec les besoins de la nature humaine, communs à tous, plutôt qu'avec des différences individuelles[1]. » Figure abstraite de la souveraineté, la nation ne devient en effet sensible qu'à travers la mise en valeur et la pratique des principes qui la fondent. Elle a donc besoin d'un organe pour la représenter. C'est à cette tâche que contribue aussi aujourd'hui une cour constitutionnelle (alors qu'elle était conçue pendant la période révolutionnaire comme l'œuvre essentielle du Parlement, comme l'a clairement démontré Carré de Malberg).

Ces cours, en s'attachant tout particulièrement aux droits et aux principes fondamentaux, ont un rôle d'activation de la mémoire collective. On peut même considérer que leur vigilance a dans cette mesure une fonction d'ordre représentatif. C'est une représentation de mémoire, qui consiste à entretenir et à faire vivre les valeurs fondamentales de la démocratie[2], à donner un sens actif à leur héritage. La Déclaration française des droits de l'homme et du citoyen a fortement mis l'accent sur cette dimension en 1789, en soulignant que «l'*oubli* ou le mépris des droits de l'homme sont les seules causes des malheurs publics et de la corruption des gouvernements», et en invitant à ce que la déclaration « *constamment présente* à tous les membres du corps social leur *rappelle sans cesse* leurs droits et leurs devoirs»[3]. La vigilance et le travail de mémoire ont alors été explicitement définis comme des fonctions politiques spécifiques. Les cours constitutionnelles contribuent à remplir ces tâches et à *rendre présents* en permanence les principes organisateurs de la vie sociale. C'est aussi la fonction plus large du droit dont les divers tiers pouvoirs sont des agents directs ou indirects : tenir le rôle du gardien des promesses qu'une collec-

---

1. *Opinion de Sieyès sur les attributions du jury constitutionnaire* (18 thermidor an III), in *Réimpression du Moniteur, op. cit.* t. XXV, p. 144.

2. Le point est justement souligné par Denis SALAS dans *Le Tiers Pouvoir : vers une autre justice*, Paris, Hachette Littératures, 2000, p. 189-190.

3. C'est moi qui souligne.

tivité s'est faites à elle-même[1]. Elles garantissent de cette façon l'identité de la démocratie comme un établissement dans la durée. La nécessité d'une telle pluralisation des temporalités de la démocratie n'a fait que s'accroître dans les sociétés contemporaines, toujours plus menacées qu'elles sont par la dictature du court terme. La fonction de représentation des principes y trouve du même coup une importance renforcée. D'où la légitimité accrue des institutions comme les cours constitutionnelles vis-à-vis des pouvoirs gouvernants directement élus. Au lieu de les considérer comme antagonistes ou même, plus positivement, comme des puissances heureusement appelées à se contenir mutuellement, il est donc nécessaire de les penser dans un cadre unifié. Le droit constitutionnel relève d'une temporalité longue de la démocratie, alors que les décisions du pouvoir exécutif ou les formulations du législatif s'inscrivent dans des cycles plus courts. C'est ce qui explique la décision de «constitutionnaliser» certaines normes auparavant simplement législatives. C'est ce qui s'est passé en France en 2007 lorsqu'a été adoptée une révision de la Constitution introduisant dans le texte la prohibition de la peine de mort. Abolie par la loi en 1981, la peine capitale était pourtant également bannie par la Convention européenne des droits de l'homme ratifiée en 1986. D'un point de vue strictement formel, la nécessité de constitutionnaliser la mesure pouvait donc être discutée[2]. C'est ainsi la portée symbolique de la décision et la volonté de renforcer solennellement la centralité des droits fondamentaux qui ont guidé le choix des parlementaires.

Les parlements et les cours constitutionnelles peuvent être pensés comme participant ensemble d'une organisation plu-

---

1. J'emprunte l'expression à Antoine GARAPON, *Le Gardien des promesses. Justice et démocratie*, Paris, Odile Jacob, 1996.
2. Cf. Delphine CHALUS, «Quel intérêt à l'abolition constitutionnelle de la peine capitale en France?», *Revue française de droit constitutionnel*, n° 71, juillet 2007.

raliste des temporalités de l'expression démocratique. Organisation qui est elle-même indissociable de sa propre histoire. Car, dans les faits, aucune institution politique ne peut être comprise de façon autonome, comme si elle existait indépendamment des autres, comme si elle avait surgi du néant. Les diverses institutions ne prennent sens que resituées dans le système de leurs interactions[1]. On ne saurait également pour cela les appréhender en dehors des conflits entre les différents types de légitimité associés à chaque registre de temporalité. Conflits qui stimulent en permanence une interrogation nécessaire sur le sens et le fondement de l'idée démocratique[2]. Dans cette perspective, le cadre constitutionnel a pour fonction de laisser l'avenir ouvert, de ne pas figer un rapport de force entre une majorité et une minorité. C'est d'un principe d'égalité de tous les citoyens devant l'avenir que dérive la limitation constitutionnelle du pouvoir des majorités. Nier cette limitation reviendrait en effet à occulter leur nature et à les parer des vertus de l'unanimité. Les cours constitutionnelles sont pour cela au premier chef les grands témoins de la fiction démocratique. Elles ont pour tâche de rappeler en permanence la faille originelle sur laquelle reposent les régimes issus du suffrage universel. Loin d'être platement des sages modérateurs, les membres qui les composent doivent plutôt être considérés comme des veilleurs actifs. C'est de cette façon qu'ils peuvent être les garants du maintien dans le temps du processus démo-

---

1. Cf. à ce propos les remarques stimulantes de F. OST, *Le Temps du droit, op. cit.* (notamment « La fondation, futur antérieur de la légitimité », p. 56-66).

2. « Il faut bien voir, écrit à ce propos François OST, que ce ne sont pas seulement les gouvernants qui invoquent ce temps originel en vue de légitimer leur pouvoir ; les gouvernés aussi présentent une propension à intemporaliser les droits qu'ils revendiquent, en vue, précisément, de les garantir contre les puissants » (« Les multiples temps du droit », in *Le Droit et le Futur* [collectif], Paris, PUF, 1985, p. 125).

cratique[1]. La réflexivité est donc là identifiée à une entreprise de lucidité, à un rappel des réalités.

Une telle approche inter-temporelle de la démocratie comme expérience vivante et conflictuelle conduit aussi à reconsidérer la question de la pré-contrainte ou du « pré-engagement » (*precommitment*) que constituerait un texte constitutionnel par rapport à l'activité parlementaire. Il faut ici brièvement rappeler l'histoire longue de cette question pour bien en percevoir les enjeux contemporains. Elle avait été au centre des préoccupations des constituants américains et français. L'acte fondateur de liberté qu'était l'adoption d'une constitution ne devait pas se muer pour eux en une contrainte inexorable pour les générations à venir. D'où la place centrale qu'avait par exemple occupée dans les débats français de 1791 et 1793 la question des conditions de révision de la Constitution. Autour du *Cercle social*, des auteurs comme Lanthenas, Brissot ou Condorcet avaient longuement médité et débattu ce point. Traitant le sujet dans sa brochure *Des Conventions nationales*[2], Condorcet développe une théorie générationnelle du pacte constitutionnel. Si la majorité vaut aussi à ses yeux pour l'unanimité, cette convention perd progressivement de sa consistance, au fur et à mesure que de nouveaux membres entrent dans la société ; arrive en effet un moment où la majorité initiale a démographiquement fondu. À cet horizon, donc, « la loi cesse d'être légitime[3] ». La solution ? Elle est pour Condorcet d'envisager tous les vingt ans une révision de la Constitution, de telle sorte que celle-ci ait été adoptée par ceux qui y sont effectivement soumis. « Une génération, résume-t-il, n'a pas le

---

1. Cf. Dennis F. THOMPSON, « Democracy in Time : Popular Sovereignty and Temporal Representation », *Constellations*, vol. 12, n° 2, juin 2005.

2. Publication d'un discours du 1ᵉʳ avril 1791, reproduite in *Œuvres de Condorcet, op. cit.*, t. X, p. 189-222.

3. *Ibid.*, p. 193. « Il faut alors, poursuit-il, qu'un nouveau consentement lui rende le caractère d'une volonté unanime. »

droit d'assujettir à ses lois les générations futures[1]. » L'argument est aussi martelé en Amérique. Thomas Paine l'a mis au cœur de son plaidoyer pour les droits de l'homme. « Il est impossible, écrit-il, qu'il existe dans aucun temps ou dans aucun pays un Parlement qui ait le droit de lier la postérité jusqu'à la consumation des siècles […]. Chaque siècle, chaque génération doit avoir la même liberté d'agir, dans tous les cas, que les siècles et les générations qui l'ont précédé[2]. » En guerre contre les thèses antérieures du « consentement tacite » des populations à l'ordre existant, il proclame qu'il n'existe de consentement que celui des vivants. Dans une lettre à Madison qu'il écrit dans le Paris révolutionnaire de l'automne 1789, Jefferson utilise des mots identiques pour défendre le droit de chaque génération à choisir les formes de gouvernement qui lui conviennent, faisant comme si chacune constituait une sorte de nation indépendante. « La terre appartient aux vivants et non aux morts », écrit-il en une formule à laquelle son nom restera attaché[3].

Ces appréhensions révolutionnaires du temps politique ont été marquées par la nécessité de rompre avec un monde ancien qui avait érigé le poids de la tradition en impératif catégorique. Il fallait alors affirmer haut et fort une capacité permanente (au moins générationnelle) d'invention de l'avenir, de telle sorte que les libres choix d'une génération ne se retournent pas pour les suivantes en une inexorable contrainte. La démocratie n'a

1. Projet de déclaration des droits du 15 février 1793, in *Œuvres de Condorcet, op. cit.*, t. XII, p. 422. Cette formulation sera reprise textuellement dans l'article 28 de la Déclaration des droits de la Constitution du 24 juin 1793.

2. Thomas PAINE, *Les Droits de l'homme* (1791), Paris, Belin, 1987, p. 74.

3. Cf. sur ce point clef l'ouvrage de Lance BANNING, *Jefferson and Madison. Three Conversations from the Founding*, Madison (Wisc.), Madison House, 1995, ainsi que Herbert SLOAN, « The Earth Belongs in Usufruct to the Living », *in* Peter S. ONUF (ed), *Jeffersonian Legacies*, Charlottesville, University Press of Virginia, 1993 ; et Daniel SCOTT SMITH, « Population and Political Ethics : Thomas Jefferson's Demography of Generations », *The William and Mary Quarterly*, juillet 1999.

ainsi pu s'imposer qu'en se revendiquant comme puissance du présent. Il est resté quelque chose de cette obsession dans toute une critique diffuse du constitutionnalisme, comme si la volonté générale risquait intrinsèquement de finir par être confisquée par une poignée de sages. Mais il est en revanche nécessaire de redonner aujourd'hui une consistance temporelle aux démocraties pour en renforcer le fondement. Elles sont en effet beaucoup plus menacées par le culte du présentisme que par l'enfermement dans des règles étouffantes. Une plus grande capacité de la société à s'auto-gouverner implique ainsi au premier chef de repenser les temporalités du régime démocratique; mouvement dans lequel l'intervention des cours constitutionnelles joue un rôle essentiel. Ces cours ont une fonction proprement réfléchissante, qui contribue à ce que se forme une volonté commune dans ce qui la distingue d'une décision immédiate. Elles rappellent les termes de la construction d'une histoire. À la manière de ces instruments d'optique qui créent du relief en rapprochant deux images, elles permettent de donner une véritable profondeur de champ à la vie démocratique. Elles jouent le rôle d'un tiers actif producteur de sens.

Les cours constitutionnelles participent de cette façon à l'extension et à l'approfondissement du système représentatif comme modalité proprement positive d'organisation de la démocratie. Elles contribuent au développement d'une démultiplication des modes de représentation qui est la seule clef d'une expression plus fidèle de la volonté générale. Cette démultiplication permet de soumettre *in fine* plus efficacement les pouvoirs au contrôle des citoyens, en pluralisant le visage de ces derniers. Cela conduit à envisager dans des termes neufs la question des rapports entre démocratie directe et démocratie représentative. Dans le cadre d'une représentation plurielle, elles cessent en effet de former un jeu à somme nulle. On peut même dire que la façon la plus approchée de réaliser les objectifs d'une démocratie directe consiste dans cette perspective à mettre en place un système de *représentation généralisée*. Les cours constitutionnelles permettent

donc simultanément de corriger les dérives du système représentatif (en invitant les représentants de la majorité à prendre
en compte les énoncés précédents de la volonté générale et
à laisser ouvert l'avenir) et d'en développer la fonctionnalité
démocratique.

Les cours constitutionnelles contribuent encore d'une troisième façon à la vitalité démocratique : elles permettent d'enrichir
la qualité de la délibération politique. C'est particulièrement
notable dans les cas où, comme en France, le contrôle de
constitutionnalité des lois s'opère *ex ante*. Dans l'Hexagone, la
réforme de 1974 a ainsi donné à une minorité parlementaire
qualifiée (soixante députés ou soixante sénateurs), la possibilité
de faire examiner par le Conseil la conformité d'une loi ordinaire. Les saisines ont immédiatement décuplé dans ce cadre[1].
Le Conseil est devenu de cette façon une arme essentielle pour
l'opposition, donnant à la minorité parlementaire l'occasion de
provoquer un nouveau débat[2]. S'il a joué son rôle de «répar-
titeur du flux normatif[3]» entre les diverses voies, plus ou moins
contraignantes, de la création du droit, il a donc aussi, plus
profondément encore, transformé les rapports entre majorité et
opposition. En offrant le moyen de les rééquilibrer, il a changé
la nature même de la démocratie majoritaire, permettant au
débat de se dérouler dans deux enceintes successives avant qu'il
ne soit définitivement tranché. La discussion parlementaire et
le contrôle de constitutionnalité sont devenus deux moments
et deux procédures complémentaires de l'expression de la
volonté générale.

1. Cf. Loïc PHILIP, «Bilan et effets de la saisine du Conseil constitutionnel», *Revue française de science politique*, août-octobre 1984.
2. Cf. le bilan des toutes premières années de cette pratique fait par
Michel CHARASSE, un proche de François Mitterrand, *in* «Saisir le Conseil
constitutionnel. La pratique du groupe socialiste de l'Assemblée nationale
(1974-1979)», *Pouvoirs*, n° 13, 1980.
3. La formule est de Louis FAVOREU, «De la démocratie à l'État de
droit», *Le Débat*, n° 64, mars-avril 1991, p. 162.

La formulation par le Conseil, en 1985, de l'*obiter dictum* selon lequel « la loi votée n'exprime la volonté générale que dans le respect de la Constitution » a témoigné du basculement qui s'était de la sorte accompli[1]. C'était en effet rompre ouvertement avec la vision précédente, strictement parlementaire, selon laquelle la loi seule devait être considérée comme l'expression de la volonté générale. Si cette notion avait parfois été vivement critiquée[2], elle n'en avait pas moins constitué l'horizon intellectuel dans lequel s'était historiquement inscrite la démocratie française. Témoignait de sa prégnance le fait qu'un député socialiste pouvait encore apostropher en 1981 l'opposition de l'époque en ces termes : « Vous avez juridiquement tort parce que vous êtes politiquement minoritaires[3]. » L'énoncé de 1985 a ainsi traduit un profond revirement dans l'appréhension française du fait démocratique, les voix les plus décidément hostiles à l'idée d'un contrôle de constitutionnalité s'étant parallèlement faites plus discrètes. Les périodes de cohabitation qui se sont succédé à partir du milieu des années 1980 ont, il est vrai, structurellement contribué à cette mutation en banalisant les tentatives de corriger sur le terrain constitutionnel les conséquences des défaites électorales[4].

Le contrôle de constitutionnalité conduit dans tous les cas à faire retour sur les débats politiques essentiels, en y introduisant des formes d'argumentation nouvelles. À la discussion pro-

---

1. Sur cette formulation, « dite en passant », que l'on trouve dans une décision du 23 août 1985, cf. la thèse de Philippe BLACHER, *Contrôle de constitutionnalité et volonté générale*, Paris, PUF, 2001. C'est Georges Vedel qui en fut l'auteur.

2. Cf. l'analyse critique de cette notion par R. CARRÉ DE MALBERG, *La Loi, expression de la volonté générale. Étude sur le concept de la loi dans la Constitution de 1875* (1931), n^{elle} éd., Paris, Economica, 1984.

3. André Laignel, du Parti socialiste, interpellant en novembre 1981 un orateur de l'opposition, Jean Foyer, ancien garde des Sceaux, au cours du débat sur les nationalisations.

4. Cf. Bastien FRANÇOIS, « La Perception du Conseil constitutionnel par la classe politique, les médias et l'opinion », *Pouvoirs*, n° 105, 2003.

prement politique, fortement conditionnée par des éléments d'opportunité et des considérations idéologiques, il substitue une intervention plus objective, contrainte par les méthodes du raisonnement juridique. Ronald Dworkin parle ainsi significativement de la Cour suprême américaine comme d'un «forum des principes[1]». Alternent de la sorte grâce au contrôle de constitutionnalité deux façons de comprendre et de construire la volonté générale dans les démocraties. D'un côté, une logique du nombre faisant prévaloir l'opinion immédiatement dominante; de l'autre, une logique du raisonnement, introduisant une contrainte opposable de justification. La diversification des temporalités et des figures du social se prolonge sur ce mode par une dualisation des styles d'argumentation, chacun étant associé à une définition propre de la généralité sociale[2]. La réflexivité introduite par les procédures de la justice constitutionnelle conduit ainsi à démultiplier les lieux, les modes et les temps de la délibération publique. Elle invite à considérer les choses sous un autre angle, elle introduit aussi l'équivalent d'une sorte de délai de réflexion. S'organise dans ces conditions une *scène délibérative* dont le caractère composite et réflexif permet d'approcher les objectifs qu'il serait difficile d'atteindre en organisant tous les débats publics-politiques selon les canons d'une «pure» théorie de la délibération. Les réquisits en termes de niveaux d'information, de dispositifs de confrontation ou de maturation de la réflexion qu'implique une «vraie» délibération sont en effet fort exigeants. On ne peut que difficilement envisager qu'ils régissent à court terme la vie publique dans son ensemble et qu'ils se substituent facilement à la rusticité des affrontements partisans et à la cacophonie de l'expression des opinions. En témoigne d'ailleurs le fait que les expériences

1. *A Matter of Principle*, Cambridge (Mass.), Harvard University Press, 1985 (cf. chap. «The Forum of Principle», p. 33-71).
2. Cf. Michel TROPER, «Justice constitutionnelle et démocratie», *Revue française de droit constitutionnel*, n° 1, 1990.

novatrices en matière de délibération soient toutes mises en œuvre dans le cadre de petits groupes (jurys citoyens, conférences de consensus, forums hybrides, dispositifs participatifs divers) organisés pour inscrire leur démarche dans un temps relativement long. Si le souci de voir s'améliorer le caractère délibératif de la démocratie doit rester constant, cela ne doit pas masquer le fait que c'est sur un mode représentatif que cette qualité progresse aujourd'hui de fait essentiellement, dans la confrontation des institutions politiques et juridiques *sous les yeux* du public.

Le propre de la réflexivité délibérative est enfin de réduire l'écart entre la démocratie définie comme une procédure et la démocratie définie comme un contenu. Dans l'échange entre le politique et le juridique, les deux dimensions tendent en effet à s'interpénétrer davantage. Le sens de l'affrontement entre majorité et minorité change aussi de nature. Il ne peut plus simplement être compris de façon statique, comme le face-à-face de deux camps constitués, seulement susceptibles d'échanger leurs positions à l'issue de chaque épreuve électorale. Il participe d'une dialectique constructive qui contraint la majorité à intégrer d'autres raisonnements et d'autres arguments en se trouvant simultanément confrontée aux assauts de la minorité et à la discipline de la justice constitutionnelle[1]. Les trois formes de réflexivité que mettent en œuvre les cours constitutionnelles contribuent ainsi à donner plus de relief à la vie démocratique. Elles lui confèrent un caractère multi-dimensionnel qui permet d'en corriger certaines défaillances et d'en réduire les inaccomplissements originaires[2].

---

1. On peut noter que tend à s'accomplir de cette façon le «principe majoritaire-minoritaire» exposé par Kelsen. Cf. H. KELSEN, *La Démocratie. Sa nature, sa valeur* (2ᵉ éd., 1929), Paris, Economica, 1988, chap. VI «Le principe majoritaire».

2. Cf. Christopher L. EISGRUBER, «Dimensions of Democracy», *Fordham Law Review*, à paraître.

La réflexivité généralisée

Si les cours en incarnent une dimension essentielle, il y a beaucoup d'autres modalités de mise en jeu de cette fonction de réflexivité. Celle-ci n'est nullement le monopole des cours constitutionnelles. Le point est capital. Y concourent également nombre d'organisations de la société civile quand elles dénoncent l'écart de la réalité aux principes fondateurs de la démocratie. C'est aussi la fonction que remplissent les mouvements sociaux qui réintroduisent en permanence les figures du peuple-principe et du peuple social dans le jeu politique. Il y a encore de multiples expressions d'une «représentation de connaissance», d'ordre plus scientifique, qui contribuent à cette entreprise. L'œuvre critique des sciences sociales y participe elle-même au premier chef. La théorie de la démocratie joue par exemple un rôle clef pour rendre difficile aux gouvernants de se draper avec arrogance dans les plis de leur seule légitimité électorale. Le fait important à souligner est qu'un tel impératif de réflexivité se fait plus fortement ressentir dans les démocraties du XXIe siècle. D'abord en raison du changement d'horizon de l'action humaine, de plus en plus inscrite dans la longue durée (alors que domine encore une forte tendance au présentisme). Du fait également de l'accroissement de l'incertitude sur les conditions d'une bonne décision publique. Pour les raisons sociologiques sur lesquelles nous avons mis l'accent, enfin. Alors que la fonction démocratique des cours constitutionnelles commence à peine à être explicitée, il est donc simultanément nécessaire d'envisager de nouveaux moyens supplémentaires d'exercice de la réflexivité en politique.

Plusieurs champs s'imposent là avec évidence à l'esprit. La question des générations futures prend d'abord une importance accrue du fait de l'épuisement de certaines ressources naturelles ou de l'évolution des variables démographiques. La notion de «peuple trans-générationnel» que l'on peut en inférer n'a en soi rien de très neuf. C'était un grand *topos* de la fin du XIXe siècle. Il avait alors fréquemment des relents anti-démocratiques chez tous les auteurs traditionalistes qui appelaient à limiter l'expression de la volonté populaire immédiate au nom du respect dû aux ancêtres et spécialement à ceux qui étaient morts au combat pour maintenir la liberté des vivants[1]. Mais d'autres voix plus minoritaires, comme celles de Léon Bourgeois et d'Alfred Fouillée, se faisaient aussi entendre pour appeler à penser en termes de quasi-contrat les rapports entre générations. Tout nous incite aujourd'hui à approfondir cette direction. Cela signifie que la notion de peuple doit être élargie à la quatrième figure d'un peuple-humanité. Cela implique même plus radicalement que s'estompe la distinction entre les notions de peuple et d'espèce[2]. Le problème, dans ce cas, n'est pas de compliquer la définition d'un peuple donné (comme on le fait en distinguant peuple-suffrage et peuple-principe), mais d'en élargir la compréhension. C'est donc dans les termes d'une représentation étendue des intérêts et des droits que se pose la question. Mais comment représenter des absents, des êtres à venir, surtout si l'on réalise qu'ils se confondent presque avec des problèmes, ceux du milieu naturel dans lequel ils évolueront ? L'idée a été émise en ce sens d'étendre la notion d'institution représentative et d'aller jusqu'à mettre en place un « parlement des objets ». Bruno Latour a ainsi audacieusement parlé de la nécessité d'inventer un « nouveau bicaméralisme[3] ». L'usage de la notion de représentation ne peut

1. L'idée que les vivants et les morts forment un seul peuple s'inscrivait dans la perspective d'une perpétuité sociale fortement liée à l'idée monarchique elle-même.

2. Alors qu'un Sieyès voyait qu'il y avait là une barrière. Il reconnaissait que « la Constitution d'un peuple devait receler un "principe de conservation et de vie" », mais il se refusait en même temps à la considérer « comme une chaîne d'existences successives d'individus » et donc comme une « espèce » (il emploie le mot), in *Opinion de Sieyès sur les attributs du jury constitutionnaire*, discours cité, p. 144.

3. Cf. les stimulants développements de ses *Politiques de la nature. Comment faire entrer les sciences en démocratie*, Paris, La Découverte, 1999. « La démocratie, écrit-il fortement dans ce livre, ne peut se penser qu'à

cependant aucunement renvoyer à l'idée d'un mandat ou d'une délégation dans ce cas. Il ne peut pas être question non plus d'une représentation-figuration de ce qui n'existe pas encore. Ce n'est donc que sur le mode d'une connaissance et d'une préoccupation que la nature et les humains du futur peuvent être représentés, c'est-à-dire *participer aux discussions du présent*. Il n'y a pas, pour cela, de députés possibles du futur. Mais il n'en reste pas moins absolument nécessaire de trouver les moyens d'organiser de façon déterminée et structurée la poursuite d'un tel objectif dans la vie démocratique[1].

Des «Académies du futur» pourraient par exemple être mises sur pied. Composées d'experts reconnus, dont le choix devrait être motivé, elles pourraient se voir reconnaître un droit d'intervention et être systématiquement consultées sur les dossiers de leur compétence, en émettant des avis publics par rapport auxquels les gouvernants auraient à se situer. Alors qu'elle est aujourd'hui dévaluée à force d'avoir été galvaudée par trop d'exemples de décompositions, l'idée d'académie mériterait bien en effet d'être restaurée dans son ancienne ambition d'établissement savant au service du corps social, exerçant un «œil de l'avenir[2]». Aux XVIIIe et XIXe siècles, l'imagination n'avait pas manqué pour inviter à élargir le projet représentatif sous de multiples espèces. La seule Révolution française avait ainsi

---

la condition de pouvoir traverser librement la frontière maintenant démantelée entre science et politique, afin d'ajouter à la discussion une série de voix nouvelles, inaudibles jusque-là, bien que leur clameur prétendît couvrir tout débat: *la voix des non-humains*. Limiter la discussion aux humains, leurs intérêts, leurs subjectivités, leurs droits, paraîtra dans quelques années aussi étrange que d'avoir si longtemps limité le droit de vote des esclaves, des pauvres, des femmes» (p. 107).

1. Ce qui implique de poser en permanence la question essentielle de savoir jusqu'à quelle distance il convient de se projeter dans le futur. L'idéal d'une projection vers l'infini conduirait en effet nécessairement à l'établissement d'une tyrannie ou d'un régime théocratique.

2. La formule se trouve dans l'un des articles consacrés aux académies dans l'*Encyclopédie* de Diderot et d'Alembert (t. I, p. 244 de l'édition in-4°).

vu éclore d'innombrables projets appelant à créer, à côté des chambres ordinaires, des tribunats, des fondations, des jurys, des conseils, des agences de toute nature, fonctionnellement chargés de veiller à une forme du bien public. Au siècle suivant, un Saint-Simon avait suggéré de son côté d'élargir le parlement élu à une chambre d'invention et à une chambre d'examen. Il faut aujourd'hui renouer avec cette inventivité et dessiner hardiment les contours des nouvelles institutions consultatives dont ont besoin les sociétés contemporaines pour nourrir les décisions publiques et questionner davantage l'action des gouvernants.

Cette perspective n'a de sens démocratique que si elle est elle-même insérée dans une vision plus large de la participation citoyenne et de la délibération publique. L'exigence de réflexivité ne peut en effet se limiter à une intervention accrue d'experts. Elle doit prendre en compte les incertitudes qui entourent la formulation même de leur expertise. Elle implique surtout que ces expertises sortent des lieux clos de leur production. D'où la nécessité de multiplier ces types de forums hybrides qui réunissent les savants et les citoyens pour débattre de questions essentielles[1]. D'où aussi l'utilité de mettre sur pied de nouveaux types d'expression citoyenne en même temps que de nouvelles institutions publiques. Le peuple a ses élus et ses procureurs, il pourrait par exemple aussi avoir ses fondés de pouvoir (*trustees*) ou ses syndics[2]. Le développement d'agences publiques et citoyennes d'évaluation, tant des lois que des politiques publiques, pourrait de son côté jouer un rôle moteur pour contraindre les pouvoirs à rendre davantage de comptes et à mieux argumenter leurs choix. Il serait en outre intéressant d'envisager que chaque décision importante soit assortie de la présentation d'hypothèses sur ses conséquences futures, que

---

1. Cf. Yannick BARTHE, Michel CALLON et Pierre LASCOUMES, *Agir dans un monde incertain. Essai sur la démocratie technique*, Paris, Seuil, 2001.

2. Cf. les développements intéressants que fait sur ce point D.F. THOMPSON dans son article cité «Democracy in Time».

ce soit en matière économique, sociale, environnementale ou géopolitique. De multiples institutions de réflexivité pourraient se développer dans l'avenir sur la base de ces quelques principes que nous ne faisons qu'indiquer à titre d'illustrations. C'est d'une confrontation organisée des gouvernants avec une compréhension contradictoire du monde que se nourrira de plus en plus la démocratie. Elle se rapprochera sur ce mode de l'idéal d'une institution de la cité indissociable d'une meilleure connaissance de soi. La réflexivité juridique des cours constitutionnelles se prolongera de cette façon par la mise en place d'institutions permettant à une *réflexivité cognitive et sociale* de se déployer toujours plus dans le champ politique.

Le mirage de la constitution absolue

Dans un article fameux, auquel ils ont dû en 2004 leur prix Nobel d'économie, Kydland et Prescott ont voulu démontrer qu'il était souvent rationnel de restreindre la marge de manœuvre des gouvernants afin d'éviter qu'ils prennent des décisions circonstancielles, liées par exemple aux échéances électorales, contraires à l'intérêt général à moyen terme[1]. Mieux vaut donc un gouvernement par les règles qu'un gouvernement discrétionnaire, soutenaient-ils, prenant notamment pour exemple le domaine de la politique monétaire. Fervents défenseurs de l'indépendance des Banques centrales, ces deux auteurs furent ainsi plus largement parmi les promoteurs de la notion de «constitutionnalisme économique». Il est intéressant de l'examiner car elle illustre une forme de constitutionnalisme radicalisé et dévoyé qui finit par rompre avec une dynamique de réflexivité positive.

Cette notion de constitutionnalisme économique, qui s'est

---

1. Finn E. KYDLAND et Edward C. PRESCOTT, «Rules Rather than Discretion : The Inconsistency of Optimal Plans», *The Journal of Political Economy*, vol. 85, n° 3, juin 1977.

affirmée dans les années 1980[1], a été forgée par des théoriciens libéraux désireux de restreindre les pouvoirs économiques, monétaires et fiscaux de gouvernements jugés trop enclins à se laisser influencer par les groupes d'intérêts ou à sacrifier le long terme au court terme (le premier étant implicitement identifié à la généralité et le second à la particularité). Les travaux de James Buchanan, de Milton Friedman ou de Friedrich Hayek ont notamment illustré cette démarche. C'est en matière fiscale que l'intervention de ces économistes a reçu l'écho le plus large, leurs propositions étant d'inclure dans la constitution un certain nombre de principes contraignants pour les gouvernements : obligation de présenter des budgets en équilibre, limitation des dépenses publiques à un certain pourcentage du produit national, pré-encadrement de la croissance de la masse monétaire, etc. Si ces mesures s'inscrivaient dans un contexte idéologique de critique de l'État et d'éloge du marché, elles étaient aussi solidement défendues en termes théoriques. Hayek a notamment relié le constitutionnalisme économique à sa théorie de l'information et de la connaissance[2]. L'esprit humain étant limité, n'a-t-il cessé de plaider, il ne peut embrasser la complexité du monde et la complexité de toutes les interactions qui structurent l'économie et la société. C'est ce qui fonde, on l'a vu, sa théorie informationnelle du marché. Mais aussi, simultanément, son plaidoyer pour limiter le champ des décisions politiques. L'homme politique est en effet pour lui structurellement incapable, en termes à la fois cognitifs et informationnels, de gérer rationnellement, c'est-

---

1. Cf. les études rassemblées dans l'ouvrage séminal de Richard B. McKenzie (ed), *Constitutional Economics : Containing the Economic Powers of Government*, Lexington (Mass.), Lexington Books, 1984 (le livre est issu d'un séminaire organisé sur le sujet par la *Heritage Foundation*). Cf. aussi le recueil de James M. Buchanan, *Constitutional Economics*, Oxford, Basil Blackwell, 1991.

2. Cf. notamment son ouvrage *Individualism and Economic Order*, Chicago, 1948.

à-dire au bénéfice de tous, le champ économique. Il faut donc restreindre son champ d'action. D'où son plaidoyer pour inverser les rapports norme/discrétion.

Loin de porter au pinacle le rôle des experts économiques dans les sociétés contemporaines, ces «libéraux» n'ont au contraire cessé de combattre les prétentions de ces derniers à régenter le monde[1]. James Buchanan, pourtant Prix Nobel de la discipline en 1986, a été l'un des plus constants dénonciateurs des prétentions de la «science» économique. Ce n'est pas aux économistes qu'il revient pour lui de définir le bien commun. Il est à ses yeux vain d'imaginer arriver à définir ce dernier à l'aide des théorèmes classiques sur la détermination de l'optimum (position équivalente à un accord unanime) à partir des analyses coûts-bénéfices. Seules des formes sociales de consensus peuvent en fait exprimer pour Buchanan l'intérêt général. Est-ce donc retourner à la politique? Oui et non. Non si l'on considère la politique politicienne. Celle-ci est toujours sous-tendue par des affrontements partisans qui conduisent à privilégier certains intérêts au détriment des autres. La politique électorale-représentative est par essence *discriminatoire* dans cette mesure, soutient Buchanan[2]. Elle conduit presque toujours, soutient-il, à privilégier les intérêts des groupes constituant les divers électorats. Comment concevoir alors positivement une «politique non discriminatoire»? L'auteur de *The Calculus of Consent* retrouve d'une certaine façon Rawls pour répondre à cette question. Sous voile d'ignorance, explique-

---

1. Cf. les développements incisifs de J.M. BUCHANAN, *The Limits of Liberty : Between Anarchy and Leviathan*, Chicago, The University of Chicago Press, 1975, ou encore, dans la même veine, de Richard B. MCKENZIE, *The Limits of Economic Science : Essays on Methodology*, Boston, Kluwer-Nijhoff Publishers, 1982.

2. Cf. J.M. BUCHANAN et Robert D. CONGLETON, *Politics by Principle, not Interest. Towards Nondiscriminatory Democracy*, Cambridge, Cambridge University Press, 1998. Cf. notamment les chapitres I, «Generality, Law and Politics», et V, «Generality and the Political Agenda».

t-il, les principes politiques qui seraient retenus interdiraient toute possibilité présente ou future de discrimination[1]. Mais de tels principes ne pourraient être énoncés positivement, tant un accord unanime sur leurs choix serait problématique. C'est donc seulement sur un mode négatif, comme *contraintes de généralité*, qu'il est possible de les formuler[2] ; en tant que principes de précaution finalement, pourrait-on dire.

Envisagé de cette façon, le développement d'un constitutionnalisme économique amène, selon Buchanan, à ce qu'il estime être une forme de progrès démocratique. Plus de constitutionnalisme signifie pour lui plus de démocratie. Mais c'est dire que la politique s'accomplit en fin de compte dans le droit et que sa dissolution serait donc l'étape ultime de sa réalisation. C'est à cela que conduit de fait la vision radicale du constitutionnalisme économique dont Buchanan s'est fait le champion. L'impartialité, comme non-discrimination principielle, devient alors comme la morale de Kant : elle règne dans une société qui s'est totalement *déréalisée*. La critique de la politique partisane de Buchanan, Hayek et leurs amis rejoint ainsi de façon troublante et paradoxale la vision d'un Carl Schmitt qui appelait de son côté à la dépasser dans la radicalisation d'un décisionnisme fondé sur une vision *hyper-réelle* du monde[3].

Hayek prolonge et accomplit cette approche en appelant de ces vœux l'avènement d'une *démarchie* en lien et place de la démocratie. Dans la démocratie s'affirme le pouvoir de la volonté collective sous les espèces de prises de décisions particulières, tandis

---

1. Buchanan et Hayek rejoignent Rawls pour considérer qu'un ordre social ne peut s'organiser sur la base d'une vision commune de ses finalités. Il n'y a d'unanimité possible que procédurale dans les deux cas.

2. J.M. BUCHANAN, *Politics by Principle, not Interest, op. cit.*, p. 58. Cf. aussi dans cette perspective Geoffrey BRENNAN et J.M. BUCHANAN, *The Reason of Rules. Constitutionnal Political Economy*, Cambridge, Cambridge University Press, 1985.

3. Cf. William E. SCHEUERMAN, «The Unholy Alliance of Carl Schmitt and Friedrich Hayek», *Constellations*, vol. 4, n° 2, 1997.

que dans la démarchie qu'il conçoit le peuple pose seulement des règles générales (*arché* renvoie à l'idée d'ordre permanent, opposé donc à la notion de *kratos*). Alors seulement peut régner la «démocratie», estime Hayek[1], un véritable pouvoir de la généralité ayant été mis en place. Le problème est que les règles dont il appelle l'établissement ne peuvent être que très abstraites pour contenir les qualités indiscutables de généralité qui sont nécessaires. Seules les règles du marché présentent en fin de compte ce caractère formel pour Hayek. Elles sont les seules à pouvoir pleinement accomplir l'ambition de substituer un mécanisme abstrait-impartial au régime politique ordinaire de la volonté[2]. Alors que Rawls posait la question plus exigeante de principes de justice à déterminer sous le voile d'ignorance, Hayek se limite à l'examen de principes généraux d'ordre. C'est donc assez logiquement le type d'égalité censé être produite par l'État de droit et le marché qui dessine le point d'aboutissement de cette vision, société de droit et société de marché se superposant parfaitement chez lui. Le constitutionnalisme économique se confond ainsi en fin de compte avec un simple mode d'institution du marché pour Hayek et ses proches. La constitution absolue est celle qui institue l'ordre jugé comme le plus naturel, celui de la main invisible. Le néologisme de démarchie ne sert alors qu'à dissimuler le fait que l'idée démocratique a *in fine* été abandonnée. Aux antipodes de la vision moniste de la volonté générale, Buchanan et Hayek aboutissent à un résultat symétrique de l'idéalisation du gouvernement de la généralité. Il faut donc aussi garder en mémoire la nature de ce mécanisme pervers de retournement pour que reste vivante l'exigence de réflexivité.

---

1. Cf. Friedrich A. HAYEK, *Droit, législation et liberté*, t. III: *L'Ordre politique d'un peuple libre*, Paris, PUF, 1983.
2. Sur ce passage de l'univers de la volonté (celui du contrat social) à celui du marché (l'ordre invisible produisant l'harmonie naturelle des intérêts), c'est bien sûr l'œuvre d'Adam Smith qui accomplit le pas décisif. Je me permets de renvoyer sur ce point à mon ouvrage *Le Capitalisme utopique. Histoire de l'idée de marché*, n^{elle} éd., Paris, Seuil, «Points», 1999.

3.

De l'importance de ne pas être élu

La difficulté contre-majoritaire

Government by judges : l'expression a été forgée en 1914 par le *Chief justice* de la Cour suprême de Caroline du Nord. Sous cette forme première ou déclinée en *government by judiciary*, elle n'a cessé d'être utilisée depuis près d'un siècle en Amérique pour désigner la crainte de voir les principes fondateurs de la démocratie pervertis par le développement des diverses figures du pouvoir judiciaire. Un livre français de 1921, *Le Gouvernement des juges*, a importé en Europe la formule[1]. Elle a connu une nouvelle fortune à partir des années 1980, en même temps que se consolidaient les pouvoirs judiciaires et que se développait le rôle des cours constitutionnelles dans presque

---

1. Édouard LAMBERT, *Le Gouvernement des juges et la Lutte contre la législation sociale aux États-Unis* (1921), n^elle éd. avec une préface de Franck Moderne, Paris, Dalloz, 2005. Sur la pertinence de la notion, cf. Michel TROPER et Otto PFERSMANN, «Existe-t-il un concept de gouvernement des juges ?», *in* Séverine BLONDEL *et alii*, *Gouvernement des juges et démocratie*, Paris, Publications de la Sorbonne, 2001.

toutes les démocraties, *a fortiori* là où s'effritait la légitimité des parlements et du système des partis (le cas italien étant le plus emblématique de tous en Europe). La question des rapports entre constitutionnalisme et démocratie a donné lieu à partir de cette période à une avalanche de publications. Une question centrale suffit presque à en résumer le propos : est-il démocratique qu'une poignée de juges non élus puisse imposer ses vues à une assemblée de représentants du peuple ?

Ce problème soulevé par l'exercice du contrôle de constitutionnalité a trouvé sa dénomination dans les années 1960 : « la difficulté contre-majoritaire[1] ». Elle a eu ses historiens[2] et ses nombreux théoriciens. Les approches critiques ont notamment été nombreuses en Amérique, récemment illustrées par les noms de Jeremy Waldron (*Law and Disagreement*, 2e éd., 2001), Larry Kramer (*The People Themselves. Popular Constitutionalism and the Case for Judicial Review*, 2004), Ran Hirschl (*Towards Juristocracy*, 2004), ou encore Mark Tushnet (*Taking the Constitution away from the Courts*, 1999)[3]. Tous les arguments se rapportent à l'idée simple selon laquelle le régime démocratique implique que les citoyens puissent se diriger eux-mêmes selon leurs propres jugements[4], et que ce droit est battu en brèche par les interventions de la Cour suprême. Ces différents auteurs consi-

---

1. Cette notion de « *Counter-Majoritarian Difficulty* » a été théorisée pour la première fois par Alexander M. BICKEL, *The Supreme Court at the Bar of Politics* (1962), 2e éd., New Haven, Yale University Press, 1986.

2. Cf. notamment la somme constituée par les cinq forts articles de Barry FRIEDMAN, « The History of the Countermajoritarian Difficulty », successivement publiés dans la *New York University Law Review* (vol. 73, n° 2, mai 1998, pour la première livraison « The Road to Judicial Supremacy »), et dans *The Yale Law Journal* (vol. 112, n° 2, novembre 2002, pour la cinquième livraison).

3. Cf. aussi l'ouvrage, pionnier en la matière, de John Hart ELY, *Democracy and Distrust : A Theory of Judicial Review*, Cambridge (Mass.), Harvard University Press, 1980.

4. « *The people are entitled to govern themselves by their own judgements* » : la formule est de Jeremy Waldron.

dèrent que la défense de la raison constitutionnelle ne fait au fond que réactualiser les vieilles préventions libérales contre le pouvoir du nombre et que ce sont les anciennes figures aristocratiques et capacitaires qui ont pris aujourd'hui le masque des juges constitutionnels. Dans cette querelle, Jeremy Waldron est celui qui a défendu le plus vigoureusement la raison majoritaire et l'assimilation de la démocratie au parlementarisme[1], allant jusqu'à rejoindre le point de vue de ceux qui considèrent que l'adoption d'une Déclaration des droits de l'homme constituerait une limitation inacceptable des droits du peuple à déterminer en permanence les règles qui le régissent[2]. Ces arguments invitent donc à réfléchir aux changements qu'entraînerait l'élection des membres des cours constitutionnelles.

L'élection des juges : quelques éléments d'histoire

Les cours constitutionnelles trouvent leur raison d'être dans le travail de réflexivité auquel elles contribuent. Elles acquièrent de la sorte une légitimité fonctionnelle. Faut-il pour l'asseoir pleinement doter ces cours d'une légitimité directement électorale ? L'examen plus général de la question de l'élection des juges ordinaires peut servir de guide pour apporter des éléments de réponse à la question ; les deux catégories de magistrats présentent en effet des traits comparables. Le rappel des termes des grands débats historiques sur l'élection des juges de l'ordre judiciaire peut pour cela servir de guide pour nourrir la réflexion. Ces juges ordinaires sont aujourd'hui nommés par le pouvoir exécutif dans la plupart des pays. Face à la montée en puissance de leur pouvoir, qui est, lui aussi, critiqué par beaucoup comme irresponsable et non démocratique, parce que

1. Cf. son ouvrage *The Dignity of Legislation*, Cambridge, Cambridge University Press, 1999.
2. Rappelons que la question de l'adoption d'un *Bill of Rights* avait été fort débattue au moment de la création de la République américaine.

non élu, faudrait-il donc envisager de le soumettre à l'épreuve des urnes pour lui donner un fondement plus incontestable ? La Révolution française avait institué en son temps le principe de l'élection populaire des juges, et les États-Unis d'aujourd'hui nomment leurs magistrats selon des procédures très diversifiées mais dont beaucoup font appel au choix des citoyens. La prise en compte de ces deux exemples est ainsi importante pour tenter de répondre de façon argumentée à notre question sur les magistrats constitutionnels.

Dans le cas français, l'élection des juges est adoptée en 1790 de façon quasi unanime dans le cadre de la réforme d'ensemble de l'organisation judiciaire[1]. Alors que beaucoup d'autres questions furent âprement discutées lors de cette grande réorganisation, le fait de confier au choix populaire la nomination des magistrats n'a alors suscité aucune controverse[2]. Pour quelle raison ? Tout d'abord parce qu'il y a dans la France révolutionnaire une sorte d'enthousiasme général pour la procédure électorale. Cette dernière a une portée symbolique et ne se limite pas à un mécanisme spécifique de choix. L'élection renvoie à tout un ensemble d'usages et d'images qui débordent la question de l'organisation de la représentation politique. Elle est à la fois une procédure de légitimation, un mode d'expression de la confiance, un système de nomination, un moyen de contrôle, un signe de communion, une technique d'épuration, un opérateur de représentation, un symbole de participation, un sacrement de l'égalité. L'élection exprime ainsi à de multiples égards la prise de distance avec l'ordre ancien. En matière judiciaire, Thouret, celui qui conduit la réforme, emporte l'assentiment de l'Assemblée en estimant

1. Sur cette réforme, cf. Ernest LEBÈGUE, *Thouret (1746-1794)*, Paris, 1910, et Adhémar ESMEIN, *Histoire de la procédure criminelle en France*, Paris, 1881, qui restent les ouvrages de référence sur le sujet.
2. Avec la réserve et avec la précision qu'il s'agit d'un vote à deux degrés, comme pour les représentants.

qu'elle est le seul moyen adéquat pour véritablement rompre avec le passé[1]. C'est pourquoi ce modéré se fait, avec succès, l'avocat de l'élection des juges. Tous les contemporains pensent pouvoir écarter de cette façon le spectre des anciens parlements honnis. Le contexte est aussi celui d'une méfiance instinctive vis-à-vis du pouvoir exécutif, et lui confier la nomination des magistrats aurait conduit à la renforcer. Tout concourait donc à faire accepter le principe de l'élection des juges. Le système fut cependant sérieusement malmené dans la pratique. Dès 1792, la Convention souhaite en effet une magistrature plus à la main du pouvoir. Faute de pouvoir remettre directement en cause l'élection, c'est de façon détournée qu'elle opère. Le Comité de Salut public profitera ainsi de vacances au sein des juridictions pour procéder à des nominations directes au nom de l'urgence. Si l'excellence du principe électif est réaffirmée après Thermidor, le Directoire a ensuite rapidement pris l'habitude d'intervenir dans ces scrutins et de les manipuler. La pratique était devenue contraire au droit. C'est donc sans soulever aucune protestation que Bonaparte supprima en 1802 un mécanisme électoral qui avait cessé de gouverner la réalité[2].

Il est intéressant de rappeler que les républicains français du XIXᵉ siècle continueront à se faire les défenseurs de ce principe électif. Au lendemain de la révolution de Juillet, les sociétés patriotiques l'intègrent dans leurs programmes (la suppression de l'inamovibilité des juges prévue par la charte de 1830 avait déjà été saluée par toute la gauche). Dans son grand *Dictionnaire*

---

1. Discours du 24 mars 1790, *A.P.*, t. XII, p. 344-348. Il faut se souvenir que, sous l'Ancien Régime, le droit de juger appartenait à des individus ou à des corps par héritage ou par achat de charge.

2. La Constitution de l'an VIII avait déjà préalablement introduit la coexistence officielle des principes électif et nominatif. Sur toute cette histoire des pratiques, cf. Guillaume MÉTAIRIE, «L'électivité des magistrats judiciaires en France, entre Révolution et monarchies (1789-1814)», in Jacques KRYNEN (éd), *L'Élection des juges. Étude historique française et contemporaine*, Paris, PUF, 1999.

politique de 1842, qui exprime bien l'opposition de l'époque, l'éditeur Pagnerre en fait un élément de la démocratie à réaliser. La mesure n'est cependant pas intégrée en 1848. Mais Gambetta reprend ensuite le flambeau, estimant que « la perpétuité des juges est contraire au principe démocratique[1] ». Lorsque les républicains arrivent vraiment au pouvoir en 1879, avec l'accession de Grévy à la présidence de la République, ils vont rapidement se heurter à de nombreux magistrats, qui, retranchés derrière leur inamovibilité, refusent d'appliquer les décrets de mars 1880 décidant l'expulsion des congrégations religieuses. La réforme du mode de recrutement de la magistrature revient de cette façon au centre des débats et constitue l'un des principaux enjeux des élections législatives de 1881. Une des grandes figures du Parti républicain de l'époque exprime le sentiment de ses amis en fixant l'objectif de « réduire le dernier bastion de l'ordre moral par le suffrage du peuple ». « Faire entrer à pleins bords le flot démocratique » dans la magistrature, voilà à ses yeux la panacée[2]. La nouvelle Chambre des députés traite la question en priorité et adopte le 10 juin 1882 un texte sans équivoque : « Les juges de tous ordres sont élus par le suffrage universel. » Le suffrage direct avait été écarté au profit de l'élection par un collège de délégués élus eux-mêmes au suffrage universel, mais le principe électif était bien restauré. La mesure ne fut cependant jamais mise en œuvre, les décrets d'application n'ayant pas été publiés. Pour des raisons purement politiques : les députés redoutèrent très vite le danger que pourrait représenter, pour le régime, l'élection de juges royalistes dans la vingtaine de départements

---

1. *Note pour les législatives de 1869*, citée par Jeanne GAILLARD, « Gambetta et le radicalisme entre l'élection de Belleville et celle de Marseille », *Revue historique*, n° 519, 1973, p. 82.
2. Jérôme Langlois, cité par Jacques POUMARÈDE, « L'élection des juges en débat sous la IIIᵉ République », *in* J. KRYNEN, *L'Élection des juges, op. cit.*, p. 128.

encore tenus par l'opposition antirépublicaine[1]. Le choix sera donc finalement fait d'abandonner le projet… et de procéder en 1883 à une vaste épuration de la magistrature[2] ! C'était clairement indiquer que l'argument démocratique n'avait été que circonstanciel. La question ne sera du même coup plus jamais sérieusement réinscrite à l'ordre du jour en France.

L'exemple américain présente des caractéristiques presque inverses. Au niveau fédéral, la Constitution de 1787 avait institué une procédure de nomination à vie des juges par le président, avec confirmation par le Sénat. Le système électoral avait été repoussé par des pères fondateurs qui doutaient de l'aptitude des citoyens à faire des choix qualifiés, en cette matière comme en d'autres. C'était cohérent avec leur conception capacitaire et aristocratique du gouvernement représentatif. Les choses seront en revanche envisagées différemment au niveau des États[3]. Quelques pionniers adoptent ainsi assez tôt l'élection des juges des tribunaux de première instance (Vermont, Géorgie, Indiana). Le mouvement s'accélère pendant la période de la « démocratie jacksonienne » (1830-1837). Les nouveaux territoires qui rejoignent alors l'Union sont en effet marqués par un « esprit de la frontière » qui rend suspectes les élites de la côte Est. Le rejet englobe les juges, qui appartiennent en outre souvent au parti fédéraliste et conservateur, hostile à la vision réformatrice des nouveaux élus marqués par l'idéal de Jackson.

---

1. Cf. l'article précédemment cité de J. POUMARÈDE, ainsi que sa contribution « La magistrature et la République : le débat sur l'élection des juges en 1882 » aux *Mélanges offerts à Pierre Hébraud*, Toulouse, Université des sciences sociales, 1981.

2. Opérée après le vote d'une suspension de six mois de l'inamovibilité ! Cf. Jean-Pierre MACHELON, « L'épuration républicaine, la loi du 30 août 1883 », in *Les Épurations de la magistrature de la Révolution à la Libération, 150 ans d'histoire judiciaire* (Actes du colloque des 4-5 décembre 1992), *Histoire de la justice*, n° 6, 1993. Cf. aussi Paul GERBOD (éd), *Les Épurations administratives, XIXᵉ et XXᵉ siècles*, Genève, Droz, 1977.

3. Cf. la synthèse historique de Laurent MAYALI, « La sélection des juges aux États-Unis », *in* J. KRYNEN, *L'Élection des juges, op. cit.*

Ces différents facteurs culturels et politiques conduisent à étendre le système d'élection populaire. À la veille de la guerre de Sécession, 24 États sur 34 avaient ainsi des juges élus par les citoyens. Le système fut cependant ensuite rapidement critiqué, les élections partisanes conduisant à ce que des manœuvres politiciennes finissent par dégrader l'institution judiciaire, celle-ci important en son sein les pratiques de vénalité et de corruption qui marquaient alors la vie des partis. Les espoirs placés dans l'élection des juges cèdent ainsi la place à un vif désenchantement. Il est tel que des États comme le Mississippi et le Vermont abandonnent la procédure à la fin des années 1860. Le système des élections partisanes recule alors. Il ne concerne plus maintenant qu'un petit nombre d'États à l'aube du XXIe siècle, et encore n'est-ce que pour certains types de juges. Une procédure d'élections dites non-partisanes a été choisie comme alternative dans d'autres États, un peu plus nombreux. Le but est d'avoir des candidats « individuels », pour tenter de repousser les effets pervers propres aux campagnes d'affrontements partisans. Les effets de ce système ont été estimés mitigés. Les deux modes d'élection ont en tout cas un point commun : un très fort taux d'abstention. L'élection apparaît ainsi plus dans ces cas de figure comme un rituel, une survivance du passé, que comme un exercice démocratique vivant.

À partir des années 1940, la majorité des États a adopté en conséquence une méthode différente, qualifiée de *Merit Plan* (ou de *Missouri Plan*, en référence au premier territoire à avoir fait ce choix). Bien que présentant de notables variantes, le principe général est de mêler nomination capacitaire et élection populaire. Le système repose, dans une première étape, sur l'installation d'une commission de nomination, composée de juristes et de diverses personnalités qualifiées, chargée d'établir une liste de candidats sur la base de leurs compétences. Une autorité élue, variable selon les États, procède ensuite à la sélection des candidats présents sur la liste. Les juges ainsi nommés doivent cependant se soumettre ensuite à l'élection, à la fin d'une période probatoire d'abord (élection de confirmation), puis à la fin de chaque mandat (élection de rétention). Le propre de ce système est donc ainsi d'organiser des élections *non concurrentielles*. Ce système a permis de trouver aux États-Unis un équilibre entre un *principe* électoral, qui reste considéré comme essentiel, et des formes *pratiques* de reconnaissance de la capacité professionnelle. Si personne n'envisage vraiment l'abandon d'une forme de vote, sa nature a donc assez largement changé de sens[1]. La France et l'Amérique (au niveau des États pour cette dernière) présentent ainsi des systèmes différents. Mais ils constituent dans les deux cas des héritages du passé, des données politiques ou culturelles acquises que personne ne songe à bouleverser. C'est dire que la question de fond, celle des fondements de la légitimité démocratique de l'institution judiciaire, est aussi prudemment mise de côté.

De la destruction partisane des institutions

Les débats et les expériences en matière d'élections judiciaires tournent toutes autour d'une difficulté centrale : la possibilité de distinguer une « pure élection », comme mécanisme de consécration populaire d'une autorité, et une « élection partisane » impliquant un affrontement d'idées ou d'intérêts. Derrière la référence au caractère démocratique d'une institution se cache en fait souvent une confusion entre ces dimensions. L'histoire américaine a notamment été écartelée en permanence entre les deux approches. Les deux types d'élections n'ont pourtant pas le même objet. Dans le premier cas, il s'agit seulement de manifester sa confiance à *une* personne, et, partant, à une institution. Dans le second, il s'agit de choisir entre *des*

---

1. Même s'il y a en permanence des initiatives populaires qui conduisent à l'organisation de référendums pour mettre davantage les juges sous la coupe politique des électeurs (cf. « Voting for Judicial Independence », *The New York Times*, 2 novembre 2006).

personnes concurrentes et/ou des points de vue antagonistes. Le problème est que le premier type d'élection s'inscrit dans une visée utopique : soit celle d'une élection où il n'y ait qu'un candidat, soit celle d'une élection où il n'y ait aucun candidat. Le premier cas de figure présuppose donc qu'une nomination préalable ait été faite (la détermination de ce processus restant non tranchée). Dans le deuxième cas, on fait comme si les électeurs pouvaient se déterminer « spontanément » en faveur d'un membre de la collectivité (c'est la vision qui dominait pendant la Révolution française) [1]. « L'élection » ne peut être au mieux qu'une « confirmation » dans cette perspective [2]. Si toute véritable élection relève d'un choix concurrentiel, c'est-à-dire au sens propre du terme partisan, il est alors problématique de vouloir appliquer cette procédure lorsqu'on souhaite se limiter à témoigner sa confiance (d'autant plus que se confondent alors les personnes et les institutions). L'introduction de l'élection partisane peut en effet détruire l'institution en lui ôtant *de facto* la dimension de généralité qui lui est consubstantielle. Une institution de type judiciaire n'est ni une chambre représentative, fonctionnellement pluraliste, ni un gouvernement, structurellement partisan. Elle est par définition identifiée à une fonction, donc une structure dans laquelle les personnes qui accomplissent ces missions ne doivent pas avoir d'existence propre et de caractères différenciateurs.

L'examen de cas d'effondrement de certaines institutions permet de bien comprendre les ressorts d'un tel mécanisme de destruction. L'exemple de l'abolition du Conseil des censeurs introduit en 1776 dans la Constitution de Pennsylvanie est particulièrement instructif à cet égard [3]. Le but assigné au Conseil

1. Cf. les développements *supra* sur l'élection pure.
2. Ce vers quoi s'est de fait orientée une partie du système américain sous le régime du *Merit Plan*.
3. Sur ce Conseil, voir les références documentaires signalées dans *La Contre-démocratie*, *op. cit.*, p. 93-98.

était de veiller à ce que les pouvoirs exécutif et législatif remplissent correctement leurs tâches. Délibérant en public, il avait un pouvoir de remontrance, et surtout la capacité d'engager des poursuites judiciaires contre des agents publics jugés fautifs, de recommander l'abrogation de lois contraires à la Constitution ou encore de convoquer une Convention de révision. Ces fonctions le rapprochaient ainsi en partie d'une cour constitutionnelle. Mais ce Conseil des censeurs avait la particularité, par rapport aux cours actuelles, d'être élu au suffrage universel, dans des conditions identiques à celles du Parlement. L'initiative avait été célébrée, par tous les démocrates de l'époque, en Europe comme en Amérique, pour son originalité. L'institution fut pourtant dissoute en 1790, à la faveur de la première révision constitutionnelle de l'État. Cette dissolution s'était inscrite dans un mouvement de réaction politique, un libéralisme frileux ayant succédé à l'enthousiasme démocratique des débuts. Mais l'échec avait eu des causes plus profondes. En réalité, il avait été scellé par le fonctionnement de l'institution. Pendant sa courte existence, elle n'avait jamais pu s'imposer en démontrant son utilité démocratique. L'élection des membres du Conseil avait conduit à ce qu'il reproduise en son sein les conflits et les controverses parlementaires. Son rôle de gardien de la bonne marche des institutions avait perdu du même coup toute crédibilité. Loin d'apparaître comme une véritable institution identifiée à sa fonction, il n'avait fait que répliquer en son sein les turbulences politiciennes. Il avait perdu pour cela toute légitimité. Sa mission était donc devenue illisible et effectivement impossible. Il n'y avait ainsi plus de raisons de défendre son utilité et il fut supprimé dans l'indifférence, sans qu'aucune voix ne s'élève pour protester.

Quelques années plus tard, l'échec du Tribunat français mis en place par la Constitution de l'an VIII a illustré un processus très voisin de décomposition partisane. Ce Tribunat était une troisième chambre qui siégeait à côté d'un Sénat et d'un corps législatif. Sa mise en place, suggérée par Sieyès, s'inscrivait dans le cadre des «institutions de surveillance» dont le rôle avait alors été largement théorisé. Tout en ayant la dimension et le mode de composition d'une assemblée (ses membres étaient élus), il n'avait pas de fonction représentative au sens strict du terme. Sans entrer ici dans le détail fort complexe des mécanismes prévus par cette Constitution de l'an VIII, notons seulement que ce Tribunat avait une triple tâche de régulation normative, de surveillance administrative et d'intervention dans l'ordre constitutionnel. Son action fut très vite entravée par Bonaparte, fort attentif à ce qu'aucun pouvoir ne lui fasse vraiment de l'ombre. Le Premier consul lança l'assaut en accusant l'assemblée de n'être qu'un repaire d'opposants se comportant en purs politiciens et non en gardiens objectifs de leur fonction constitutionnelle. Benjamin Constant ou Roederer, deux de ses grandes figures, menaient effectivement la bataille contre Bonaparte, mais c'était une bataille de principes, portant sur la définition des institutions et la nature du régime. L'accusation les gênait et les plaçait en porte-à-faux parce qu'elle proposait une autre interprétation, étroitement politicienne, de leur attitude. Les tribuns échouèrent alors à imposer leur légitimité, car ils furent incapables d'élaborer et d'illustrer la distinction entre opposition partisane et rôle proprement institutionnel. Leur légitimité fonctionnelle fut ainsi parasitée et minée par leur consécration par les urnes. Le fait d'avoir été constitué sur le mode d'une assemblée parlementaire contribua de cette façon à l'échec de l'instance, dont Bonaparte prit prétexte pour lancer son coup de force de l'an X (1802) le faisant consul à vie, avec des institutions à sa botte.

Les rapports entre légitimité électorale et légitimité fonctionnelle étaient encore perçus de façon très confuse à cette époque. En témoigne le fait que Jefferson avait proposé dans les années 1820 de faire de la Cour suprême une troisième chambre. Aujourd'hui encore, un Jeremy Waldron, grand pourfendeur du pouvoir jugé exorbitant de la Cour suprême américaine, a pu défendre la thèse polémique selon laquelle le travail de *judicial review* gagnerait en clarté à être réalisé par l'équivalent d'une Chambre des lords modernisée[1]. Au-delà de leurs différences, ces expériences avortées et ces esquisses de projets invitent à reconsidérer le lien entre élection et légitimité dans le cas d'institutions ayant, au sens large du terme, une fonction judiciaire. Le problème, on l'a dit, réside dans l'impossibilité pratique de dissocier « élection politisée » et « élection constituante » (de confiance). Si une institution de type judiciaire doit structurellement incarner une forme de réflexivité et d'impartialité à distance de toute inscription dans un ordre partisan, elle ne peut donc prendre le risque d'une telle confusion. La manifestation de son caractère de généralité fonctionnelle pourrait être irrémédiablement compromise par son caractère électif.

Reste en revanche posée la question de la crédibilité et de la confiance accordées à des institutions de cette nature. Alors que l'élection confère un statut de légitimité, c'est par leurs qualités que des organismes comme les cours constitutionnelles doivent s'établir socialement. Le déclin de la confiance que les Américains placent dans leur Cour suprême, tel qu'il peut être constaté aujourd'hui[2], ne tient pas au fait qu'il s'agirait d'un « corps aristocratique » : il dérive seulement du sentiment que l'institution est en train de devenir moins objective, plus partisane, et que ses membres tendent à poursuivre des finalités de nature idéologique. À l'aube du XXᵉ siècle, en 1905, la Cour suprême avait été ébranlée par l'arrêt *Lochner v. New York* (considérant qu'une réglementation de l'État de New York limitant le temps de travail des boulangers était contraire à la Constitution

---

1. Dans sa critique du livre de C. EISGRUBER, *Constitutional Self-Government* (*op. cit.*). Cf. son article « Eisgruber's House of Lords », *University of San Francisco Law Review*, vol. 37, 2002, p. 89-114.

2. Seulement 47 % des Américains considèrent dorénavant que la Cour suprême prend des décisions équilibrées, tandis que 31 % d'entre eux jugent qu'elle est devenue trop politisée à droite (sondage publié dans le *Washington Post* du 29-07-2007), alors qu'ils n'étaient que 19 % à émettre un tel jugement en 2005.

fédérale). Il était en effet apparu évident qu'il s'agissait là d'une décision « politique », prise au nom d'une vision doctrinaire de la libre entreprise, et que cela n'avait rien à voir avec une véritable protection de la liberté de contracter (mentionnée par le 14e amendement). La Cour avait mis de longues années à s'en remettre et les juristes avaient dû déployer tous leurs talents pour établir qu'une telle décision ne serait plus possible à l'avenir, estimant qu'elle était juridiquement non fondée[1]. Ce spectre de la *Lochner Court* rôde à nouveau en Amérique avec l'accroissement circonstanciel du nombre des juges nommés par un pouvoir ultraconservateur. Le passage de la *Warren Court* des années 1960 et 1970, dont l'esprit libéral avait révolutionné l'Amérique, à une *Rehnquist Court*, puis à une *Roberts Court* (depuis 2005), très conservatrices, a entamé le capital de confiance de l'institution. C'est ce qui a conduit beaucoup de juristes de gauche à changer leur fusil d'épaule et à prendre des positions qualifiées outre-Atlantique de « populistes » sur la question[2]. Mais ce n'est évidemment pas l'élection de ces juges qui pourrait remédier au problème. Ce dont l'Amérique a besoin pour conjurer la renaissance de ses vieux démons, c'est d'abord d'une révision constitutionnelle, incluant une charte des droits fondamentaux, d'une reconsidération des critères fondant les décisions de la Cour (rompant avec la notion trop problématique d'« intention originelle » des pères fondateurs[3]), ou encore d'un changement dans le mode de nomination des

1. Cf. Barry FRIEDMAN, « The History of the Countermajoritarian Difficulty, Part Three : The Lesson of Lochner », *New York University Law Review*, vol. 76, novembre 2001.

2. Cf. typiquement les ouvrages cités plus haut de Larry Kramer et Mark Tushnet. Le *Judge-bashing* est ainsi revenu en vogue chez les libéraux (voir aussi l'évolution d'un Bruce Ackerman).

3. Cf. Dennis J. GOLDFORD, *The American Constitution and the Debate over Originalism*, Cambridge, Cambridge University Press, 2005, ainsi que Leonard W. LEVY, *Original Intent and the Framers Constitution*, New York, Macmillan, 1988.

juges et la durée de leur mandat, mettant fin à la *life tenure*. Le problème ne se pose ni en termes d'élections, ni en termes de représentativité au sens classique du terme. Il est même, à l'inverse, décisif d'argumenter l'importance que revêt la non-élection à ces fonctions[1]. Une cour constitutionnelle doit en effet incarner *structurellement* une capacité de réflexivité et d'impartialité qui serait détruite par l'inscription dans un ordre partisan[2]. Il s'agit au contraire de *réduire* la politisation de telles institutions, à travers notamment des réformes du système de nomination de leurs membres (réforme dont l'enjeu est décisif dans un pays comme la France, mais aussi aux États-Unis). Il faut souligner à ce stade du raisonnement qu'une nomination peut produire à certaines conditions un effet de légitimation aussi fort, voir supérieur à celui d'une élection. Il faut pour cela qu'elle ait fait l'objet d'une certaine unanimité, celle-ci étant soit constatée par le fait d'une absence d'oppositions (renvoyant donc à la notion de consentement tacite), soit produite par la soumission à une ou plusieurs épreuves contraignantes de validation par des instances tierces. Une nomination peut équivaloir dans ces cas à une « élection de confiance ».

---

1. Eisgruber adopte ainsi à mes yeux une mauvaise ligne de défense quand il justifie le principe de non-élection en insistant sur le fait que les juges sont en général des personnalités choisies pour leur caractère consensuel, caractère traduisant leur profil « *mainstream* », donc représentatif (qu'il oppose au caractère plus spontanément non-conformiste des artistes ou des intellectuels). Cf. *Constitutional Self-Government*, *op. cit.*, p. 66.

2. Notons là qu'il faut fortement distinguer une institution établie à travers un scrutin électoral (donc majoritaire) d'une institution nommée prenant ses décisions à la majorité des membres qui la composent. Dans ce dernier cas, le vote n'a pas en effet le sens de choix partisan qu'il peut avoir dans le premier cas. Il ne consiste qu'à départager des avis sur une question, sans dessiner deux camps donnés (cet argument « pro-élection », fondé sur un système de décision majoritaire, a été avancé par Jeremy Waldron).

Les deux exigences

D'une façon plus générale, cette question de la légitimité des instances de type réflexif (et des autorités indépendantes également) n'a de sens que resituée dans le cadre du nécessaire dualisme démocratique. La démocratie doit en effet faire vivre en même temps deux exigences : celle de l'organisation périodique d'un choix entre des personnes et des programmes fortement différenciés, d'un côté, et celle de la mise en place d'institutions garantes de l'intérêt général situées au-dessus de ces différences, de l'autre. La démocratie comme régime appelle ainsi le plein exercice de l'opposition entre partis politiques, elle invite à faire des choix et organise le fait qu'un parti l'emporte sur les autres. La démocratie comme forme de société, quant à elle, repose sur le développement d'institutions réflexives ou impartiales. Le danger est de vouloir confondre les deux registres. C'est ainsi entraîner une confusion que de plaider pour le dépassement des partis et la réalisation d'une politique unanimiste des « bonnes volontés ». Mais c'est jeter une confusion symétrique que de vouloir transposer les conditions du choix partisan dans la sphère des instances réflexives ou indépendantes. L'institutionnalisation du conflit et les institutions du consensus doivent coexister dans une démocratie bien ordonnée. Comment alors traiter au fond la question de la légitimité des institutions de réflexivité et d'impartialité ? En reconnaissant d'abord leur caractère représentatif, tel que nous l'avons décrit. Mais aussi en faisant de la réflexivité et de l'impartialité des qualités qui ne cessent d'être mises à l'épreuve devant les yeux du public. Il s'agit donc plus d'approfondir les conditions de la légitimation propres à chacune des deux sphères de l'univers démocratique que de chercher à remédier aux éventuelles faiblesses de légitimation de chacune par une confusion des registres.

Qui gardera les gardiens?

Lorsque Sieyès présente après Thermidor son projet de jury constitutionnaire, l'idée est d'instituer une «sentinelle politique» qui joue un rôle de régulation des différents pouvoirs pour les maintenir dans l'ordre et les limites voulus par les rédacteurs de la Constitution. Sa suggestion se heurte d'abord à la sensibilité moniste et légicentriste de la majorité de ses collègues qui n'imaginent la souveraineté du peuple que sous les espèces d'une unité et d'une indivisibilité qui ne saurait jamais mal faire. Mais il se voit aussi opposer des arguments logiques. «S'il faut bien un pouvoir pour surveiller en quelque sorte les autres [...], je demanderai à mon tour par qui ce pouvoir sera lui-même surveillé», lui lance ainsi un conventionnel[1]. «En voulant donner un gardien aux pouvoirs publics, on leur donnerait un maître qui les enchaînerait pour les garder plus facilement», avertit un autre[2]. La question du «gardien des gardiens» était bien posée. Comment la résoudre? Elle n'a pas de solution logique et soulève les mêmes difficultés formelles que la notion d'auto-fondation. Benjamin Constant l'a reprise pour la traiter de façon approfondie quelques années plus tard[3]. Mais ce sera pour avouer sans détour sa perplexité. «Lorsqu'on

---

1. Intervention de Louvet, le 24 thermidor an III, *Réimpression de l'ancien Moniteur, op. cit.*, t. XXV, p. 481.
2. Intervention de Thibaudeau, *ibid.*, p. 488. «Pour mieux dire, dit-il encore, on ne fait que reculer la difficulté d'un degré de plus [...]. Je serai fondé à demander qu'on donne ainsi des surveillants à ce jury, et cette surveillance graduelle s'étendrait à l'infini. Ainsi chez un peuple des Indes, la croyance vulgaire est, dit-on, que le monde est porté par un éléphant; et cet éléphant par une tortue; mais quand on vient à demander sur quoi repose la tortue, adieu l'érudition» (*ibid.*, p. 484).
3. Benjamin CONSTANT, *Fragments d'un ouvrage abandonné sur la possibilité d'une constitution républicaine dans un grand pays*, édition établie par Henri Grange, Paris, Aubier, 1991 (cf. notamment chap. XV, «Des garanties contre les abus du pouvoir préservateur»).

ne met la garantie contre l'abus d'un pouvoir que dans un autre pouvoir, il faut une garantie contre ce dernier», souligne-t-il en ouvrant sa réflexion, avant de concéder immédiatement : «Ce besoin de garantie renaît toujours et n'a pas de bornes»[1]. «On ne peut donner une garantie à la garantie elle-même», finit-il par conclure[2]. Sieyès et Constant avaient pourtant essayé d'avancer quelques éléments de réponse. Le premier avait pensé que l'opinion pouvait imposer une limite de fait au pouvoir des gardiens. Le second avait esquissé une direction plus fonctionnelle, invitant à trouver le moyen de faire coïncider la mission de l'institution, et les intérêts de ceux qui la composent. Solution méta-institutionnelle d'un côté, «intérêt au désintéressement» de l'autre : ces deux voies avaient la faiblesse de ne pas avoir de traduction constitutionnelle possible. La réponse à l'aporie de la garantie ne peut être d'ordre hiérarchique, car il est alors effectif que la régression du fondement n'a pas de limite. Mais il en va différemment si la garantie est appréhendée sur un mode réflexif. Elle revient alors seulement à introduire l'équivalent d'un délai de réflexion, à compliquer une procédure, à introduire une contrainte de validation. Elle est dans ce cas de l'ordre d'un veto suspensif. C'est ce qui n'a pas été compris alors, du fait peut-être du poids de l'histoire sur le sujet.

La légitimité variable

Une institution de type réflexif ne peut accomplir positivement sa mission que si elle ne s'érige pas en véritable pouvoir. En matière juridique, la dimension réflexive et technique que revêt la notion de hiérarchie des normes ne doit pas pour cela se prolonger en ce qui s'apparenterait à une hiérarchie de pouvoirs. Le fait est d'ailleurs que la décision d'une

1. *Ibid.*, p. 441.
2. *Ibid.*, p. 451.

cour constitutionnelle n'est jamais finale. Une modification de la constitution peut toujours conduire à revenir sur ce qu'elle a édicté. Cette précision n'est pas négligeable. Les constitutions sont en effet loin d'être des textes immobiles. En France, dans les cinquante ans qui ont suivi l'adoption en 1958 de la Vᵉ République, le texte fondateur a ainsi été modifié vingt-quatre fois. Dans les premières décennies qui ont suivi la proclamation de Philadelphie en 1787, les amendements ont aussi été nombreux aux États-Unis. Le contrôle de constitutionnalité est en outre structurellement réflexif. Il s'insère dans un processus d'élaboration des normes dans lequel il n'a jamais le pouvoir du dernier mot. Un des plus grands publicistes français du xxᵉ siècle, Georges Vedel, qui a notamment siégé au Conseil constitutionnel, parle à ce propos d'une «capacité d'aiguillage» qui ne saurait être confondue avec un «verrou»[1]. L'expression de «gouvernement des juges» les concernant est pour cela doublement inadéquate : le pouvoir d'interprétation des cours constitutionnelles est d'abord circonscrit ; et elles ne doivent ensuite se référer qu'à des textes existants (dans la très grande majorité des cas)[2]. On peut donc bien parler d'une légitimité fonctionnelle-relative, liée à une dimension réflexive

---

1. Cf. Georges VEDEL, «Le Conseil constitutionnel, gardien du droit positif ou défenseur de la transcendance des droits de l'homme», *Pouvoirs*, nº 45, 1988, p. 151. Ces notions ne sont pas très éloignées de la métaphore de l'*alambic* qui était communément utilisée aux xvIᵉ et xvIIᵉ siècles pour caractériser l'œuvre du Parlement comme «gardien du dépôt des lois».

2. Parlant de son expérience, VEDEL note : «Nous ne sommes pas tombés dans le "gouvernement des juges". Nous nous sommes refusés, contrairement à ce qu'a fait jadis la Cour suprême des États-Unis ou à ce que fait parfois la Cour constitutionnelle allemande, à invoquer des principes non puisés dans les textes, mais résultant de la philosophie politique ou morale reconnue par les juges. Le gouvernement des juges commence quand ceux-ci ne se contentent pas d'appliquer ou d'interpréter des textes, mais imposent des normes qui sont en réalité des produits de leur propre esprit. Je ne crois pas dans l'ensemble que nous ayons succombé à cette tentation» («Neuf ans au Conseil constitutionnel», *Le Débat*, nº 55, mai-août 1989).

qui n'est pas d'ordre hiérarchique. Cette justice a ainsi des pouvoirs sans être un pouvoir[1].

Les juges constitutionnels, en tant que personnes, doivent pour cela s'effacer derrière leur fonction. Ils ne peuvent pleinement jouer leur rôle que s'ils font revivre l'*ethos* professionnel de ces grands robins du XVIIᵉ siècle, imprégnés comme le fut un d'Aguesseau des idéaux de l'humanisme civique. Mais ils ne doivent jamais se considérer comme les propriétaires de leur fonction, ils n'en sont que les titulaires passagers. Le caractère « démocratique » du contrôle de constitutionnalité s'avère ainsi plus fragile dans les pays où les juges sont nommés à vie, comme aux États-Unis. Outre les « effets démographiques » pervers qui peuvent en résulter, et le fait également que cette durée par définition variable de chaque mandat est de nature inégalitaire, la nomination à vie a l'inconvénient d'archaïser la fonction et d'en rendre moins lisibles et moins sensibles les vrais ressorts.

La légitimité des juges constitutionnels ou des divers pouvoirs réflexifs qu'il conviendrait d'édifier ne peut enfin s'apprécier dans des termes équivalents à ceux d'une souveraineté. Outre une stricte *légitimité de compétence*, leur légitimité se rapproche de celle d'une autorité comme institution invisible[2]. Au même titre que la confiance ou l'autorité, elle est une puissance indirecte, dont les effets varient selon tout un ensemble de données historiques et pratiques : reconnaissance sociale, réputation intellectuelle et morale dérivant de la nature des décisions prises, etc. La notion de *judicial restraint* s'insère dans ce cadre : la pratique

1. Cf. sur ce point les développements faits dans le *Rapport de la Commission de réflexion sur la justice*, Paris, La Documentation française, 1997 (rédigé sous la direction de Pierre Truche, alors premier président de la Cour de cassation).
2. L'expression a été forgée par Kenneth Arrow pour conceptualiser la notion de confiance (cf. *The Limits of Organization*, New York, Norton, 1974, p. 26).

de l'auto-contrainte peut en effet être comprise comme participant d'une stratégie de crédibilisation par versement d'un gage de bonne conduite démocratique. De façon plus large, cette légitimité est un capital, qui peut aussi bien s'accroître que s'éroder. Il y a ainsi un véritable marché des légitimités relatives qui se met en place dans chaque pays, marché qui règle pratiquement le degré de puissance indirecte exercée par des institutions comme les cours constitutionnelles[1].

Plus la sphère politique partisane apparaît divisée, plus forte sera la légitimité d'une institution de réflexivité pour intervenir sur des sujets controversés. C'est ce qu'ont souligné d'importantes études consacrées au cas américain. L'une d'entre elles a ainsi montré que le soutien dont bénéficiait l'institution était relativement indépendant de l'accord ou du désaccord que pouvaient ressentir les individus avec chacune de ses décisions. La reconnaissance du caractère non partisan de la Cour conduit en conséquence à rendre ses positions plus facilement acceptables (alors que les mêmes postions seraient souvent vivement contestées si elles étaient formulées par le gouvernement). Ce phénomène a notamment été mis en lumière à propos de la question du droit à l'avortement, particulièrement discutée aux États-Unis[2]. La forte légitimité de la Cour suprême lui a permis de trancher dans ce domaine, comme dans d'autres, des problèmes que le Congrès s'avérait impuissant à traiter sans soulever des oppositions passionnées et des blocages insurmontables.

---

1. Sur le cas indien, spécialement intéressant à cet égard, cf. Pratap Bahnu MEHTA, « India's Unlikely Democracy. The Rise of Judicial Sovereignty », *Journal of Democracy*, vol. 18, n° 2, avril 2007.
2. Cf. Tom R. TYLER et Gregory MITCHELL, « Legitimacy and the Empowerment of Discretionary Legal Authority : the United States Supreme Court and Abortion Rights », *Duke Law Journal*, vol. 43, n° 4, février 1994. Cf. aussi T.R. TYLER, « The Psychology of Public Dissatisfaction », *in* John R. HIBBING et Elizabeth THEISS-MORSE, *What Is It about Government that Americans Dislike ?*, Cambridge, Cambridge University Press, 2001.

C'est ce phénomène de légitimité différentielle implicite entre la Cour et le Congrès qui permet de comprendre pourquoi la première a, de fait, été de plus en plus chargée de réguler les problèmes délicats et controversés, en matière sociétale tout particulièrement. Le pouvoir de la Cour s'est ainsi trouvé progressivement accru par le supplément de légitimité reconnu par l'opinion ; supplément que le Congrès n'a cessé de consacrer lui-même tacitement par sa non-intervention législative sur ces sujets (notamment en s'abstenant d'utiliser la procédure d'*overrule*). La centralité d'une telle figure de la légitimité a été confirmée par d'autres recherches, également menées aux États-Unis, sur la perception du Congrès et de la Présidence. Ces instances, bien qu'élues, sont moins considérées car elles apparaissent plus partisanes, moins structurellement soucieuses du bien commun (la plus faible considération étant celle dont jouit le Congrès). Les résultats de la plus importante de ces recherches empiriques[1] convergent avec ceux de Tyler. Mais les termes de cette économie différentielle de la légitimité n'ont rien de fixe. L'exemple américain le montre fortement au début du XXIe siècle, avec l'indéniable déclin de la considération dont jouit la Cour suprême. Ce type de légitimité reste toujours de l'ordre d'une qualité, et ne peut prétendre être organisée comme un statut.

---

1. Cf. J.R. HIBBING et E. THEISS-MORSE, *Congres as Public Enemy. Public Attitudes Toward American Political Institutions*, Cambridge, Cambridge University Press, 1995. Cf. aussi T.R. TYLER, « Trust and Democratic Governance », *in* Valerie BRAITHWAITE et Margaret LEVI (eds), *Trust and Governance*, New York, Russell Sage Foundation, 1998.

IV

LA LÉGITIMITÉ
DE PROXIMITÉ

1.

L'attention à la particularité

Les registres de la proximité

La légitimité d'impartialité et la légitimité de réflexivité sont associées au développement de nouvelles institutions démocratiques. Mais les citoyens sont aussi de plus en plus sensibles au comportement même des gouvernants. Ils souhaitent être écoutés, pris en considération, faire valoir leur point de vue ; ils attendent que le pouvoir soit attentif à leurs difficultés, qu'il apparaisse vraiment préoccupé par ce que vivent les gens ordinaires. Chacun voudrait en outre que la spécificité de sa situation puisse être prise en compte et ne pas être soumis au couperet mécanique d'une règle abstraite. De multiples enquêtes, partout dans le monde, ont bien fait ressortir la centralité de ces aspirations à ce que le monde des décideurs consulte davantage les gens et soit plus proche d'eux.

Un mot a bien exprimé dans la langue politique française le type de relation avec les gouvernants auquel aspiraient les citoyens : celui de *proximité*. De façon aussi impérieuse que confuse, il s'est imposé avec la force de l'évidence à la fin des années 1990 pour désigner une nouvelle figure du bien politique. Il n'a plus été question que de police, de justice, de médecine, de services « de proximité ». Aucun domaine ne semble avoir échappé à la magie rassurante de ce qualificatif. On l'a retrouvé dans toutes les bouches et sous toutes les plumes, dessinant un idéal et constituant une sorte de mot d'ordre universel[1]. Un Premier ministre en a consacré l'usage en appelant de ses vœux l'avènement d'une *République des proximités*[2] et une loi a officialisé en 2002 le terme de *démocratie de proximité*[3]. Souvent associé avec celui de participation, articulé avec une valorisation du local, ce « mot de passe » de l'époque est le symptôme d'une préoccupation beaucoup plus qu'il ne désigne un objet précis. Il témoigne d'abord du fait que le langage et les concepts politiques usuels ne sont plus perçus comme adéquats pour exprimer les attentes des citoyens. Il exprime aussi le sentiment diffus de la nécessité d'une rupture avec ce qui serait son opposé : la distance, la hauteur. En lui se mêlent en outre l'expression d'une valeur et la constitution d'une idéologie justificatrice. Les gouvernants se sont en effet approprié le terme pour tenter de reconstituer une légitimité affaiblie en même temps que les citoyens projetaient sur lui leurs désenchantements et leurs espérances de renouveau[4].

Prendre la mesure de ce qui se joue vraiment avec son irruption implique de considérer de façon critique ces diffé-

---

1. Au milieu d'une littérature très abondante, cf. particulièrement l'ouvrage de Christian Le Bart et Rémi Lefebvre (éds), *La Proximité en politique. Usages, rhétoriques, pratiques*, Rennes, Presses universitaires de Rennes, 2005, ainsi que les numéros spéciaux consacrés à ce thème par les revues *Mots* (n° 77, mars 2005) et *Pouvoirs locaux* (n° 62, septembre 2004).

2. L'expression est martelée par Jean-Pierre Raffarin, *Pour une nouvelle gouvernance*, Paris, L'Archipel, 2002.

3. Cf. Marie-Hélène Bacqué, Henry Rey et Yves Sintomer (éds), *Gestion de proximité et démocratie participative*, Paris, La Découverte, 2005.

4. Cf. Rémi Lefebvre, « Rhétorique de la proximité et "crise de la représentation" », *Cahiers lillois d'économie et de sociologie*, n°s 35-36, 2000.

rents éléments qui composent tant l'imaginaire que la rhétorique proximitaires. Ce n'est qu'en déconstruisant les usages de cette notion de proximité que l'on peut espérer saisir les enjeux et la portée de son succès[1]. Trois éléments se distinguent dans cette référence à la proximité : une variable de *position*, une variable d'*interaction* et une variable d'*intervention*. Être proche définit d'abord une posture du pouvoir face à la société. La proximité signifie dans ce cas présence, attention, empathie, compassion, mêlant données physiques et éléments psychologiques ; elle renvoie au fait d'un côte-à-côte dans les différents sens du terme. En tant qu'interaction, la proximité correspond ensuite à une modalité de la relation entre gouvernés et gouvernants. Être proches, pour ces derniers, veut dire dans ce cas être accessibles, réceptifs, en situation d'écoute ; c'est aussi être réactifs, accepter de s'expliquer sans s'abriter derrière la lettre du fonctionnement institutionnel ; c'est donc s'exposer, agir de façon transparente sous le regard du public ; c'est en retour donner à la société la possibilité de faire entendre sa voix, d'être prise en considération. La proximité évoque en troisième lieu une attention à la particularité de chaque situation. Être proche veut dire là avoir le souci de chacun, agir en tenant compte de la diversité des contextes, préférer l'arrangement informel à l'application mécanique de la règle. Nous allons examiner ces différentes dimensions dans les chapitres qui suivent, en commençant par ce dernier point.

L'idée de justice procédurale

L'attention publique se porte spontanément sur les politiques que mènent les gouvernants. Les individus, de la même façon,

---

1. Il faut souligner là que le terme de « proximité » a en français une force de suggestion beaucoup plus forte que son équivalent dans d'autres langues (qui renvoient surtout à la dimension géographique et physique, à une variable d'échelle).

sont présumés être essentiellement préoccupés par le contenu des décisions qui ont un effet direct sur eux. Il est ainsi implicitement admis, comme s'il s'agissait d'une évidence, que la perception d'une institution dérive directement de l'impact qu'elle peut avoir sur les personnes concernées. Un automobiliste est censé apprécier négativement la police de la route s'il s'est vu infliger une contravention, et inversement. De la même façon, un prévenu est supposé considérer la justice à l'aune de la peine qui lui est infligée. Ou encore, un citoyen apprécier l'administration fiscale en fonction de son taux d'imposition. Cette façon d'évaluer une institution par les conséquences qu'elle entraîne pour l'individu est cohérente avec la théorie dominante du choix rationnel, faisant de l'intérêt de l'individu la variable clef de ses déterminations. Une série d'enquêtes entreprises à partir des années 1980 aux États-Unis ont cependant conduit à envisager tout autrement les choses. Une grande étude menée en 1984 à Chicago auprès d'individus ayant eu personnellement maille à partir avec la police et la justice a notamment attiré l'attention sur le fait que le regard porté sur ces deux institutions sensibles n'était que faiblement corrélé avec la nature des sanctions qui leur avaient été infligées. Si la « satisfaction » des individus dépendait évidemment au premier chef du verdict prononcé, leur appréciation de la légitimité de l'institution judiciaire était, elle, fondée sur un autre critère : celui de leur perception de l'équité du procès. D'autres travaux, menés par la même équipe de recherches dirigée par Tom Tyler, confirmèrent ce résultat selon lequel la légitimité des agents publics était essentiellement fonction des qualités de « justice procédurale » attachées à leur comportement[1].

---

1. Pour une présentation de ces résultats et une synthèse des travaux de Tyler, cf. T.R. Tyler, *Why People Obey the Law*, Princeton, Princeton University Press, 2006. Cette nouvelle édition d'un ouvrage d'abord paru en 1990 comporte une importante postface faisant à cette date le bilan de trente ans d'études du psychologue sur ces questions. Cf. également Susan J. Pharr, « Officials'Misconduct and Public Distrust », *in* S.J. Pharr et

Tyler distingue trois éléments principaux dans la constitution de ce sentiment de justice procédurale[1]. Les personnes interrogées dans ses enquêtes estiment d'abord qu'une procédure est équitable si elles ont pu être partie prenante de la décision, soit parce que leur point de vue a bien été pris en compte, soit parce qu'elles ont été écoutées attentivement, soit encore parce qu'elles ont pu développer de façon approfondie leurs arguments. Le fait d'avoir le sentiment de ne pas s'être vu appliquer mécaniquement une règle et d'avoir pu faire valoir les particularités d'une situation est aussi déterminant. La perception de l'équité procédurale est ensuite directement dépendante de l'appréciation du caractère impartial et objectif des décideurs. Elle est, en troisième lieu, étroitement corrélée à la façon dont les gens se sentent considérés : les agents auxquels ils ont à faire les traitent-ils avec respect et politesse ; ont-ils le sentiment que leurs droits sont adéquatement pris en compte ; voient-ils qu'on les considère comme des membres à part entière de la communauté ? Lorsque ces différentes conditions sont remplies, les gens sont beaucoup plus facilement disposés à accepter une décision, même si elle ne leur est pas favorable. Un autre résultat des mêmes enquêtes, portant sur une question plus ponctuelle, mérite encore d'être mentionné. Il montre que dans les conflits au civil, les moyens informels de résolution des différends, de l'ordre d'une médiation, sont préférés à l'action judiciaire, alors même que cette dernière présente des garanties formelles supérieures. Cette préférence tient au fait que les procédures informelles permettent aux parties d'intervenir de façon plus flexible et participative, et qu'elles donnent aussi le sentiment que l'ensemble des données – y compris les motivations les plus

---

Robert D. Putnam (eds), *Dissafected Democracies*, Princeton, Princeton University Press, 2000.

1. Cf. T.R. Tyler, « Justice, Self-Interest, and the Legitimacy of Legal and Political Authority », *in* Jane J. Mansbridge (ed), *Beyond Self-Interest*, Chicago, The University of Chicago Press, 1990, p. 176-178.

personnelles et les variables les plus circonstancielles – vont compter dans l'arbitrage. La perception de l'attention à la particularité est donc là une variable décisive de la constitution de la légitimité.

Cette production de la légitimité par le sentiment d'équité procédurale a été vérifiée dans de nombreux autres travaux concernant aussi bien les institutions de médiation en général que l'école ou l'entreprise par exemple. Des études concernant les rapports de la population avec la police ont notamment souligné la centralité de cette variable dans un domaine particulièrement sensible de l'action publique[1]. Elles ont confirmé de façon tout à fait constante que la reconnaissance de la légitimité de la police était d'abord dépendante de la perception qu'avaient les individus de son comportement à leur égard et à celui des autres ; ce critère venant bien avant celui de l'efficacité de l'institution. L'attribution de cette qualité de légitimité tire son importance du fait qu'elle conditionne aussi en retour les comportements des citoyens. S'ils perçoivent la police de leur lieu de résidence comme légitime, ils sont plus enclins à coopérer avec elle, ils acceptent plus volontiers de voir ses pouvoirs renforcés, en même temps qu'ils se conforment plus facilement à la loi. Efficacité et légitimité sont donc étroitement articulées dans ce cas. Ces données invitent à regarder d'un œil neuf la question de la gouvernabilité démocratique. Elles suggèrent en effet que la question des résultats n'est pas la seule variable explicative de la satisfaction des citoyens. Elles montrent aussi que des décisions immédiatement impopulaires peuvent être

1. Pour une vue d'ensemble, cf. T.R. TYLER, «Enhancing Police Legitimacy», *The Annals of the American Academy of Political and Social Science*, vol. 593, mai 2004, ainsi que Jason SUNSHINE et T.R. TYLER, «The Role of Procedural Justice and Legitimacy in Shaping Public Support for Policing», *Law and Society Review*, vol. 37, n° 3, septembre 2003, et «Moral Solidarity, Identification with the Community, and the Importance of Procedural Justice : The Police as Prototypical Representatives of a Group's Moral Values», *Social Psychology Quarterly*, vol. 66, n° 2, juin 2003.

acceptées si les conditions dans lesquelles elles sont prises sont considérées comme justes.

D'autres études ont encore souligné un point essentiel : la détermination des variables constitutives de la légitimité d'institutions comme la police et la justice est très contrastée selon les groupes ethniques et sociaux[1]. Les classes moyennes blanches accordent ainsi plus d'importance relative aux résultats obtenus par la police par rapport à la variable d'équité de traitement. Ils manifestent même une certaine tolérance vis-à-vis de traitements injustes infligés à des minorités, s'ils pensent que cela permet de réduire la criminalité[2]. À l'inverse, les personnes appartenant à ces minorités ethniques, Africains-Américains ou Hispaniques, ceux qui subissent plus quotidiennement ce qu'ils éprouvent comme un harcèlement de la police, avec la multiplication des contrôles, les interpellations cavalières, accordent une importance majorée à la dimension d'équité procédurale pour évaluer la légitimité de l'institution. Elles ont pour cela plus facilement le sentiment d'être injustement traitées et, en conséquence, considèrent beaucoup plus souvent que les sanctions dont elles ont fait l'objet ne sont pas fondées. Le développement des qualités d'impartialité et de proximité des institutions, montrent ces travaux, s'avère ainsi primordial pour lutter contre les discriminations et contribuer à l'établissement d'une société vécue comme plus démocratique. Ces données suggèrent en outre que ces qualités sont appelées à jouer un rôle de plus en plus central dans des sociétés multiculturelles. Elles constituent en effet la matrice d'un type de rapport entre les

---

1. Cf. les données rassemblées *in* T.R. Tyler et Yuen J. Huo, *Trust in the Law : Encouraging Public Cooperation with the Police and Courts*, New York, Russell Sage Foundation, 2002 (cf. particulièrement la 4e partie : « Ethnic Group Differences in Experiences with the Law »).

2. Cf. T.R. Tyler, « Public Trust and Confidence in Legal Authorities : What Do Majority and Minority Group Members Want from the Law and Legal Authority ? », *Behavioral Science and the Law*, vol. 19, n° 2, mars-avril 2001.

individus et les institutions dans lequel tous peuvent également se reconnaître.

L'entrelacement de l'impartialité et de la proximité enrichit de cette façon, en lui donnant chair sensible, la notion traditionnelle d'égalité de droit comme fondement du vivre-ensemble. L'attention à la particularité qui en est la marque est au carrefour de la vie sociale contemporaine, car elle valorise l'estime d'eux-mêmes qu'ont les citoyens ainsi que leur sentiment d'être reconnus. En même temps qu'elle correspond pour les gouvernants à une nouvelle approche de l'art de gouverner, elle s'enracine ainsi dans une psychologie autant que dans une sociologie et une morale.

Attention à la particularité et estime de soi

La demande sociale d'attention à la particularité est bien établie par les diverses recherches qui ont été évoquées dans les pages qui précèdent. Elle plonge ses racines dans une certaine vision politique du bien commun. Mais aussi dans une dynamique constructive de la relation entre individu et institution. Si les individus sont plus enclins à accepter la décision d'une institution qu'ils ressentent proche d'eux et qui les a traités équitablement, c'est parce que le traitement qu'ils ont reçu transmet un message positif les concernant : ils se sentent plus valorisés[1]. Le fait d'être confronté à une autorité attentive, équitable, respectueuse, à l'écoute des arguments qui sont formulés par les parties, signifie en effet que l'on est pleinement reconnu comme un membre important pour le groupe ; que l'on compte pour quelque chose dans celui-ci ; que l'on a un

---

1. Cf. Allan E. Lind et T.R. Tyler, *The Social Psychology of Procedural Justice*, New York, Plenum Press, 1988. Cf. aussi T.R. Tyler, Peter Degoey et Heather Smith, « Understanding Why the Justice of Group Procedures Matters : a Test of the Psychological Dynamics of the Group-Value Model », *Journal of Personality and Social Psychology*, vol. 70, n° 5, mai 1996.

« statut » aux yeux des autorités. Une dimension identitaire est à l'œuvre dans cette interaction de l'individu avec une institution ainsi perçue. L'individu peut se sentir fier d'appartenir à une société qui traite ses membres de cette façon. L'estime qu'il a de lui-même s'en trouve fortifiée. Il y a donc dans ce cas un enchaînement vertueux entre le renforcement de la légitimité des pouvoirs et l'affirmation positive de soi[1].

Ce modèle de psychologie, qui a été qualifiée de « relationnelle[2] », rend bien compte de la préférence pour l'impartialité et la proximité. Il permet également de comprendre pourquoi une personne peut respecter une autorité et la ressentir comme vraiment légitime, alors même qu'elle a pu prendre une décision défavorable à son égard. S'il y a en effet un jeu à somme potentiellement nulle entre l'individu et l'institution en termes de résultats (l'affirmation positive de l'institution peut passer par la sanction négative pour l'individu), le jeu est toujours à somme positive s'il est formulé dans les termes du respect et de l'identité. La consistance de ce deuxième jeu peut donc expliquer que les effets du premier soient, sinon minorés, du moins mieux acceptés. Le comportement d'une institution plus attentive et plus respectueuse renforce le sentiment d'estime de soi et l'identité de ceux qui ont à faire à elle. Dans ce cas, plus forte est l'institution (impartiale et proche) et plus fort est l'individu, pourrait-on dire.

En invitant à distinguer la question du contenu des décisions de celle des procédures qui y conduisent, la psychologie

---

1. Cf. Christopher J. MRUK, *Self-Esteem Research, Theory and Practice : Toward a Positive Psychology of Self-Esteem*, 3ᵉ éd., New York, Springer, 2006, et Nathaniel BRANDEN, *The Psychology of Self-Esteem : A Revolutionary Approach to Self-Understanding that Launched a New Era in Modern Psychology*, San Francisco, Jossey-Bass, 2001.

2. Ce « *group-value model of procedural justice* » est opposé au « modèle instrumental » développé par John THIBAUT et Laurens WALKER in *Procedural Justice : a Psychological Analysis*, Hillsdale (NJ), L. Erlbaum Associates, 1975.

sociale des ressorts de la légitimité de proximité, associée à une attention à la particularité, amène à reconsidérer l'appréhension des facteurs de la popularité des gouvernants. Celle-ci n'est plus simplement comprise dans les termes d'une appréciation immédiate de l'économie des intérêts impliquée par une mesure donnée (une mesure est impopulaire si les «perdants» sont majoritaires). Si cette dimension reste bien sûr prégnante, il faut aussi prendre en compte la variable de légitimité procédurale. Cette dernière peut en effet constituer un point d'appui stable et fort, amenant à corriger les données de l'économie primaire du soutien politique. Cette légitimité procédurale est de l'ordre d'un capital, alors que la légitimité des décisions se présente sous la forme d'un flux, variant donc sans cesse (la marge de manœuvre d'un pouvoir étant de fait indexée sur la conjonction de ces deux éléments). Le problème est que la balance de ces deux légitimités a récemment changé de nature pour deux raisons. La première est que les coalitions négatives et fugitives prennent une importance toujours croissante dans un univers qui n'est plus constitué par un système bien ordonné de classes sociales stables. Il devient donc plus difficile pour les gouvernants de déterminer des réformes ou de prendre des mesures qui recueillent l'assentiment de majorités clairement identifiées[1]. La *légitimité-flux* s'en trouve structurellement fragilisée. Mais un autre facteur est également à l'œuvre, celui de l'accélération et de la dissolution du temps politique. Dans un monde de l'information continue, de la transparence généralisée, le temps de l'action politique tend à se liquéfier ; il devient de plus en plus volatil, haché par une exigence sociale d'immédiateté qui se renforce d'autant plus qu'elle se nourrit d'un sentiment d'exaspération et d'impuissance devant un monde ressenti comme opaque. La légitimité-flux devient pour cette raison encore plus problématique :

1. Cf. sur ce point mes développements dans *La Contre-démocratie*, *op. cit.* (cf. notamment le chap. «La politique négative», p. 175-189).

elle semble dorénavant glisser en permanence entre les doigts du pouvoir.

La seule solution pour que les gouvernants retrouvent une légitimité ainsi mise à mal est de renforcer radicalement leur *légitimité-capital*, ce qu'on a pu appeler leur «réservoir de légitimité[1]». C'est de cette façon qu'ils pourront compenser l'érosion structurelle de leur légitimité-flux. C'est de cette manière aussi qu'ils pourront retrouver des marges de manœuvre pour inscrire leur action dans une temporalité plus large et entreprendre des réformes malgré de possibles désaccords momentanés de l'opinion majoritaire. La constitution d'un tel capital devient en conséquence une variable clef de l'action politique. C'est donc dire que la construction d'institutions attentives à la particularité, proches des citoyens, s'impose comme une question prioritaire pour consolider les démocraties et les rendre en même temps mieux gouvernables. L'économie de la réputation, du côté des gouvernants, et l'économie de l'estime de soi, du côté des citoyens, font ainsi positivement système[2].

Sociologie de la reconnaissance

Le terme de *reconnaissance* s'est imposé à partir des années 1990 comme un des maîtres mots de notre époque. Charles Taylor, le philosophe de l'identité et du multiculturalisme, a, le premier, parlé de «politique de la reconnaissance[3]». Vivant à

---

1. Tyler utilise cette expression dans «Justice, Self-Interest and the Legitimacy of Legal and Political Authority», art. cit., p. 175.

2. Ce que Pettit et Brennan appellent le «marché de l'*esteem*» s'applique de la sorte plus adéquatement aux institutions qu'aux personnes (*esteem* devant être traduit par «réputation» dans leur perspective). Cf. G. BRENNAN et P. PETTIT, *The Economy of Esteem. An Essay on Civil and Political Society*, New York, Oxford University Press, 2004.

3. Charles TAYLOR, «The Politics of Recognition», *in* Amy GUTMAN (ed), *Multiculturalism and «The Politics of Recognition»*, Princeton, Princeton University Press, 1994.

cheval entre les deux mondes canadien et québécois, il avait été sensibilisé dès les années 1960 au fait que les questions d'identité revêtaient une importance croissante. Le mouvement pour les *Civil Rights* dans les États-Unis de la même époque participait du même constat, sans que pourtant les choses n'aient encore été formulées dans ces termes de la reconnaissance. Dans les années 1990, toujours, l'ouvrage d'Axel Honneth, *La Lutte pour la reconnaissance*[1], proposera de réinterpréter les différentes catégories de conflits dans ce cadre d'ensemble. Il distinguait dans cette perspective trois formes de reconnaissance, liées chaque fois à une source potentielle de conflits correspondants : *l'amour* dans la sphère des relations privées, *le respect* dans celle du droit et de la vie politique, *l'estime* dans la vie sociale et dans le monde du travail en particulier. Taylor et Honneth ont l'un et l'autre emprunté au Hegel de la *Philosophie de l'esprit* cette idée de la reconnaissance. Contre les visions jugées trop étroites de la lutte pour l'existence et du choc des intérêts proposées par Machiavel et Hobbes, qui débouchaient sur une conception de l'État réduit à une puissance d'ordre extérieure aux hommes, le jeune Hegel avait voulu ouvrir la voie d'une philosophie politique moins pessimiste fondée sur une vision dialectique du dépassement des conflits. C'est à cette opération que s'attachait son idée de lutte pour la reconnaissance. Taylor s'en est ressaisi avec son bagage de philosophe de l'identité, tandis que Honneth, le successeur d'Habermas à la tête de l'Institut de recherche sociale de Francfort, l'a reliée aux travaux de psychologie sociale sur la formation de la personnalité de George Herbert Mead.

Ces deux auteurs ont ensuite approfondi ces premiers travaux. Taylor avec une recherche de philosophie politique sur les règles de la démocratie dans un monde multiculturel. Honneth, dans le fil de la théorie critique, avec *La Société du mépris* (2006).

---

1. Axel HONNETH, *La Lutte pour la reconnaissance* (1992), Paris, Cerf, 2000.

D'autres sociologues et d'autres philosophes ont depuis également mis cette question au centre de leur œuvre. C'est par exemple le cas de Nancy Fraser aux États-Unis[1] ou d'Emmanuel Renault en France[2]. L'ouvrage de Margalit, *La Société décente*, s'est aussi inscrit dans cette thématique[3]. La publication de travaux consacrés à ce thème de la reconnaissance ne cesse de s'accélérer depuis quelques années. Ce dernier occupe dorénavant une place centrale en sociologie, aussi bien qu'en philosophie politique et en psychologie. Cela correspond, a-t-on souligné, au fait que cette quête de reconnaissance constitue un « nouveau phénomène social total[4] ». L'exposition à l'humiliation ou au mépris a élargi et réinterprété le sentiment d'exploitation, s'imposant comme une expérience essentielle du déni d'humanité. C'est un fait d'expérience : ce langage s'est maintenant diffusé dans le monde social pour décrire nombre de situations ressenties comme insupportables. On s'insurge ou on se met aujourd'hui en grève quand on s'estime méprisé avec la même détermination que lorsqu'on estime ses intérêts lésés. Les mots *dignité, honneur, respect, reconnaissance* sont désormais ceux qui évoquent le plus sensiblement l'idée d'une existence positive[5]. Fait significatif, ce langage s'est désormais imposé comme le plus universel dans l'ordre social moral et politique. Ce sont ainsi des mots identiques qui sont employés par l'habitant d'un bidonville du tiers-monde et par le cadre d'une multinationale, par le jeune d'une cité harcelé par la police et

---

1. Nancy FRASER, *Qu'est-ce que la justice sociale ? Reconnaissance et redistribution*, Paris, La Découverte, 2005.

2. Emmanuel RENAULT, *Mépris social. Éthique et politique de la reconnaissance*, Bègles, Éditions du Passant, 2000, et *L'Expérience de l'injustice. Reconnaissance et clinique de l'injustice*, Paris, La Découverte, 2004.

3. Avishai MARGALIT, *La Société décente* (1996), Paris, Climats, 1999.

4. Cf. l'ouvrage collectif sous la direction d'Alain CAILLÉ, *La Quête de la reconnaissance, nouveau phénomène social total*, Paris, La Découverte, 2007.

5. Cf. sur ce point Richard SENNETT, *Respect. De la dignité de l'homme dans un monde d'inégalité*, Paris, Hachette, « Pluriel », 2003.

par l'employé d'une entreprise brutalement fermée, par l'intellectuel malheureux et par la femme outragée.

Notre objet n'est pas ici d'apprécier cette littérature ou d'en esquisser un bilan. Il est simplement de constater que ce langage correspond à l'entrée dans l'économie et la société de la particularité dont nous avons dessiné les traits les plus saillants. Les « grands problèmes sociaux » sont de plus en plus vécus comme des blessures personnelles dans ce cadre. Pour reprendre la distinction fameuse de Wright Mills, les « épreuves » sont dorénavant ressenties comme plus essentielles et plus intenses que les « enjeux » dans le monde contemporain[1]. Il en résulte une nouvelle appréhension de ce qui est considéré comme un pouvoir légitime. À l'âge de la quête de reconnaissance, est reconnu comme tel celui qui est attentif aux situations individuelles et épouse ce même langage.

Éthique et politique de l'attention

La notion de *care*, que l'on peut traduire par « attention à autrui », ou « souci des autres », a pris une place de plus en plus importante dans la philosophie morale contemporaine[2]. Elle a été forgée dans la littérature féministe américaine des années 1980 pour qualifier une valeur jugée spécifiquement féminine. Des auteurs ont ainsi opposé – dans une perspective assez franchement essentialiste – la notion de *care*, correspondant à une attention aux situations ordinaires et à une sensibilité aux détails de la vie, à une conception morale fondée sur une appréhension plus formelle de la justice comme système de

---

1. Je reprends là une observation de François Dubet, « Injustices et reconnaissance », *in* A. Caillé (éd), *La Quête de reconnaissance*, *op. cit.*, p. 24.

2. Pour une première approche, cf. Virginia Held, *The Ethics of Care : Personal, Political and Global*, New York, Oxford University Press, 2006, ainsi que Sandra Laugier et Patricia Paperman (éds), *Le Souci des autres. Éthique et politique du care*, Paris, Éditions de l'EHESS, 2006.

règles, considérée, elle, comme plus « masculine »[1]. C'est du même coup autour de la pertinence de cette distinction que le débat sur cette notion de *care* s'est d'abord mené, tant en éthique que dans les cercles féministes. Elle a notamment été vivement contestée à cause de l'opposition implicite à laquelle elle renvoyait chez ses premiers théoriciens entre la sphère domestique, au sein de laquelle l'attention à autrui s'exercerait avec le plus d'évidence, et le monde social, régi par des rapports plus objectifs entre les individus. Elle pouvait en effet conduire de cette façon à une sorte de régression, en réassignant paradoxalement les femmes à l'espace familial. Mais l'enjeu était en même temps perçu comme plus large. La question du *care* a du même coup continué à faire son chemin en philosophie morale après avoir été dissociée de cette identification première, créatrice d'équivoques.

Le *care* a d'abord conduit à souligner qu'un principe de justice ne pouvait suffire à fonder une cité humaine. Il est en effet décisif que soit simultanément honoré un type de relations sociales qui valorise en les singularisant les individus, qui les constitue en sujets importants pour autrui, comptant pour quelque chose dans le groupe, dignes d'attention. C'est donc appeler à considérer comme complémentaires deux dimensions de l'éthique : la discussion de *règles* justes, d'une part (pôle de la généralité), la détermination de *comportements* d'attention, d'autre part (pôle de la particularité). L'accent mis sur le *care* avait pour fonction de réhabiliter le second aspect, souvent minimisé ou occulté. Il est d'ailleurs significatif de constater que les philosophes ayant travaillé à partir de cette notion l'ont associée à un mode de déchiffrement plus sensible et moins

---

1. Cf. l'ouvrage fondateur de Carol GILLIGAN, *In a Different Voice : Psychological Theory and Women's Development*, Cambridge (Mass.), Harvard University Press, 1982. Se reporter aussi à Stéphane HABER, « Éthique du *care* et problématique féministe dans la discussion américaine actuelle », *in* S. LAUGIER et P. PAPERMAN (éds), *Le Souci des autres*, *op. cit.*

conceptuel du monde social. Martha Nussbaum a par exemple invité à reconnaître la contribution proprement philosophique des œuvres littéraires, en tant qu'elles font comprendre les choses sur un mode spécifique, à partir de la complexité de personnages et de situations[1]. On peut aussi rappeler qu'un Wittgenstein a bataillé toute sa vie contre ce qu'il a appelé le « désir constant de généralisation » et le « mépris pour les cas particuliers[2] », invitant les philosophes à fonder leur démarche sur une attention première au « sol raboteux de l'ordinaire ».

Le pas en avant à effectuer est maintenant de passer d'une éthique fondée sur ces bases à une politique. Il y a d'abord une indéniable demande sociale diffuse d'une politique d'attention à la particularité, comme on l'a souligné. C'est par là plus largement d'une redéfinition de la démocratie en tant que *conduite* qu'il est aussi question. Dans l'ordre de la théorie politique, l'objectif est donc bien de penser le gouvernement démocratique, ou, pour dire les choses autrement, d'intégrer la question du pouvoir exécutif dans une théorie de la démocratie.

La question du gouvernement démocratique

L'entrée dans une économie et une société de la particularité, comme les attentes sociales qui en dérivent, contribue à changer la notion même de gouvernement. Alors que gouverner avait longtemps renvoyé au fait d'administrer un territoire, de gérer des populations, de distribuer des ressources, d'arbitrer entre des intérêts, de voter et d'appliquer des lois, cela signifie de plus en plus aujourd'hui être attentif à des situations individuelles et traiter des cas particuliers. En d'autres

---

1. Cf. Martha Nussbaum, « La littérature comme philosophie morale », *in* S. Laugier (éd), *Éthique, littérature, vie humaine*, Paris, PUF, 2006. On peut aussi rappeler ici que Stanley Cavell a largement adossé son œuvre philosophique au commentaire de films.

2. Ludwig Wittgenstein, « Le cahier bleu », in *Le Cahier bleu et le Cahier brun*, Paris, Gallimard, 1965, p. 68-70.

termes, la politique est de nouveau appréhendée comme *art* de gouverner. Il faut faire retour sur ce qu'avait été l'idéal démocratique défini comme régime de la généralité pour prendre la mesure de la formidable rupture que cela implique.

Pour les Lumières, le seul pouvoir légitime était celui de la loi, c'est-à-dire celui d'une norme caractérisée par sa généralité et sa continuité. Le despotisme était assimilé au pouvoir de la particularité (le «bon vouloir» du prince comme arbitraire) tandis que la liberté reposait sur la généralité de la règle : généralité comme origine (production représentative-parlementaire) ; généralité comme forme (caractère impersonnel de la norme) ; généralité comme mode d'administration (l'État). Le prestige de la loi procédait de cette triple équivalence. La loi était à la fois un *principe d'ordre*, qui permettait de «transformer un nombre infini d'hommes [...] en un même corps», et un *principe de justice*, puisqu'en sa généralité elle ne connaît personne en particulier, ce qui lui permet ainsi d'être une «intelligence sans passion»[1]. L'accent mis au XVIIIᵉ siècle sur le rôle de la loi correspondait également à un impératif de rationalisation. Rationalisation de l'État et perfectionnement du droit étaient alors compris comme deux objectifs superposés. La bonne loi était celle dont l'application ne laissait prise à aucune indétermination : «Les lois, disait-on, doivent être si claires, que chacun en les lisant y voit non seulement la décision du cas qu'il cherche, mais qu'il la voit encore, s'il est possible, d'une manière à n'avoir pas besoin d'interpréter ; ainsi un bon législateur doit viser à diminuer le besoin que l'on peut avoir de jurisconsultes[2].» La loi, en d'autres termes, devait être l'expression de la raison générale, incarnant indissocia-

---

1. Les deux formules sont de magistrats français du XVIIIᵉ siècle, cités par Marie-France Renoux-Zagamé, «Royaume de la loi : équité et rigueur du droit selon la doctrine des Parlements de la monarchie», *Justices*, n° 9, janvier-mars 1998, p. 23

2. Abbé de Saint-Pierre, *Mémoire pour diminuer le nombre de procès*, Paris, 1725, p. 36.

blement les deux principes de rationalité et de généralité. «Il est à propos, soulignait-on encore, de faire en sorte que chaque loi, par la généralité de son expression, comprenne et embrasse toutes les espèces des cas particuliers sans exception[1]. » Dans le sillage de Beccaria, toute une ardeur codificatrice avait saisi sur cette base l'Europe des Lumières. Cette vision de la généralité invitait à considérer que l'énoncé de la loi pouvait absorber la pluralité des possibles, l'infinité des singularités. La fabrique du droit participait donc bien dans ce cadre d'une entreprise de rationalisation du monde. La souveraineté de la loi ne signifiait pas seulement affirmation de l'État de droit, mais ambition du législateur d'absorber toutes les fonctions politiques.

L'idée d'un règne de la loi, dans ses différentes dimensions, renvoyait ainsi au XVIIIe siècle à l'affirmation répétée d'un pouvoir de la généralité, d'ordre indissociablement procédural et substantiel (la loi est en même temps une norme et une forme). Cette vision ne se dissociait pas de l'utopie d'un pouvoir capable de saisir entièrement la société et de la mouvoir en ses détails. La philosophie politique de la Révolution française a trouvé là son ressort le plus puissant. Une telle utopie nomocratique et la volonté populaire exprimée dans les urnes étaient supposées joindre leurs effets au service d'une entreprise démocratique de «généralisation du monde» : la volonté générale exprimée dans le moment de l'élection ne prenait alors pleinement sens que si ses qualités se prolongeaient et s'incarnaient dans la forme du pouvoir de la généralité qui en était issue. La généralité comme procédure (le vote universel) et la généralité comme substance (l'intérêt public) se superposaient ainsi dans l'idée d'un pouvoir social identifié à la loi. Cette sacralisation du législatif conduisait à porter un regard suspicieux sur l'exécutif qui n'opère, par essence, que par des actes particuliers. Le règne de la loi identifié à celui de la souveraineté du peuple impliquait donc de canaliser et de contraindre très fortement ce pouvoir

---

1. *Ibid.*, p. 30-31.

exécutif, l'idéal étant de le réduire à la portion congrue. Les constituants de 1789 iront pour cela jusqu'à récuser le terme de *pouvoir* pour dénommer l'exécutif, le requalifiant plus modestement de simple « fonction » ou d'« autorité »[1].

On ne saurait certes considérer politiquement le XVIIIe siècle de cet unique point de vue du culte de la généralité. Le seul fait de se tourner vers les Lumières écossaises inviterait à nuancer le jugement. En France même, la plupart des philosophes avaient bien compris que la capacité à gouverner les mœurs constituait aussi un enjeu politique majeur. On ne peut par exemple oublier que si Rousseau avait sacralisé le rôle de la loi, il s'était en même temps penché de façon minutieuse sur les conditions d'une gestion des conduites et des habitudes. Ses contemporains le reconnaissaient d'ailleurs plus comme l'auteur de *La Nouvelle Héloïse* ou de l'*Émile* que du *Contrat social*[2]. Mais cette attention politique aux mœurs restait alors liée à une problématique de la gouvernabilité pensée du simple point de vue du pouvoir. La célébration associée de la figure du pédagogue était indissociable d'une entreprise de maîtrise de la société. C'est pour être plus efficace que le gouvernement devait se faire éducateur, pensait-on. Cette vision n'était nullement intégrée à une quelconque philosophie démocratique de l'art de gouverner[3]. On pourrait dire la même chose de la réflexion libérale sur la gouvernabilité du début du XIXe siècle. Un Guizot avait lui aussi appelé à considérer comme centrale la question d'un « gouvernement des esprits » dans le monde moderne[4]. « Le pouvoir, disait-il à ses contemporains, est souvent saisi d'une

---

1. Sur la disqualification du pouvoir exécutif pendant la Révolution française, cf. *Le Modèle politique français*, op. cit.

2. Cf. sur ce point l'ouvrage important de Florent GUÉNARD, *Rousseau et le travail de la convenance*, Paris, Honoré Champion, 2004.

3. Sauf à penser que l'attention aux mœurs est l'équivalent de la reconnaissance d'une sorte de pouvoir social.

4. F. GUIZOT, *Des moyens de gouvernement et d'opposition dans l'état actuel de la France*, Paris, 1821.

étrange erreur. Des ministres, des préfets, des maires, des percepteurs, des soldats, c'est là ce qu'il appelle des moyens de gouvernement ; et quand il les possède, quand il les a disposés en réseaux sur la face du pays, il dit qu'il gouverne, et s'étonne encore des obstacles, de ne pas posséder son peuple comme ses agents. Je me hâte de le dire : ce n'est point là ce que j'entends par moyens de gouvernement [...]. Les vrais moyens de gouvernement, poursuivait-il, ne sont pas dans ces instruments directs et visibles de l'action du pouvoir. Ils résident au sein de la société elle-même et ne peuvent en être séparés. Il est vain de prétendre la régir par des forces extérieures à ses forces, par des machines établies à sa surface mais qui n'ont point de racines dans ses entrailles et n'y puisent point le principe de leur mouvement. Les moyens de gouvernement intérieurs, que renferme et peut fournir le pays même, voilà ceux dont je m'occupe », concluait-il[1]. Et d'appeler en conséquence à se saisir, pour les manœuvrer, des opinions, des passions et des intérêts disséminés dans la société. Il y avait bien de cette façon chez lui le projet de déterminer les conditions d'une gouvernabilité de la nouvelle société des individus qui commençait alors à émerger. Il avait perçu que cette question ne se réduisait pas à celle de l'établissement du système représentatif et d'un État bien organisé. Mais c'est toujours du point de vue du pouvoir qu'il développait cette réflexion. Son but était de concevoir de nouvelles technologies politiques[2], et non de reformuler l'idéal moderne d'émancipation en intégrant cette donnée.

Le fait important, pour notre développement, est bien en effet qu'une telle approche de la « gouvernementalité » (le mot est forgé dans les années 1820) n'a pas été prise en compte, de

1. *Ibid.*, p. 128-130. Sur cette question, cf. mes développements in *Le Moment Guizot*, Paris, Gallimard, 1985.
2. C'est pour cette raison que M. FOUCAULT étudiera avec attention les objectifs et les ressorts de cette approche libérale. Cf. notamment son cours de 1978-1979 au Collège de France, *Naissance de la biopolitique*, *op. cit.*

quelque façon que ce soit, dans les théories de la démocratie[1]. Les grands penseurs de la liberté et de la participation n'ont appréhendé la démocratie que sous les espèces d'un régime, s'attachant presque exclusivement aux questions d'organisation des pouvoirs, de distribution des droits politiques, de modalités de la représentation. Seuls les gouvernants se sont, pour leur propre bénéfice, préoccupés de l'autre dimension. Dans le monde démocratique, chaque politicien a continué à assimiler de fait, à son usage propre, un ensemble de «recettes» nées de l'expérience sur les moyens de flatter l'opinion, de faire avancer ses projets, de conserver le pouvoir ou de le conquérir. Tout en étant soumis à l'épreuve électorale, les hommes et les femmes politiques de l'âge démocratique ont ainsi continué à penser et à agir en machiavéliens ordinaires. Comme si deux sphères coexistaient sans jamais s'ouvrir l'une à l'autre. D'un côté, l'univers public de la compétition électorale, avec ses règles d'engagement, ses sanctions, sa rhétorique ; de l'autre, le continent immergé des calculs, des arrangements, des manœuvres et des manipulations. Les vieilles théories de la raison d'État se sont effondrées, à partir du XVIIIᵉ siècle, sous le coup de boutoir du «règne de la critique» et des nouvelles exigences de la publicité. Les institutions démocratiques et représentatives ont imposé les règles contraires de la discussion publique et des programmes affichés. Mais les pratiques quotidiennes du pouvoir n'ont, elles, guère changé. Elles sont restées celles du temps des *arcana imperii*. Il suffit de se replonger dans la littérature des grands conseillers des princes du XVIIᵉ siècle pour s'en persuader. Le lecteur de l'*Oraculo manual* (1647) de Baltasar Gracián, des *Considérations politiques sur les coups d'État* (1639) de Gabriel Naudé ou du *Bréviaire des politiciens* du cardinal Mazarin (publié tardivement en 1700) se trouve projeté dans un monde qui lui semble abso-

---

1. Le très petit nombre de livres consacrés au pouvoir exécutif contraste ainsi singulièrement avec la masse des travaux consacrés au système représentatif et à la production de la loi.

lument familier. Mais c'est une littérature qui paraît en même temps terriblement sulfureuse et dérangeante, tant elle fait du cynisme le comportement le plus naturel qui soit, parlant ouvertement de ce qui est inavouable ou innommable. Il n'est en effet question dans ces ouvrages que de manutention des esprits, d'art de la dissimulation, de stratégies de la séduction, de manipulation des crédulités. Leur amoralité réaliste et tranquille n'a bien sûr été conçue qu'à l'usage des maîtres et des esprits forts, dans le prolongement de la philosophie des libertins érudits de leur époque, acharnés à penser à l'écart du vulgaire. On ne s'étonne pas ainsi que Naudé se soit contenté d'un tirage de douze exemplaires pour son grand livre, comme s'il avait été dangereux et malséant de diffuser plus largement une œuvre voulant «déchiffrer l'action des Princes et faire voir à nu ce qu'ils s'efforcent tous les jours de cacher avec mille sortes d'artifices». La dédicace à d'influents personnages de ce genre de livres n'était pas qu'affaire de politesse! La réédition de ces textes à l'âge démocratique a du même coup toujours produit des effets équivoques[1]. Elle a contribué à rendre les citoyens plus lucides, en semblant dévoiler ce qu'ils ressentaient souvent sans en saisir aussi fortement les ressorts. Préfaçant une réédition de Mazarin, Umberto Eco note dans cette direction: «Vous y trouverez plein de gens que vous connaissez pour les avoir vus à la télé ou rencontrés en entreprise[2].» Mais ces textes ont

---

1. Il est d'ailleurs significatif que ces textes aient souvent été réédités dans un premier temps chez des éditeurs confidentiels, comme si c'était une façon de leur conserver leur caractère réservé à quelques *happy few*. Mais ils ont aussi fait l'objet de publications scientifiques. Cf. par exemple l'ensemble des *Traités politiques, esthétiques, éthiques* de Baltasar GRACIÁN, présentés et traduits par Benito Pelegrín (Paris, Seuil, 2005), ou l'édition des *Considérations politiques sur les coups d'État* de Gabriel NAUDÉ, précédée d'un long essai de Louis MARIN, «Pour une théorie baroque de l'action politique» (Les Éditions de Paris, 1988).

2. La formule est employée dans sa présentation du *Bréviaire des politiciens* du cardinal MAZARIN (Paris, Arléa, 1996).

aussi souvent été utilisés pour entretenir une perception conspiratrice du pouvoir, renforçant l'idée qu'une sorte de gouvernement secret menait le monde à l'insu des citoyens ; et que la vie démocratique de surface n'était en conséquence qu'un leurre, un paravent qui avait pour seule fonction de dissimuler la marche réelle des choses[1].

Les systèmes régis par le suffrage universel ont ainsi été minés depuis leurs premiers pas par le fossé existant entre le fait que la démocratie n'était pensée que sous les espèces d'un régime tandis que le gouvernement restait perçu comme appartenant toujours à l'ancien monde, pré-démocratique, de la raison cynique. Bien des désillusions et des désenchantements en ont directement résulté. Mais les termes du problème sont en train d'évoluer. L'entrée dans le nouveau monde de la particularité a en effet entraîné une somme d'attentes et de demandes, en termes d'équité, de proximité, de reconnaissance, qui conduisent les citoyens à penser aussi la démocratie en tant que gouvernement. Refont surface de cette façon, sans que l'on en ait encore clairement pris la mesure, un ensemble de questions fort anciennes sur le bon gouvernement et l'art de gouverner, désormais intégrées à la formulation même de l'exigence démocratique. Revient le temps des *miroirs des princes*[2], en même temps que s'ouvre ce nouveau continent démocratique, avec les avancées et les nouvelles pathologies qui se dessinent déjà à sa surface.

---

1. Il est ainsi significatif que l'un des pamphlets les plus fameux ayant emprunté ce style au XIXe siècle, le *Dialogue aux enfers entre Machiavel et Montesquieu* de Maurice JOLY (1864), conçu comme une impitoyable dénonciation du gouvernement de Napoléon III, ait été démarqué pour servir de matrice à la rédaction des sinistres *Protocoles des Sages de Sion*, prétendant dénoncer un complot juif de maîtrise du monde.

2. Pour une approche d'ensemble du mouvement qui avait conduit à l'abandon historique des problématiques du gouvernement au profit d'une pensée de l'État et de la souveraineté, cf. Michel SENELLART, *Les Arts de gouverner. Du regimen médiéval au concept de gouvernement*, Paris, Seuil, 1995.

La généralité d'attention à la particularité

La première exigence que formulent les citoyens pour faire entrer l'action gouvernementale en démocratie est qu'elle soit attentive à la diversité des situations, qu'elle ne sacrifie personne à l'abstraction d'un principe. La demande d'impartialité et de réflexivité renvoyait au déploiement de formes négatives et réflexives de la généralité, fondées sur l'arrachement aux forces de la particularité. C'est un chemin tout différent qui est tracé avec cette nouvelle attente. Il esquisse en effet une autre définition de la généralité, comme immersion radicale dans le concret du monde, volonté de le saisir dans son absolue diversité et sa complexité. La généralité est construite dans ce cas par un champ d'attention, un souci de proximité. C'est donc une généralité qui est essentiellement *vivante*, détachée de l'ordre des règles et des institutions. Elle s'enracine dans ce que l'on peut appeler en suivant Aristote l'*épikie*[1] (notion que ne traduit que fort imparfaitement notre terme moderne d'équité). Loin de renvoyer à une institution, à une détermination légale ou même à une morale, l'épikie est de l'ordre d'une exigence sociale ; elle est une vertu pratique. Elle prend son origine dans la reconnaissance du fait que chaque situation comporte un élément d'originalité irréductible qui doit être pris en compte. C'est ce qui constitue au sens fort du terme l'idée de gouvernement dans ce qui la distingue de l'action administrative et de l'application de la loi. Alors que le mot « exécutif » suggérait toujours une forme de démultiplication et d'application d'un pouvoir premier, n'ayant donc pas de consistance en lui-même, l'exigence d'épikie fonde en sa pleine autonomie et originalité la notion de gouvernement.

---

1. Mot qui transcrit l'*epieikeia* d'ARISTOTE (cf. *Éthique à Nicomaque*, V, 1137 b 5-30).

Tandis que la loi est toujours référée à une généralité objective, l'épikie invite à considérer une généralité d'un autre ordre, fondée sur la recherche d'une décision absolument adaptée à chaque problème ou à chaque situation. La généralité qualifie donc là un comportement marqué par le souci de considérer avec la plus grande attention le monde infini des singularités. Elle ne peut évidemment que dessiner dans ce cas un horizon régulateur, ou plus précisément caractériser une *méthode politique* caractérisant l'art de gouverner. Elle ne constitue certes pas en elle-même une politique : l'épikie débouche toujours *in fine* sur une décision politique, procédant à des arbitrages dans un monde de la rareté. Si le respect, l'impartialité, la reconnaissance, le souci de proximité sont des biens publics que tous peuvent également partager, la distribution des ressources, elle, reste toujours de l'ordre du choix. Mais c'est un choix qui n'a de légitimité que s'il s'est préalablement conformé à cette «méthode démocratique» d'attention aux particularités.

L'importance attachée à ce type de généralité démocratique est en constant développement dans une économie et une société de la singularité. Chacun veut être sûr d'avoir été entendu, de voir son problème reconnu, de compter pour quelque chose. C'est particulièrement flagrant dans le domaine de l'État-providence, de plus en plus amené à jauger des conduites pour attribuer des droits[1]. Ce qui est dans tous les cas rejeté, c'est la règle aveugle. Elle est perçue comme inhumaine parce qu'elle est mécanique, ne considère les individus que dans leur abstraction, sans restituer leur condition dans son histoire et dans son contexte. C'est sur ce mode que sont d'ailleurs aussi de plus en plus critiqués aujourd'hui l'ordre marchand et sa dureté. Ils

---

1. Voir en France, de façon emblématique, la gestion du revenu minimum d'insertion (RMI). Cf. P. Rosanvallon, *La Nouvelle Question sociale. Repenser l'État-providence*, Paris, Seuil, 1995 (notamment «Les nouvelles magistratures du sujet», p. 211-216).

incarnent en effet par excellence le règne d'une *généralité froide*, mécanique et insensible, dans un monde social qui aspire à voir gouverner une généralité attentive et vivante.

2.

La politique de présence

Présence et représentation

L'élection d'un représentant renvoie à une double logique de distinction et d'identification. On veut que celui pour lequel on vote ait la capacité de gouverner. C'est la reconnaissance de qualités de dirigeant et de compétences techniques chez un candidat qui guide le choix. L'élection obéit alors à un principe de distinction. Elle repose sur l'idée qu'il faut «sélectionner les meilleurs», et l'électeur admet de façon implicite que l'élu a des capacités qu'il ne possède pas lui-même. Mais on attend simultanément du représentant qu'il soit proche de ses électeurs, qu'il en connaisse les problèmes et les préoccupations, qu'il en partage les soucis et les aspirations. L'élection se réfère dans ce cas à un principe de proximité, d'identité. Le représentant idéal est dans cette perspective celui qui pense, qui parle et qui vit comme ses mandants, sorte de double valorisant d'eux-mêmes. D'un côté, l'espérance d'avoir des élus compétents, de l'autre, l'aspiration à ce qu'ils soient avant tout des semblables. Attente de «personnalités», d'une part, éloge des «hommes obscurs», figures sans nom issus de la multitude, de l'autre. Ce sont ainsi les deux idéaux-types de l'avocat (puis de l'expert) et du camarade qui ont constitué depuis deux siècles les références concurrentes pour penser la représentation. L'opposition entre les principes qui sous-tendent ces figures a été au centre des controverses et des débats qui n'ont cessé de traverser les démocraties représentatives[1]. La démocratie des partis a permis pendant une longue période de lier les deux éléments, superposant les effets d'une procédure de sélection interne à l'affirmation d'une identité sociale et d'une opinion commune. Elle a ainsi réduit l'intensité de ce qu'on peut qualifier de tension structurante des systèmes représentatifs. Son indéniable affaissement a donc mécaniquement conduit à en raviver les traits. C'est à quoi correspond ce qu'on a souvent qualifié, en des termes trop globaux, de «crise de la représentation». Et c'est dans ce cadre d'ensemble qu'il faut resituer l'apparition d'une demande sociale de présence.

Présence, empathie, compassion : un nouveau langage a fait irruption en politique avec ces mots. Ils témoignent d'une rupture dans l'approche des problèmes de l'identité et de la représentation. Ils traduisent le fait que le rapport d'identité entre les citoyens et les gouvernants ne peut plus être pensé en termes sociologiques, sur le mode d'une figuration, avec l'horizon du type de similarité qu'un Proudhon appelait de ses vœux en souhaitant l'avènement de députés ouvriers, seuls capables à ses yeux de représenter une population parce qu'ils en vivraient quotidiennement les difficultés[2]. Une politique de l'identité conçue dans ces termes garde certes toujours sa force de suggestion, lorsqu'il s'agit par exemple d'évoquer l'absence de «minorités visibles» au Parlement ou la sous-représentation

---

1. Ils ont ainsi été au cœur des affrontements intellectuels et politiques pendant les révolutions française et américaine.
2. Cf. sur ce point mes développements dans *Le Peuple introuvable*, *op. cit.*

des femmes[1]. Mais cette appréhension a perdu de sa centralité du fait même des bouleversements qui ont affecté la structure de la société. Les problèmes de la représentation et de l'identité sont dorénavant compris sur un mode différent. On attend surtout du pouvoir qu'il manifeste une capacité de partage, qu'il fasse preuve d'attention, qu'il témoigne de sa sensibilité aux épreuves vécues. Un impératif de présence et une attente de compassion se sont de la sorte substitués à une exigence de représentativité qui ne faisait plus clairement sens[2]. Le fait d'*être* présent a remplacé le projet de *rendre* présent (*repraesentare*).

Dans un essai célèbre, Paul Ricœur oppose les figures du *socius* et du *prochain*[3]. Le *socius* est l'individu social, le membre d'un groupement ou d'une classe ; il se fond dans une catégorie, une fonction, une identité collective. C'est le sujet politique et social ordinaire. Il est sujet abstrait pour le droit, citoyen pour l'État, contribuable pour l'administration fiscale, ouvrier, employé ou cadre dans l'ordre économique. Le lien entre *socii* est donc toujours médiatisé, lié au fonctionnement ou à l'intervention d'une institution. Rien de tel avec le prochain. « Le prochain, note Ricœur, c'est la conduite même de se rendre présent[4]. » Il y a donc une praxis de la constitution d'un prochain, mais en aucune façon une sociologie : « On n'a pas un

---

1. On peut noter que, dans un ouvrage classique, Anne PHILIPS avait justement employé à ce propos l'expression de « politique de présence », en l'opposant à une « politique des idées » (*The Politics of Presence*, Oxford, Clarendon Press, 1995).

2. C'est, à ma connaissance, chez Clifford ORWIN que l'on trouve l'une des premières formulations de ce basculement. « Le début de la compassion politique, écrit-il, a suivi de près l'apparition du gouvernement représentatif moderne. Sa fonction fut de certifier la représentativité quand les autres signes ne suffisaient pas à l'établir » (« Compassion », *The American Scholar*, été 1980, traduit en français dans *Commentaire*, n° 43, 1988, p. 614).

3. Paul RICŒUR, « Le *socius* et le prochain », in *Histoire et vérité*, 2e éd., Paris, Seuil, 1964.

4. *Op. cit.*, p. 100.

prochain ; je me fais le prochain de quelqu'un», résume-t-il. Le prochain est toujours singulier, il ne peut apparaître que lié à un événement, comme dans le cas de la parabole du bon Samaritain de l'Évangile sur laquelle s'appuie le philosophe pour développer son propos. Il est constitué par un acte volontaire de rapprochement, l'exercice d'une présence active, la manifestation d'un sentiment de solidarité. Ce sont des figures de «prochains exemplaires» de cette nature qu'une politique de présence constitue en objet. D'où la centralité des comportements d'empathie. Ils renvoient en effet toujours à la singularité d'une histoire dans laquelle quelqu'un s'implique directement. C'est un point qui a été fortement souligné dans les développements consacrés par Arendt à la compassion dans son *Essai sur la révolution*[1]. Si la compassion abolit les distances entre deux personnes, lie une présence au partage d'une épreuve, elle reste toujours appliquée à des cas d'espèces. «Son intensité, souligne la philosophe, participe de l'intensité de la passion même, qui, en opposition avec la raison, ne peut comprendre que le particulier, mais reste sans connaissance du général et n'a nulle capacité de généralisation[2].» Elle a donc une dimension structurellement impolitique. Mais cette particularisation du monde qui sous-tend l'exercice de la compassion n'a peut-être plus le sens que lui donnaient il y a un demi-siècle Ricœur et Arendt.

L'analyse que nous avons précédemment développée de l'avènement d'une économie et d'une société de la singularité prend ici toute son importance. Le «social», rappelons-le, n'est dorénavant plus seulement constitué par des identités, c'est-à-dire des appartenances à des ensembles définis par des caractéristiques socio-économiques données (âge, sexe, origine, profession, revenu, patrimoine, etc.). Il est de plus en plus composé par des communautés d'épreuve, des apparentements

---

1. H. ARENDT, *Essai sur la révolution*, Paris, Gallimard, 1967, p. 116-129.
2. *Ibid.*, p. 121.

de situations, des parallélismes entre des histoires ; il a une dimension narrative et réflexive. Le souci d'un individu particulier change donc de signification dans cette perspective. Il prend en lui-même une dimension immédiatement sociale. Si quelqu'un manifeste sa compassion pour un accidenté de la route, son geste touche tous ceux qui ont vécu le même drame. L'attention à un « fait divers » peut donc être perçue comme le signe d'une préoccupation plus large. Ce fait divers dépasse alors sa dimension d'anecdote, d'anomalie, de curiosité : il présente un caractère d'exemplarité, constitue un fait social. C'est ce qu'il faut souligner, sans considérer pour l'instant la question des types de faits divers qui sont mis en avant et valorisés. La notion même de peuple est aussi redéfinie dans cette mesure. Elle ne désigne plus tant ce qui serait de l'ordre d'un groupe donné que ce qui s'apparente à la communauté mouvante et invisible de ceux dont les épreuves, ou les histoires plus généralement, ne sont pas prises en compte. L'oubli, l'indifférence, le mépris, la relégation sont ainsi devenus les expressions contemporaines les plus fortement ressenties de l'aliénation et de la domination. C'est l'existence même, on l'a déjà dit, qui est en jeu quand il y a sentiment d'abandon ; cela va plus loin que de ressentir ses seuls intérêts desservis. L'émancipation commence du même coup avec le sentiment d'être écouté, de voir des vies ressemblant à la sienne compter socialement. D'où l'écho que rencontre dans ces cas une politique de la présence. Elle a une fonction de reconnaissance de ces existences, elle valide leur détresse. En leur donnant un statut, elle les rétablit dans la sphère de la citoyenneté. D'où aussi la centralité toujours plus grande de la notion de victime. Elle correspond à la difficulté croissante de penser positivement l'identité : la victime est définie par un manque, c'est l'individu dont les épreuves n'ont pas été considérées. Représenter, c'est être dans ces conditions présent aux côtés de ceux qui vivent ces situations, faire exister socialement les histoires dont elles témoignent : c'est une *représentation-empathie*. Elle consiste indissociablement à faire émerger un sens et à manifester une attention. Ce n'est plus la qualité de ressemblance mais la sincérité de la compassion, l'expression de la proximité, qui définissent la «bonne représentation».

L'empathie ne peut pour cela se réduire à un discours. Parlant de la compassion, Arendt note à juste titre que son langage «consiste en gestes et expressions du corps plutôt qu'en mots[1]». Commentant l'attitude de Jésus face au Grand Inquisiteur dans un passage des *Frères Karamazov*, elle souligne le contraste qu'établit Dostoïevski entre le caractère muet et silencieux de la compassion du premier et la débordante éloquence du second. La puissance et l'intensité sont là dans la présence nue davantage que dans la vigueur et le talent de la parole. Avec la représentation-compassion, émerge une *gestualité* du pouvoir. Sa légitimité dépend de sa capacité à dessiner une figure sensible, à prendre expressivement corps. Réapparaît de la sorte une dimension ancienne de la représentation comme exposition du pouvoir, mise en scène du corps du souverain, dont Louis Marin s'est fait le savant exégète[2]. Ce sont bien des «effets de présence», pour reprendre une de ses expressions, qui contribuaient effectivement à établir le pouvoir monarchique. Représenter, c'était alors afficher, exhiber; avec un but: «intensifier, redoubler une présence[3]», accroître le mystère. Avec l'hostie royale, notait Marin, «la représentation met la force en signes[4]». L'avènement de la démocratie avait conduit à un double mouvement d'appropriation collective et de désincorporation d'un pouvoir qui était désormais essentiellement inscrit dans des règles et des procédures dont nul n'était propriétaire. La réincorporation contemporaine du politique marque une

---

1. *Ibid.*, p. 122.
2. Cf. ses articles rassemblés dans *Politique de la représentation*, Paris, Kimé, 2005, ainsi que son grand ouvrage *Le Portrait du Roi*, Paris, Minuit, 1981.
3. *Le Portrait du Roi, op. cit.*, p. 10.
4. *Ibid.*, p. 11.

rupture, mais elle n'opère cependant pas un simple retour à cet ancien régime de la figuration. Elle en démocratise en quelque sorte les ressorts sur le mode d'un *corps proche*, désymbolisé, offert en permanence à la vue du public, réduit à sa présence réelle et non plus installé dans une image hautaine et forcée.

La centralité des médias audiovisuels trouve là son origine. Leur fonction ne se limite pas à faire connaître ce que font ou disent ailleurs les gouvernants. Elle est d'abord de les montrer : ils sont devenus pour cela la forme même de la nouvelle politique de présence. Le pouvoir empathique répond de cette façon à la crise de la représentation en visant à redonner lisibilité et visibilité à une politique moderne qui s'était dérobée aux sens. Il contraste également avec la dissémination et la complexification des processus de décision. Alors que les séances parlementaires sont souvent clairsemées, donnant un sentiment de vide, le travail des élus s'étant déplacé dans l'univers soustrait aux regards des commissions, et que l'administration est aussi insaisissable, gouvernée par l'abstraction, le pouvoir empathique impose sa vérité sensible. D'où les liens qu'il tisse avec une rhétorique de la volonté, l'évidence de l'énergie déployée se substituant facilement en lui au fait de l'action.

La présence donne aussi un caractère de permanence à la représentation. Le pouvoir devient comme immanent, immergé dans la société, épousant ses mouvements : l'abolition de la distance met en place l'équivalent d'une nouvelle temporalité démocratique. À l'utopie régénératrice d'une démocratie directe, elle substitue un régime effectif d'immédiateté. C'est ainsi que le pouvoir empathique instaure une expression de la généralité démocratique comme sollicitude universelle, familiarité quotidienne, constitution d'un espace sans dénivelé. Cette généralité est omniprésence, attention continue, en même temps que reconnaissance du caractère d'exemplarité de certains faits singuliers. La politique de présence, pourrait-on dire en inversant un concept sociologique, opère une *descente en généralité* [1]. Généraliser est là agir et penser à partir du quelconque, agrandir le banal aux dimensions du social. C'est en s'immergeant dans des particularités jugées exemplaires que l'on donne une consistance sensible à la notion de peuple. La généralité est bien ainsi pensée comme ce qui honore également toutes les particularités [2].

Si la présence a d'abord un sens directement charnel, elle contribue également à produire de l'identité collective sur un nouveau mode. Le fait qu'une épreuve ou une situation particulière soient tirées de l'oubli et de l'anonymat donne forme à la communauté virtuelle de tous ceux qui vivent des épreuves similaires. Des histoires brisées et négligées retrouvent leur dignité en étant racontées et resituées dans un récit élargi. Représenter signifie dans ce cas constituer publiquement un problème à partir d'un exemple. C'est aussi raconter des tranches de vie dans lesquelles beaucoup peuvent se reconnaître. C'est donner de la sorte un langage articulé à ce que vivent quotidiennement les gens et les constituer par là même pleinement dans leur condition de citoyens. Ce langage social de la particularité se distingue avec éclat des langages «technocratique» et «idéologique», désormais honnis parce qu'ils symbolisent l'expression d'une généralité ressentie comme creuse, dans laquelle nul ne se reconnaît plus, tant elle apparaît dissociée de l'expérience [3]. Peuvent à travers lui se constituer des identités sensibles qui se substituent à un régime défaillant de l'agrégation sociale simple. Une *représentation-narration* est ainsi à l'œuvre dans la politique de présence. Est perçu comme légitime aujourd'hui un pouvoir qui fait vivre ces deux dimensions, narrative et physique, de la

---

1. L'expression «montée en généralité» désigne le processus scientifique par lequel l'analyse des faits conduit à la production des concepts. C'est aussi le processus à travers lequel se constitue le champ spécifiquement politique.
2. Elle a de cette façon une dimension intermédiaire entre une approche procédurale et une approche substantielle.
3. Alors que même la vieille «langue de bois» résonnait encore à sa façon avec l'expérience des gens.

présence. C'est à cette double condition qu'il est maintenant considéré comme représentatif.

Cette nouvelle politique de la présence se décline dans différents registres. C'est pour la société elle-même une nouvelle façon de comprendre ce qui est de l'ordre du politique. On peut aussi constater que s'est développé sur ce mode ce qu'on peut appeler un nouveau *militantisme de la présence*. Il joue un rôle qui croît à mesure que déclinent les organisations traditionnellement représentatives. Au-delà même du cas évident des associations caritatives, qui ont depuis longtemps été des sortes d'«écoles du regard social», se multiplient les interventions dans l'espace public qui visent, par exemple, à afficher la proximité avec un écolier fils d'immigré clandestin menacé de reconduite à la frontière ou un groupe de personnes licenciées. Là encore, ce ne sont pas simplement des intérêts qui sont défendus : c'est un déni d'existence qui est racheté, une communauté qui est reconnue et fortifiée, un problème qui est inscrit sur l'agenda public. C'est effectivement sur ce mode que de plus en plus d'associations interviennent. On peut d'ailleurs rappeler qu'au tout début de l'histoire du socialisme, cette façon d'agir avait été décisive pour constituer une dignité prolétarienne bafouée par les puissants. Au tournant des années 1830, l'animateur du groupe saint-simonien exhortait ainsi ses amis à *communier* avec les ouvriers pour développer le sens d'une citoyenneté partagée et prouver leur capacité à jouer un rôle dirigeant dans la société. «Pour commander des travailleurs, disait-il, il faut avant tout connaître le travail, avoir l'habitude de sa vie, communier intimement, non seulement du fond du cœur, mais par une rude pratique, avec la classe la plus pauvre et la plus nombreuse [...]. Certes il vous manquera de vivre complètement de leur vie ; mais vous pouvez du moins mêler à votre vie bourgeoise un peu de celle du prolétaire[1]. » Il est

---

1. *Enseignements d'Enfantin* (1831), in *Œuvres de Saint-Simon et d'Enfantin*, Paris, 1865-1878, t. 16, p. 89-90.

aussi frappant de constater que les premiers ouvriers à prendre la plume pour raconter leur condition reprocheront d'abord aux capitalistes leur distance, leur égoïsme, leur absence de compassion. La vertu essentielle des prolétaires sera à l'inverse décrite comme résidant dans leur sens de la fraternité, c'est-à-dire dans leur attention au malheur d'autrui[1].

C'est cependant surtout vers l'action des gouvernants que nous avons à nous tourner ici. Cet impératif de présence, le lecteur n'a probablement pas cessé de le ressentir dans les pages qui précèdent, a déjà conduit à des changements radicaux dans l'art de gouverner, entraînant aussi dans son sillage une longue traîne d'effets pervers. Avant d'examiner ce tournant et ces effets, il est nécessaire de faire un retour à l'histoire, pour bien prendre la mesure de la révolution silencieuse en train de s'opérer.

Éléments pour une histoire de la distance et de la proximité

Le pouvoir politique moderne s'est d'abord affirmé comme raison d'État, secrète puissance, distance commandante. Mais même nimbé d'un mystère sacral, il a également dû se présenter comme serviteur de la société pour apparaître légitime. Un roi de guerre et de gloire comme Louis XIV était lui-même appelé à se faire l'ami des hommes et le père de ses peuples. Les modèles d'écriture que Bossuet avait donnés à recopier au Dauphin témoignent de cette dualité. Si le futur roi est appelé à coucher sur le papier qu'il sera «semblable à l'astre qui nous éclaire», il doit également humblement recopier à pleines pages : «Vous êtes absolument égal par la nature aux autres hommes et, par conséquent, vous devez être sensible à tous les maux et

---

1. Cf. sur ce point Jacques RANCIÈRE, *La Nuit des prolétaires. Archives du rêve ouvrier*, Paris, Fayard, 1981.

à toutes les misères de l'humanité[1]. » Puissance et compassion étaient donc clairement liées dans ce cadre. Mais la compassion dont il était question ne fondait nullement une politique, elle n'était qu'une disposition morale. Elle devait seulement régler la conscience du monarque. Cette vision a été complètement bouleversée par l'avènement des régimes libéraux et démocratiques. L'*ethos* égalitaire qui les fonde a d'abord introduit la tendance à abolir toutes les distinctions entre les hommes, instaurant la familiarité en vertu civile centrale. On connaît les pages fameuses consacrées par Tocqueville à décrire ce travail de l'égalité des conditions. C'est aussi l'idée d'une hiérarchie entre le pouvoir et la société qui est radicalement inversée, puisque cette dernière est désormais reconnue comme fondant l'autorité publique et lui conférant sa légitimité. L'essence du gouvernement représentatif est de consacrer cette révolution, même si subsiste toujours en son sein une réplique de la coexistence de la distance et de la compassion sous les espèces de la tension entre un principe de capacité et un principe de similarité.

Le problème de ce gouvernement représentatif est qu'il se fonde sur un principe dont la lisibilité n'est pas toujours assurée. Si le pouvoir politique est clairement rapporté à son origine populaire au moment des élections, ce lien perd ensuite de son évidence. D'où la nécessité de trouver d'autres modes d'expression plus sensibles de l'efficacité représentative. Surtout dans le cas des régimes au caractère démocratique incertain. C'est ainsi dans la France du Premier Empire qu'un des conseillers de Napoléon avait suggéré au souverain de multiplier les déplacements dans le pays pour témoigner de sa sollicitude et de sa proximité avec le peuple. «Le chef d'un grand État, écrivait-il, n'a qu'un moyen de connaître le peuple qu'il gouverne : c'est

1. Cf. Joël CORNETTE, «Le savoir des enfants du roi sous la monarchie absolue », *in* Ran HALÉVI (éd), *Le Savoir du prince, du Moyen Âge aux Lumières*, Paris, Fayard, 2002.

de voyager ; il n'a qu'un moyen de se faire connaître de ce peuple, c'est de voyager. Les voyages seuls mettent le prince et le peuple en communication directe l'un avec l'autre. On a dit et on a cru que le peuple ne pouvait faire connaître ses droits au prince que par des représentants. Quand le prince voyage, le peuple fait ses affaires lui-même. Sous un prince qui voyage, il y a plus de vraie et de bonne démocratie que dans toutes les républiques du monde [1]. » Le voyage est bien conçu dans ce cas comme une béquille de la représentation, une forme de communication politique directe, un substitut à des institutions défaillantes. D'un côté, la représentation-incarnation de celui qui prétendait être un « homme-peuple », de l'autre, une expérience physique de la proximité : c'est sur ce double mode que le bonapartisme a prétendu en son temps achever l'idéal démocratique. La légende napoléonienne se coulera ensuite dans ce moule pour l'idéaliser. Ouvrons une brochure du début des années 1830 : « Le peuple c'est moi, disait le petit Caporal, et le petit Caporal avait raison [...]. Il voulait dire par là que lui plus que tous les autres connaissait le peuple, vivait de sa vie [2]. » Balzac et Hugo fixeront ces images de proximité en de fortes pages de leurs œuvres qui marqueront des générations [3], tandis que, sur un mode plus modeste, le chansonnier Béranger écrira de petits textes qui feront pénétrer dans toutes les chaumières du pays les images superposées d'un géant de gloire et d'un homme simple [4]. « Il fumait avec les soldats et mangeait leurs pommes de terre », écrit-il ainsi dans un de ses plus célèbres refrains.

---

1. Pierre Louis ROEDERER, *Des voyages des chefs de gouvernement* (1804), in *Œuvres du comte P.L. Roederer*, t. VI, Paris, 1857, p. 460.

2. Religion saint-simonienne, *Napoléon, ou L'homme-peuple*, Paris, 1832, p. 1.

3. Cf. sur ce point Bernard MÉNAGER, *Les Napoléon du peuple*, Paris, Aubier, 1988, et Sudhir HAZAREESINGH, *La Légende de Napoléon*, Paris, Tallandier, 2005.

4. Cf. le chapitre consacré à la légende napoléonienne *in* Jean TOUCHARD, *La Gloire de Béranger*, t. I, Paris, Armand Colin, 1968.

L'introduction de l'élection du président de la République au suffrage universel, en 1848, va entraîner, en France toujours, un lien inédit entre le pouvoir et le peuple. Ce dernier va en effet naturellement se projeter de façon plus sensible dans celui qui est à la tête de l'État. Fait significatif, les ateliers producteurs d'images à bon marché, celles d'Épinal tout particulièrement, commencent à faire circuler dans tout le pays le visage de son élu. Une nouvelle page s'ouvre de la sorte dans l'histoire de la représentation politique. Le mécanisme politique prend un corps et un visage, s'insère dorénavant aussi dans une économie de la présence. Élection directe et vue immédiate commencent à faire système. Alors que Louis-Philippe était pratiquement resté cloîtré aux Tuileries après 1833, redoutant d'avoir un jour à affronter l'émeute, à l'image de celles qui avaient marqué l'année 1832, Louis Napoléon voudra au contraire multiplier les occasions de contact physique avec le pays. Il entreprendra ainsi dès 1849 une série de déplacements dans les départements. S'il inaugure des voies ferrées, alors en plein essor, il est aussi attentif à visiter des fabriques ; il rencontre les notables, mais aussi les ouvriers. Vers la fin de son mandat, à l'automne 1852, il sillonnera pendant deux mois le Sud-Ouest, présentant significativement son déplacement comme une « interrogation » du pays, à un moment où la question du rétablissement de l'Empire est à l'ordre du jour. Il ne s'agit cependant encore que d'une première ébauche de ce qui se transformera sous le Second Empire en une politique systématique. Celui qui est devenu Napoléon III justifiera en effet alors son rejet du système représentatif traditionnel en s'affirmant comme le double champion de l'exercice plébiscitaire et de la sollicitude rapprochée. Ses déplacements dans le pays seront érigés dans ce but en véritable instrument de gouvernement.

De 1853 à 1869, seize longs voyages sont organisés. Le but est dans chaque cas le même : mettre directement en contact les Français et leur chef. Si la mise en scène de la majesté impériale reste minutieusement étudiée, c'est surtout en champion de la proximité que se comporte Napoléon III. Il visite les ateliers et les usines, parcourt les établissements agricoles, inspecte les crèches et les hôpitaux, explore les quartiers habités par les classes les plus défavorisées. Il reçoit des délégations, de notables certes, mais aussi d'ouvriers ou de paysans, participe aux bals et aux banquets auxquels sont conviées des foules parfois considérables (près de dix mille personnes dans certains cas). C'est ainsi le souverain qui voyage, interface vivante et visible, que les masses peuvent s'approprier d'une façon presque physique. Les mêmes expressions se retrouvent alors dans la presse locale pour rendre compte de ces événements. Il y est question d'un empereur que tous entourent, peuvent regarder, saluer, toucher. On note que, dans une promenade d'après-déjeuner, «il a voulu qu'aucune escorte n'empêchât les paysans de l'approcher» ; on souligne qu'il a été «en contact immédiat avec la population» et qu'il avait ordonné qu'on la laisse venir à sa rencontre. Le témoin d'un voyage en Bretagne parle de «familiarité pleine de confiance», considère que «jamais le contact n'a été plus intime et plus fréquent entre le souverain et le peuple», et souligne que, dans les rues de la ville de Rennes, «pas de gardes, pas d'escorte, plus même de dignitaires : c'était un véritable pêle-mêle[1]». Proximité donc, mais aussi unanimité. La presse et les images font voir la masse enthousiaste et rassemblée. Il y a certainement de la complaisance dans ces relations. Mais elles consignent quelque chose d'essentiel. Dans la façon qu'elles ont d'enchanter la réalité, elles rendent plus lisibles les ressorts du type d'exercice du pouvoir que Napoléon III entendait inaugurer. On perçoit mieux de cette façon ce qui constitue le césarisme dans son ambition de fonder un nouveau rapport à la représentation, théorisé par le régime comme plus authentiquement démocratique que le système parlementaire.

---

1. Formules rapportées par Nicolas MARIOT, *C'est en marchant qu'on devient président. La République et ses chefs de l'État, 1848-2007*, Montreuil, Aux lieux d'être, 2007, p. 42-44.

Le face-à-face du plébiscite d'un côté et le côte-à-côte des voyages en province de l'autre (alors couramment considérés comme l'équivalent de «plébiscites continus[1]») étaient appelés par les thuriféraires du régime à parfaire l'idée démocratique sous les deux espèces de l'incarnation et de la présence.

Fait significatif, les voyages officiels perdront de leur centralité avec l'avènement de la IIIe République. Ces «épreuves de proximité[2]» subsisteront, mais sur un mode mineur. Les présidents républicains s'en serviront comme d'une technique auxiliaire de communication, mais ces déplacements n'auront plus la portée symbolique et pratique qu'ils avaient eue sous le Second Empire[3]. Seuls les voyages de Sadi Carnot feront peut-être exception, mais ils s'assigneront justement pour fonction de contrebalancer l'influence d'un «César en herbe», expert en contact direct avec les foules, le général Boulanger[4]. Sans clairement théoriser la question, les républicains vont chercher à conjurer le spectre du césarisme par un retour aux principes traditionnels du système représentatif. Leur hantise de voir ressurgir un jour le culte bonapartiste de la personnalité les conduira à faire une vertu de la distance représentative. Ils seront pour cela obsédés par le souci de désincorporer la poli-

1. Cf. Maurice DESLANDRES, *Histoire constitutionnelle de la France de 1789 à 1870*, Paris, 1933, t. II, p. 509.

2. La formule est de N. MARIOT dans son ouvrage *Bains de foule. Les voyages présidentiels en province, 1882-2002*, Paris, Belin, 2006, p. 133.

3. Cf. Rosemonde SANSON, «La République en représentation. À propos des voyages en province des présidents de la Troisième République (1879-1814)», in *La France démocratique. Mélanges offerts à Maurice Agulhon*, Paris, Publications de la Sorbonne, 1998.

4. Cf. N. MARIOT, «Propagande par la vue, souveraineté régalienne et gestion du nombre dans les voyages en province de Carnot (1888-1894)», *Genèses*, septembre 1995. Il est d'ailleurs intéressant de souligner à ce propos que Boulanger fut le premier homme politique à diffuser massivement son portrait photographique auprès des électeurs pour sa propagande (cf. Donald E. ENGLISH, *Political Uses of Photography in the Third French Republic, 1871-1914*, Ann Arbor (Mich.), UMI Research Press, 1981).

tique, suspectant toujours ceux des leurs qui enthousiasmaient trop habilement les foules, et considérant, selon une formule de Gambetta, que tout bon démocrate doit être «l'ennemi des personnalités excessives». La République préférera l'abstraction à la proximité[1]. Les premiers linéaments d'une politique de présence n'auront ainsi été compris que comme l'effet d'un illibéralisme doublé d'un archaïsme.

Le tournant

De quand dater alors le tournant qui a abouti au régime actuel de la présence comme politique? Pour répondre à la question, il faut d'abord clairement distinguer ce qui relève d'une simple stratégie de communication et ce qui constitue à proprement parler une politique. L'introduction de la familiarité en politique est ancienne; elle est consubstantielle à l'idéal démocratique. Dans la France des années 1830, on parlait ainsi déjà de Louis-Philippe comme d'un «roi citoyen» dont les habitudes bourgeoises étaient commentées dans les gazettes. L'Amérique de la même époque voyait de son côté triompher l'idée de la démocratie des gens ordinaires, et s'imposer un style politique ayant banni toute distance protocolaire. L'impératif de proximité des gouvernants sera ensuite tout simplement indexé sur l'évolution des mœurs et du monde médiatique, les conditions des compétitions électorales s'adaptant mécaniquement au rôle croissant des images, notamment lié à l'irruption de la télévision. Mais qu'il s'agisse des enfants de Kennedy jouant avec leur père dans le Bureau ovale de la Maison Blanche ou de Giscard d'Estaing s'invitant à dîner chez des Français ordinaires et recevant à l'Élysée les éboueurs du quartier, on ne peut encore parler que de communication. La proximité n'est qu'une variable parmi d'autres de l'image positive que cher-

---

1. On retrouvera encore directement l'écho de cette répulsion dans l'attitude face à de Gaulle au début de la Ve République.

chent à donner d'eux les gouvernants. La distance reste aussi fortement valorisée. En même temps qu'il n'hésite pas à jouer un air d'accordéon dans une fête de village, le président français fait par exemple renforcer un protocole très codifié et impulse un retour en faveur du style Louis XV. Dans un registre plus politique, celui qui fut successivement le grand maître en communication de François Mitterrand et de Jacques Chirac s'était encore fait dans les années 1990 le théoricien de la rareté et de la solennité de la parole présidentielle. Il avait célébré «le silence qui prépare à de très fortes intensités d'intervention» et considérait que la fréquence trop rapprochée des déclarations du chef de l'État diminuerait considérablement l'intensité du désir de l'entendre[1]. La vraie rupture est venue plus tard, au tournant du XXIe siècle, dérivée au premier chef des transformations internes aux différentes sociétés.

Pour en prendre matériellement la mesure, il suffit de consulter l'agenda des ministres ou des chefs de gouvernement. Ces agendas sont en effet un bon indicateur de ce que gouverner veut dire. Ils témoignent *matériellement* des formes que revêt l'exercice du pouvoir, au-delà des idéologies et des programmes. Ils expriment sans fard ce qui est considéré comme décisif dans la politique à un moment donné. Les gouvernants savent toujours bien où est pour eux l'essentiel ! Une enquête même superficielle montre qu'une véritable révolution s'est produite en ce domaine. Si la part des activités d'ordre diplomatique et institutionnel reste par la force des choses relativement identique, il est en revanche frappant de constater que les objets des déplacements dans le pays et la nature des visiteurs reçus ont par exemple profondément changé[2]. Pour

1. Jacques PILHAN, «L'écriture médiatique», *Le Débat*, n° 87, novembre-décembre 1995.
2. Cf. sur ce point la très suggestive statistique sur les activités des présidents français durant leurs déplacements établie sur plus d'un siècle par N. MARIOT (in *C'est en marchant qu'on devient président, op. cit.*, p. 291).

le dire d'un mot, ce sont de plus en plus des « individus-symboles » et de moins en moins des représentants d'institutions, d'organisations syndicales ou professionnelles auxquels des rendez-vous, fort médiatisés, sont accordés. Parallèlement, les chefs d'État se déplacent moins volontiers pour les inaugurations en tout genre, comme cela a longtemps été la règle, tandis qu'ils se précipitent au chevet de victimes exemplaires ou viennent témoigner de leur compassion à des populations (voire à de simples individus) éprouvées par une catastrophe naturelle ou un accident. George W. Bush aux États-Unis et Nicolas Sarkozy en France ont bien illustré ce tournant dans l'art de gouverner. En même temps qu'ils en ont symbolisé les expressions les plus dévoyées.

C'est dans l'Amérique du premier que le terme de *compassion* a d'abord fait irruption dans la langue politique. Le *compassionate conservatism* s'y est même présenté comme une doctrine politique originale. Si l'expression est introduite dès le début des années 1980, elle n'a vraiment été consacrée qu'avec la publication, en 1996, de *Renewing American Compassion* de Marvin Olasky[1]. George W. Bush, alors gouverneur du Texas, rédigea un avant-propos enthousiaste à un ouvrage ultérieur de l'auteur et mit le thème au cœur de sa vision politique. L'idée de compassion qui a alors été véhiculée était appréhendée comme un véritable « économiseur d'institutions ». Elle renvoyait à un double projet de désinstitutionnalisation de la chose publique. Elle s'inscrivait d'abord dans une lignée de critiques conservatrices de l'État-providence, insistant sur les effets pervers d'un système social bureaucratique fondé sur des droits automatiques[2]. Olasky

1. Cf. aussi, de Marvin OLASKY, *Compassionate Conservatism : What it Is, What it Does, and How it Can Transform America*, New York, The Free Press, 2000 (avec un avant-propos de George W. Bush).
2. Cf. l'ouvrage emblématique de Charles A. MURRAY, *Losing Ground : American Social Policy, 1950-1980*, New York, Basic Books, 1984.

s'était d'ailleurs précédemment fait remarquer en publiant *The Tragedy of American Compassion*[1], ouvrage dans lequel il prétendait démontrer que les phénomènes de pauvreté (*The Underclass*) étaient davantage près d'être jugulés au XIXᵉ siècle qu'ils ne l'étaient au XXᵉ. L'argument était simple : avant la constitution d'un État-providence, soutenait Olasky, les diverses organisations caritatives étaient particulièrement efficaces, tant du fait de leur connaissance du terrain et des personnes, individuellement, que de leur capacité à moraliser, à encadrer, voire à contraindre les pauvres. C'est donc à ce système qu'il convenait de revenir pour réduire les dépenses publiques et mieux soulager en même temps la pauvreté, cette dernière étant considérée comme « auto-entretenue » par l'existence de droits sociaux inconditionnels, indissociable d'une gestion bureaucratique du social. La compassion était donc dans ce cas le sentiment qui justifiait le retrait du politique et le recul des droits. Le face-à-face des pauvres et des organisations charitables défendait la nouvelle doctrine, rendait superflue l'existence d'un État aux effets jugés contre-productifs. Dans l'ordre politique, l'idée de compassion correspondait pour Bush à une politique des affects, aux antipodes d'une politique des idées. Elle servait explicitement à opposer une attitude conservatrice pragmatique, soucieuse des hommes, à une vision idéologique et bureaucratique dont les libéraux étaient accusés de se faire les défenseurs.

Le comportement de Nicolas Sarkozy en matière de proximité est quant à lui plus essentiellement politique. C'est en termes de pratiques de gouvernement qu'il se caractérise au premier chef. Les gestes répétés de ce que les observateurs ont été nombreux à qualifier d'« omniprésence » n'ont pas besoin d'être détaillés, tant les articles et les livres consacrés à la question ont composé une imposante bibliothèque. La plupart des commentateurs se sont de fait retrouvés pour résumer sous

---

1. Marvin OLASKY, *The Tragedy of American Compassion*, Washington D.C., Regnery Publishing, 1992.

deux têtes de chapitre ce qui a été pensé comme un style et une stratégie : le prurit activiste d'un côté, l'obsession de la communication de l'autre ; la gamme des qualificatifs utilisés variant bien sûr selon les degrés de sympathie ou de répulsion inspirés par le personnage. Mais la limite de ces analyses est justement d'avoir presque toujours appréhendé le sarkozysme des premiers mois, avec la rupture qu'il semblait traduire, comme un style personnel, une stratégie médiatique. Qu'il ait été cela est l'évidence. Mais il fallait avant tout le comprendre comme l'expression exacerbée d'une politique de la proximité. Dans sa gestuelle[1], dans sa propension à transformer des tranches de vie en simple affaire de *storytelling*[2], comme dans son rapport aux médias, il en a grossi les différents traits. Il en a exploité toutes les ressources et caricaturé toutes les formes. Il a du même coup violemment éclairé cette question de la présence et rendu particulièrement sensibles les pathologies, les dérives et les retournements destructeurs qui pouvaient résulter de sa dégradation en simple communication obsessionnelle, de plus en plus détachée des réalités.

Politique et impolitique de la présence

La présence définit un nouveau régime de la représentation dans lequel la notion de mandat n'a plus aucune place. Le but n'est plus d'organiser un lien d'obligation entre gouvernés et gouvernants. Il est de manifester que ces derniers comprennent ce que vivent les premiers. Les travaux de Hibbing et Theiss-Morse ont par exemple souligné que les citoyens sont beaucoup moins sensibles au contenu des mesures prises par

1. Cf. sur ce point les réflexions stimulantes d'Olivier MONGIN et Georges VIGARELLO, *Sarkozy, corps et âme d'un président*, Paris, Perrin, 2008.
2. Cf. Francesca POLLETTA, *It Was Like a Fever : Storytelling in Protest and Politics*, Chicago, The University of Chicago Press, 2006, et Christian SALMON, *Storytelling. La machine à fabriquer des histoires et à formater les esprits*, Paris, La Découverte, 2007.

le gouvernement qu'aux manifestations sincères d'empathie de ce dernier[1]. Ces manifestations sont en effet perçues comme des preuves pratiques du fait que les gouvernants ne vivent pas seulement cloîtrés dans leur petit monde à eux. La réduction de la distance représentative ne s'opère là ni par l'instauration de pouvoirs directs, ni sur le mode d'une ressemblance entre représentés et représentants. À ces deux techniques traditionnelles d'appropriation sociale de la politique s'en ajoute une troisième : celle du rapprochement physique et de la sollicitude. Alors que les engagements électoraux établissent un lien ressenti comme de plus en plus faible et fortement hypothétique, la présence offre sa consistance immédiate et effective. L'empathie, elle, tient toujours ses promesses, pourrait-on dire, même si elles sont modestes. Les gouvernants ont pris acte du désenchantement citoyen. Ils s'engagent du même coup moins sur des résultats. Ils se contentent de garantir l'énergie qu'ils vont déployer, l'attention qu'ils vont porter, le souci qui va les animer. C'est l'investissement tangible d'eux-mêmes qu'ils font valoir en s'affichant sur le terrain aux côtés de ceux qui incarnent aux yeux de tous, à un moment donné, les souffrances du monde ou au contraire ses réussites et ses espérances. C'est l'être même du pouvoir qui devient ainsi action. La présence est pour cela en train de devenir une véritable *forme politique*. Elle redéfinit les rapports des gouvernants aux gouvernés sur un mode inédit, et pose dans des termes post-représentatifs la question de la soumission du pouvoir à l'opinion.

Mais cette «solution» peut aussi être ce qui constitue le problème. La politique peut finir dans ce cadre par se dissoudre dans la seule représentation. Dans une démocratie de présence, la dimension procédurale et donc programmatique de la démocratie s'estompe : celle-ci tend à se réduire à un mode

---

1. Cf. J.R. HIBBING et E. THEISS-MORSE, *Stealth Democracy : Americans' Beliefs about How Government Should Work*, Cambridge, Cambridge University Press, 2002.

d'expression de la vie sociale. Ce mode est d'ailleurs complexe à analyser. Il ne consiste pas, en effet, en une simple « politique des identités », au sens classique d'une possibilité donnée à des minorités de se faire entendre, d'intervenir en tant que telles dans la cité, avec leurs projets et leurs revendications. C'est plus fondamentalement de la fabrication d'une sorte de grand miroir existentiel qu'il s'agit. Comme s'il n'était question que d'affirmer une vie nue, sans autre horizon que l'éradication de ce qui en fait ressortir les duretés sous les espèces d'une vie différente. La politique de présence a de la sorte une fonction d'exorcisme social ; elle a une dimension cathartique. En conduisant les gouvernants à rendre hommage au malheur, elle vise implicitement à rendre ce dernier plus supportable. Elle singularise aussi symétriquement les histoires de réussite pour les constituer en mythologies appropriables.

Mais force est de souligner en même temps qu'on ne peut pas parler au singulier des conduites de présence. S'il faut appréhender la présence comme une forme politique en soi, la nature des situations sur lesquelles elles s'exercent peut d'abord en faire varier complètement le sens. Manifester sa solidarité avec une famille expulsée de son logement ou recevoir la victime d'un acte raciste n'est pas s'afficher avec un commerçant poursuivi pour un acte discuté d'auto-défense. Les objets de l'empathie dessinent bien de cette façon une politique. Même sous les espèces les plus caricaturales de la médiatisation, se cache toujours un choix d'exprimer sa proximité avec telle ou telle personne. Il y a même une véritable « concurrence » des présences qui peut tenir lieu d'affrontement partisan. Manifester sa présence, il faut le souligner, est aussi, pour la société elle-même, une façon de faire de la politique, d'intervenir dans les affaires de la cité. Il y a bien à cet égard en retour ce que j'ai appelé un militantisme de la présence. Une conduite de présence peut constituer une façon d'enrichir l'action politique en élargissant les formes de la représentation. Mais, pour donner une consistance pleinement politique à l'empathie, il faut que celle-ci trouve ensuite le moyen de s'insérer dans l'élaboration d'un récit général, qu'elle ne se limite pas donc à une succession d'instantanés isolés. Elle doit s'inscrire dans un projet de détermination des termes de la justice sociale d'ensemble. En mettant l'accent sur les manques, les détresses, ou au contraire les réussites exemplaires, la présence ne constitue en effet qu'un moment de la vie démocratique. Elle peut jouer un rôle clef pour égaliser l'importance des histoires, faire reconnaître toutes les situations, redonner de la dignité à ceux qui en ont été privés, et de l'espoir à ceux qui doutent, mais elle ne règle pas les conflits entre des expériences éventuellement concurrentes. Or c'est là l'essence *du* politique : constituer une communauté en arbitrant entre les intérêts, en énonçant des priorités. Le politique consiste à écrire un récit commun et ne peut donc se limiter à l'exposition d'une série de tableaux édifiants et disparates. La présence ne fait pleinement sens démocratique que si elle se lie dans le temps à une stratégie d'édification d'une cité plus juste.

Lorsqu'elle est érigée en absolu et qu'elle se substitue à la politique, la présence finit par se retourner en une entreprise contraire de production d'irréalité. Elle dessine alors un monde de plus en plus évanescent, qui ne peut plus donner une impression de consistance qu'au prix d'un emballement continu, inévitablement autodestructeur. D'où les rapports équivoques que l'impératif de présence entretient avec le développement de la médiatisation audiovisuelle. Cette médiatisation est le cadre matériel dans lequel la présence prend forme. Les médias sont, par nature, les instituteurs fonctionnels de la proximité. Mais ils constituent aussi le ressort de son dévoiement lorsqu'ils l'érigent en absolu. L'ambiguïté structurelle des médias aujourd'hui dominants, partout dans le monde, ne se limite cependant pas à cette entreprise de réduction. Elle tient également au fait qu'ils sont structurellement schizophrènes. Ils sont les grands prêtres du culte de la proximité en même temps qu'ils mettent en scène le spectacle des distances sociales les plus extrêmes. Ils valorisent les gestes de sollicitude des gouvernants pour les humbles ou les victimes, béatifiant toutes les mères Teresa de la terre, mais ils donnent aussi à voir le luxe le plus ostentatoire et le plus inaccessible. Dans les pages des magazines «people» ou dans les reportages de nombreux programmes de télévision, le monde n'existe plus que sous les deux espèces de la proximité chaleureuse et de la distance inaccessible dans laquelle vivent les super-riches et les puissants. Tout le reste de la réalité est oublié, comme s'il n'avait désormais plus de consistance. Subsiste seul, alors, ce face-à-face. Il y a là aussi cependant un mécanisme spécifique de réduction de cette hyper-distance qui est à l'œuvre : c'est celui du voyeurisme. Les riches et les puissants sont montrés dans l'inaccessibilité de leurs privilèges et de leur train de vie somptueux, mais ils sont en même temps mis à nu sous l'œil du peuple, transformés en animaux de cirque, dépouillés de leur vie privée.

Un phénomène identique a déteint sur les hommes et les femmes politiques. Ils ne sont pas seulement montrés dans leurs gestes de proximité avec certains de leurs concitoyens. Ils sont simultanément eux-mêmes constitués en une sorte d'offrande vivante à la société dont les magazines «people» organisent le culte sauvage. Se rapprocher et se donner en spectacle finissent par se confondre. S'exposer, dans ce cas, n'est pas seulement se «médiatiser», au sens trivial de se mettre en avant, de se faire voir. Cela veut aussi dire en fin de compte devenir appropriable, «consommable» même d'une certaine façon. L'image du gouvernant en jogger transpirant le désacralise, lui ôte de sa grandeur, le banalise, le resitue dans la multitude dont il est issu. L'observer à loisir dans ses gestes du quotidien, posséder de lui des images volées, ou que l'on croit volées, donne le sentiment d'une sorte de maîtrise, d'un certain contrôle. La médiatisation du quotidien, avec ce qu'on appelle vulgairement la «pipolisation» est donc aussi de cette façon, avec toutes les perversions qu'elle engendre et les illusions qu'elle charrie, une sorte de réponse à la crise de la représentation, expression pervertie d'une demande et d'une offre de présence. Elle est une machine sauvage à détruire l'apparence des distances. Les apparences, car elle les restaure sur un mode inédit et plus subtil. Il faut donc considérer que l'impératif de présence peut aussi bien fonder un renouveau de l'art de gouverner, lui donnant un caractère foncièrement démocratique, en instituant une forme inédite d'appréhension de la vie sociale, que constituer la matrice d'une mortelle régression.

C'est désormais sous les apparences d'affables communicants, habiles metteurs en scène d'une proximité calculée, que peuvent renaître d'anciennes et terribles figures du retournement de la démocratie contre elle-même. En effet, jamais la frontière n'a été aussi ténue entre les formes d'un développement positif de l'idéal démocratique et les conditions de son dévoiement. C'est là où les attentes des citoyens sont les plus fortes que les conduites politiciennes peuvent dorénavant être le plus grossièrement dévorantes. D'où l'impérieuse nécessité de constituer la question en objet permanent de débat public. Faire vivre la démocratie implique plus que jamais de porter un regard constamment lucide sur les conditions de sa manipulation et les raisons de son inaccomplissement.

3.

La démocratie d'interaction

La proximité est aussi accessibilité, ouverture, réceptivité à autrui. Elle présuppose une absence de dénivelé, une facilité d'interpellation, une certaine immédiateté dans la relation; elle renvoie au fait d'une absence de formalisme. Dans l'ordre politique un pouvoir sera dit proche s'il n'est pas muré dans ses prérogatives, s'il descend de son piédestal, accepte simplement la discussion et la critique, sollicite les avis; s'il considère, en bref, qu'il ne peut en rester à la lettre du fonctionnement des institutions et qu'il doit instaurer un style de rapports plus souples et plus directs avec les citoyens. Depuis les années 1990, une floraison d'initiatives originales – mise en place de comités de quartiers, expériences de jurys citoyens, conférences de consensus, forums publics, procédures d'enquêtes publiques, budgets participatifs, etc. – a donné consistance à un impératif de cette nature dans de nombreux pays[1]. Même si elles restent

---

1. Pour une vue d'ensemble, voir en français les nombreux travaux de Loïc Blondiaux et Yves Sintomer, ainsi que Archon Fung et Erik Olin Wright, *Deepening Democracy : Institutional Inovations in Empowered Participatory Governance*, Londres, Verso, 2003.

globalement très limitées, ces expériences et l'écho qu'elles ont suscité témoignent d'une profonde évolution dans la perception de ce qui constitue un pouvoir légitime. Le terme de *démocratie participative* s'est imposé dans ce contexte, autant pour traduire les aspirations des citoyens que pour qualifier les initiatives des pouvoirs allant dans ces directions. Mais cela n'a pas été sans ambiguïtés. Hérité du vocabulaire politique des années 1960 et 1970, il n'aide en effet guère à décrire ce qui fait la spécificité de ces nouvelles expériences.

Le vieux et le neuf de la participation

L'appel à la réalisation d'une *participatory democracy* a été l'un des mots d'ordre centraux de la contestation étudiante américaine des années 1960[1]. L'expression est mise en avant pour la première fois en 1962, dans le manifeste fondateur des *Students for a Democratic Society*[2]. Tom Hayden, la figure de proue du mouvement, oppose alors cette démocratie participative à la « démocratie inactive » qui caractérise à ses yeux le système américain. Au moment où la situation de guerre froide servait à justifier toutes les prudences et tous les conservatismes, réduisant la démocratie à sa définition schumpétérienne, le but est de retrouver le sens d'un certain idéalisme politique, de renouer avec ce qu'il pouvait y avoir de plus fort dans l'histoire des États-Unis. Il n'y a ainsi

1. Cf. les ouvrages essentiels de James MILLER, *Democracy is in the Streets : From Port Huron to the Siege of Chicago* (1987), n[elle] éd., Cambridge (Mass.), Harvard University Press, 1994, et de Paul BERMAN, *A Tale of Two Utopias : The Political Journey of the Generation of 1968*, New York, Norton, 1996.

2. Ce document, connu sous la dénomination *The Port Huron Statement*, est reproduit en annexe à J. MILLER, *Democracy Is in the Streets*, *op. cit.* On peut noter que Tom Hayden, le principal rédacteur, l'avait empruntée à l'un de ses professeurs de l'université du Michigan, le philosophe Arnold KAUFMAN (cf. son article « Human Nature and Participatory Democracy », *in* Carl J. FRIEDRICH (ed), *Responsibility*, New York, The Liberal Art Press, 1960, *Nomos*, vol. III).

aucun arrière-fond socialiste ou révolutionnaire dans cet appel à la participation. C'est à la tradition des *townships* de Nouvelle-Angleterre que l'on fait appel. C'est la vision tocquevillienne d'un pays reposant sur un vaste réseau d'associations volontaires qui est revendiquée. C'est une Amérique à la fois plus communautaire et plus soucieuse de l'accomplissement des individus qui est désirée. La grande figure de référence pour ces étudiants contestataires est celle de John Dewey, et non celle de Marx, avec notamment ses deux ouvrages *Democracy and Education* et *The Public and its Problems*[1]. On a aussi pu dire pour les caractériser qu'ils avaient dessiné une sorte de « nouvelle ère progressive », en référence à tous les réformateurs du tournant du XXᵉ siècle qui avaient plaidé pour la moralisation de la vie publique, l'adoption de formes directes de démocratie (comme le référendum et le *recall*) et la rupture avec un système électoral domestiqué par les machines partisanes[2].

L'idée de démocratie participative s'imposera à partir de cette période aux États-Unis pour désigner un nouvel impératif civique porté par des mouvements sociaux et des associations de toute nature. Descente de la démocratie vers la société civile, modalités d'expression directe des citoyens, décentralisation des pouvoirs : avènement d'une citoyenneté plus active et constitution d'une individualité plus autonome allaient de pair dans la quête de ces idéaux. Était également présente l'idée qu'une implication plus forte de la population dans la gestion des affaires publiques mettrait fin à quantité de faux débats et d'oppositions stériles liées à la concurrence entre les clans et les partis. Une politique plus sincère, des décisions plus rationnelles, un consensus plus facile à établir : tels étaient en conséquence

---

1. On peut noter que les rédacteurs du manifeste s'étaient initialement liés en participant de concert à la *John Dewey Discussion Society* de l'université du Michigan (cf. Alan RYAN, « Dream Time », *The New York Review of Books*, 17 octobre 1996).

2. Cf. Peter LEVINE, *The New Progressive Era : Toward a Fair and Deliberative Democracy*, Lanham (Mar.), Rowman & Littlefield, 2000.

les bienfaits que l'on attendait d'une démocratie participative. La notion de démocratie participative s'est imposée pendant la même période partout ailleurs dans le monde pour enrichir et critiquer en même temps le fonctionnement des institutions représentatives. Elle a ranimé en Europe une mémoire longue des traditions associatives ou conseillistes, entrant en résonance avec les doctrines ou des expériences qui avaient marqué le XIXᵉ siècle et le début du XXᵉ. Des utopies fouriéristes à la vision proudhonienne d'une politique encastrée dans la société civile, des fulgurances de la Commune de Paris aux mouvements conseillistes des années 1918-1920, des projets de démocratie industrielle de l'entre-deux-guerres aux initiatives citoyennes des années 1960 : le terme de *démocratie participative* a réuni tous ces éléments dans un même imaginaire de la réappropriation sociale de la politique. Dans le cas français, c'est plus tard le mot d'*autogestion* qui s'imposera pour traduire l'aspiration à une citoyenneté plus directement active, et plus largement à un accroissement de l'autonomie des individus dans toutes les sphères de leur existence. La critique radicale de l'hétéronomie qui la sous-tendait la conduisait simultanément à rejoindre la vision libérale d'une autonomie de la société civile et à dessiner l'horizon d'une démocratie permanente autant que directe[1].

Les initiatives développées à partir des années 1990 n'ont-elles fait que renouer avec cet ancien *ethos* participatif, par-delà la diversité de ses expressions ? Correspondent-elles à la fermeture d'une parenthèse qui s'était ouverte après 1989, lorsque la chute du communisme avait conduit à relativiser dans nombre d'esprits les critiques antérieurement adressées au système représentatif ? La continuité du vocabulaire tend à

---

1. Pour une théorisation du problème à l'époque, cf. P. ROSANVALLON, *L'Âge de l'autogestion*, *op. cit.* Sur le cas français en général, cf. Frank GEORGI (éd), *Autogestion. La dernière utopie*, Paris, Publications de la Sorbonne, 2003, et Hélène HATZFELD, *Faire de la politique autrement. Les expériences inachevées des années 1970*, Rennes, Presses universitaires de Rennes, 2005.

le suggérer. Mais le fait est trompeur. À moins d'en rester à un niveau très élevé de généralité négative – le rejet de ce qui pourrait être défini et ressenti comme « aristocratie représentative » –, c'est à l'inverse d'une rupture qu'il convient de parler. Si quelques-unes des expériences qui ont été mentionnées semblent en effet inscrites dans ce qui serait de l'ordre d'une « tradition » ancienne (les budgets participatifs en particulier), la plus grande part s'insèrent dans une perspective assez différente. Trois caractéristiques invitent à souligner le déplacement qui s'est opéré. Le constat, d'abord, que ces nouvelles initiatives ont souvent pour origine une décision des autorités gouvernantes elles-mêmes. Le fait, ensuite, que leur objet n'est pratiquement jamais de substituer des mécanismes de décision d'un certain ordre à d'autres (des formes de démocratie « directe » à des procédures « représentatives », pour faire vite). La restriction pratique de ces expériences à quelques champs limités – l'environnement, la gestion locale, la gouvernance à l'échelon européen ou international – en constitue enfin un dernier élément distinctif.

Dans les années 1960 et 1970, la référence à la démocratie participative était le fait de mouvements sociaux qui revendiquaient une nouvelle répartition des pouvoirs. Il s'agissait donc de cette façon d'accroître le poids des citoyens au détriment de celui des institutions et des partis. L'enjeu n'est plus le même au début du XXIe siècle. Les nouveaux mécanismes participatifs sont en effet presque toujours mis en place par les gouvernants eux-mêmes. Pour restaurer une légitimité mise à mal par la « crise de la représentation » ? Certes, bien qu'il soit difficile de démêler en la matière ce qui est de l'ordre de la cause ou de la conséquence. De façon plus objective, on peut souligner qu'ils en ont fonctionnellement besoin. Pour combler un vide institutionnel dans certains cas, lorsqu'il a par exemple fallu traiter de nouvelles questions socio-techniques controversées. Les « forums hybrides », ou les conférences de citoyens, mis sur pied pour explorer les réponses possibles à des questions entourées d'incertitudes radicales (comme dans le cas des OGM, des déchets nucléaires ou des problèmes sanitaires inédits), ont cette fonction[1]. Les gouvernants ont également besoin d'organiser des circuits plus développés de collecte de l'information pour faciliter la prise de décision dans un univers où se multiplient les possibilités de blocage. La participation est devenue pour ces deux raisons un *moyen de gouvernement*. Les nouvelles pratiques participatives, comprises de cette façon, ne conduisent donc pas à accroître institutionnellement le pouvoir citoyen. Le vocabulaire employé pour les qualifier en témoigne. Il est par exemple question de «lieux de circulation de l'information», d'«espaces de concertation et d'interpellation», de «confrontation entre le peuple et ses représentants», de «formation citoyenne». «La démocratie, c'est d'abord l'information», souligne ainsi modestement le maire d'un arrondissement parisien à l'origine d'une expérience pionnière de conseils de quartiers[2]. On est loin dans ce cas de l'ancienne approche autogestionnaire, ou même de conceptions plus modestes de démocratie directe. Du point de vue des citoyens qui sont concernés par ces expériences, la centralité des instances représentatives n'est pas contestée et leur forme n'est pas remise en cause. Tout se passe plutôt comme s'il s'agissait d'accompagner le système représentatif, de le rendre interactif, de l'obliger à être plus transparent, à rendre plus spontanément des comptes.

---

1. Cf. sur ce point l'ouvrage de M. CALLON, P. LASCOUMES ET Y. BARTHE, *Agir dans un monde incertain*, *op. cit.*, ainsi que l'important rapport *Des conférences de citoyens en droit français* (sous la direction de Jacques TESTART, Michel CALLON, Marie-Angèle HERMITTE et D. ROUSSEAU), Paris, octobre 2007.

2. Sur cette expérience du XXᵉ arrondissement, lancée en 1996, cf. Loïc BLONDIAUX et Sandrine LÉVÊQUE, «La politique locale à l'épreuve de la démocratie. Les formes paradoxales de la démocratie participative dans le XXᵉ arrondissement de Paris», *in* Catherine NEVEU (éd), *Espace public et engagement politique. Enjeux et logiques de la citoyenneté locale*, Paris, L'Harmattan, 1999. Les expressions précédentes proviennent des présentations du projet faits par le maire qui insistait sur le rôle de renforcement de la position politique de la municipalité qu'il attendait de l'initiative.

Le champ d'intervention des nouvelles instances participatives est enfin très restreint. Il concerne soit la gestion d'affaires complexes et controversées particulières, comme on l'a dit, soit l'organisation des pouvoirs locaux. Il n'y a donc nullement instauration d'*une* démocratie participative au sens général du terme. Tout au plus peut-on parler d'un «nouvel esprit démocratique[1]», plus diffus, dont témoignent de façon exemplaire ces initiatives particulières. Il est en tout cas patent qu'elles n'ont qu'une portée limitée d'un point de vue proprement politique. C'est pourquoi les termes de *gouvernance* ou de *démocratie fonctionnelle* sont probablement les plus adaptés pour qualifier ce qui est à l'œuvre. En témoigne d'ailleurs le fait que c'est également au niveau international qu'il a souvent été question de ces formes de participation, comme si elles ne se déployaient qu'aux deux extrêmes du proche et du lointain, à l'écart du niveau structurellement politique de l'État-nation. C'est significativement à l'échelle européenne, on peut le noter, que le terme de *démocratie participative* a été pour la première fois constitutionnellement mentionné, comme s'il s'agissait de pallier le déficit politique structurel d'un espace auquel ne correspond aucun *demos* effectivement mobilisable[2]. Sur ce troisième point aussi, il est donc patent que la démocratie participative du début du XXIe siècle se distingue de celle qui était revendiquée et théorisée trente ou quarante ans plus tôt. C'est sa spécificité qu'il s'agit d'appréhender maintenant afin de mieux en apprécier le rôle.

Dans l'ordre théorique, le développement d'un nouveau vocabulaire a témoigné de la prise de conscience de cette spéci-

---

1. Cf. L. Blondiaux, *Le Nouvel Esprit de la démocratie*, Paris, La République des idées/Seuil, 2008.

2. Le projet de Traité constitutionnel de l'Union européenne, élaboré en 2004, distinguait la démocratie participative de la démocratie représentative en la définissant comme consistant en «un dialogue ouvert, transparent et régulier avec les associations représentatives de la société civile» (article I, 47).

ficité, sans qu'elle soit approfondie pour autant. Aux États-Unis notamment, le «tournant délibératif», dans les années 1990, a correspondu à la perception d'une évolution. Le fait que les recherches et les débats sur la *démocratie délibérative* aient globalement succédé à la vague précédente des travaux sur la participation en a été le signe.

La nouvelle activité démocratique

Une nouvelle sphère de la vie démocratique est en train d'apparaître. Elle est structurée par les diverses expériences de participation et de délibération qui viennent d'être brièvement évoquées. Si l'on considère la fréquence de l'engagement régulier dans de telles instances organisées (comités de quartiers, jurys citoyens, commissions d'enquête, etc.), on a estimé dans le cas britannique qu'environ 1 % des adultes étaient concernés[1]. Des observations faites dans d'autres pays corroborent cet ordre de grandeur quant à la population globale des «participants», constituée d'un socle de militants qui se retrouvent souvent dans tout un ensemble d'instances[2]. Si l'on regarde le cas français, il est frappant que cette catégorie des «participants» est quantitativement à peu près équivalente à celle des «représentants[3]». Il y a ainsi en politique une sorte de monde militant parallèle à celui des professionnels ou du moins des institutionnels. L'articulation entre ces deux mondes est partout constitutive de la vitalité démocratique. Le fait est bien connu et a été l'objet d'un grand nombre de travaux sociologiques. Les études portant sur les occasions épisodiques de participation à

1. Cité dans Tom BENTLEY, *Everyday Democracy*, Londres, Demos, 2005. Cf. aussi P. GINSBORG, *The Politics of Everyday Life. Making Choices, Changing Lives*, New Haven, Yale University Press, 2005.

2. Le Brésil semble à cet égard l'un des pays les plus avancés avec un taux de «participants» de 2%.

3. En France, on compte ainsi environ 450000 représentants élus de toutes catégories, soit environ 0,7 % de la population.

des assemblées traitant de problèmes collectifs sont en revanche moins nombreuses. Mais celles dont on dispose indiquent un niveau beaucoup plus élevé de participation occasionnelle à des réunions d'information ou à des débats publics, à propos de questions d'ordre local tout particulièrement. Il faut cependant encore tenir compte d'une troisième dimension pour apprécier la réalité de la vitalité citoyenne : celle des multiples manifestations plus informelles ou plus individualisées de l'implication dans la vie de la cité. L'intérêt pris à la chose publique se mesure en effet aussi en termes de lecture des journaux, de suivi des émissions politiques à la radio ou à la télévision, d'échanges avec des amis ou des collègues de travail, de recherche d'informations sur Internet, de contribution à des associations. Une des rares études sur le sujet, menée par la Commission électorale britannique, en a cependant suggéré l'importance en estimant que près de quinze millions de conversations politiques se tiennent chaque jour dans ce pays[1] ! Les formes de ce qu'on pourrait appeler *l'implication citoyenne diffuse* doivent pour cela retenir l'attention.

Ces quelques éléments invitent à relativiser les jugements à l'emporte-pièce sur le retrait civique. C'est plutôt d'une mutation du rapport à la politique qu'il s'agit. Tout se passe actuellement comme si la démocratie se déplaçait et se disséminait dans la société civile, les modalités de l'expression citoyenne se diffractant et se diversifiant. S'achève de la sorte une séquence fondatrice de deux siècles pendant laquelle la construction du champ politique avait été essentiellement appréhendée dans sa dimension institutionnelle. Cette vision était cohérente avec la présupposition d'une évidence de ses formes et de ses objets. Les notions de pouvoir et d'État semblaient pouvoir s'écrire au singulier. D'un côté des instruments d'action, et de l'autre des dispositifs de commandement, donc. L'imaginaire démocratique s'était forgé dans ce cadre. L'idée

---

1. Cité dans T. BENTLEY, *Everyday Democracy*, *op. cit.*, p. 31.

de souveraineté du peuple liait ce qui apparaissait alors bien défini : un sujet (le peuple) et un objet (la volonté générale). Le référendum s'était imposé pour cette raison comme la forme la plus manifeste de l'appropriation sociale de la politique. Même si on le reconnaissait souvent difficile à mettre en œuvre, il dessinait toujours l'horizon démocratique de référence. Le système représentatif était considéré à cette aune comme une modalité d'ordre technique de l'organisation politique. Si les élites et les notables ont longtemps défendu l'idée d'une opposition entre démocratie et gouvernement représentatif pour justifier leur disqualification de la première, les citoyens, dans leur grande masse, ont en effet toujours projeté dans le terme de *démocratie représentative* les idéaux rémanents d'un pouvoir social direct. C'est la notion de *mandat* qui servait de variable d'ajustement en faisant des représentants le simple prolongement des représentés. Elle était donc au carrefour de toutes les attentes (en tant qu'elle renvoyait à l'idéal d'une fusion ou du moins d'une proximité entre les deux) et de toutes les déceptions (lorsque le lien se distendait et que l'écart se creusait). Nous sommes sortis de cet univers. À la forme simple du mandat électif concentrant toutes les variables de l'idéal de proximité entre pouvoir et société se sont *dans les faits* substitués d'autres véhicules de l'exigence vis-à-vis des gouvernants, et d'autres figures de l'appropriation du politique.

La proximité, pour aller à l'essentiel, n'est plus considérée comme une *variable de position*, pouvant être adéquatement traitée par un statut (celui de l'élu), mais comme une *qualité d'interaction*. Les citoyens ne se contentent plus de leur bulletin de vote. Ils s'inscrivent dans un processus permanent d'expression et de réaction. Sur le mode «contre-démocratique» de la surveillance, du veto et du jugement, qui constituent à leur façon des modes de participation. Mais aussi en demandant des informations, en contraignant le pouvoir à s'expliquer et à justifier son action, en le mettant à l'épreuve, en jouant le rôle d'un témoin attentif et sourcilleux, en étant amenés à valider ou à contester les décisions prises. Cette démocratie d'inter-action déborde largement la scène électorale-représentative. Elle a pour acteurs le monde militant des associations, dont le mouvement dessine une sorte de double coopératif et contra-dictoire du pouvoir, et les formes de démocratie plus diffuses que nous avons mentionnées. Ces dernières dessinent l'équi-valent d'institutions invisibles ou de structures informelles pour organiser la démocratie contemporaine. Leur importance a de fait bien été aperçue. Mais la compréhension de ce qu'elles sont a été en même temps obscurcie par l'emploi de la notion fourre-tout de *démocratie d'opinion*. Si l'usage de cette dernière a en effet traduit en creux l'impérieuse nécessité de reconcep-tualiser la vie politique, elle a aussi fait écran en en rabattant les nouvelles manifestations dans une expression unique. Renvoyer par ailleurs de manière très générale au «rôle des médias» produit parallèlement les mêmes effets d'opacification. Il convient donc de distinguer et de qualifier plus précisément les fonctions politiques à l'œuvre dans la démocratie diffuse d'interaction.

Elles sont principalement au nombre de deux. Il y a d'abord un *travail de justification* qui se réalise dans la confrontation des explications du pouvoir et des interventions de la société. La proximité signifie dans ce cas ouverture, accessibilité aux ques-tions, capacité à entrer dans un échange ouvert. Les théories de la délibération se sont focalisées sur l'examen des conditions de la délibération démocratique entre citoyens, mais n'ont guère pris en compte cet autre type d'échange d'arguments entre gouvernés et gouvernants. Il est pourtant capital et ne se limite pas aux termes d'un affrontement fortement ritualisé entre les deux pôles supposés bien constitués de la majorité et de l'oppo-sition. C'est un échange plus large, plus démultiplié qui impose de reconnaître la légitimité des «discutants» et la consistance de leurs arguments. Il y a donc un processus de «rapprochement dans la confrontation» qui s'opère sur ce mode. La bataille quo-tidienne de la justification joue pour cela un rôle décisif, aussi important que celui de la compétition électorale périodique. Elle met en jeu la crédibilité des gouvernants. La légitimité du pouvoir est ainsi fortement dépendante des conditions de son déroulement et de son issue sur chaque dossier. Mais il y a aussi une deuxième fonction à l'œuvre dans la démocratie d'interaction : un *échange d'informations* entre pouvoir et société [1]. Cette communication est un instrument de gouvernement pour l'un et une forme de reconnaissance pour l'autre. Cela rend le pouvoir moins distant pour les citoyens, qui se sentent écoutés, et la société moins imprévisible pour les gouvernants. Cette dynamique informationnelle a donc un effet positif, indissociablement psychologique et cognitif.

Ces deux processus interactifs du travail de justification et d'échange d'informations dessinent pour cela une relation beaucoup plus forte et beaucoup plus riche que celle qui est établie par un mandat. Elle est à la fois plus dense et plus permanente. Cette catégorie du mandat se trouve encore dépassée dans sa dimension de contrôle, quand elle visait à établir une sujétion des représentants vis-à-vis des représentés. Une certaine appropriation sociale du pouvoir s'opère dorénavant sur un autre mode que sur celui d'une tutelle de cette nature (rarement opératoire en outre, on le sait). C'est certes d'abord par la contrainte de justification et la circulation de l'information que le pouvoir se rapproche de la société. Mais les citoyens se sentent également plus forts quand ils comprennent mieux le monde, quand ils sont plus outillés pour percevoir les enjeux du moment, donner un langage et un sens à ce qu'ils vivent. Le sentiment de distance, de confiscation, est en effet aussi dérivé de l'ignorance. Un monde opaque est un monde étranger, dans lequel on se sent facilement dominé, sur lequel

---

1. Cf. sur ce point Jacques GERTSLÉ (éd), *Les Effets d'information en politique*, Paris, L'Harmattan, 2001, ainsi que John A. FEROJOHN et James H. KUKLINSKI (eds), *Information and Democratic Processes*, Urbana (Ill.), University of Illinois Press, 1990.

on a le sentiment de n'avoir aucune prise. Un pouvoir dont les ressorts sont plus lisibles apparaît à l'inverse moins extérieur, plus appropriable ; il perd de sa superbe, doit se faire plus modeste. Plus transparent, il est structurellement moins arrogant. Quand ils se sentent impliqués dans cette circulation d'informations et de connaissance, les citoyens établissent donc de fait un nouveau rapport aux gouvernants. Ils ne s'approprient le pouvoir ni en le «prenant», ni en le «commandant», mais en conduisant à le redéfinir, à le faire fonctionner autrement. C'est donc une nouvelle économie sociale de la proximité et indissociablement de la maîtrise sociale – de l'*empowerment* – qui est à l'œuvre dans la démocratie d'interaction.

Le vieux et le neuf de la démocratie d'interaction

La perception de la centralité de cette démocratie d'interaction s'est imposée au début du XXIe siècle, alors que la légitimité des institutions électorales-représentatives s'est érodée. Mais les premières analyses du type de rapport entre gouvernés et gouvernants qui la constituent sont beaucoup plus anciennes. On en trouve les premiers linéaments dans le dernier tiers du XVIIIe siècle en France. Il y a une raison objective à cela : alors que les Anglais font la théorie du gouvernement représentatif qui se consolide chez eux, les Français, qui en sont privés, se contentent d'observer les conditions dans lesquelles l'émergence de ce que l'on commence à appeler l'opinion publique contribue, à elle seule, à recomposer en profondeur les rapports du pouvoir à la société [1]. Les philosophes constatent en effet que du sein même de l'absolutisme, alors que rien ne bouge dans la configuration des institutions, l'étau s'est desserré et

---

1. Cf. sur cette question les travaux de Mona Ozouf, Keith Baker et Roger Chartier. On notera qu'au XVIIIe siècle le terme d'opinion renvoie à la fois à la notion ancienne de «pensée vulgaire» (héritage des libertins érudits) et à la notion moderne de «généralité sociale».

que la société civile est devenue une puissance avec laquelle il faut compter. L'opinion est alors appréhendée comme équivalant à une sorte de volonté générale informelle. « Elle est, note Necker, une puissance invisible, qui sans trésor, sans garde et sans armée, donne des lois à la ville, à la Cour, et jusque dans le Palais des rois[1]. » Lorsqu'il se fait le champion de la résurrection des Assemblées provinciales, un Turgot met significativement l'accent sur les bénéfices d'ordre informationnel que l'on pourrait attendre de l'institution, alors que la motivation « démocratique » est chez lui totalement absente. Il souligne que la société se sentirait mieux considérée, mais qu'en retour la gouvernabilité s'en trouverait surtout facilitée[2]. Le mouvement interactif auquel s'identifie le travail de l'opinion est même pour cette raison considéré par beaucoup comme plus « moderne » que le système représentatif, qui renvoie dans les esprits de l'époque à des institutions anciennes, presque archaïques (qu'on se souvienne de Rousseau le renvoyant au Moyen Âge). C'est ainsi que, quelques années à peine avant la Révolution française, des hommes aux idées avancées se soucient beaucoup plus de renforcer le rôle de l'opinion que de songer à faire élire des représentants[3].

L'histoire allait se charger d'imposer d'autres priorités et d'autres images du progrès politique en identifiant le citoyen à l'électeur. Mais l'idée que la représentation n'est qu'une des

---

1. NECKER, *De l'administration des finances de la France*, Paris, 1784, t. I, p. LXII.

2. Voir aussi les arguments « fonctionnels » de la période en faveur de la liberté de la presse que l'on trouve par exemple chez MORELLET (*Réflexions sur les avantages de la liberté d'écrire et d'imprimer sur les matières de l'administration*, Londres, 1775) ou chez MALESHERBES (*Mémoire sur la liberté de la presse*, Paris, 1788).

3. « Que signifie ce nom de représentation ? demande alors fameusement Suard. Qu'est-ce que les représentants peuvent représenter, sinon l'opinion publique ? » Cité par GARAT, *Mémoires historiques sur le XVIIIᵉ siècle et sur M. Suard*, 2ᵉ éd., Paris, 1829, t. II, p. 94.

figures de ce qui pourrait être appréhendé comme une *économie générale de l'interaction politique* a néanmoins subsisté. Surtout, on ne s'en étonnera pas, dans les cercles libéraux les plus réticents à l'instauration d'un suffrage universel. C'était pour ces milieux une façon de justifier leurs résistances : ils pouvaient rêver sur ce mode d'une démocratie de l'avenir qui n'aurait pas besoin d'être fondée sur le principe de l'égalité des voix. La pensée conservatrice d'un Guizot ou d'un Rémusat les amenait ainsi paradoxalement à considérer de façon très neuve les rapports entre gouvernants et gouvernés (Habermas reconnaîtra pour cela sa dette à leur égard dans la construction de sa théorie de l'agir communicationnel[1]). Leur intuition fondamentale était de considérer la presse comme un moyen de gouvernement et pas seulement comme une liberté ; ils la comprenaient comme le vecteur déterminant d'une communication politique de type nouveau. La publicité, notait Guizot, opère un travail de révélation réciproque du pouvoir et du public[2]. Si son véritable office est de servir à gouverner, c'est, selon les termes de Rémusat, parce que «dans nos grands empires modernes, avec leurs grandes populations, les citoyens ne peuvent que par la presse communiquer entre eux, et prendre acte de leur opinion : par elle seule l'autorité peut recevoir d'eux et leur rendre la lumière, et cet échange est nécessaire pour que les citoyens et l'autorité marchent dans les mêmes voies[3]». Le propre de la société moderne, poursuivait-il, c'est que «la société se fait spectacle à elle-même[4]». Dans cette optique de communication politique, les mécanismes électifs ne jouent qu'un rôle finalement secondaire. Ce n'est pas en tant que

---

1. Cf. J. HABERMAS, *L'Espace public* (1962), Paris, Payot, 1978.
2. «La liberté des journaux, écrit-il, doit avoir pour effet de révéler sans cesse la France à elle-même ; de rendre constamment présents, en quelque sorte, la patrie tout entière aux yeux du gouvernement, le gouvernement tout entier aux yeux de la patrie» (*Le Courrier*, 1er juillet 1819).
3. Charles de RÉMUSAT, *De la liberté de la presse*, Paris, 1819, p. 12.
4. *Ibid.*, p. 35.

moyen d'expression des volontés qu'ils comptent, ils n'ont de sens qu'encastrés dans un ensemble plus vaste de formation et de circulation des informations et des opinions[1]. « Par la presse, notait en conséquence un des grands juristes de la période, tout individu peut user du droit de conseil, et a véritablement voix consultative sur les affaires publiques. Tous les Français peuvent donc participer indirectement, dans la mesure de leur capacité, à l'action des pouvoirs publics. Ce moyen ouvert à tous est cent fois plus influent, pour les véritables hommes d'État, qu'un vote isolé dans un collège électoral[2]. » Le terme même de *démocratie* a commencé en conséquence à être utilisé de façon élargie à partir de ces années 1820. S'il est toujours rapporté à la notion de souveraineté du peuple, il acquiert une connotation plus socio-logique. La démocratie devient simultanément comprise comme une qualité du lien entre gouvernement et société, renvoyant au fait d'une libre interaction permanente entre les deux[3].

La mobilisation pour la conquête du suffrage universel imposera ensuite ses priorités et invitera à remettre l'accent sur l'impératif premier du sacre du citoyen. Mais dès qu'il est ins-titué et solidement installé, dans les années 1880-1890, revient avec le temps des premières déceptions celui des interroga-tions sur le sens de la démocratie. De tous les côtés. Dans une perspective socialiste, on dénonce la « démocratie formelle » de l'individu-électeur, stigmatisant à la suite de Marx la sépa-ration du citoyen et de l'homme social sur laquelle elle repose.

---

1. « Ce qui caractérise les institutions que la France possède, et où l'Europe aspire, notait F. GUIZOT, ce n'est pas la représentation, ce n'est pas l'élection, c'est la publicité […]. La publicité fait le fond des institutions, elle en est le dernier but comme le premier élément » (« Des garanties légales de la liberté de la presse », *Archives philosophiques, politiques et litté-raires*, Paris, 1818, t. V, p. 186-187).

2. Denis SERRIGNY, *Traité du droit public des Français*, Paris, 1846, t. II, p. 3.

3. Cf. P. ROSANVALLON, « L'histoire du mot démocratie à l'époque moderne », in *La Pensée politique*, n° 1, 1993.

Dans le camp républicain, on commence à s'alarmer des risques de retournement de la démocratie contre elle-même avec l'irruption de phénomènes populistes. S'ouvre en conséquence un nouveau cycle de réflexion sur le sens de la démocratie. En France, les grands philosophes du régime, Fouillée et Renouvier au premier chef, renouent avec les anciennes prudences libérales pour inviter à sérieusement éduquer le peuple et à réintroduire une dimension capacitaire dans les institutions. C'est aussi le moment où se formule partout en Europe l'idée d'une démocratie ramenée à une sage aristocratie représentative[1]. Mais des réflexions plus neuves émergent aussi. Durkheim développe en particulier dans ses *Leçons de sociologie*[2] une analyse originale de la démocratie comme communication entre la société et ce qu'il appelle la «conscience gouvernementale».

Le sociologue part d'un double constat. L'impossibilité tout d'abord d'en rester à une «considération numérique» de la démocratie. Parce qu'il y a toujours des individus non représentés, faute d'élections unanimes, et parce que les majorités peuvent être «aussi oppressives qu'une caste». La nécessité, ensuite, de ne pas se cantonner à une approche administrative et fonctionnelle de l'État. Ce dernier, souligne Durkheim, est aussi «l'organe de la pensée sociale». C'est de ce point de vue qu'il faut donc, pour le sociologue, concevoir le rôle de la démocratie. Elle correspond à la forme de société dans laquelle gouvernement et société sont en symbiose (alors que dans les régimes despotiques ou aristocratiques le pouvoir est caractérisé par son isolement). «Plus la communication devient étroite entre la conscience gouvernementale et le reste de la société, plus cette conscience s'étend et comprend de choses, plus la société a un caractère démocratique, écrit-il. La notion

---

1. Voir sur le sujet les ouvrages fameux d'Orlando en Italie, de Prins et de Laveleye en Belgique, de Dicey en Grande-Bretagne.
2. É. Durkheim, *Leçons de sociologie. Physique des mœurs et du droit, op. cit.* Cf. les leçons 7 à 9 sur la «morale civique».

de la démocratie se trouve donc définie par une extension maximum de cette conscience[1]. » Durkheim oppose explicitement cette approche et les théories du mandat impératif, très en vogue à l'époque dans les milieux d'extrême-gauche, qui aspirent à résoudre sur ce mode la crise de la représentation. La séparation entre le gouvernement et la société est en effet pour lui une nécessité et non un fait dommageable : le rôle de l'État n'est pas seulement de refléter la société *telle qu'elle est*, mais aussi de contribuer au travail de réflexion sur elle-même qu'elle doit faire pour prendre véritablement forme collective. Cette distinction fonctionnelle doit cependant avoir à ses yeux pour contrepartie l'exercice d'un travail conjoint de délibération dans la société et d'interaction permanente de cette dernière avec l'État. C'est ce double trait qui caractérise pour Durkheim la démocratie, indissociablement appréhendée comme un régime et comme une forme de société[2]. Alors que Necker et Guizot avaient posé les premiers jalons d'une théorie moderne de l'opinion, Durkheim franchit un pas supplémentaire en explicitant philosophiquement les fondements de ce que pourrait être une théorie délibérative de la démocratie liée à une conception communicationnelle de l'agir politique. Ce sont ces premières ébauches qu'il convient aujourd'hui de développer pour rendre pleinement intelligibles les transformations des démocraties contemporaines.

---

1. *Ibid.*, p. 102.
2. D'où ses deux définitions. 1) « La démocratie est la forme politique par laquelle la société arrive à la plus pure conscience d'elle-même. Un peuple est d'autant plus démocratique que la délibération, que la réflexion, que l'esprit critique jouent un rôle plus considérable dans la marche des affaires publiques » (*ibid.*, p. 107-108). 2) « La démocratie est un régime où l'État, tout en restant distinct de la masse de la nation, est étroitement en communication avec elle » (p. 118).

La représentation permanente

En termes procéduraux, représenter veut dire exécuter un mandat, agir à la place d'une autre personne. Il y a donc toujours une forme de substitution dont il s'agit de préciser les termes pour l'organiser. Dans le cadre d'une démocratie d'interaction, cette conception de la représentation n'a plus de sens. Gouvernants et gouvernés sont certes toujours dissociés. Mais cette séparation n'est plus inscrite dans un imaginaire du mandat. Les gouvernés n'aspirent pas à devenir gouvernants. Ils reconnaissent au contraire que le pouvoir doit fonctionnellement exister de façon différenciée. Ce dernier s'apparente alors à une sorte de *puissance réflexive* ayant pour tâche de formuler en permanence des projets et des idées par rapport auxquels les différents éléments de la société pourront se situer, réévaluer leurs attentes, mieux apprécier les termes de ce qu'ils acceptent ou rejettent. La proximité n'est pas dans ce cas appréhendée comme ce qui serait de l'ordre du raccourcissement d'une distance, mais comme une ouverture, une capacité à entrer sincèrement dans le jeu de cette révélation réciproque entre pouvoir et société. La représentation n'a donc plus de sens procédural ; pas plus qu'elle ne peut renvoyer à la visée d'une identification. C'est dans les termes d'un travail qu'elle prend dorénavant principalement son importance. Elle est pour cela à la fois cognitive et informationnelle : elle participe à la production politique de la société en structurant un processus d'échanges permanents, tant entre le pouvoir et la société qu'au sein de la société elle-même. Elle dépasse ainsi la distinction classique entre démocratie participative et démocratie délibérative. L'idée de représentation se détache du même coup de la notion d'élection comme moment particulier : elle renvoie à l'exercice d'un processus permanent.

Un travail réflexif-représentatif de ce type entraîne en conséquence une nouvelle appréhension de la généralité sociale. Il ne s'agit plus d'exprimer ce qui serait une totalité préexistante, le « peuple », mais d'abord de faire émerger la connaissance de toutes les situations et l'expression de tous les possibles. Se manifeste ici une première dimension d'*implication de tous*, de participation de tous à la délibération publique. Mais cela va plus loin. Il ne s'agit pas seulement en effet de substituer une généralité d'ordre procédural à une généralité sociale, sur le mode de ce qu'ont proposé les premières théories de la démocratie délibérative. L'idée de démocratie interactive intègre ainsi une deuxième dimension : elle généralise sur le mode d'une *permanence*. C'est un travail incessant d'inclusion, de réaction, d'interprétation. Il y a de la sorte une certaine désubstantialisation de la politique qui n'implique nullement une désociologisation. Il n'y a plus de *demos* ou de volonté générale, considérés comme déjà constitués, mais il y a reconnaissance de la nécessité d'un *travail ininterrompu de généralisation du social*.

Les institutions de l'interaction

L'interaction, comme troisième figure de la proximité, définit sur ce mode un type de relation entre pouvoir et société. Elle ne caractérise donc plus seulement une conduite des gouvernants, comme dans le cas de l'attention à la particularité et de la présence. Elle prend d'abord la forme d'une *réactivité* immédiate de ceux-ci aux expressions de la société. Elle consiste essentiellement dans les réponses aux pratiques de surveillance, de protestation et de jugement au travers desquelles la société fait pression sur les pouvoirs et les appelle à corriger leurs décisions. S'il y a dans ce cas une scène centrale vers laquelle peuvent converger les différents éléments du face-à-face entre gouvernés et gouvernants, celle de l'espace médiatique, du grand forum public, subsiste cependant aussi tout un univers souterrain de l'expression sociale. Tout n'aboutit pas dans la rue ou à la première page des journaux. Ce qu'on appelait autrefois les « majorités silencieuses » traduisait la reconnaissance d'une différence entre ce qui se passait dans les profondeurs du social et ce qu'indiquait le texte de la pièce jouée sur le devant de la scène. Ce silence enfoui et disséminé ne ressurgissait qu'épisodiquement, en empruntant le langage élémentaire du bulletin de vote, créant à l'occasion la surprise.

Le développement du monde de l'Internet a bouleversé les termes de cette ancienne dissociation entre le manifeste et le caché. Tout est désormais manifeste, l'Internet ayant révolutionné la notion même d'opinion. Alors que celle-ci n'existait précédemment qu'organisée ou représentée (sous les espèces de sondages, de l'expression médiatique, de l'intervention des partis ou de porte-parole divers), elle a en effet dorénavant une consistance matérielle directe et autonome. Il n'y a rien de dissimulé sur le web (même si rien n'est en même temps arithmétiquement agrégeable et mesurable). Les conditions de la réactivité des gouvernants à la société s'en trouvent complètement modifiées. Indépendamment des confrontations ouvertes entre le pouvoir et la société, celles qui impliquent par exemple les syndicats ou qui concernent les grands dossiers d'actualité, la manifestation des désaccords entre le pouvoir et les citoyens se trouve exacerbée et démultipliée. Le phénomène a pris d'autant plus d'ampleur que les identités politiques se sont déstructurées. C'est désormais sur un nombre croissant de sujets que se recomposent des lignes variables de fracture. Il en découle une fragilisation et une relativisation de la notion de majorité. La conjonction de ces deux éléments a complètement transformé le rapport entre gouvernés et gouvernants, nécessitant une capacité d'interaction accrue et accélérée des derniers, avec tous les risques qui peuvent en découler.

C'est en intégrant ces données qu'il faut aborder la question de l'établissement de nouvelles institutions d'interaction entre pouvoir et société. L'écart est en effet devenu trop grand entre un mouvement de dissémination et de fragmentation accru de l'expression sociale, et les catégories autant que les temporalités de l'espace électoral-représentatif. L'irruption du suffrage universel avait entraîné la constitution d'organes de médiation – les partis – entre la société et le système électoral. Ceux-ci avaient alors été à la fois des instruments de régulation et des vecteurs de démocratisation. Il faut aujourd'hui inventer l'équivalent pour mieux organiser le rapport plus quotidien et plus disséminé entre pouvoir et société. L'objet de ce livre est de proposer un cadre global d'intellection des changements qui affectent les démocraties, et non de faire de l'ingénierie politique ou constitutionnelle. On peut toutefois avancer ici brièvement quelques éléments pour indiquer dans quelle direction pourrait s'orienter la réflexion sur le sujet. L'institution clef susceptible de lier les fonctions requises d'expression, de représentation et d'interface est de l'ordre de ce qu'on peut appeler une *commission publique*. Son rôle est à la fois de recenser des besoins et des demandes, de clarifier des analyses, d'instaurer des débats, de dessiner les termes des choix. Il peut en exister de multiples formes, allant de jurys citoyens à des états généraux spécialisés, de forums largement ouverts à des groupes plus réduits d'experts. La chose n'a rien de neuf en soi. Mais il faut se départir des usages étroits qui sont faits aujourd'hui de cette notion, trop souvent uniquement rattachée à l'idée d'expertise. Une commission publique doit être comprise de façon plus exigeante comme une sorte d'*enzyme* de l'interaction publique[1]. La nature et le rôle de ces commissions sont pour cela amenés à se développer et à se complexifier. Une décision publique sera en effet désormais de moins en moins perçue comme légitime si elle n'a pas été préalablement discutée, testée et préparée dans un cadre public de ce type. Les citoyens considéreront parallèlement que gouverner démocratiquement veut dire au premier chef organiser cette interaction de la façon la plus ouverte et la plus coopérative possible.

Sans que nous puissions en proposer ici un modèle, il serait

---

1. J'emprunte l'expression à P. Pettit (cf. *Républicanisme, op. cit.*, p. 321-322).

au moins utile d'en recenser les fonctions et d'en dessiner quelques idéaux-types. Un bilan des expériences en la matière pourrait constituer à cet effet un point de départ de la nécessaire entreprise de redéfinition des interfaces entre pouvoir et société. Au centre du triangle que dessinent les trois pôles de la représentation politique organisée, de l'expression sociale immédiate et de l'intervention des experts, ce sont de nouvelles combinaisons mixtes qui doivent à l'avenir être expérimentées. C'est encore une fois une exigence en termes de gouvernabilité autant que de démocratisation.

Le développement de ces nouvelles institutions d'interaction ne peut être conçu comme une entreprise isolée. Sans pouvoir, encore une fois, développer les choses, il convient cependant de souligner que cette entreprise doit aussi se prolonger, pour porter ses fruits, par une reconstruction sociale du métier de journaliste. Pendant la Révolution française, l'invention du système représentatif avait été indissociable d'une réflexion intellectuelle et politique sur la fonction démocratique de la presse. Les grands journalistes comme Camille Desmoulins, Brissot ou Prudhomme ont alors autant compté que Sieyès ou Robespierre. Condorcet a lui-même également dirigé deux journaux. Dans l'Amérique de la *Progressive Era*, au tournant du XXᵉ siècle, la grande presse de dénonciation des perversions du capitalisme et des partis a aussi voisiné avec une réinvention d'un journalisme démocratique. L'apport d'un Robert Park[1], par exemple, ne se dissocie pas de la contribution plus philosophique apportée un peu plus tard par l'œuvre d'un John Dewey. On peut dire que la démocratie n'a progressé dans l'histoire que lorsqu'elle a été associée à une réinvention de la presse, et qu'elle a reculé à l'inverse lorsque la qualité de la presse se dégradait. Cela a de nouveau été le cas en Europe au lendemain de la Seconde Guerre mondiale. Force est en revanche de constater

1. Cf. Robert E. Park, *Le Journaliste et le Sociologue*, textes présentés par Géraldine Muhlmann et Edwy Plenel, Paris, Seuil, 2008.

que le monde des médias dessine aujourd'hui dans beaucoup de pays (le cas français étant particulièrement désolant) un paysage de ruines, semblant souvent concentrer tous les abandons, les dérives et les perversions. Le nouveau monde de la démocratie d'interaction ne prendra ainsi forme que si émerge à ses côtés un journalisme rénové, susceptible de lier une fonction d'animation du débat public à une capacité de présence active à la société par l'investigation, et à une entreprise de déchiffrement intellectuel de la complexité du monde. Une telle refondation du journalisme est elle-même indissociable de l'accroissement de la capacité des sciences sociales à informer le débat public et à en enrichir la qualité. Là encore, on peut constater que les grands moments d'avancée de la démocratie ont toujours correspondu à des changements de paradigme dans l'ordre intellectuel. C'est pourquoi le militant, le journaliste et le savant sont aujourd'hui de nouveau invités à joindre leurs efforts.

Le répertoire des tentations

Les perspectives ouvertes par cette nouvelle démocratie d'interaction peuvent être celles d'un renouveau. Mais ce troisième registre de la proximité est aussi lourd de possibles perversions que les précédentes figures que nous avons examinées. Le premier danger est de réduire l'impératif d'interaction à un ensemble de recettes de gouvernance, bref de fonctionnaliser les formes de cette démocratie pour en faire de simples instruments de gestion. C'est trop souvent à quoi ressemblent aujourd'hui nombre d'expériences dites participatives. Il est donc nécessaire d'entreprendre un double mouvement de réappropriation sociale de ces formes et de développement de celles de leurs modalités qui contribuent le plus à réorganiser le rapport gouvernés-gouvernants. Il faut pour cela commencer par se départir d'une certaine idéologie de la participation qui ne conçoit pas clairement la distinction des deux univers électoral-représentatif et interactif, rêvant en fait implicitement de leur fusion. Aux côtés des idéologies de la gouvernance et de la participation, c'est aussi une certaine idéologie de la proximité qu'il convient d'écarter. L'idée de démocratie d'interaction ne peut en effet prendre son relief que si elle est détachée de la gangue des images attachées aux termes de démocratie d'opinion, de démocratie participative ou encore de démocratie de proximité. En rabattant les données de la nouvelle activité démocratique sur ces mots, on en rétrécit assurément la compréhension. On reste avec eux cantonné dans l'univers électoral-représentatif traditionnel dont on ne fait que décliner les variables : variable de sujet (l'opinion), variable de champ (la participation), variable d'échelle (la proximité).

Au présent stade de notre développement, il est particulièrement important d'être attentif à ce dernier point. Réduire la question de la proximité à une simple variable d'échelle conduit en effet à obscurcir la compréhension des enjeux qui se nouent autour de cette référence. L'idéalisation du local qui en résulte égare d'une double façon. Cela revient d'abord à concevoir sur un mode très simplificateur la réponse aux apories structurantes du gouvernement représentatif. En étant implicitement assimilé aux figures de l'impartialité (situation au-dessus des partis et des affrontements partisans) et de la proximité, l'édile local devient une construction *a priori* de l'entendement démocratique. Il est érigé en une sorte d'icône du bien politique. La contrepartie de cette idéalisation est de brouiller la compréhension de ce qui a changé dans le rapport des citoyens à la politique. Célébrer platement ce qui serait de l'ordre d'un système représentatif « réussi » à l'échelon local, contrastant avec les données d'une « crise » au niveau national, conduit ainsi à s'aveugler sur la situation des démocraties contemporaines et à ne pas prendre la mesure des formidables mutations structurelles qu'elles connaissent.

Il est en revanche plus fécond de souligner que les qualités d'impartialité et de proximité font système en changeant parallèlement les termes du problème de la représentation.

L'impartialité et la proximité constituent deux modes distincts et complémentaires de contournement de la différence représentative. L'impartialité a pour effet d'engendrer une nouvelle figure *positive* de cette distance entre les institutions et les citoyens. La distance est dans ce cas une vertu et non plus une contrainte ou un pis-aller. La proximité, de son côté, réduit au contraire la distance du pouvoir à la société, mais sans que la nature et la place des institutions électorales-représentatives soient pour autant modifiées. Elle opère ce rapprochement sur le mode d'une pratique. Cette double évolution contribue ainsi à transformer radicalement le sens du débat sur le gouvernement représentatif. Elle en déplace les termes en instaurant une nouvelle appréhension du sens de l'écart entre gouvernés et gouvernants[1], et, partant, de l'économie même de la représentation.

---

1. Qui conduit en conséquence à reformuler complètement les termes historiques du débat sur le localisme tel qu'il apparaissait au temps des révolutions américaine et française (voir notamment toute la critique fédéraliste des méfaits du localisme).

LA DÉMOCRATIE
D'APPROPRIATION

(CONCLUSION)

Les figures émergentes de la légitimité que nous avons décrites participent d'un vaste mouvement de décentrement des démocraties. Nul n'imagine désormais que celles-ci puissent se réduire à un système d'élections concurrentielles instaurant un pouvoir majoritaire. Se marque ainsi une inflexion majeure. L'histoire de la démocratie avait été pendant deux siècles celle d'une polarisation. Tout s'était longtemps passé comme si la volonté générale n'avait pu prendre forme et force qu'en étant concentrée en un foyer central articulé autour du moment électoral. Cette vision avait été indissociable des conditions d'arrachement de l'humanité aux anciens pouvoirs de domination : il avait souvent fallu constituer au point de départ une sorte de réplique inversée de ces pouvoirs pour en venir à bout. Le développement sur la longue durée de mécanismes de démocratie directe avait lui aussi participé de ce mouvement de concentration, présupposant que la pleine réalisation de l'idéal démocratique passait d'abord par la radicalisation de son expression sur un registre unique. La dynamique contemporaine emprunte une autre voie : celle de la déclinaison de ses fondements. Une logique de dissémination, de diffraction et de démultiplication se substitue au mouvement précédent de concentration. La généralité, l'égalité et la représentation prennent dorénavant des formes qui se diversifient et se superposent pour s'accomplir. La quête de la généralité par simple agrégation des opinions ou des volontés s'est de la sorte élargie, comme on l'a vu, à des modalités négative, réflexive et immergée. On peut donc bien en ce sens parler d'une complication des démocraties, contrastant avec la tendance précédente à leur simplification. Mais ce n'est pas seulement sur ce point que se marque une rupture. C'est aussi le principe directeur de l'idéal démocratique qui a, dans les faits, simultanément changé de nature.

Les deux démocraties

Le projet démocratique a historiquement été assimilé à un idéal d'identification entre gouvernés et gouvernants. Tout s'est en conséquence noué autour du problème de la qualité du lien représentatif. On n'a cessé pendant deux siècles de chercher la voie d'une représentation plus effective et plus fidèle. Si nombre de théoriciens libéraux ou conservateurs ont opposé à cette ambition la perspective plus restrictive d'un pouvoir de type capacitaire légitimé par les urnes, c'est bien dans ces termes d'une identification que les citoyens ont continûment appréhendé ce que recouvrait le terme de *démocratie représentative*. L'histoire du désenchantement démocratique a trouvé là son fait générateur. Si l'identification à un candidat est un des ressorts naturels du choix électoral, c'est en effet la distance qui caractérise fonctionnellement la situation relative des gouvernés et des gouvernants. Faute de reconnaître cette distinction, la présupposition de la permanence d'un régime de l'identification engendre nécessairement une frustration. D'où le caractère structurel de la déception des citoyens. Elle résulte mécaniquement du changement de référentiel impliqué par le passage du moment électoral à l'action gouvernementale.

La clef d'une rhétorique de campagne est pour chaque candidat de se présenter en «homme-peuple», faisant corps avec ses électeurs, alors que la position des gouvernants est fonctionnellement distanciée. La dynamique d'identification fait aussi système dans le premier cas avec une exaltation du volontarisme, structurellement lié à la vision d'une société une et simple, alors que les gouvernants se voient ensuite obligés de justifier la difficulté d'agir dans un monde décrit comme complexe et conflictuel. Une campagne électorale a une fonction démocratique, mais elle est spécifique. Le moment de l'élection est marqué par l'expression de projets et d'idées contradictoires permettant à chacun de clarifier les attirances et les répulsions qui détermineront son choix. Le mécanisme d'identification, même relative, à un candidat remplit pour cela une fonction essentielle. Il contribue au sentiment proprement politique de produire quelque chose de commun avec d'autres. Au-delà du rapport précis à un candidat, c'est la constitution d'une appartenance différentielle qui est en jeu. L'identification est dans ce cas un moyen de produire de la citoyenneté ; elle est le ressort d'un exercice foncièrement démocratique. Le temps de l'action gouvernementale est de son côté marqué par le fait que la société dans son ensemble devient pratiquement un *objet* pour le pouvoir politique. La difficulté n'est pas seulement dans ce cas que des réalisations puissent être plus ou moins décalées par rapport à des promesses antérieures (même si cet élément compte évidemment). Elle tient au fait que la nature du lien avec les citoyens a changé de nature, ces derniers étant devenus des gouvernés. D'où la nécessité de construire sur un mode spécifique ce rapport. Au lieu de chercher à prolonger entre gouvernés et gouvernants le lien électoral d'identification, il convient plutôt de donner une forme démocratique à une distance reconnue dans sa nécessité fonctionnelle.

Les démocraties contemporaines ont commencé à s'engager dans cette voie. Mais sans que les choses aient été clairement formulées et resituées dans une perspective cohérente. Il est pour cela urgent de s'atteler à la tâche et d'esquisser la figure d'une *démocratie d'appropriation*, aux ressorts profondément différents de ceux d'une *démocratie d'identification*. Ils consistent en effet à corriger, à compenser, à organiser la séparation entre gouvernants et gouvernés de telle sorte que ces derniers puissent contrôler et orienter le pouvoir sur un autre mode que celui de la transmission d'un mandat. Il ne peut y avoir de démocratie vivante sans que ces deux dimensions soient clairement distinguées et ramenées à leurs fonctions respectives. On peut souligner trois grandes modalités d'exercice d'une telle démocratie d'appropriation :

– Dans l'ordre de l'activité citoyenne, c'est le rôle joué par l'exercice de la défiance. Il contraste avec la manifestation de la confiance propre à l'exercice électoral. Cette défiance sous-entend la constitution du continent contre-démocratique résultant d'un ensemble de pratiques de surveillance, d'empêchement et de jugement au travers desquelles la société exerce des pouvoirs de correction et de pression.

– Dans le champ des institutions, c'est la fonction que remplissent les organismes de la démocratie indirecte. Ils correspondent à d'autres expressions de la généralité sociale que celle résultant des urnes. À distance de la logique majoritaire, les autorités de surveillance ou de régulation et les cours constitutionnelles esquissent de cette façon, avec d'autres, un nouvel horizon de la vie démocratique.

– L'impératif de conduite démocratique des gouvernants fait enfin peser sur eux une contrainte distincte de celle résultant de leur mode de nomination.

Ces trois registres combinent leurs effets pour remédier aux deux déficiences majeures de la démocratie électorale-majoritaire. Ils consistent d'abord à instaurer des formes démocratiques permanentes, alors que le propre de l'expression électorale est d'être intermittente. Ils contribuent aussi à relativiser et à compléter le principe majoritaire en faisant valoir des exigences plus fortes de service de l'intérêt général et d'inclusion de tous. S'esquisse par ce biais ce qu'on pourrait appeler une théorie *réaliste-positive* de la démocratie. Réaliste, car elle prend en considération à son point de départ les pratiques effectives des gouvernants et leur écart aux gouvernés. Mais positive, car elle trace la voie d'une réappropriation sociale effective du pouvoir. S'opère sur ce mode un dépassement de ce qui n'a cessé de gangrener structurellement l'histoire des démocraties : l'oscillation entre des moments d'espérance (généralement liés aux périodes électorales) et des sentiments de désillusion et d'amère déception ; la succession de courtes phases d'engagement et d'implication, et de longues périodes de retrait. Elle offre du même coup une alternative consistante à la philosophie *réaliste-minimaliste* qui, de Popper à Schumpeter, s'est longtemps présentée comme la seule façon de penser la vie démocratique dans son unité et sa continuité.

On peut encore parler d'une nouvelle approche réaliste au sens où elle permet de fonder une théorie originale de la séparation des pouvoirs, prenant acte du fait que l'approche traditionnelle du problème a fait long feu (nul ne peut notamment considérer que l'exécutif et le législatif sont désormais véritablement séparés[1]). La division effective des pouvoirs vers laquelle tendent les démocraties contemporaines réside dans l'existence des formes contre-démocratiques et des institutions de démocratie indirecte dans leur tension avec la sphère des pouvoirs majoritaires. C'est ce qui constitue le ressort de ce que j'ai appelé le «régime mixte des modernes[2]». La contribution spécifique à cette tâche des institutions que nous avons examinées dans

---

1. Cf. à titre emblématique l'écart entre l'analyse classique de M.J.C. VILE, *Constitutionalism and the Separation of Powers*, de 1967 (réédité par Liberty Fund en 1998), et des travaux contemporains sur le sujet comme Frank VIBERT, *The Rise of the Unelected : Democracy and the New Separation of Powers* (Cambridge, Cambridge University Press, 2007) ou Alain PARIENTE (éd) *La Séparation des pouvoirs : théorie contestée et pratique renouvelée* (Paris, Dalloz, 2007).

2. Cf. *La Contre-démocratie, op. cit.*, p. 318-320.

ce livre commence tout juste à être entrevue. Le travail qui reste à accomplir pour décrire précisément ce régime mixte reste donc immense. Il est d'abord nécessaire d'entreprendre une description comparative systématique des structures et des problèmes de fonctionnement des diverses institutions de la démocratie indirecte telles qu'elles existent aujourd'hui. Ce n'est que sur la base d'un tel travail de recensement de leurs qualités, autant que de leurs inaccomplissements et de leurs effets pervers, qu'elles pourront être redéfinies et perfectionnées pour mieux correspondre à leur fonctionnalité démocratique. On ne peut en effet parler aujourd'hui que d'expériences qui n'ont pas encore été pleinement réfléchies en tant que *formes démocratiques* à part entière. Il y a encore beaucoup à faire pour que leur mode de composition, leurs règles de fonctionnement, leur statut même soient précisés en étant resitués dans le cadre d'une théorie d'ensemble. C'est seulement au prix d'un tel travail d'élaboration que pourront être pleinement développées les différentes catégories que nous avons esquissées. C'est également la condition à remplir pour que ces institutions de la démocratie indirecte puissent devenir socialement appropriables. Car les citoyens ne considéreront qu'elles les expriment et qu'elles les servent que si les preuves de leur utilité sont insérées de façon compréhensible par tous dans une philosophie partagée de la démocratie. Les attentes en matière de conduite des gouvernants doivent de leur côté elles aussi être clairement ressaisies dans une vision raisonnée de l'art démocratique de gouverner. C'est la condition pour que le pouvoir soit contraint de se faire de façon plus lisible et plus explicite l'instrument de la société.

Une telle entreprise intellectuelle ne prend sens que si elle constitue les manipulations et les dérives possibles de ces nouvelles institutions et de ces nouvelles conduites en objets publics d'analyses et de débats. La lucidité démocratique commande aussi bien le recours à une vision élargie de leur rôle que la compréhension des mécanismes qui peuvent amener ces innovations à se dégrader. Une clairvoyance de cette nature est la clef pour entreprendre une démocratisation de cette démocrati-sation : la démocratie implique que soit débattu en permanence ce qui est la cause de ses échecs et de ses inaccomplissements.

La tentation de l'impolitique

Il faut être attentif au fait qu'un spectre menaçant peut se pro-filer à l'horizon de cette révolution de la légitimité avec tout ce qui l'accompagne : celui de l'avènement d'une démocratie impolitique. On en a déjà souligné les figures résultant d'ex-pressions appauvries et purement négatives de l'activité contre-démocratique. Mais d'autres modalités peuvent aussi dériver d'une appréhension restrictive des institutions de la démocratie indirecte, et des aspirations à un rejet sans nuance de la «poli-tique politicienne» dont leur faveur peut être l'indice rampant. C'est un point essentiel qui requiert une attention vigilante. Tout un faisceau d'indices concordent en effet pour souligner la centralité de ce problème. En témoignent notamment les données rassemblées dans certains travaux contemporains de science politique.

Une importante enquête menée aux États-Unis dans les années 1990 avait mis en lumière le fait que le Congrès apparaissait aux yeux du public comme l'institution politique la moins légitime, alors qu'il n'est composé, dans ses deux chambres, que d'élus directs du peuple[1]. Fait encore plus troublant, ces législatures s'avéraient plus décriées qu'elles ne l'étaient trente ans plus tôt, dans les années 1960, alors même qu'elles étaient alors moins professionnelles, moins transparentes et davantage manipulées par les appareils politiques (pour ne pas parler d'un niveau plus élevé de corruption ou d'attitudes fréquemment racistes ou sexistes). Pour expliquer ce fait, les auteurs de l'enquête avaient

---

1. Cf. J.R. HIBBING et E. THEISS-MORSE, *Congress as Public Enemy : Public Attitudes Toward American Political Institutions, op. cit.*

émis l'hypothèse que la plus grande transparence de la vie parlementaire avait contribué au rejet de l'institution dans la mesure
où les affrontements partisans, les conflits d'intérêts et les
marchandages qui s'exprimaient en son sein étaient devenus plus
visibles et plus perceptibles. La Cour suprême était à l'inverse
valorisée parce qu'elle apparaissait plus unie, faisant davantage
corps, même si des avis minoritaires pouvaient être formulés.
La présidence était elle-même mieux considérée que le Congrès
pour une raison analogue. Les débats et les conflits internes à la
Maison Blanche sont peu perceptibles de l'extérieur. Les décisions qui y sont prises ne semblent pas résulter de compromis
laborieux et circonstanciels entre des points de vue dissensuels ;
elles donnent du même coup moins l'impression d'être subor-
données à des intérêts particuliers et paraissent mieux exprimer
un souci de l'intérêt général.

Ces premiers éléments ont été confirmés peu après par une
autre recherche[1] qui soulignait l'aversion des citoyens pour la
politique, définie comme la sphère des affrontements partisans.
Les citoyens, soulignaient les auteurs, ne souhaitent donc nullement être plus impliqués dans le champ politique, ils n'aspirent
pas à davantage de participation. Ce qu'ils veulent, ce sont des
gouvernants qui fassent leur travail avec compétence et désintéressement, qui aient le souci prioritaire de servir l'intérêt
général et non pas leurs intérêts personnels. Loin de rêver à
des formes de démocratie directe, ils acceptent sans états d'âme
la division du travail entre gouvernés et gouvernants, mais
veulent que ces conditions soient remplies. Les citoyens se
satisfont d'une souveraineté électorale intermittente, la «démocratie furtive» (*stealth democracy*), mais attendent des gouvernants qu'ils ne se conduisent pas en hommes et en femmes de

---

1. Ces résultats sont exposés dans J. Hibbing et E. Theiss-Morse,
Stealth Democracy : American's Beliefs About How Government Should Work
(2002), *op. cit.* On ne dispose hélas pas d'enquêtes équivalentes sur la
France ainsi que sur la plupart des autres pays.

parti. Cette répulsion vis-à-vis de «la politique» que font apparaître ces données empiriques a été confirmée dans nombre d'autres travaux. Elle pose une question fondamentale sur le sens même de la démocratie.

Ce rejet de la politique définie comme le lieu des manœuvres partisanes et des calculs personnels est paradoxalement redoublé par le langage des gouvernants eux-mêmes qui font assaut de professions de foi non partisanes pour donner la preuve de leur dévouement à la chose publique. La politique se trouve ainsi dévalorisée en permanence par ceux-là mêmes qui briguent les suffrages des électeurs dans le cadre d'une compétition féroce. L'affrontement partisan est délégitimé sans que soient pour autant reconnues les autres institutions de la généralité. C'est de cette confusion destructrice qu'il faut sortir en revalorisant l'affrontement des programmes et des valeurs tout en donnant en même temps une place mieux établie aux autorités indépendantes ainsi qu'aux cours constitutionnelles et aux divers tiers pouvoirs. Le développement de la démocratie implique que soit réaffirmée l'importance des choix tranchants et que soient simultanément valorisées des décisions plus unanimes. Les deux éléments forment en effet un jeu à somme positive, ils ne s'excluent nullement. Les oppositions partisanes de la démocratie majoritaire feront ainsi davantage sens et seront mieux acceptées si leur espace d'expression est clairement réfléchi. Et les institutions dites contre-majoritaires joueront un rôle plus reconnu si elles sont elles-mêmes resituées dans un fonctionnement d'ensemble de la démocratie. Le conflit et le consensus doivent être également reconnus en démocratie. Mais ils ne peuvent l'être que s'ils sont clairement distingués et rattachés à des institutions spécifiques. Il ne s'agit pas de «dépolitiser la démocratie[1]». Il faut au contraire la repolitiser, donner plus

---

1. Cf. P. Pettit, «Depoliticizing Democracy», *Ratio Juris*, vol. 17, n° 1, mars 2004. S'il utilise cette expression malheureuse, l'article adopte cependant un point de vue un peu plus nuancé.

de centralité au politique. Cela implique que progressent en même temps la qualité de la *régulation démocratique* et l'attention à la *construction démocratique*. Cette dernière est d'ordre substantiel, qualifiant le type de société qu'il s'agit de construire, tandis que la première est davantage de type procédural[1].

Le sens d'une histoire

La complication de la démocratie n'a pas seulement une signification d'ordre fonctionnel. Elle correspond aussi à une réintégration dans le monde contemporain de toute une gamme de procédures et d'institutions organisatrices d'expériences de liberté et de souci du bien commun précédant l'instauration du suffrage universel. Ressurgissent par exemple sur un mode démocratisé des formes de représentation antérieures au système de l'élection des mandataires. Les autorités indépendantes ont ainsi une dimension de représentation virtuelle, correspondant à une catégorie constitutionnelle anglaise du XVIIIe siècle. Les institutions de réflexivité, de leur côté, font en partie revivre en les modernisant les anciennes figures des gardiens du dépôt des lois. La généralité électorale s'enrichit aussi de définitions du bien commun, de l'intérêt social et de la raison publique appartenant à d'anciennes traditions de résistance aux régimes despotiques. Ressurgissent, enfin, les préoccupations caractéristiques de l'humanisme civique et du républicanisme d'attention aux vertus des souverains, et notamment à leur souci des intérêts du peuple. Tout se passe comme si, après avoir achevé leur œuvre de rupture avec l'ancien monde, les démocraties en réintégraient en leur sein les différents éléments positifs. La démocratie contemporaine peut ainsi être com-

---

1. La dimension proprement constructive est essentielle. Car il n'y a pas de démocratie sans mise en forme d'une société où chacun peut pleinement trouver sa place, sans production d'une identité collective et sans écriture d'une histoire commune.

prise comme la forme politique réunissant, en les acclimatant et en les développant, les multiples histoires de la liberté, de l'émancipation et de l'autonomie qui ont marqué l'expérience humaine.

Cela conduit à reconsidérer le terme même de *démocratie*. S'il est maintenant universellement identifié à l'idée de bien politique et que tous les régimes, presque sans exception, s'en réclament, sa définition reste, elle, problématique, dès lors du moins qu'on ne se contente plus de formules vagues (la démocratie comme «pouvoir du peuple»). Il n'est même guère de mot dans la langue politique dont la définition pratique soit sujette à plus de variations. D'où d'ailleurs la tendance permanente à l'appuyer sur la béquille d'un adjectif. Comme si, à la manière de ces mets insipides qui ne prennent goût que grâce à l'épice qui les accompagne, la démocratie n'avait de vraie consistance qu'en étant spécifiée «libérale», «populaire», «réelle», «républicaine», «radicale» ou «socialiste». D'où aussi la difficulté constamment éprouvée de tracer la ligne de partage entre la démocratie et ses pathologies, puisque des régimes que tout oppose s'en prétendent également les champions. Le mot «démocratie» n'a pour cela cessé d'apparaître comme une solution et comme un problème. En lui ont toujours coexisté le bon et le flou. Cette confusion a ceci de particulier qu'elle n'a pas principalement tenu au fait que la démocratie serait un idéal lointain et utopique, sur lequel tout le monde s'accorderait, les divergences sur sa définition renvoyant à l'ordre des moyens à employer pour le réaliser. Bien loin de correspondre banalement à une sorte d'indétermination des voies de sa mise en œuvre, le sens flottant du mot démocratie a au contraire participé depuis deux siècles de son histoire et de son essence.

Les abus de langage et les confusions qui entourent ce terme trouvent leur origine dans la diversité des approches. Il est par exemple fréquent de voir opposée une définition de la démocratie comme exercice d'un pouvoir collectif à une caractérisation en termes de garantie des libertés personnelles. Pour sortir de cette indétermination, il faut saisir la démocratie dans toute sa complexité et la comprendre comme quadruple : étant séparément, concurremment ou simultanément de l'ordre d'une activité civique, d'un régime, d'une forme de société et d'un mode de gouvernement. Chacune de ses dimensions étant elle-même susceptible d'être appréhendée de façon plurielle. L'activité civique inclut par exemple avec évidence l'activité électorale, mais elle peut aussi être resituée de façon élargie en prenant en compte des formes plus quotidiennes d'engagement et d'implication, ou en déclinant les différents registres de la sphère contre-démocratique. En termes d'institutions, ce sont les interprétations variées du principe de généralité qui conduiront à des conceptualisations spécifiques du régime démocratique. En tant que forme de société, l'accent pourra être mis sur la garantie des droits fondamentaux ou s'élargir à l'idée tocquevillienne d'une égalité des conditions, avec toutes les déclinaisons contemporaines qui peuvent en être faites, etc. Ce système complexe à deux entrées, celle des *dimensions* et celle des *formes*, fournit la matrice de la grammaire démocratique dans toute sa complexité. On peut comprendre à partir de là que des définitions presque opposées puissent en être données, faisant y compris l'impasse sur des piliers qui peuvent paraître aussi fondamentaux que ceux du suffrage universel ou des droits individuels (ou ne considérant à l'inverse que la seule question des élections).

Comment clarifier les choses ? Des textes fameux ont proposé de superposer l'idée de gouvernement *du* peuple, à celle de gouvernement *par* ou *pour* le peuple [1]. Cela ne va pas très loin et n'a que les apparences d'une plus grande précision. Le problème est décisif, car c'est dans cette confusion des définitions que

---

1. On peut noter que l'article 2 de la Constitution française de 1958 lie les trois approches (« [le] principe [de la République] est : gouvernement du peuple, par le peuple et pour le peuple »). Abraham Lincoln avait lui aussi employé la formule : « *The government of the people, for the people.* »

peut s'enraciner un relativisme hautement contestable. Et c'est aussi dans ce contexte que naissent à l'inverse des prétentions normatives promptes à ériger en absolu une expérience singulière. La seule façon de sortir de ce balancement problématique entre un relativisme intenable et des coups de force normatifs est de donner la définition *la plus développée* de la démocratie, celle qui inclut toutes ses dimensions et toutes ses formes. Rapportée à une telle définition élargie, la démocratie dessine l'horizon d'une organisation de la vie sociale en chantier, que nul ne peut prétendre avoir encore pleinement réalisé. L'opposition entre un occidentalo-centrisme arrogant et une rhétorique différentialiste suspecte ne peut être surmontée qu'à cette condition. La seule définition universelle possible de la démocratie est ainsi celle qui en radicalise les exigences[1]. C'est à l'inverse lorsqu'on se limite à en proposer une définition estimée minimale qu'on en réduit la compréhension en la particularisant de fait. Le présent travail s'est essayé à cet exercice dans l'examen des deux dimensions du régime et du gouvernement, faisant suite à une relecture précédente des registres de l'activité citoyenne. On comprend donc aussi qu'il se prolongera logiquement par une nouvelle recherche consacrée à la démocratie appréhendée en tant que constitution d'une communauté politique. Car c'est *in fine* sur ce plan que tout se noue. Les dérives menaçantes de l'impolitique, de l'antipolitique et de la dépolitisation ne pourront en effet être conjurées que si s'affirme la dimension proprement politique de la démocratie comme mode de détermination conflictuel des normes d'appartenance et de redistribution constitutives d'une citoyenneté partagée. La question de la nation sera donc au cœur d'un prochain travail consacré aux métamorphoses de la démocratie au XXIe siècle.

---

1. P. ROSANVALLON, «L'universalisme démocratique : histoire et problèmes», <http://www.laviedesidees.fr/L-universalisme-democratique. html>.

Index des noms

Sommaire

n'ont pas encore trouvé leur place dans l'ordre démocratique. Le continent de la démocratie indirecte. La question d'un art démocratique de gouvernement.

La démocratie se complexifie. Concilier le fait majoritaire et l'idéal d'unanimité. Distinguer les institutions du conflit et celles du consensus. Expliciter la fiction démocratique. La tension entre démocratie des décisions et démocratie des conduites.

I

LE SYSTÈME DE LA DOUBLE LÉGITIMITÉ

Homonoia et *concordia* en Grèce et à Rome. Les mondes germain et gaulois. L'univers chrétien. Les premières élections comme rituels de communion. L'unanimité comme qualité sociale.

Les élections dans l'Église et l'adoption «technique» du principe majoritaire. Sieyès et la majorité comme équivalent de l'unanimité. L'histoire du mot majorité.

La France et l'Amérique des révolutions. 1848 et la célébration de la concorde sociale. Les affrontements partisans tenus en suspicion. Un phénomène universel.

Suffrage universel et lutte des classes. Le maintien de l'idéal d'unanimité. Le sens de la critique des partis.

La réforme électorale, moyen de satisfaire les besoins populaires. L'idéologie chartiste : le suffrage universel comme panacée. Les républicains français des années 1830 et 1840.

III

LA LÉGITIMITÉ DE RÉFLEXIVITÉ

IV

LA LÉGITIMITÉ DE PROXIMITÉ

Durkheim : la démocratie comme qualité de la communication entre pouvoir et société.

Un travail réflexif-représentatif. Un travail incessant d'inclusion, de réaction, d'interprétation.

La nécessité de nouveaux organes de médiation entre pouvoir et société (équivalant à ce que les partis avaient introduit au xixᵉ entre la société et le système électoral). La notion de commission publique. Le rôle de la presse.

Idéologie de la proximité et vision enchantée du local. Retour sur la nécessaire déconstruction de la notion de proximité.

L'idéal historique d'identification entre gouvernés et gouvernants. Donner au contraire forme démocratique à une distance reconnue dans sa nécessité fonctionnelle. Les trois modalités d'exercice d'une telle démocratie d'appropriation. Une théorie réaliste-positive.

Les voies de l'impolitique. La notion de démocratie furtive et le rejet du monde partisan. La perspective équivoque d'une « dépolitisation » de la démocratie. Régulation démocratique et construction démocratique.

La complication de la démocratie. Le vieux et le neuf. Le terme même de *démocratie*. Les quatre dimensions : activité civique, régime, forme de société et mode de gouvernement. La seule définition universelle est celle qui en développe et en radicalise les exigences.

Du même auteur

AUX MÊMES ÉDITIONS

L'Âge de l'autogestion
« Points Politique », n° 80, 1976

Pour une nouvelle culture politique
(en collaboration avec Patrick Viveret)
« Intervention », 1977

Le Capitalisme utopique
Histoire de l'idée de marché
« Sociologie politique », 1979
et nouvelle édition, « Points Politique », n° 134, 1989
« Points Essais », n° 385, 1999

La Crise de l'État-providence
1981
« Points Politique », 1984
« Points Essais », n° 243, 1992

Misère de l'économie
1983

L'État et les pouvoirs
(avec Jacques Le Goff et al.)
« L'Univers historique », 1989

L'État en France
De 1789 à nos jours
« L'Univers historique », 1990
« Points Histoire », n° 172, 1993 et 1998

La Pensée politique
(dir. en collaboration avec Marcel Gauchet
et Pierre Manent)
« Hautes études », Seuil/Gallimard, 1993-1995

La Nouvelle Question sociale
Repenser l'État-providence
1995, « Points Essais », n° 359, 1998

Le Nouvel Âge des inégalités
(en collaboration avec Jean-Paul Fitoussi)
1996
« Points Essais », n° 376, 1998

Pour une histoire conceptuelle du politique
2003

Le Modèle politique français
La société civile contre le jacobinisme de 1789 à nos jours
2004, « Points Histoire », n° 354, 2006

La Contre-démocratie
La politique à l'âge de la défiance
2006, « Points Essais », n° 598, 2008

CHEZ D'AUTRES ÉDITEURS

Le Moment Guizot
Gallimard, « Bibliothèque des sciences humaines », 1985

Histoire de la civilisation en Europe (1828)
suivi d'un manuscrit inédit de Guizot,
Philosophie politique : De la Souveraineté (1823)
(édition en collaboration avec François Guizot)
Hachette, « Pluriel », 1985

La Question syndicale
Histoire et avenir d'une forme sociale
Calmann-Lévy, « Liberté de l'esprit », 1988
nouvelle édition, Hachette, « Pluriel », 1990 et 1998

La République du centre
La fin de l'exception française
(en collaboration avec François Furet et Jacques Julliard)
Calmann-Lévy, « Liberté de l'esprit », 1988
nouvelle édition, Hachette, « Pluriel », 1989

Le Sacre du citoyen
Histoire du suffrage universel en France
Gallimard, « Bibliothèque des histoires », 1992
« Folio histoire », 2001

La Monarchie impossible
Histoire des Chartes de 1814 et 1830
Fayard, « Histoire des constitutions de la France », 1994

Le Peuple introuvable
Histoire de la représentation démocratique en France
Gallimard, « Bibliothèque des histoires », 1998
« Folio Histoire », 2002

France : les révolutions invisibles
(avec Daniel Cohen et al.)
Calmann-Lévy, 1998

La Démocratie inachevée
Histoire de la souveraineté du peuple en France
Gallimard, « Bibliothèque des histoires », 2000
« Folio histoire », 2003

RÉALISATION : PAO ÉDITIONS DU SEUIL
IMPRESSION : NORMANDIE ROTO S.A.S. À LONRAI
DÉPÔT LÉGAL : AVRIL 2010. N° 102205 (101097)
Imprimé en France